Abigail Fernández

Las Libélulas
Son Bellas

ediciones
nf noufront

Para Zeke, Elisabet, Consu, Marina, Amalia,
Esteffy, Mar, Eli, Josito, Jesús, Emanuel,
Diego y Sergio: los jóvenes de Betania y
unos muy grandes amigos.

 Para Almu y Aurora, que me han enseñado
día a día lo que es la amistad en el instituto.

Ediciones Noufront
Santa Joaquina de Vedruna, 7
baixos, porta 2
43800 VALLS
Tel. 977 606 584
Tarragona (España)
info@edicionesnoufront.com
www.edicionesnoufront.com

Diseño de cubierta e interior: Ediciones Noufront

Las Libélulas son bellas
© 2009 Abigail Fernández
© 2009 Ediciones Noufront

1ª Edición 2008
2ª Edición 2009

Depósito Legal: B-51690-2008
ISBN 13: 978-84-935641-4-8

Impreso en: Publidisa

Índice

Prólogo

Cuando presentas a dos amigos tuyos es muy fácil hacerlo. Sólo tienes que ponerles uno frente al otro y decir: «Fulanita, ésta es Menganita, Menganita, ésta es Fulanita». Y Fulanita y Menganita sonríen y pueden ignorarse durante toda la noche o hacerse amigas enseguida y quedarse juntas conversando mientras tú tienes así un tiempo a solas para acercarte al chico que te gusta y decirle unas palabritas nerviosamente. Vamos, lo típico.

Pero a la hora de presentarte a ti mismo, surgen las dificultades. No basta con decir tu nombre, a la gente le interesa saber más de ti. Si no dices nada, llegan a la conclusión de que eres un antipático (no que eres misterioso ni interesante, que es lo que siempre quieren todos). Y lo cierto es que a mí, desde que soy muy pequeña, siempre me ha importado mucho lo que piensen los demás de mí, y además no puedo contar esta historia sin hablaros un poco sobre mí y mi vida. Así que me presento.

Me llamo Pamela Espada Cohen (el segundo apellido es estadounidense, ya que mi madre es americana), Pam para los amigos. Tengo catorce años y vivo en Madrid con mi familia: mi padre, mi madre, mi hermana María Teresa y mi hermano Enrique. En Madrid también viven mis abuelos paternos y, muy cerca, tía Eugenia y sus diez hijos (mis primos), aunque están en San Fernando de Henares y nosotros en Vallecas. Aunque el núcleo familiar son mis padres y mis hermanos, ellos también son mi familia. Paso a explicaros un poco sobre ellos.

Mi padre: se llama José María Espada Navarro, es profesor de Matemáticas en una academia (lo cual resulta muy beneficioso para mí, que no llevo muy bien esta asignatura), y un cincuentón bastante apuesto; aunque eso sólo dejo que lo digan mi madre, la abuela, a lo mejor mi hermana, y yo. Si otra mujer dice eso de mi padre, saco uñas y dientes.

Mi madre: Amber Cohen, cuarenta y seis años (cinco menos que mi padre), es abogada. Tiene un aspecto muy intelectual… es decir… no es la típica mujer que puede decir: «Estoy en los cuarenta

y sigo como en los veinte»; con sus gafas rectangulares, cabello castaño oscuro que casi siempre lleva recogido y un estilo de vestir que me
hace sentir vergüenza ajena cada vez que ella y yo salimos juntas a la
calle. Sin embargo, dice mi padre que es más guapa que Nicole Kidman
y no sólo eso, sino también la más inteligente del planeta.

María Teresa, con dieciocho años de edad, trabaja en una peluquería cercana a casa. ¿Creéis que le gusta? Nada de eso, Maritere
ODIA su empleo, lo que sucede es que no pudo encontrar nada mejor
y necesita trabajar, aunque la posición que tiene en su empleo no le da
ni para chuches, y menos para alquilar un piso, que es lo que más anhela en este mundo. Creo que el 90% de este deseo se debe a las ganas que tiene de alejarse de mí, más que de vivir con su querido novio
Javier (en mi opinión demasiado simpático para alguien como ella). Y
no se lo echo en cara, es más, no creo que lo desee tanto como yo. Mi
hermana y yo nos aborrecemos mutuamente desde que teníamos 6 y
2 años, y esperamos ansiosas que llegue el día de perdernos de vista
por fin. Para molestarnos, yo siempre le reprocho que tiene ese trabajo
porque no acabó sus estudios de Secundaria (aunque en realidad es
una profesión que me encanta y a la que a veces me gustaría dedicarme, me saque o no el Bachillerato, pero yo se lo digo para fastidiarla)
y ella me devuelve la puñalada recordándome lo que sabe que tanto
me duele: mi vida amorosa. Pero eso es algo de lo que hablaré más
adelante, y espero que pronto. No puedo creer que le haya dedicado
un fragmento de texto tan largo a la estúpida de Maritere.

Enrique (tengo que decir esto como introducción y no como conclusión): mi hermano está majareta perdido. Es increíblemente raro,
y no lo digo por maldad, sino porque es verdad. Tiene once años y
lleva desde los seis O-B-S-E-S-I-O-N-A-D-O con la famosa saga de
Star Wars. Lo que se dice obsesionado de verdad, y lo peor es que ni
siquiera parece darse cuenta de que es ciencia-ficción lo que tanto le
gusta. Está plenamente convencido de que es descendiente directo
de Luke Skywalker y que en algún lugar de la casa hay escondida una
de esas espadas láser que tienen los Jedi, exclusivamente guardada
para él a través de los años. Se ha recorrido la casa entera buscando la dichosa espadita y aún así sigue convencido de que le queda
algún rincón sin explorar. Para colmo, como nuestro apellido es Espada, piensa que eso es una señal, y no hay quien le saque de ahí.
Sinceramente, espero que esta fiebre de Star Wars se le pase antes
de un año, porque si entra así en el instituto, no sé cómo voy a ir por

los pasillos cuando todos se enteren que soy la hermana del «niño freakie». Pero aunque me avergüence, lo cierto es que Enrique y yo nos llevamos muy bien.

Mis abuelos, Jaime y Alicia. Se jubilaron hace un tiempo y ahora viven en una casa bastante grande de San Fernando. No nos visitan casi nunca, prefieren que lo hagamos nosotros para que el abuelo pueda deleitarnos con su piano y la abuela con sus galletas (adoran ser anfitriones). Aún así, las pocas veces que vienen a vernos siempre nos traen un regalo a cada uno. Por lo general, a mí me dan siempre dinero, porque yo no les dejo comprarme ropa porque no me fío de su gusto vistiéndome. Ya me imagino yendo a clase con ropa de los años cincuenta sólo porque la yaya «está segura de que esta vez ha acertado».

Tía Eugenia, o la Euge, como la llamamos, es una mujer que siempre debería vivir al borde del infarto y sin embargo no lo hace. Después de tener DIEZ hijos con ella (diez, que se dice pronto), su marido la abandonó para largarse con otra mujer con la que la había estado engañando desde un año después del matrimonio. Así que ella vive sola con mis primos: Leonardo, Cleopatra, Dionisio, Telémaco, Eduarda, Mafalda, Jezabel, Genoveva, Dulcinea y Magdalena. Mi pobre tía tuvo (o me imagino que debió de tener) unos partos horribles. Imaginaos: Leonardo y Cleopatra son mellizos de quince años, Dionisio y Telémaco gemelos de doce y las restantes sextillizas, que para colmo ahora mismo tienen ¡ocho años! No quiero ni pensar lo que la hicieron sufrir. Y sin embargo, la Euge consigue mantenerles ella sola. Siempre lo he dicho: es la tía más guay de este mundo.

Bueno, y ahora que conocéis un poco el ambiente en el que me estoy criando, me toca hablar un poco sobre mí, familia aparte. Físicamente hablando, no puedo presumir mucho. No soy ese tipo de chicas que tienen a todos los chavales bebiendo los vientos por ellas, que es lo que me gustaría, aunque tampoco soy un duende ni una de las chicas más feas del insti. Soy, como podría decirse, del montón (aunque resalte por mi cabello). Tengo el pelo rojo brillante, una frente no muy ancha, los ojos color café con leche, nariz un poco chata, boca pequeña con labios finos, cara alargada algo pecosa, cuello escueto, hombros altos, pecho menudo, manos enflaquecidas (en las que destacan mis uñas siempre tan adornadas), torso muy delgado y piernas cortas y escuálidas. Tengo la piel rosada; soy de estatura normal, aunque tirando a baja, y muy flaca, más de lo que a mí me gustaría. Estoy en los huesos, como si fuera anoréxica, y eso que no lo soy; me encanta comer, pero por más que como y como, no logro engordar. Me gustaría ser más guapa de lo que soy, y cada vez que me enfrento al espejo, siempre gana él, yo me desespero y tengo que meter la cabeza debajo del agua del grifo mientras me digo a mí misma: « ¡Pam es guapísima, Pam es guapísima!», como si con eso fuera a convencerme.

En lo que se refiere a mi persona, dejaré que vosotros lo vayáis descubriendo a medida que leéis esta historia. Aunque puedo adelantaros algunos datos, como por ejemplo, que me encanta dibujar y hacer gimnasia rítmica y que detesto las matemáticas, los perros y todo lo que tenga que ver con política y/o religión. Pero eso sí, si hay algo que me guste y que me encante de verdad, son los chicos.

En mi instituto me rodeo de gente, tengo un montón de amigos. Ah… mis amigos, esa es otra historia. Sí, tengo muchos, pero como todo hijo de vecino yo también tengo lo que se llama *mejores* amigas, y éstas son tres: Laura, Belén y Patricia. También a ellas las iréis conociendo.

Hace poco terminé 2º de ESO con dos asignaturas suspensas: Matemáticas (cómo no) y Plástica. Me dijeron que podría recuperarlas en septiembre y me prometí a mí misma y a los demás que hincaría los codos durante las vacaciones. Ahora no falta nada para los exámenes de recuperación y, a no ser que se considere estudio el hecho de ir a la piscina, al cine, a la playa, etc… me temo que no he empollado en absoluto. Creo que tengo un serio problema, pero lo cierto es que no le doy mucha importancia. Siempre estudio el día anterior al examen, y tal vez sea esa la razón de que me hayan quedado dos. Pero bueno, voy a dejar de deprimirme hablando de mis estudios y voy a pasar a desesperarme hablando de algo más triste y deprimente pero así y todo más interesante: mis amores.

Amor, pasión, desesperación, obsesión… todo eso lo puedo resumir en una sola palabra: Cedric. O mejor aún, en tres: Cedric Moreno Torres. ¡Ay! ¿No es un nombre mágico? Cedric, Cedric, nunca he conocido un nombre tan bonito, o mejor dicho, tan perfecto. Comienza con la suavidad de la C y la E, luego juguetea revolviendo la D y la R, la dulzura infinita de la I y acaba como empieza, con la C de «corazón» (eso tiene que ser una señal, estoy segura). ¿Adivináis? Cedric es el amor de mi vida, el chico más maravilloso que he conocido jamás. Es guapísimo: pelo castaño muy claro (podría ser rubio, pero no lo es), estatura media, constitución fuerte, piel clara y unos preciosos ojos que son una mezcla alucinante de gris, azul y verde claro. Y sin embargo, el hecho de ser tan guapo no le convierte en un creído como a la mayoría. Es súper majo, buen humorista, y también serio cuando quiere. Es una de esas personas que se deja crucificar para ayudarte y que antes muerto que chivato. En resumen, es una persona fascinante. Pero (y aquí viene el gran PERO) hay un par de problemas. En primer lugar, es un año menor que yo (y ya me sentí como una asaltacunas una vez que salí con uno al que le llevaba un mes, imaginaos). El segundo y más grave, es que él pertenece a un arquetipo de gente al que no me interesa acceder.

¿Tengo que explicar eso, no? Creo que si estudias Secundaria, o la has estudiado alguna vez, sabrás de qué hablo cuando digo que, tanto en los institutos como en la calle, siempre hay una distinción entre las personas. Yo, personalmente, suelo contemplar tres tipos: el primero, que es a donde yo pertenezco, es en el que desde el primer momento que pisas el insti dejas bien clarito que no eres una persona cualquiera: eres TÚ. Lo que normalmente buscamos es codearnos con toda la gente que sea posible, que nos conozcan, nos respeten, nos tengan en cuenta… vamos, ser esos a los que ni se te pasa por la cabeza dejar de lado. ¿Y quién no querría algo así? Siempre encuentras la oportunidad para demostrarle al mundo entero que eres el ombligo del mundo.

Luego, siguiendo el orden de una escalera, están las personas que son, digamos, normales en este aspecto. Claro, esto ya no es un grupo ni una excepción: prácticamente se trata de la masa homogénea de gente que recorre estos pasillos cada día. Los de toda la vida, va, los que con tres o cuatro amigos fijos ya son felices y van al instituto para aprobar o para vacilar a los profes, y no para asegurarse de que conocen a todos los de su curso y a los de un curso superior. Por eso mismo tampoco son los que suelen montar numeritos, pasan de las movidas y procuran no meterse en líos. Cosa bastante prudente, lo reconozco.

Y finalmente, están "esos otros" a los que me refería antes. Los que siempre caen mal por algún motivo, los que no pasan sin recibir al menos un insulto al día, los que son demasiado diferentes al resto como para encajar. Casi nadie quiere juntarse con ellos, y la mayoría se aíslan en su propio mundo como si no les importara demasiado no tener ningún amigo, resignados a vivir como basura toda su vida y limitándose simplemente a existir, cosa que me pone bastante de los nervios.

Os preguntaréis: ¡¡¿CÓMO DIABLOS ES POSIBLE QUE UNA PERSONA TAN FANTÁSTICA COMO CEDRIC MORENO TORRES HAYA CAÍDO TAN BAJO?!! Buena pregunta, la misma que me llevo haciendo yo desde que empecé el segundo curso y le conocí. Él empezaba

Primero, y, para mi asombro, no sólo no intentó buscar a sus amigos entre los de segundo o al menos entre los de primero, como haría cualquiera, sino que pareció meterse de cabeza intencionadamente en el peor grupo. No puedo comprenderlo, pero se ve que a todos les da tanto asco como cualquiera de los otros que no es tan genial como él. ¡Cedric! ¿Por qué me hiciste esto? Incluso llegué a pensar que le di tanto asco nada más llegar al insti que se marginó sólo para alejarse de mí. Aquel primer día en el que entendí que Cedric era "uno de ellos" fue horrible, tuve una depresión post-principio-de-curso que me tuvo llorando casi una semana, y mis padres pensaban que era por los profesores o porque algún compañero de clase se metía conmigo. No por algo tan estúpido como que el chico que más me ha gustado en mi vida se ha convertido en tabú. ¡Una chica tan popular que va y se enamora de un proscrito! No me digáis que no es un amor platónico de lo más absurdo. Pero, ¡ay!, si no fuera tan guapo no sería tan difícil olvidarse de él.

Hablando de otro tema, este verano he engordado un par de kilos, lo cual me tiene muy contenta. Mis amigas dicen que me tienen envidia porque, mientras ellas sudan a gota gorda por adelgazar, yo lo único que tengo que hacer para tener un buen tipo es comer. ¡Infelices! No se dan cuenta de lo difícil que es ganar peso para alguien como yo, que a los catorce años parezco tener doce. No me gusta ser bajita y flaca, Belén es la más baja de mis tres amigas y me saca dos o tres centímetros. Aunque así está mejor en cierto modo, me sentiría muy incómoda si fuera más alta que Cedric (¡ya basta, no pienses más en ese nombre!). Crezco muy despacio, tengo miedo de ser en el futuro una de esas mujeres enanas que he visto a veces. No lo entiendo, mi padre es alto, mi madre es alta, Maritere es alta… ¡¿qué pasa conmigo?! Incluso Enrique, aunque de momento tiene una estatura normal para su edad, parece que en un futuro vaya a ser un tocho. Imaginaos como le voy a mirar a la cara cuando, con tres años menos que yo, me supere en altura.

En fin, no creo que tenga algo más que decir sobre mí, y si lo tengo puedo ir contándolo sobre la marcha, pero por ahora empezaré esta historia desde el horrible y tan temido día del examen de recuperación de Matemáticas (no es que me guste empezar así, pero qué quieres que te diga, antes de eso no hay nada muy interesante).

01

El examen de mates y los nuevos vecinos

Siete de septiembre, 7.50 a.m. Prueba de recuperación de Matemáticas en menos de media hora. Suspenso asegurado. ¡AUXILIO!

Aquel día tan estresante, mientras desayunaba una tostada con mantequilla y un vaso de *cola cao,* miraba a Enrique hastiada de la historia que   me estaba contando.

-Darth Vader y el Emperador planeaban matar a Luke, pero Luke aún tenía la esperanza de revivir el espíritu Jedi en su padre. Entonces le contó todo a Leia…

Yo nunca he visto película alguna de *La Guerra de las Galaxias,* pero te aseguro que podría contártela con todo lujo de detalles, porque mi hermano se lo pasa de maravilla explicándomela aunque yo le diga mil veces que ya me la sé de memoria. Nunca consigo que Enrique me cuente algo de su vida personal que no se relacione con esas películas. A lo mejor es que el pobre ni siquiera tiene vida personal.

-Enrique, mejor lo dejamos para esta tarde, ¿vale? –sugerí mientras me levantaba de la mesa y llevaba mi taza al fregadero-. Voy a llegar tarde al examen de recuperación. Además, te toca lavar los platos, así que ponte a ello.

-Los caballeros Jedi nunca lavamos platos —protestó Enrique indignado.

-Bueno, pues tú eres un Jedi muy especial al que su madre Jedi le va a poner rojas sus orejas Jedi si no hace sus tareas de Jedi.

Dicho esto salí de la cocina y fui a mi cuarto a coger lápiz, goma, bolígrafo y sacapuntas, y me lo metí todo en el bolsillo. Después de dudar un momento, me puse en la muñeca izquierda mi reloj con calculadora y me cambié la camiseta que llevaba por una de manga larga para que no se notase. Así compensaría lo poco que había estudiado.

-Me voy —grité para que mi madre se enterase. Cogí las llaves y salí de casa.

Cuando iba llegando al insti, me encontré con una de mis mejores amigas (es decir, una de las que no me había despegado en todo el verano), Belén, y ella me saludó sonriendo:

-¡Pam! ¿Qué tal estás?

-Bien, gracias —dije sin muchas ganas-. No he estudiado casi nada, tengo sueño y me parece que oigo el nombre de Luke Skywalker hasta en el ruido de los coches, por cortesía de mi hermano. Pero oye, eso es fenomenal. Seguro que en el examen me concentro de lo lindo.

-Ah… -me dijo con esa cara de «me alegro de ser hija única» que pone cada vez que le hablo de mis hermanos y de cómo me amargan la vida a veces, aun Enrique, que siempre ha sido mi aliado en las continuas riñas y peleas con Maritere. Pienso que él y yo podríamos llegar a ser grandes amigos si no estuviese tan trastornado con las películas de George Lucas. Mi madre dice que son cosas de la edad, pero oye, yo con once años ya me fijaba en los chicos y a mi hermano la palabra «chica» no parece sugerirle nada.

Llegamos hasta la puerta del instituto y allí nos encontramos con varios rostros (la mayoría conocidos, es algo que tiene la popularidad) de compañeros que también habían suspendido esa horrible asignatura llamada Matemáticas. Belén y yo nos unimos a la masa de gente y empezamos a repartir saludos por aquí y por allá, encontrándonos con muchas personas a las que no veíamos desde junio. David, Olga, Marijuli, Alex, Anaís, Marcos, Víctor… los nombres explotaban como fuegos artificiales mientras íbamos de un lado a otro, abrazando y besando a nuestros tan añorados compañeros.

-¡Pam! –me dijo una voz conocida. Al oírla, me di la vuelta de inmediato y exclamé contenta:

-¿Julio? ¿Eres Julio?

-¡El mismo!

-¡Pero… cómo es posible! –dije entre carcajadas mientras abrazaba a mi amigo-. Quién lo hubiera dicho, tan alto y con ese peinado… ¿qué narices te has hecho en el pelo?

-¿Qué te parece? Me lo hizo mi prima con unas tijeras de cocina en la oscuridad de las dos de la madrugada.

-Estás horrible –dije, riendo, mientras observaba divertida los cortes desiguales en el pelo rubio de Julio.

-¡Gracias! Tú también estás muy guapa –dijo él, sonriendo.

Julio siempre había sido una persona especial para mí. En preescolar nos conocimos, y entonces nos peleábamos mucho por los juguetes y esas cosas. En Primaria nos hicimos amigos del alma, no nos despegábamos para nada, íbamos juntos a todas partes como si fuéramos siameses. Ni siquiera con mis tres mejores amigas tuve jamás una relación así, de amistad tan íntima. Los demás niños se burlaban de nosotros diciendo: «Son novios, son novios». El caso es que tampoco iban tan desencaminados, porque, en el primer año de Secundaria, Julio y yo empezamos a salir juntos (esa fue una historia de amor muy bonita, te la tendría que contar un día de estos). Pero al final no funcionó, porque… bueno, es una cosa muy complicada. El caso es que me di cuenta de que tiene razón ese dicho que dice: *cuando el amor interrumpe una buena amistad, se convierte en su peor enemigo.* Cortamos y no volvimos a ser los mismos desde entonces… seguimos siendo amigos, pero nunca logramos recuperar esa relación de amistad pura y fraternal que teníamos de pequeños, eso se perdió para siempre. De verdad, qué triste. Pero en fin, de todas formas él sigue siendo una persona importante en mi vida y yo en la suya, así que no debe extrañaros que nos saludáramos con tanta efusividad.

-¿Qué tal tus vacaciones en Cádiz? –le pregunté.

-Nada mal, pero ¡no te puedes imaginar el calor que hace! Te lo aseguro, de no ser por la brisa marina me habría muerto.

-Sí, sí… exagerado.

-En serio, es tremendo –me dijo con una sonrisa.

-¿Por qué hablas así?

-¿*Así* cómo?

-Así, con ese acento. Pareces andaluz.

-¿Tú crees? Yo no noto nada.

-Pero bueno, ¿sigues siendo igual de tonto que antes o es que por fin te han enseñado a tomarle el pelo a los demás?

Mi amigo soltó una carcajada.

-Tú, en cambio, no has cambiado nada tu manera de hablar. Lo mío es totalmente natural: cualquiera que pasa dos meses viviendo entre gaditanos, vuelve hablando como ellos. Es pura lógica, dos más dos...

-¡No me digas que por fin has aprendido cuánto es!

-Graciosa...

Me podría haber pasado horas hablando con él, pero justo entonces abrieron la puerta del insti y todos entramos, yo sin ninguna gana y creo que casi todos igual. Fuimos andando hasta una clase de la planta baja y allí un profesor de Matemáticas al que todos llamamos *El Yeti* (no tanto por el pelo como por el tamaño) nos colocó a cada uno en una mesa y empezó a soltarnos el típico rollo -prohibido hablar, mirar al compañero, las *chuletas* serán confiscadas, las calculadoras también (cuando dijo esto me apreté fuertemente la muñeca izquierda), las preguntas al profesor sólo se harán en los primeros diez minutos, no se le da la vuelta a la hoja hasta que empiece el examen, no se respira demasiado fuerte, bla, bla, bla...- y a medida que El Yeti hablaba yo me ponía aún más nerviosa. Noté un disimulado ¡eh! a mis espaldas y me di la vuelta, encontrándome con la sonrisa de Belén y su mano haciéndome un gesto de buena suerte. Yo sonreí, pero en realidad no creí que me sirviera de nada. Me giré hacia el profesor, que ya había empezado a repartir las hojas de los exámenes, y me pellizqué fuertemente, deseando despertarme de aquella pesadilla.

-Estoy segura de que he suspendido.

Ya hacía calor fuera del instituto. La caricia del sol me dio en la cara mientras levantaba los ojos hacia el cielo en actitud de resignación y miraba a todos los demás chicos y chicas que caminaban a mi alrededor. Entre ellos pude ver a Julio, que me sonrió y me saludó con la mano. Yo le devolví el saludo forzando una sonrisa. La verdad es que estaba tan fastidiada por lo mal que me había ido en el examen que la felicidad que sentía un rato antes por el alegre reencuentro se había esfumado.

-¿Pero qué dices? —exclamó Belén, sorprendida-. ¿No te habías traído tu reloj con calculadora?

-Sí, pues de poco me sirvió —dije disgustada-. No me he sabido prácticamente ninguna de las fórmulas de áreas y volúmenes y... etcétera. Bel, ¡odio las Matemáticas!

-¡Vamos! Todo el mundo las odia, es decir, todo el que se pueda considerar humano. Es una asignatura difícil.

-Ya sé que a ti te ha ido de maravilla —repliqué-. Seguro que te mataste a estudiar, ¿no?

-Bueno, pero eso...

-¡Pero eso un pepino! No es justo, ¿por qué tú puedes estudiar fácilmente y a mí me cuesta tanto?

-¡No digas chorradas, Pam! Estás muy alterada. Oye, ¿qué te parece si llamamos a las chicas y quedamos para salir el viernes por la noche? A ver si así nos divertimos y nos olvidamos del examen de Matemáticas, que ya se acabó todo.

-Para ti. Yo mañana tengo que volver para hacer el de Plástica.

-¡Bueno, qué quieres que le haga! No haber suspendido, que yo no tengo la culpa de todas tus desgracias y penas.

-Bueno, déjalo. Has tenido una buena idea. Yo llamaré a Laura y tú a Patri, ¿vale? Y ya que la llamas dile que busque un sitio movido donde podamos ir y que no cierre muy temprano.

-Ah, sí. Justo lo que necesitas —dijo mi amiga irónicamente-. Tienes los nervios de punta. ¿No preferirías ir a un sitio relajado?

-Bel, cualquiera diría que no me conoces.

-Es la segunda vez que me llamas Bel. Y ya sabes que no me gusta.

-Está bieeeen... perdona.

-Ok, pero recuerda que a la tercera va la vencida, ¿eh?

-Sí, sí, lo que tú digas. Bueno, hija, me voy a casa. No te olvides de llamar a Patri, ¿eh?

-Que no me olvido, vete tranquila. Tú encárgate de llamar a Laura. Y... suerte con el examen de mañana.

-Gracias, la necesitaré.

Me despedí de mi amiga y doblé en la esquina mientras ella se encaminaba hacia la parada de autobús. Yo seguía pensando en el examen de Matemáticas que acababa de realizar. El de Plástica no me preocupaba tanto, porque en realidad no es una asignatura que se me dé mal (lo que pasa es que me suspendieron por el comportamiento y porque me pillaron con una chuleta en el examen), pero con las Mates soy nula. Mi madre no lo entiende, y mi padre menos (comprensible, siendo él profesor de esa horrible asignatura), incluso yo misma he llegado a creer que soy adoptada y que mis padres biológicos son unos negados para el estudio porque no pudieron tener una buena educación. Claro que tuve que desechar esta posibilidad, porque todo el mundo dice que parezco una fotocopia de mi padre salvo en la nariz, la cual es idéntica a la de mi madre, y que tengo el mismo mal carácter de mi hermana (similitud que ninguna de las dos está particularmente interesada en reconocer). Así que me conformé con aceptar que sencillamente soy tonta y que, probablemente, el único prohijado de mi familia es Enrique, que además debe ser el eslabón perdido dado su comportamiento. Pero mejor corto aquí con esta charla, porque ya veo por dónde van los tiros y si continúo terminaré hablando otra vez de mi hermano pequeño (y eso sí que no).

Después de caminar durante un buen rato, llegué al edificio donde estaba mi casa y me detuve al ver un enorme camión aparcado enfrente y dos hombres que apeaban cajas. Parecía una mudanza, así que, movida por la curiosidad, me acerqué un poco. Junto a los que parecían peones de carga, había un hombre alto de pelo negro un poco largo y piel muy, muy morena, aunque no llegaba a ser negro. Debía venir de algún país latinoamericano. El individuo tenía los ojos oscuros y tal vez algo tristes, aunque yo no soy muy buena para esas cosas.

De pie a su lado, se encontraba una mujer más bien bajita con un físico semejante: morena y con el pelo negro, aunque ella tenía los ojos verdes (unos ojos preciosos, por cierto) y una sonrisa deslumbrante que contrastaba con la seriedad del hombre. Vestía un vestido muy elegante de color marrón claro y parecía muy activa, diciéndole a los peones lo que tenían que hacer y ayudando a meter las cajas en el portal.

Allí, en el portal, también ayudando con las cajas, había una chica más o menos de mi edad. Era guapísima, con la misma piel morena, una larga cabellera llena de bucles negros como el carbón, y los mismos ojos verdes que tenía la mujer. Llevaba gafas de montura negra y una diadema en el pelo, y vestía una camiseta roja, pantalones cortos azules y deportivas grises y blancas. Lo que más me asombró fue que llevaba el brazo derecho lleno de pulseras hasta la mitad del antebrazo.

Como de todas formas tenía que ir hacia el portal para entrar en la casa, decidí acercarme a ellos y saludarles (al fin y al cabo parecía ser que iban a ser mis nuevos vecinos). Caminé hasta ellos y sólo cuando estuve a un metro de distancia, la mujer se dio cuenta de mi presencia allí y sonrió todavía más.

-¡Buenos días! –me saludó. Tenía un curioso acento, lo cual confirmó mi presentimiento de que no eran españoles.

-Hola –saludé. Así, a secas, nunca he sido de grandes palabras.

-¿Vives aquí? –me preguntó la mujer.

-Sí, en el tercero A –contesté.

-¡Ah!, pues nosotros nos estamos trasladando ahora mismo al B –dijo la señora, contenta-. Me llamo Janet, ¿y tú?

-¿Yo? Pamela… pero casi todos me llaman Pam –sonreí.

-Encantada. Éste es Luis, Luis Arreaza, mi marido –dijo señalándome al hombre de la mirada triste-. Mi amor, mira, esta muchachita es Pam, nuestra nueva vecina.

-Un placer –dijo el hombre sonriendo un poco, como si le costase.

-Ella es mi hija menor, Nazareth –dijo Janet haciéndole un gesto a la chica del portal para que se acercase. Ésta vino hacia mí y sonrió.

-Hola –dijo-. ¿Qué tal?

-Bien, gracias –respondí. La chica no tenía tanto acento como sus padres, de hecho no tenía casi nada.

-Y éste –continuó Janet señalando a un chico que acababa de bajar por las escaleras del edificio- es el mayor, Andrés. Andrés, ella es Pam, que será nuestra nueva vecina.

-Buenos días por la mañana –dijo el tal Andrés, sonriendo, y casi creí que el fracaso del examen me estaba haciendo ver doble, porque el chico era un clon exacto (más joven, por supuesto) de su padre, aunque el entusiasmo con el que me saludó era como el de Janet. Andrés era mayor que yo, tendría unos dieciséis o diecisiete años a juzgar por la altura y la perilla que empezaba a crecerle, pero tenía cara de niño pequeño. Los ojos eran negros como los del padre, aunque con una mirada mucho más alegre. Tenía el pelo un poco largo y, siendo sincera, no era para nada guapo, a pesar de sus bonitos ojos; tenía la boca torcida, cejas muy pobladas, la cara huesuda y la nariz grande, y le sobraba algo de barriga.

-Hola –saludé-. Bueno… pues bienvenidos al edificio. Ya nos veremos.

-Hasta pronto, Pam –dijo Janet con la misma sonrisa que no se había borrado de su rostro en todo el rato.

-Adiós –me despedí y subí las escaleras hasta el tercero corriendo, con ganas de comentarle a alguien lo que acababa de suceder en el edificio. Llegué a mi piso y llamé al timbre sin separar el dedo del botón hasta que Enrique me abrió la puerta. Aún no se había quitado el pijama, llevaba puesto un casco espacial y tenía en la mano un muñeco de C-3PO, el robot ése que sale en sus películas favoritas. Me miró fastidiado y dijo:

-¿No puedes esperar un poco a que te abran, impaciente?

-¡Ay, niño!, como si te hubiese interrumpido una tarea muy importante. ¿Está mamá?

-Sí, en la cocina –respondió Enrique apartándose del umbral para dejarme la entrada libre. Me dirigí a la cocina y vi a mi madre leyendo un libro de recetas. Al verme entrar, sin interrumpir su tarea, me preguntó:

-¿Qué tal el examen?

-Mal –contesté sin más explicaciones. Ella no me hizo ni caso, así que opté por seguir hablando, esta vez tirando con la conversación hacia el tema que me interesaba-. Oye, mamá, ¿qué sabes de esa familia nueva que ha venido a vivir al 3ºB?

Ahora sí: mi madre levantó la vista del libro de recetas y me miró fijamente.

-¿Qué familia nueva? –me preguntó.

-¿No tienes ni idea de eso? –pregunté sorprendida-. Pues si tú, que eres una de las principales cotillas del barrio, no lo sabes…

-¿Qué familia nueva? –repitió con voz aún más firme. No, si ya os lo digo yo: mi madre es una maruja de mucho cuidado. Sonreí con burla y contesté:

-La familia Arreaza, un matrimonio con dos hijos. Creo que son venezolanos. Acabo de encontrarme con ellos en el portal, estaban descargando las cajas de la mudanza.

Mi madre soltó el libro de recetas y se asomó a la ventana que daba a la calle para confirmar lo que le estaba diciendo. Mientras tanto, yo decidí apoderarme del teléfono antes de que ella empezase a llamar a sus amigas para comunicarles la nueva. Lo primero es lo primero: tenía que llamar a Laura. Marqué rápidamente su número y esperé un rato hasta que por fin me lo cogió su madre.

-¿Diga? –preguntó.

-Hola, Carmen. Soy Pam. ¿Está Laura?

-Sí, ahora se pone –a esto siguieron unos segundos con voces de fondo hasta que mi amiga cogió el auricular-. ¡Hola, Pam! ¿Qué tal el examen?

-Muy mal, estoy segura de que he suspendido –respondí. Sin darle tiempo a que me preguntara los detalles, seguí hablando-. Oye, que hemos comentado Belén y yo que podríamos salir las cuatro el viernes por la noche, así nos divertimos y nos olvidamos de que la semana que viene empiezan las clases.

-Ah, pues fenómeno –contestó Laura entusiasmada-. Tengo un vestido nuevo que está pidiendo a gritos que lo saquen a la calle. Vas a alucinar cuando lo veas.

-Sí, sí –mientras decía esto pensé para mí misma: «sea como sea, me las arreglaré para superarlo»-. Escucha, que tengo que dejarte porque mi madre necesita el teléfono con «urgencia». Te paso a buscar el viernes a las ocho, ¿ok?

-Ok –respondió Laura-. Hasta entonces.

-*Adeu* –colgué y me fui de la cocina mientras mi madre se abalanzaba sobre el teléfono. Llegué al cuarto que comparto con Maritere (por desgracia para ambas) y vi con pesar que mi hermana estaba allí, depilándose con cera. Haciendo caso omiso de su presencia, me senté en mi escritorio y saqué el libro de Plástica, pero por mucho que lo intentaba era imposible concentrarme con los chillidos de dolor de Maritere cada vez que se arrancaba los papeles depilatorios de la pierna. Di un puñetazo en la mesa con toda mi furia. «Estoy segura de que ni siquiera le duele y que lo hace sólo para molestarme, y lo peor es que encima lo consigue», pensé. Me giré y le dirigí una mirada de odio reconcentrado.

-¿Quieres hacer el favor de callarte, pedazo de estúpida? –exclamé.

-Cállate tú –respondió mi hermana, sin mirarme, mientras se ponía la cera-. Ésta también es mi habitación, y puedo hacer lo que me dé la gana.

Cogí mi cuaderno de Plástica y se lo arrojé a la cabeza. Maritere, colérica, me lo devolvió del mismo modo. Podíamos haber estado un buen rato así (no sería la primera vez), pero justo entonces entró Enrique, consiguiendo que el cuaderno de Plástica arrojado por Maritere le diera de lleno en la cara.

-¡Ay! –gritó, empezando a dar saltos con la mano en la cara-. ¡Mi ojo, mi ojo, MI OJO! ¿Estás tonta o qué?

-Ups, perdona –dijo Maritere.

-Qué animal eres –dije yo mientras me levantaba para ayudar a Enrique-. A ver, Kike Skywalker –cuando me pongo cariñosa con él siempre le llamo por su «nombre secreto»-, déjame ver que te ha hecho esa bestia.

Le aparté la mano. ¡Ufff!, qué dolor, no sé como salió vivo de eso. La esquina del cuaderno le había dado directamente en el ojo (seguro que se lo dejaba morado) y le sangraba un poco la ceja. Le miré algo preocupada.

-Mejor vamos al baño a ponerte una tirita –dije-. Dejemos a los burros en su establo –esto último lo dije en voz más alta para que mi hermana me oyera.

-Imbécil –dijo su voz a mis espaldas.

Me di la vuelta, le hice un gesto sumamente grosero con el dedo y me fui del cuarto seguida por Enrique, llevándole al baño.

¡Noche de Viernes!

-¿Se puede saber adónde vas? —me preguntó mi madre cuando, el viernes por la noche, me vio salir del baño con un peinado que yo había visto en una película y que me parecía genial hasta el momento que intenté hacérmelo, labios y ojos pintados y una ropa que yo sé que a ella no le convence: camiseta de ombligo fucsia con un escote un poco «ejem», minifalda negra... ya me podéis imaginar. Creo que estaba bastante guapa, de no ser por ese estúpido peinado.

-Voy a salir —dije con desgana. ¿Por qué tengo que darle explicaciones de mis actos?

-¿Con quién? ¿Adónde?

-¡Ay, mamá, no seas pesada! —protesté-. Me voy con Laura, Belén y Patri a una discoteca. Volveré sobre las once, o las doce...

-O la una —interrumpió mi madre irónicamente-. ¿Cómo se llama la discoteca?

No contesté (en parte porque no lo sabía) e intenté sin éxito que me dejara salir de la casa.

-Bueno, está bien, no me lo digas —dijo-. Pero al menos no pensarás salir con esos pelos de loca. ¡Pareces un caniche!

En eso tenía que darle la razón, por supuesto. No respondí, pero la miré con una cara que venía diciendo: «¿Y entonces qué hago?»

-Ven aquí —me dijo mi madre llevándome de vuelta al baño y cogiendo un peine. En un segundo me deshizo los lazos que me había puesto y el pelo se me volvió a quedar como antes: suelto y muy aplastado.

-¿Sabes qué es esto? —dijo agitando un spray ante mis ojos-. Te lo presento: es un producto para que el pelo aumente de volumen y está guardado en el armario, así que la próxima vez que se te aplaste el cabello ya sabes adónde acudir.

Diez minutos más tarde, corría a la parada de autobús tropezándome a cada momento por culpa de los estúpidos tacones. Mi madre había tardado demasiado, pero bueno, el caso es que logró hacerme una coleta alta que me sentaba muy bien y era realmente cómoda (cualidades básicas de las que carecía por completo el peinado anterior). Sólo rogaba llegar a tiempo a casa de Laura para poder lucirla en la discoteca.

-¡Por fin! —jadeé cuando llegué a la parada. Justo a tiempo, el autobús acababa de llegar. Subí mientras sacaba de mi bolso el metrobús y lo metí en la maquinita, pero ésta me lo devolvió sin picarlo, dando a entender que se había agotado. Volví a introducirlo y otra vez pasó lo mismo. No lo podía entender, aún me quedaban dos viajes.

«¡Estas máquinas modernas!» pensé mosqueada, mientras volvía a hurgar en el bolso suplicándole a todos los santos y vírgenes del mundo (a pesar de mi escéptico ateísmo) que tuviera monedas para pagarme el viaje de ida. Para el de vuelta ya le pediría algo a Laura. Encontré una moneda de dos euros y suspiré de alivio, pero volví a alarmarme cuando miré el reloj de mi móvil y vi que ya eran las 9.50, y había quedado a las diez.

«Espero que la noche acabe mejor de lo que ha empezado», me dije mientras recogía la vuelta y me sentaba en uno de los asientos que aún quedaban libres, confiando en que esa discoteca a la que Patri pensaba llevarnos fuera realmente tan genial como aseguraba.

Cuando me aburrí de mirar el paisaje (que fue pronto, naturalmente, porque las calles de Madrid me las sé de memoria) abrí el bolso, saqué mi MP3 y empecé a escuchar música. No me preocupé por saber qué canción estaba reproduciendo, no me importaba, simplemente quería estar entretenida un rato.

Nunca dejas de seguirle para estar mirando,
él ya no te quiere a ti, tenemos que marcharnos.
Espera, sólo un momento por favor,
quisiera hablar con él de nuestro amor.
Sabes que no quiere hablar, que ya no hay solución,
no te pertenece más, no digas que es tu amor.

Vale, yo me pregunto muchas veces una cosa. Seguro que a vo-sotros os ha pasado lo mismo alguna vez, no os creería si me dijerais que no. La pregunta es: ¿las canciones se escriben así por casualidad o es cosa del destino? No lo sé, pero creo que *Camela* sabía mi dilema con Cedric, si no, no me lo explico.

Ya no puedes hacer nada,
tienes que aceptarlo y olvidarle para siempre,
debes intentarlo,
Lo intento, pero no puedo aguantar. (1)

Bueno, ¡ya basta! Le di a *Stop* y me quité los cascos, dispuesta a estar todo el camino mirando el aburrido paisaje de Madrid. Cualquier cosa era mejor que atormentarme tanto con esas canciones que no entiendo cómo llegan a mis oídos en momentos tan inoportunos. En serio, vosotros que conocéis mi drama, ¿lo veis normal?

Después de un rato que se me hizo eterno, vi por la ventanilla que había llegado a mi destino, así que me preparé para bajar. Era una suerte que la casa de Laura estuviese al lado de la parada de autobús, así me ahorraba tener que caminar. Bajé, fui directa al número 6 de esa misma calle y llamé al 1ºB.

Piiiiiii

-¿Quién es? -esa voz la conocía, la pesada de su hermana pequeña.

-Hola, Martita. Soy Pamela.

-¡Ah, tú! Pasa —sonó un chirrido y pude abrir la puerta.

Subí en ascensor y me encontré la puerta abierta y a mi amiga en el vestíbulo, saltando a la pata coja para ponerse sus zapatos nue-vos. Eso es muy normal.

-¿Qué te han hecho los pobre zapatos? —dije yo, riendo.

-¿Qué me han hecho? ¡Ser demasiado pequeños! —contestó mi amiga, sudando a gota gorda.

-¿Por qué no te pones otros? –pregunté-. Tienes una zapatería entera para elegir.

-Pam, lo sabes perfectamente –respondió Laura-. Cuando hay zapatos nuevos, hay zapatos nuevos.

-Sí, pero nadie se va a fijar en tus pies.

-¡Ya!, seguro que la Cenicienta no pensaba lo mismo que tú y ya ves; si no llega a ser por una estúpida zapatilla de cristal, habría sido sirvienta toda su vida.

A mí no me iba a dar lecciones con un cuento tan viejo, yo estaba completamente convencida de que, tal como se había arreglado, era imposible que alguien se fijara en sus zapatos, sobre todo si el lugar estaba oscuro. Y es que aquella noche Laura estaba tremenda: se había rizado la preciosa melena rubia que la caracteriza y llevaba un vestido increíble, negro y ajustado y mucho más escotado que mi camiseta. Gracias al maquillaje, sus ojos verdes destacaban e incluso parecían brillar más.

-¿Qué te ha dicho tu padre? –pregunté.

-¿Sobre qué?

-¿Sobre qué va a ser? El vestido.

-Ahhh… -dijo como si acabara de darse cuenta-, «eso.» Bah, ¿mi padre? Ése nunca se entera de nada sobre mi vida.

-Bueno, es cierto, el mío tampoco. ¿Y tu madre?

Laura frunció el ceño y gruñó mientras conseguía ponerse uno de los zapatos (¡eureka!).

-No lo sabe –contestó-. Acaba de salir ahora mismo y hasta entonces yo llevaba unos vaqueros y una camiseta de cuello alto. Me he cambiado en cuanto he oído cerrarse el portal, porque si se entera de que he salido así cogerá un cabreo impresionante y me dejará dos semanas sin paga y sin salir. Ya sabes cómo es.

-Sí –afirmé yo, porque Carmen, la madre de Laura, es súper tradicional. Muy maja cuando quiere, sí, pero en lo que se refiere a ropa y ligues, no perdona una. Yo no entiendo cómo mi amiga puede sobrevivir con tanto control, pero seguramente influye un poco que sus padres estén divorciados-. Esto… ¿acaba de salir? Yo no me la he encontrado.

-Porque subiste en ascensor, perezosa. Ella siempre baja por las escaleras porque es más sano, dice. Quizás en eso deberías seguir su consejo –dijo Laurita irónicamente.

Por fin se puso el zapato izquierdo y, aunque le apretaba y no paraba de quejarse, salimos de su casa y fuimos al autobús nuevamente.

Dos paradas después, volvimos a bajar y nos dirigimos a la calle de Patri, que está al final de un paseo larguísimo. Nada en comparación con la de Laura, pero está claro que no puede ser todo cómodo en esta vida.

Justo cuando íbamos a llamar, una cabeza asomó al balcón del segundo piso y habló en voz tan baja que para escuchar bien hubiera hecho falta un sonotone. Menos mal que Laura es como un audífono con patas.

-¡Pam! ¡Laura! –susurró Patri-. No llaméis, que mi hermano está durmiendo. Ahora mismo salgo.

Y la cabeza susurrante desapareció.

-Que ahora baja –dijo Laura.

Y así fue. En menos de tres minutos, la cabeza susurrante abrió el portal y estuvo junto a nosotras, esta vez con tronco y extremidades.

He de reconocer que estoy acostumbrada a verla con esas pintas, pero de noche siempre me asusta un poco. Y no es de extrañar. Su pelo oscuro estaba suelto y le caían mechones sobre la cara, que por cierto, ¡menuda cara! Toda espolvoreada de blanco menos los labios y los ojos, que los llevaba negros como el carbón. Y negra también llevaba la falda-pantalón, la camiseta de tirantes y la chaqueta de cuero.

Patri siempre ha sido así de rara, le encanta parecer reservada y oscura aunque en realidad no lo es. Yo creo que lo hace para ser la chica misteriosa a por la que, según ella, van todos los chicos. Lo más curioso es que casi siempre le funciona, cosa que no entiendo, porque no sé… no hallo mucho atractivo en la gente que se pinta los labios de negro, sobre todo los chicos (se ve que hay algunos tíos que también lo hacen, ¿podéis creerlo?). Tal vez sea debido a que los preciosos ojos azules de mi amiga estropean un poco el efecto de *Dark Girl* que quiere conseguir. Pero bueno, a ella le gusta y es feliz con su rareza, así que dejémoslo ya. Sólo esperaba en ese momento que no tuviese pensado llevarnos a una discoteca donde todos vistieran como ella y se «disfrazasen» de vampiros, porque entonces no sé dónde iba a meterme yo con mi camiseta fucsia y mi pelo rojo. Así le dije después de saludarla.

-¿Hay algún problema con la gente que se viste como yo? –preguntó Patri.

-Qué va, qué va –se apresuró a decir Laura, pero evidentemente igual de preocupada que yo.

-Miedicas –rió nuestra amiga-. No os asustéis, el sitio al que vamos esta noche es normal y corriente. Bueno, normal y corriente no, ¡es la bomba! Para mayores de dieciséis años.

-¡¿Mayores de...?! –se escandalizó Laura-. Patri, tú sólo tienes quince y nosotras catorce. ¿Cómo se supone que vamos a pasar?

-Ah, no te preocupes por eso –dije yo-. Seguramente el que controla la entrada es amigo de Patri, ¿verdad?

-Adivinaste, Pam –dijo mi amiga gótica con una sonrisa espeluznante.

Claro que adiviné. Si es que son ya muchos años y nos conocemos... lo que pasa es que Laura siempre está en la luna de Valencia.

-Amigo tuyo, ya veo... -comentó Laurita-. Y, ¿qué tal está?

-¿Por qué no discutimos esto mientras caminamos? –sugerí-. No es por nada importante, pero vamos a llegar tarde a lo de Belén, así que yo preferiría que no la hagamos esperar demasiado tiempo.

-Sí, cierto –dijo Patri-. Ya tendrás tiempo de ligar cuando lleguemos, Laura. Y tú también, ¿eh, Pam? Que piensas que disimulas bien, pero las amigas nos damos cuenta; hace como un año que no sales con ningún chico. Es esta noche o nunca.

Je-je-je. Vale, lo admito: hay un pequeñísimo, diminuto, microscópico detalle que olvidé mencionaros en el primer capítulo: mis amigas no tienen NI LA MÁS REMOTA IDEA de lo que siento por Cedric. Y no pueden enterarse nunca, ¿vale? ¡Ni se te ocurra preguntarme por qué! Creo que es bastante obvio: somos cuatro de las chicas más admiradas del instituto, y si se enteran de que me gusta alguien como él... sería para mí el fin del mundo. Burlas para toda la eternidad.

Así que nos pusimos en camino, ahora andando porque la casa de Belén no está muy lejos de la de Patri, y llegamos al portal de nuestra amiga. Otra vez el pitido: _Piiiiiiii._

-¿Quién es? –preguntó la voz de Belén.

-¡El repartidor de pizzas! ¡No te digo, la pregunta que nos hace!

-Baja ya, ¡la noche nos espera! ¡FIESTUKIIIIII!

Patri y yo miramos a Laura con cara de «¿ein?» y fijo que Belén debió poner la misma cara al otro lado del telefonillo.

-¡¡¡QUÉ!!! ¡¿No tengo derecho a expresarme?!

-No, sí... está todo bien, haz lo que quieras –dijo Patri partiéndose de risa.

-Pero si quieres, la próxima vez te damos un micrófono –dije yo-, por si no se te ha oído.

A todo esto, Belén ya había colgado el telefonillo y oíamos sus zancadas bajando por las escaleras de dos en dos (típico de ella). De repente abrió la puerta y nos quedamos boquiabiertas.

-Tía, vas de risa, ¿no? –preguntó Laura.

Lo dijo ella, pero era lo que pensábamos las tres. Y vosotros habríais pensado lo mismo si la hubierais visto en ese momento: llevaba unos vaqueros, una camiseta azul celeste y blanca y deportivas blancas. ¿Y qué había hecho con su pelo castaño? Una diadema y a volar.

-¿Qué pasa? –preguntó Belén, aunque no demasiado sorprendida. Obviamente, sabía muy bien qué era lo que pasaba.

-¿No te vienes al final? –pregunté.

-Sí que voy.

-Tú con esas pintas no vas a ningún lado –dijo Patri.

En cualquier otra situación, nos habría hecho gracia que justamente Patri, que parecía un vampiro por la forma en que vestía, dijera eso. Después de todo, lo escandaloso era precisamente que Belén llevaba una ropa normal. Ése era el problema: demasiado normal para salir de juerga por la noche.

-Hoy paso de disfrazarme –nos dijo Belén, con aire aburrido-. La última vez casi me torcí el tobillo por culpa de ese estúpido tacón, y de todas formas prefiero ir cómoda. Acabo de decidir que eso de «para presumir hay que sufrir», no está hecho para mí.

-¡Oh, vamos! –dijo Laura-. Siempre dices «he decidido» y al final nunca decides nada; como si no te conociéramos. Sube a engalanarte rápidamente, aún podemos esperar cinco o diez minutos.

Belén no se movió.

-Vaya, ésta vez sí que te has decidido en serio –gruñó Laura.

-Parece que la pequeña Cenicienta –miré divertida a Laura- ha decidido ir al baile vestida de sirvienta hoy –comenté con una sonrisa-. ¿Así esperas conquistar a tu príncipe azul?

-Dejad de pensar en chicos, que no hacéis otra cosa. Todo el día pensando y nada más que pensando en lo mismo.

-¡Cielos! –dijo Laura-. ¿Acaso hay otra cosa en qué pensar?

-Lo que quiero decir –siguió Cenicienta-, es que si salgo hoy con vosotras es sólo para bailar y divertirme un rato. Esta noche, si ligo o no, me da igual. Estoy agotada, menos mal que se han acabado los malditos exámenes.

-Está bien –suspiró Laura (qué mas daba, era feliz con su modelito y a ella plim lo que hiciera Belén)-. ¿Nos vamos ya? Si no me equivoco, vamos a perder el próximo autobús como no nos demos prisa.

Y ahí fuimos las cuatro andando hacia la parada, cantando una canción algo estúpida que no nos gusta demasiado pero que nos hace reír mucho:

-*Yo soy la pelirroja, la más peligrosa, cuando veo a ese moreno yo me pongo temblosa* –lo primero que pensé mientras cantaba esto fue: «Cedric es castaño, no moreno.» Soy tonta, ya lo sé.

-*Yo soy la morena, la que da candela. Me gustan tós los chicos que están en la hoguera* –cantó Patri.

-*Yo soy la castaña, la que da más caña, cuando veo a ese chaval, yo me pongo a vacilar* –entonces a Belén le salió un gallo tremendo y nos partimos de risa.

-*Pues yo soy la rubia, la más chula. Me gusta ese gitano cuando mueve su cintura* –no veáis lo que le costó a Laura, entre carcajadas tremendas, cantar estas dos simples frases.

-*¡LERELERELÉÉÉÉ! ¡BAMBÚ!* (2) –terminamos todas las locas a coro.

Cuando las cosas buenas se tuercen

Reconozco que así, vista desde fuera, la discoteca parecía un tanto decepcionante. Pero cuando, ayudadas por el amigo de Patri, entramos, nos quedamos boquiabiertas y nos dimos cuenta de que nuestra amiga no había exagerado en lo que nos contó. Realmente, aquel sitio era la bomba.

Había luces de colores por todas partes, una barra, mesas sobre las que había plantas de esas con fragancias y, lo más importante, mucho espacio para bailar y moverse con libertad absoluta sin que nadie te apriete.

-¡Esto es total! –gritó Belén, intentando hacerse oír por encima de la música sin mucho éxito.

No tuvimos que pensarlo dos veces: en media milimicra de segundo estábamos bailando al son de la música que retumbaba en las paredes de la discoteca cuyo nombre desconocíamos y que de todas formas nos importaba poco o nada. El caso era pasarlo bien, ¿no? Y eso hicimos.

Después de veinte minutos bailando, se nos acercó alguien. Dos chicos a los que no distinguíamos muy bien entre las locas y movidas luces llegaron a nuestra altura y saludaron:

-¡Hola! Esto está guapísimo, ¿no?

Cómo no, fue Patri la primera en ir hacia ellos, saludarles y mirarles con su espeluznante sonrisa de labios negros y dientes lavados con *Colgate Total*. No sé por qué yo esperaba que ambos chavales salieran corriendo asustados, pero por el contrario, el más alto de los dos parecía encantadísimo y sonrió a su vez. Me quedé helada: ése era peor que mi amiga, con aquel gesto recordaba al Conde Drácula en persona (y eso que él no tenía la cara blanca ni los labios oscuros).

-¿Qué tal? –dijo Patri, la señorita sociable del grupo.

-Yo soy Fran y éste es Juanjo –presentó el más alto. Patri le dio dos besos a cada uno y dijo:

-Encantada. Yo me llamo Patricia y éstas son mis amigas: Laura, Belén y Pamela.

Nosotras tres sonreímos y dijimos: ¡hola!, ¿qué tal? Pero hasta ahí; no somos tan extrovertidas como para darle dos besos al primero que aparece. Bueno, Laura sí, y se notaba que quería imitar a Patri, pero se cortó porque ni Belén ni yo estábamos dispuestas a tal cosa y ella sola no se atrevía.

-¿Te vienes a bailar? –invitó Fran a Patri.

-Vale –aceptó ella, y, tras dirigirnos una mirada divertida, se alejó un poco y empezó a moverse junto a su nuevo acompañante al mismo tiempo que Juanjo miraba a Belén y extendía su mano sin decir nada. Nuestra amiga le miró, se encogió de hombros y también se puso a bailar con él.

-Esta chica es tonta –afirmó Laura-. ¿Qué cree, que es normal encogerse de hombros cuando un chico la invita a bailar? Es como decir: «si no hay más remedio...»

-Se hace la interesante –dije yo-, y no creo que le haga falta, porque ese tío no ha dejado de mirarla desde que entramos. Al final va a ganar más ella con su ropa de calle que nosotras con nuestros modelitos –agregué con algo de envidia, porque la verdad es que el tal Juanjo era... bueno, mejor dicho, estaba...

Seguimos bailando a nuestro aire, aunque sin perder de vista a nuestras amigas, que parecían estar pasándolo bomba con sus compañeros de baile. Debo reconocer que, aunque yo no había ido con intención de ligar, sentí envidia. Estas dos, con sólo mover el cuerpo y lanzar una miradita, ya tienen a un chico en el bote, mientras que yo no puedo hacer nada para tener mi príncipe azul. No es justo.

Laura y yo decidimos ir a la barra a comprar unas bebidas. Nos estábamos aburriendo de bailar solas, y de cualquier forma, las chicas no se iban a morir si las dejábamos de vigilar un rato. Ya eran mayorcitas, caramba.

-No hay derecho –protestó Laurita. Acto seguido se dirigió a la chica que estaba al otro lado de la barra-. Dos ginebras por aquí, por favor.

-¡Laura! –exclamé-. ¿Te has vuelto loca?

-Vamos, Pam, por una vez no va a pasar nada –dijo mi amiga con tono despreocupado-. ¿Quieres pasártelo bien o no?

-Sinceramente, Laura, no creo que para divertirnos sea necesario… -me callé porque justo en ese instante la chica de la barra nos dio los dos vasos, que estaban llenos hasta el borde y tenían tres hielos cada uno. ¡Estaba flipando! Busqué desesperadamente el cartel de "aquí no se venden bebidas alcohólicas a menores de 18 años", pero no había ninguno, qué degenerados.

-Vamos, yo te invito. Total… alguna vez tiene que ser la primera, ¿no? –dijo Laura, dejando el dinero y cogiendo el vaso. Se comportaba como si supiera mucho de bebidas alcohólicas y la verdad es que lo máximo que había bebido era un poquito de vino algunas veces en Año Nuevo-. Chinchín… por la noche y el ahora, carpe diem.

Yo no quería, de verdad que no quería. Pero de pronto empecé a notar que la chica que nos había servido nos observaba (mejor dicho, ME observaba) con una sonrisa medio burlona. Y como Laura ya había dado el primer trago largo y yo no quería parecer una pipiola, decidí finalmente acercarme el vaso a los labios lentamente.

Y así fue como Pamela Espada Cohen, que jamás en su vida había probado una gota de alcohol, se bebió un vaso de Ginebra en cuatro tragos largos.

-¿Qué tal? –preguntó Laura, que se había quedado como cuando te bajas de una montaña rusa-. No ha estado tan mal, ¿eh?

Yo no dije nada. Pensé un momento en lo que estaba a punto de hacer y al final me decidí. Total, donde hay una vez no puede faltar una segunda.

-Te invito a otra –dije decidida-. ¡Eh! Dos ginebras más –le dije a la chica de la barra con una sonrisa de superioridad que venía diciendo: «¿Pensabas que no sería capaz?» De pronto me sentí mucho mejor, más mayor, más segura de mí misma, más importante; y eso no era un efecto secundario de la bebida, sino un desconocido sentimiento de orgullo. Cogí el vaso que me puso delante la chica y dejé en la barra las monedas que me había prestado Laura para el autobús. No importaba, ya le pediría luego que me prestara más.

-Otro chinchín –dije yo-, por la amistad.

-¡Chinchín! –corroboró mi amiga, haciendo chocar su vaso con el mío. Volvimos a beber.

Aquella pudo haber sido mi primera borrachera, la primera vez que bebí alcohol. No te imaginas lo mucho que me gustó aquella bebida y lo poco que me importaba, mientras bebía, que mis padres se disgustasen conmigo. ¿Qué es un mes sin salir en comparación a no beber un vaso más? Eso pensaba mientras me disponía a pedir una tercera ronda, por aquello de que no hay dos sin tres.

Pero de pronto se me acercó un tío de más o menos diecisiete años de edad, moreno y con perilla. Sus ojos negros estaban fijos en mí, lo noté en cuanto reparé en su presencia.

-Hola. Me llamo Héctor –dijo secamente con una sonrisa (quizás la primera sonrisa normal que veía aquella noche).

-Qué tal, yo soy Pamela y ella es Laura –dije, correspondiendo con otra sonrisa. Lástima no tener a mano uno de esos chicles blanqueadores, porque sabía que tenía los dientes un poco amarillos.

-¿Bailas? –me preguntó.

Yo estaba a punto de decir que sí, pero me detuvo la incómoda sensación de que no sería un acto de verdadera amistad dejar a Laura sola. La miré y ella me devolvió la mirada, haciendo un ligero asentimiento con la cabeza que venía a decir:

«No te preocupes por mí, Pam; estaré bien.»

Así que nada. Me alejé un poco de la barra con el tal Héctor y empecé a bailar con él como una descosida pero procurando no hacer el ridículo. Después de aquellos tragos, no me cohibía el hecho de bailar con un tipo que no conocía de nada, sentía que la noche era mía y que tenía que aprovecharla a tope.

Me divertí muchísimo. Me lo pasé de miedo aquella noche, que terminó a las dos de la madrugada, cuando cerraron la disco. Ahí salimos las cuatro amigas con Fran, Juanjo, Héctor y Carlos, un chico bastante mono que había bailado con Laura todo el rato.

¿He dicho que acabó a las dos? Perdón, no quise decir eso. A las dos lo único que acabó fue la parte divertida del capítulo. Lo verdaderamente importante estaba apunto de suceder.

-Mi madre me va a matar –dijo Laura, pero mientras lo decía reía como una loca para que los chicos no pensaran que era una cría que tenía que estar en casa a las diez (lo cual no es cierto, ya que tiene permitido hasta las doce y media, pero el caso es que se había pasado mucho y yo también).

-¡Ey, Fran!, ¿por qué no acompañas a Patsy a su casa? –sugirió Juanjo al ver que nuestra amiga estaba prácticamente dormida en los brazos de Fran.

-¡¡¡…!!!

Esa fue la expresión que reflejamos nosotras tres en el rostro al oír las palabras de Juanjo. ¡¿Acababa de decir PATSY?! Uf… menos mal que ella estaba con un pie aquí y otro en el mundo de los sueños, que si no la pareja de baile de Belén yacería ahora en el suelo lleno de sangre y con la marca de las uñas de Patri por toda la cara y los brazos.

-Eh, vale -aceptó Fran-. Patricia, ¿qué te parece? –le susurró al oído. Ella levantó la cabeza somnolienta y se avergonzó de tener tanto sueño.

-Esto… sí, ¿por qué no? –consintió ella-. Hasta mañana, chicas.

-Adiós –dijimos las tres a coro, viendo a la pareja de sonrisas tétricas alejarse hacia donde estaba la parada del autobús.

Yo no quería aparentarlo, pero estaba preocupada. Mis padres son bastante liberales, pero a pesar de ello, los viernes sólo me dejan salir hasta la una. Esto era un abuso a su confianza, pero en el fondo me daba igual. Sin darme cuenta, mi mano se había entrelazado con la de Héctor y él me miraba con la misma sonrisa de antes. Yo sonreí también, aunque cargada de sueño. La verdad es que ese chico me gustaba bastante, aunque fuera mucho más mayor que yo… ¿y si le daba mi número de móvil? Ah, sí, gran idea. Rebusqué en mi bolsillo con mi mano libre tratando de encontrar esa tarjeta personal con mi número que siempre llevo conmigo por si surgen situaciones como ésta, pero no lo encontraba. ¡Pero qué torpe! ¿Sería posible que se me hubiera caído? Claro, cuando salí corriendo de casa, cómo no…

Vaya, me estaba poniendo un pelín histérica, creo.

-Oye, Pam –me dijo-, ¿está muy lejos tu casa?

-En Vallecas. ¿Por?

-Porque pensaba llevarte, pero está un poco lejos, así que... en vez de coger el autobús, si quieres, te acompaño andando hasta la boca del metro –contestó-. ¿Qué te parece?

¿Qué me parecía? Una pésima idea, por supuesto, porque ya llegaba una hora tarde, mi madre debía estar subiéndose por las paredes y el metro quedaba por donde el diablo perdió el poncho. Pero, naturalmente, no podía decirle eso a Héctor y además me hacía ilusión caminar un rato junto a él. Lástima que tuviese los pies molidos.

-¡Ah! ¡Pues... me parece perfecto! –mentí entre risas para que no se diera cuenta de que si daba un paso más mis pies iban a partirse en pedazos-. Chicas, ¿os importa?

-¡Para nada, tía! Venga, tú vete contenta que nosotras iremos a casita luego –respondió Laura-. Buenas noches.

-*Good night* –dijo Belén, que estaba súper cómoda con sus deportivas y para nada le dolían los pies. No, si algún día tendré que imitarla y todo.

Así que ahí fui, cogida de la mano de un desconocido de diecisiete años por las calles de Vicálvaro. Cuando ya nos habíamos alejado bastante de la discoteca, dejé de preocuparme por lo que dirían mis padres y me quedé pensando en la cara de Héctor, intentando memorizar todos y cada uno de sus rasgos faciales para soñar con él esa noche. Revisé nerviosamente mis bolsillos y, contenta, descubrí que tenía un chicle de menta en uno de ellos y me lo metí disimuladamente en la boca. ¿Por qué hacía esto? Porque estaba dispuesta a besarle, podía ser una locura o una genialidad, pero iba a hacerlo. Jamás había estado tan nerviosa, y eso que aquel no iba a ser mi primer beso, pero estaba segura de que sí el más especial. Empecé a notar que me sudaban las manos y me solté de la de Héctor para que no se diera cuenta. Él se giró y me miró sorprendido.

-¿Qué pasa? –preguntó.

-Nada, nada –me apresuré a decir mientras, apoyada en la pared y poniendo las manos tras la espalda, trataba de sacudirme el sudor. Una vez que conseguí algo más o menos aceptable, se la di de nuevo, pero él no la aceptó y sólo me miró a los ojos, lo que hizo que me ruborizara un poquito. De pronto, Héctor se me acercó, me cogió de los hombros y, antes de que yo pudiera decir nada, me di cuenta de que estaba ocurriendo: su boca y la mía se fundían en un beso. Me tragué el chicle a toda prisa. Cerré los ojos, sentía los movimientos de sus suaves y carnosos labios y me encantaba aquella sensación.

Aquel momento era el más apasionado, mágico y dulce que había vivido hasta entonces. Pero de golpe y porrazo, en un solo segundo, él lo estropeó todo.

Estaba disfrutando de aquel beso sin pensar en otra cosa cuando, de repente, noté que la mano de Héctor se deslizaba por mi muslo hasta llegar a mi falda. Escandalizada, le aparté de mí y le miré con una cara que venía diciendo: «No te pases».

-Venga, mujer, no irás a hacerte la estrecha ahora, ¿verdad? –dijo él, cogiéndome una mano con fuerza. Intenté zafarme, pero descubrí, asustada, que me había inmovilizado el brazo. Palidecí de terror: éste iba en serio.

-Héctor, ¡déjame en paz!–exigí-. ¡DÉJAME EN PAZ!

-¿Y si no, qué vas a hacer? Anda, admite que lo deseas tanto como yo –decía él mientras, contra mi voluntad, me metía en un callejón que había en esa calle. Tenía que ser una pesadilla, una horrible pesadilla de la que estaba a punto de despertar. Grité, pero él me cerró la boca besándome de nuevo con dureza. Pero ahora ya no era nada bonito, era asqueroso. Traté de separarme de él, pero me mordió los labios con demasiada fuerza y se arrojó sobre mí consiguiendo tirarme de golpe al suelo, haciéndome un daño horrible, mientras su mano izquierda jugueteaba con los botones de atrás de mi camiseta. El estrés y la histeria total se apoderaron de mí completamente.

«¡¡Suéltame!!», pensaba yo. «¡Suéltame, Héctor, te lo suplico! ¡Tengo miedo! ¡Me haces daño! ¡Suéltame! ¡No quiero que me hagas eso! ¡Tengo mucho miedo! ¡Basta! ¡Déjame! ¡No quiero, no quiero! ¡Tengo miedo, HÉCTOR, SUÉLTAME!»

Sentí deseos de morirme cuando vi que no podía quitármelo de encima, tenía demasiada fuerza sobre mí. Para colmo, aunque chillase nadie podía oír mis súplicas de auxilio, porque aquello estaba condenadamente solitario.

Héctor me besaba el cuello fuertemente y su mano derecha rompía mi falda para ir más deprisa. Yo no podía hacer otra cosa más que llorar porque, además de que me tenía totalmente inmovilizada, yo ya me había quedado petrificada de pánico. Chillé, pero de mi boca sólo salió un débil y agudo sonido de ratón que sólo podría haber oído alguien que estuviese muy cerca.

Y así fue.

04

Salvada

Ya lo veía todo borroso a causa de las lágrimas y de que estaba a punto de desmayarme de terror. Por eso, cuando vi una sombra no mucho más alta que yo que estaba detrás de mi agresor, ni siquiera me sorprendí, pensando que mi mente ya deliraba a cusa del sufrimiento.

Pero de pronto, aquella figura se acercó a mi atacante por detrás y, sujetándole por los hombros, exclamó:

-¡Eh, tío! ¡Suéltala inmediatamente!

Yo, en medio de mi pánico, me quedé asombrada por lo que acababa de oír. Tal vez fuera sólo mi turbación, pero aquella voz sonaba como la de un adolescente de más o menos mi edad. Mi miedo no disminuyó, porque pensé que Héctor le tumbaría fácilmente de un puñetazo y su intervención no serviría de nada.

Pero me equivoqué. Héctor, sin soltarme, se giró para mirar al que había hablado, seguramente dispuesto a partirle la boca. Pero en cuanto le miró, lo poco que veía yo de su cara ahora que se había girado se tornó de color blanco tiza y soltó un grito que no era de furia, sino de pavor. Asombrada, traté de frotarme los ojos, pero aún tenía las manos inmovilizadas por aquel bestia y, de todas formas, estaba demasiado oscuro para distinguir la cara del chico desconocido. No podía entenderlo, ¿qué era lo que había asustado tanto a Héctor?

Incluso el recién llegado pareció sorprendido por aquella reacción, porque su cuerpo se sobresaltó un poco. Pero eso no fue impedimento para que exclamara:

-¡He dicho que la sueltes inmediatamente! ¡Te ordeno que la dejes en paz!

Héctor no esperó una tercera vez: se levantó temblando y se dispuso a largarse, pero no pudo, y sólo había dado un par de pasos cuando cayó redondo al suelo, desmayado. Al fin yo era libre.

No era capaz de levantarme, como si con cualquier movimiento que hiciera me arriesgase a que él pudiera despertar. Con una mano temblorosa me toqué el labio y vi que sangraba, de seguro tenía aún la marca de sus dientes. Dejé de pensar en eso, no podía hacer otra cosa que llorar y suplicar para mis adentros estar de nuevo en casa con mi familia.

De pronto, alguien me extendió la mano y recordé a mi misterioso defensor. Le miré. Seguía sin verle bien la cara, pero daba igual, acepté la mano que me ofrecía y, con su ayuda, me levanté.

-¿Estás bien? —me preguntó el chico con tono preocupado-. ¿Te ha herido?

-No, sólo el labio y... ¡ay! —gemí al darme cuenta de lo mucho que me dolía la espalda. Debía de ser por el golpe que me había dado cuando Héctor me empujó contra la pared.

-Ten cuidado, apóyate en mí —dijo el chico-. Y no te muevas, ¿eh? Voy a llamar al 112 para que nos ayuden.

-No, déjalo, puedo ir a casa sola... -no era verdad, no podía, la espalda me dolía como si me hubiera roto algún hueso. Sin embargo, me negaba en rotundo a llamar al número de emergencias, pasaba de meterme en líos.

-No seas absurda, Pam, casi no puedes moverte.

¿Acababa de decir mi nombre? Vale, definitivamente el mundo se había vuelto loco. Mi cabeza se estaba haciendo un lío tremendo. Pero lo más increíble sucedió cuando el chaval encendió su móvil y la luz de la pantalla iluminó el rostro de mi salvador. Pensé que iba a desmayarme de asombro y que, si ahora mismo apareciera un elefante volando, mi sorpresa no sería tan enorme como ésta: estaba apoyada en el hombro de Cedric Moreno Torres.

-¡Oh...!

-¿Qué? –dijo Cedric sin apartar los ojos del móvil (no podía creer que fuese él quién me estaba hablando).

-Nada, nada... pero creo... creo que te conozco, tú vas a mi insti.

-Sí, es cierto. Me llamo Cedric.

-Lo sabía. Quiero decir...

-Ya, seguro –dijo él con un tono ligeramente disgustado, llevándose el móvil a la oreja. Al principio no lo entendí, ¿por qué era tan increíble que yo supiera su nombre? Después de todo, vamos al mismo instituto, y él sabía el mío. Al instante comprendí... casi todo el mundo sabe el nombre de las personas más sociables del centro, pero los que no se juntan con nadie son casi todos anónimos. Era natural que a Cedric le costase creer que yo supiese cómo se llamaba. Me sentía decididamente mal.

-¿Hola? –dijo Cedric hablando por el móvil-. Mire, necesitamos ayuda aquí. Un intento de agresión sexual (...) Calle Garcilaso de la Vega, en Vicálvaro. (...) Sí. (...) Pues, ella no puede moverse mucho, tiene dañada la espalda. (...) Sí, le tenemos aquí. (...) Vale, hasta ahora.

Colgó y dijo:

-Han dicho que no nos movamos de aquí. Quédate quieta y, si puede ser sentada, mejor. ¿No hay nada por aquí?

Mientras él colocaba su mochila en el suelo junto a la pared para que pudiera sentarme, yo no perdía de vista a Héctor. Ojalá se hubiera largado corriendo, su presencia allí me molestaba y asustaba.

-¿Está muerto? –pregunté con nerviosismo mientras me sentaba en la mochila con la ayuda de Cedric.

Él, con un semblante bastante preocupado, se acercó al cuerpo de Héctor y le tomó una mano.

-Siento el pulso –dijo con alivio-. Está vivo, sólo se ha desmayado. Espero que lleguen antes de que se levante.

-Se llama Héctor, lo conocí en la discoteca... creí que era de fiar –sollocé, como si intentara justificarme-, creí que no pasaría esto, creí...

-Eh... no, Pam, no digas nada. Déjalo –dijo Cedric, nervioso e incómodo.

Se sentó a mi lado, en el suelo. Jamás habíamos estado tan cerca el uno del otro, sentí que mi corazón latía con tanta fuerza que estaba a punto de estallar. Si no fuera por la experiencia traumática por la que acababa de pasar, habría sido la mejor noche de mi vida; pero no, ahora lo único que yo podía sentir era histeria. Estábamos ahí, quietos, sin decir nada, y así pasó un buen rato (parecía que se retrasaban los muchachos del 112). Podían llegar en cualquier momento y entonces se acabaría aquel instante de soledad con Cedric, así que decidí que tenía que preguntárselo en ese momento, que no era muy oportuno, o nunca. Quizás jamás volviera a estar a solas con él. Tragué saliva y dije entre las constantes lágrimas:

    -Cedric…

    -¿Q-qué?

    -¿Qué haces por aquí a estas horas? ¿No son más de las dos?

    -Ah… sí, bueno… de hecho vivo por aquí cerca. Y… nada, hoy me he quedado hasta muy tarde haciendo deberes y luego he salido de casa para tranquilizarme y no insultar demasiado a dos personas… en fin, da igual, lo que pasa es que te vi paseando con éste y…

    Se calló, y yo decidí no obligarle a decir que me había seguido. Además eso no era lo que quería decirle, por lo que, tras otro minuto de silencio, volví a hablar:

    -Oye…

    -¿Sí?

    -Mu… muchas gracias por ayudarme.

    -No ha sido nada.

    -Sí, sí que ha sido. Te lo agradezco muchísimo.

    -Si ya has visto que yo no hice nada, se asustó él solo.

    -¿Pero por qué?

    -No lo sé –se encogió de hombros-. Algo, debió ver algo.

    -Pues yo no vi nada.

    -Yo tampoco.

    Silencio de nuevo. Aquello tampoco era lo que yo quería preguntarle, así que tragué saliva de nuevo y dije:

    -Cedric, ¿te puedo hacer una pregunta… bastante personal?

    Me miró, sorprendido, y sonrió un poco.

    -Claro, aunque no sé si podré contestarte.

    -Es que… bueno, cuando tú empezaste Secundaria el año pasado… yo creía que… bueno, ya sabes, tú tienes todas esas cosas que tienen los mejores chicos del insti y…

    -¿Qué cosas son esas? –me interrumpió.

    -¡Jo, no me hagas decirlo! –dije, sonrojándome. Menos mal que estaba oscuro-. Pues esas cosas, eres simpático, divertido, y… agradable.

    Aquella última palabra no era la que quería decir, pero no podía confesarle que me parecía guapo.

-Y además, esta noche también me has demostrado que eres súper valiente –continué-. Bueno, lo que quería decir es... ¿por qué te
has... (me costó muchísimo decir esta palabra) te has... te has marginado cuando podrías ser el más popular con sólo chasquear los dedos?

Él no me contestó enseguida, sino que apartó la mirada y se
quedó pensativo un momento. Pero como yo seguía esperando, me
volvió a mirar y dijo:

-¿En serio no lo sabes?

-Pues si te soy sincera, no.

-Bueno, no es el mejor momento para hablar de este tema.

-Ya lo sé, es sólo que...

-Y yo no elegí esto –agregó entonces, con un tono de fastidio-.
Sólo me rechazan... porque soy diferente.

-¿Diferente? ¿En qué? –bueno, ¿quitando el hecho de que es
perfecto?

-Soy cristiano.

BUENO, LO ADMITO, NADIE ES PERFECTO.

Aquellas fueron las últimas palabras que me dirigió, porque en
ese mismo segundo llegaron dos coches patrulla. Por fin había llegado
la ayuda. Cedric suspiró y me ayudó a levantarme en el mismo momento en el que salía un policía de uno de los vehículos.

-Tú eres el que llamó, ¿verdad? –le dijo a Cedric con voz grave.
Luego se dirigió a mí-. ¿Cómo te encuentras, jovencita?

-Mal –gemí, porque ahora que estaba de pie me volvía a doler
la espalda, y la confesión que me había hecho Cedric no me ayudaba
precisamente a sentirme bien. El policía me sujetó con cuidado y me
ayudó a entrar en el coche.

-¿Cómo te llamas? –me preguntó.

-Pamela –respondí con voz ahogada.

-Bien, Pamela, tú tranquila, ¿eh? Ahora mismo te llevamos a casa.

-Quiero llamar a mi madre –supliqué entre sollozos-. Por favor.

-Sí, ahora la llamarás, cálmate –dijo el poli, y luego se giró para
hablar con Cedric. Acto seguido, se acercó al cuerpo inconsciente de
Héctor y le zarandeó de un hombro.

-Despierta –dijo bruscamente. El chico abrió los ojos despacio y
miró a su alrededor como si no supiera dónde estaba, y su cara perso-
nificó el susto cuando vio al policía ante él.

-Yo no he hecho nada... -se quejó Héctor.

Y aquellas sucias y mentirosas palabras fueron lo último que oí, ya que, vencida por el sueño y el dolor, me quedé dormida en el asiento del coche.

Cuando desperté, seguía allí, pero el vehículo hacía rato que se había puesto en marcha. Lo primero que pensé fue que tenía que llamar a mi madre, así que me saqué mi móvil del bolso (que estaba bastante sucio y estropeado) y busqué el número de casa en el directorio. Tenía miedo de lo que iba a decirme, pero no podía seguir preocupándola más.

Piiiiiii. Piiiiiii.

-¿Diga? –preguntó la voz de mi madre cargada de ansiedad.

-Soy yo, Pam...

-¡Cariño! ¿Dónde te has metido? ¿Estás bien?

-Sí, digo no... bueno, he tenido un accidente mientras volvía. Ahora voy para casa.

-¿Qué? Pam, no te muevas de donde estás. Yo iré a buscarte.

-No, mamá, ya estoy de camino. Estoy... -bueno, en algún momento tenía que decírselo-, estoy en un coche de policía, me llevan para allá.

Un silencio de lo más incómodo.

-¿Qué estás dónde?

-Por favor, mamá...

El policía que me había metido en el coche y que ahora lo conducía me echó una mirada y, al darse cuenta de que tenía problemas, me indicó con un gesto que le pasara el teléfono, así que le hice caso.

-¿Señora? Soy Vicente Garrido, oficial de policía. Escuche, ahora llevamos a su hija a casa (...) Le ruego que no se altere (...) No, ella no ha hecho nada malo. Le explicaré cuando lleguemos, ¿de acuerdo? (...) Pero por favor, no fatigue a su hija con preguntas. Bueno, adiós.

Colgó y me devolvió el móvil. Le dediqué un intento de sonrisa de agradecimiento y me quedé mirando por la ventanilla, lo cual hizo que me diera cuenta que habíamos llegado a Vallecas. Vicente Garrido me preguntó el nombre de mi calle.

-¿Cómo ha sabido que vivo en Vallecas? –pregunté.

-Tu amigo me lo dijo. ¿Cómo se llama la calle?

Mientras se lo decía, reflexioné sobre lo que me había pasado esa noche; me di cuenta que sentía verdadero odio y que en ese momento habría dado cualquier cosa por matar a Héctor. No hacía más que insultarle mentalmente.

«Imbécil, cerdo, demente, estúpido violador, te odio.»

Y esos eran los insultos más suaves, más otras cosas mucho peores que no puedo escribir aquí porque sería muy poco culto por mi parte. Os podéis hacer una idea de lo sucia que es mi lengua, sobre todo cuando me mosqueo, pero no me importa, y me importaba mucho menos en ese momento.

-Número cuatro, ¿no? –pregunto Vicente Garrido, el policía.

Fue entonces cuando me di cuenta de que ya estábamos frente a mi portal. Me sequé un poco las lágrimas, pero aún eran un torrente, no podía dejar de llorar. Cuando el coche aparcó, dejé que el poli me ayudara a salir, la espalda me dolía muchísimo. Dolor, dolor, dolor, por qué tiene que existir el dolor, me pregunto. Peor fue cuando llamé a mi piso y dije:

-Soy yo…

Y mi madre no me dejó seguir, sino que abrió inmediatamente. Subí con mucho esfuerzo y ayuda las escaleras del rellano y cogimos el ascensor. Cuando llegamos, la puerta del A estaba abierta y mi madre, llena de susto, estaba parada en el umbral.

-Pam, cielo, mírate -decía entre balbuceos-, ¿qué te ha sucedido, por todos los santos?

Las lágrimas no me dejaron responder. Menos mal que Vicente Garrido intervino y le dijo a mi madre con voz firme:

-Creo que Pamela debería descansar ahora y que mañana la vea un médico. No es bueno hacerle preguntas en este instante.

Mi madre, aunque no muy dispuesta, asintió con la cabeza y me ayudó a llegar hasta mi habitación, seguida por el policía. Me deshizo la coleta que ella misma me había hecho y me quitó los zapatos, lo que hizo que soltara un suspiro de alivio.

-Gracias –dije con las últimas fuerzas que me quedaban.

Mi madre me besó en la frente y, apagando la luz del cuarto, salió al pasillo a hablar con el policía. Aunque ya estaba prácticamente sopa, alcancé a oír las terribles palabras de Vicente Garrido antes de sumergirme en el mundo de los sueños:

-Su hija ha sido víctima de un intento de violación.

05

Reflexiones por la mañana

Cuando al día siguiente me desperté, lo primero que hice (después de recordar los sucesos de la noche anterior) fue ir al baño. Crucé el pasillo cuidando que mi madre no me viese, entré y cerré la puerta con cerrojo. Entonces me miré en el espejo.

Estaba horrible. De la chica que salió la noche anterior a divertirse con sus amigas bailando apenas quedaba sana la camiseta, con sólo un par de manchas. Todo lo demás estaba hecho un desastre, en serio. Las lágrimas habían logrado que unas manchas de maquillaje negro de ojos resbalase sobre mis mejillas, tenía ojeras muy marcadas, todo alrededor de los labios manchado de sangre seca y una marca en un lado del cuello de color azul violáceo, parecida a un cardenal. La marca de lo que me había hecho aquel asqueroso. Ay, no… seguro que mi padre se daría cuenta al volver a casa y me comería viva sin escuchar explicaciones.

Bueno, sigamos. Por supuesto, estaba muy despeinada, la espalda me dolía horrores y tenía la falda nueva para tirar a la basura, rota y desastrada.

Me puse las manos sobre la boca dejando hueco entre mis palmas y mis labios y exhalé aire para oler mi aliento; apestaba a ginebra. Vale, ya tenía otro punto en mi contra si mis padres se enteraban. Y lo peor es que aquello sí que era culpa mía. Bueno, al menos podía confiar en que no se diesen cuenta. Me lavé los dientes deprisa para quitarme aquel olor (no creía que mi madre fuese a olfatearme, pero más vale prevenir que curar) y después de eso me volví a la cama. No tenía sueño y me apetecía desayunar, pero de lo que no tenía ninguna gana era de hablar con mi madre sobre lo que había pasado. No quería hablarlo con nadie porque me daba vergüenza que algo así me hubiera sucedido y prefería tragármelo antes que escuchar a otros decir «pobre chica» o «tan joven y ya con esas movidas» o «cuéntame con detalle lo que pasó, cariño». Esto último es lo que, seguramente, me diría mi padre cuando volviera a casa y mamá le contase todo. Ni hablar, no quería contarlo ni con detalles ni a grandes rasgos. Sólo quería descansar. Con que todo el mundo me dejara en paz ya tendría suficiente, podría quedarme en la cama toda la vida sin importarme que muriese de inanición.

De pronto vi a mi madre y a Maritere entrar en la habitación y me hice la dormida. Pues no faltaba más, con el agobio que tenía y encima hablar con mi hermana, no te digo. Antes muerta.

-¿Y ésta qué hace en la cama a estas horas y vestida? –preguntó ella bruscamente-. Qué, ¿llegó borracha anoche?

-Teresa, por amor del cielo –la riñó mi madre-, cállate. No hables sin saber, no puedes imaginarte lo que pasó.

-Si no me lo cuentas, difícilmente. ¿Me lo vas a decir?

-Sí, si prometes cerrar el pico y que todo lo que te diga no salga de esta habitación.

-Oh, vale –concedió Maritere-, lo prometo.

Pude oír a las dos sentarse en la cama de mi hermana. Para no oírlo necesitas ser sordo, tiene un colchón prehistórico con unos muelles que resuenan muchísimo. Una vez se movió tanto en la cama que no pude pegar ojo en toda la noche, imagínate. Pero este dato no interesa mucho ahora. Disculpa.

-Escucha esto, hija –dijo mi madre-. Ayer por la noche, Pam salió con sus amigas a una discoteca, según me dijo. No sé qué sucedió en todo ese rato, yo no me preocupé mucho por ella. Después de todo, ya ha salido otras muchas veces, así que no pensé en ello hasta la una de la madrugada, estuve muy ocupada ayudando a Enrique con los deberes de las vacaciones, limpiando la casa para cuando viniera tu padre hoy, ya sabes, lo normal. Bueno, Pam no regresó a la hora que le había fijado, aunque no me alarmé mucho porque supuse que se había ido a dormir a casa de alguna de sus amigas y se le había olvidado llamarme. Realmente no pensé mucho en ello hasta las dos menos cuarto, porque no llamaba y no había señas de que fuera a volver. Me sentí muy inquieta y me quedé despierta para esperarla. No contestaba mis llamadas al móvil, llamé a casa de sus amigas y sus madres también estaban en mi situación. Luego, sobre las dos y media, llamó a casa y me dijo que la traía la policía.

-Ay, no me digas que... -Maritere parecía más indignada que inquieta.

-No, no estaba detenida —dijo mi madre-. Cuando llegó a casa, casi me desmayo al verla. Estaba... bueno, sólo obsérvala.

No necesité abrir los ojos para saber que Maritere me estaba inspeccionando de arriba abajo, lo cual me incomodó bastante.

-¡Jo! —exclamó mi hermana-. Está horrible, ¿seguro que sigue viva?

-Me asusté —dijo mi madre algo contrariada-, pero lo peor no fue eso, sino cuando finalmente la acosté y el policía que la traía me dijo lo que había pasado. Teresa, a tu hermana la intentaron violar.

-¡¿Perdón?!

Muy en el fondo (tan en el fondo que no estoy muy segura de haber pensado algo así), le di las gracias a Maritere. Al menos ella reaccionaba, no se quedaba en asombrado silencio como todos los demás, que es una cosa casi tan insoportable como que te miren con pena y te digan: «Querida, lo siento mucho». Si todos se tienen que enterar de que me ha pasado algo tan humillante, al menos que hagan algo. Que se enfaden, que pongan el grito en el cielo, que manifiesten su indignación, ¡¡pero que se muevan!! ¡¿No creéis?!

-Me lo dijo el señor Garrido, el policía —continuó mi madre-. Al parecer se trataba de un tipo callejero de dieciocho años sin antecedentes penales, y no estaba bebido ni nada de eso. Se lo llevaron detenido, pero aún no ha declarado nada.

-Hijo de...

Mi hermana empezó a mascullar un montón de insultos y maldiciones que no escribo en este libro tan fino porque ya he dicho que sería de mala educación. Es verdad que me odia, pero Maritere es (creo que no os lo he comentado) una feminista de pies a cabeza y no puede aguantar eso de que un hombre intente aprovecharse de una mujer, menos ahora que el caso estaba tan cerca de ella, en su propio núcleo familiar. Estaba furiosa, se le notaba en el timbre de la voz.

-Así que... tú no digas nada, ¿entendido? –dijo mi madre-. Si tu padre se entera, montará un numerito y...

-¡Y con razón! –exclamó Maritere-. No diré nada, pero esto no se puede quedar así, mamá. Papá no puede quedar sin enterarse.

-Se lo diré yo, cuando encuentre el momento. No olvides que, por culpa de ese chico subnormal –me sorprendió oír esa palabra de boca de mi madre, siempre tan intelectual y formalita-, meterán a tu hermana en un montón de movidas con policías, abogados, etc. Ella va a necesitar ayuda legal para poner entre rejas al tipo, y también moral para superar esto. Eso es muy importante, Teresa, así que escúchame: ya sé que vosotras dos no podéis cruzar tres palabras sin pelearos, pero necesito que la dejes en paz, ¿entiendes? Aunque tengas que irte un tiempo a casa de una amiga para conseguirlo.

-Mamá, por favor –dijo mi hermana ligeramente ofendida-, no soy una párvula. Claro que podré dejarla en paz un tiempo... tranquila, confía en mí.

-Espero que te muestres digna de esa confianza, Teresa.

-Te lo juro por el piso de mis sueños, mamá.

Si lo juraba por el piso, tenía que ser verdad. Así que, después de catorce años, al fin tendría sosiego durante un tiempito, sin tener que aguantar las burlas de Maritere.

Mi madre y Maritere salieron de la habitación y cerraron la puerta, tal vez para evitar que Enrique entrara y pudiera molestarme. Me imaginé lo que le diría mi madre cuando preguntase qué me pasaba: «Cariño, Pam está enferma, déjala descansar, ¿sí?».

Me tumbé en la cama mirando a una araña diminuta que correteaba por el techo y me puse a pensar en lo sucedido la noche anterior. Me di cuenta de que odiaba a los hombres, todos son iguales... o se aprovechan porque son más fuertes, como Héctor, o simplemente pasan de ti, como Cedric. Estaba harta de correr detrás de los chicos guapos que luego se comportaban como idiotas y te hacían la vida imposible. Menos mal que Héctor ya debía estar tras las rejas, aquello me reconfortaba de verdad.

De pronto oí la melodía de la famosa canción *La Tortura,* de Shakira, un poco débil y apagada, y me di cuenta de que estaba sonando mi móvil dentro del bolso. Empecé a buscarlo con un bufido de fastidio, porque seguramente sería alguna de mis amigas que me llamaba para preguntarme qué tal con Héctor anoche, y no tenía ninguna gana de que me preguntaran eso. Encontré el móvil y vi que, efectivamente, ponía: *Laura llamando.* Bueno, si no lo cogía encima se iban a preocupar y tendría que aguantar las llamaditas toda la mañana, así que decidí enfrentarme a aquello cuanto antes.

-Diga –fue mi alegre saludo (ese fue un comentario sarcástico).

-¿Pam? –Laura parecía sorprendida al escuchar mi tono cansado-. Pero tía, ¿cuándo te has levantado tú?

-Hará unos diez minutos como mucho.

-¡Jo! ¿Pero tú has visto la hora que es, la una menos veinte?

-Va, Laura, ¿qué quieres?

-Que vamos a quedar esta tarde para dar una vuelta, dice Patri que nos tiene que contar muchas cosas, y creo que se trata de Fran –Laura soltó una risita-. Y esperábamos que tú nos contaras también algo de Héctor, ya sabes. ¿A qué hora puedes venir a casa?

-Mira, Laura, hoy no voy a salir a ninguna parte. Me encuentro fatal. ¿Por qué mejor no quedas con Belén?

-¡¿Cómo?! Pero Pam, pero, ¿cómo no vas a venir? Después de semejante noche hay que hablar, entra en el contrato de amistad del instituto. ¿Qué te pasa? ¿Estás enferma? ¡Oh, no! ¿Es… -bajó la voz hasta quedar casi en un susurro- …es por las bebidas de anoche?

-No –dije, enfadada-. Simplemente, no me da la gana de salir esta tarde, y en cuanto a las salidas nocturnas, me lo pensaré dos veces antes de volver a hacer algo así, ¿vale?

-Pam, ¿qué demonios te pasa? –Laura parecía sinceramente preocupada y sorprendida-. Cualquiera que no te hubiera visto anoche, diría que no te lo pasaste bien. No me digas que pasó algo cuando volvíais a casa. ¿Os perdisteis, te echó tu madre la bronca?

-Más o menos –no sé por qué dije esto en vez de darle un rotundo NO, a lo mejor se debía a la seguridad de que, de todas formas, su infalible intuición le iba a decir lo que en realidad me había pasado-. Mira, Laura, sólo dejadme en paz hoy, ¿vale? No quiero hablar con vosotras ni con nadie en todo el día, y mucho menos de Héctor –escupí más que dije el nombre.

Laura se quedó en atónito silencio. Me di cuenta de que me estaba comportando de una manera insólita y tal vez molesta, así que añadí con voz un poco más amable:

-Podéis venir mañana, si queréis. A lo mejor entonces os cuento, pero hoy ni se os ocurra pasar por aquí ni tampoco volver a llamarme. Quiero descansar.

-Pero Pam...

-Adiós, Laura.

Colgué sin más miramientos y dejé el móvil sobre la mesilla de noche con un suspiro, pero volvió a sonar anunciándome que había recibido un mensaje. Fastidiada, lo cogí y le di al botón furiosa. *Número desconocido*. Encima, tener que aguantar mensajitos anónimos, no te fastidia. Lo leí rápidamente. No era muy largo, lo único que decía era: *alguien t ama*. Apagué el teléfono y lo tiré al suelo sin importarme si se rompía o no; no estaba para bromitas o publicidades en ese momento. No tenía sueño, pero quería dormir, dormir para olvidarme de todo y todos, para descansar, para que nadie me molestara más. Pero me di cuenta a tiempo de que, si me dormía, quedaría a merced de mis pesadillas, y eso sí que sería horrible. No, no quería dormir, quería morirme. Apreté los dientes con rabia y cerré los ojos intentando borrar la imagen de Héctor de mi mente, lo cual tal vez no resultara muy difícil, ya que cuando estaba con él todo era oscuro. Pero lo malo es que jamás podría librarme de aquel nombre, al menos no mi cerebro, que siempre lo tendría guardado en ese rinconcito de la cabeza donde apartamos aquello que no queremos pero que es imposible borrar. Decidí que el nombre de Héctor jamás volvería a tocar mis labios y que me taparía los oídos cada vez que se lo escuchara decir a alguien. Odié a Héctor con tal repugnancia que ese aborrecimiento me hubiera llevado, si pudiese, a un homicidio. Ojalá en España existiera la pena de muerte, pensé, porque nunca me conformaría con que le condenasen a diez años de cárcel. En ese momento deseaba, más que otra cosa en el mundo, verlo muerto.

De repente sonaron tres golpes en la puerta y entró mi madre con una bandeja en las manos. Me miró con una media sonrisa y dejó el desayuno en mi mesilla de noche diciendo:

-Buenos días, mi amor. Aquí te dejo el desayuno, ¿vale? Si tienes más hambre sólo dímelo. Esta tarde iremos al médico para que te vea la espalda.

Me besó en la frente y añadió como dudando:

-¿Quieres hablar?

Cerré los ojos con fuerza, me di la vuelta en la cama dándole la espalda a mi madre y dije con la voz ahogada por el llanto:

-¡Déjame en paz!

Curso nuevo, profesor nuevo, compañera nueva

Nuestro tutor era un hombre rarísimo. Aunque cueste creerlo, mucho más raro que mi hermano Enrique, eso sí, no mencionó ni una vez a George Lucas. Era raro a su manera, es decir, resulta que entra en clase cuando todos estamos saludándonos y contándonos las vacaciones (porque al menos en mi planeta es eso lo que se hace el primer día del curso) y sin terminar de cruzar la puerta dice:

-Sería conveniente que ustedes se callasen.

Así solamente la cosa no parece nada impresionante, pero tenías que haberlo oído como nosotros, en vivo y en directo: tenía una voz de ultratumba, una voz que parecía venir del centro de la Tierra, una voz que parecía haber vivido durante todos los siglos en que existió el ser humano. Nos quedamos literalmente petrificados, es más, algunos ni siquiera cerraron la boca al oírle, pero eso sí, las lenguas no volvieron a moverse. La clase estaba en un estado de máxima tensión. Aquel sonido tan espeluznante que captó nuestra atención hizo que nos fijáramos bien en aquel hombre que nos daría clase durante nueve meses… y nos quedamos, además de quietos, blancos del susto: el tutor parecía sacado de una película de zombies. Tenía los ojos grises muy claros con bolsas alrededor y ojeras muy marcadas, y su cara estaba arrugadísima y con un ligero color verdoso, como si le hubiera sentado mal el desayuno. ¿Pelo? Prácticamente nada, pero lo poco que tenía era como pelusilla grasienta y sucia de un color que en otro tiempo (tiempo en el que a lo mejor se duchaba diariamente) pudo ser blanco; por no añadir que esa pelusilla parecía electrocutada. Su frente era muy ancha y sus cejas tan espesas como un bosque, además nunca le veíamos sonreír, o quizás sí lo hacía y yo malinterpretaba aquella mueca extraña que hacía con la boca y nos permitía ver sus dientes… es decir, los pocos que le quedaban, que tampoco eran gran cosa. Todos sucios y amarillentos, y uno parecía partido por la mitad.

Puedo decir a su favor que al menos la indumentaria no estaba tan mal, llevaba un traje elegante… pero tampoco puedo obviar el detalle de que se notaba a la legua que su ropa, aunque limpia y arreglada, no era precisamente de primera mano… sino de quincuagésimo novena mano (a juzgar por el color y la antigüedad de la tela). En fin, el caso es que al mirarle nos parecía estar viendo al doctor Frankenstein.

-Buenos días –dijo con aquella gélida voz en cuanto consiguió que nos calláramos-. Mi nombre es Mariano Alejandro Facundo Torrelaguna del Castillo y seré su tutor y profesor de Lengua Castellana y Literatura durante este curso escolar.

Ehhh… tengo que cuestionar una cosa: ¡¿MARIANO ALEJANDRO FACUNDO TORRELAGUNA DEL CASTILLO?! ¡Por favor! ¿Qué clase de nombre es ese para un ser humano normal? Rayos, sí que debió tener una infancia traumática, cargando con ese nombre (si es que tuvo alguna vez infancia, cosa que a primera vista no parecía). Si no fuera porque aún estaba un poco asustada, me habría reído de él en sus narices (y estoy segura de que no fui la única que pensó esto, por las caras que ponían todos mis compañeros). El profesor continuó hablando:

-Paso a explicarles. Están en el tercer curso de la Educación Secundaria Obligatoria y eso significa que van a sufrir bastantes cambios en sus costumbres habituales. Se acabó eso de estudiar todo el temario la noche anterior al examen, pasar del curso con la intención de aprobar todo en las recuperaciones, pedirle los apuntes a un compañero en vez de tomarlos en clase, etc. Y a propósito, eso de «profe» lo usan con los profesores que se lo acepten; cuando se dirijan a mí, llámenme profesor o simplemente don Mariano ¿Entendido?

Sí, por supuesto que lo había entendido: en menos de medio minuto y tan sólo tres o cuatro frases, aquel hombre tan extraño se había cargado por completo todos mis sistemas de estudios y de relación con los profes. ¡Porras!

-Yo no pienso hacerles de policía, pero he dado muchas clases y sé cómo son los estudiantes. Hay algunos en esta clase que sinceramente tienen deseos de sacar buenas notas y se esfuerzan para ello; otros se matan a estudiar aunque sólo aspiran a un aprobado y, por supuesto, están los que han decidido que los estudios no son lo suyo y planean abandonar el instituto en cuanto puedan. Y creo que el principal problema es que muchos de ustedes no aspiran a nada, nunca le han echado un vistazo a su futuro. Así, primero les entregaré el horario y después les diré lo que haremos.

Cuando el profesor ya estaba repartiendo el horario en la segunda fila, alguien dio tres golpes en la puerta y entró en el aula.

-¡Buenos días! —saludó efusivamente-. Disculpen, ¿es ésta la clase de 3ºB?

Me sorprendí, porque reconocí a esa persona en cuanto la vi: era Nazareth Arreaza, mi nueva vecina, aquella chica con la que había hablado al volver del examen de Mates. Vestía un conjunto veraniego de color azul claro que destacaba sobre su piel morena, calzaba sandalias blancas y llevaba su rizada melena oscura recogida en una bonita coleta. La mitad de su antebrazo izquierdo estaba, como la última vez, lleno de pulseras.

-Sí, es ésta —respondió don Mariano con una mueca-. Gracias por su puntualidad, señorita. Pase y siéntese en la última fila, al lado de… ¿cómo se llama usted?

Me estaba señalando. Y yo que siempre creí que era de mala educación señalar con el dedo.

-¿Yo? —pregunté sorprendida-. Pamela, pero…

-Este sitio ya está ocupado —dijo con indignación Laura, que estaba sentada precisamente a mi lado.

-Discúlpeme, pero de eso ya me había dado cuenta —contestó don Mariano-. Y tampoco he pasado por alto el hecho de que ha estado hablando con su compañera desde que entré en el aula; así que estoy seguro que no le importará venir a la primera fila y cederle su sitio a esta señorita que acaba de entrar.

Laura se puso roja, pero no se atrevió a llevarle la contraria a un hombre que hablaba con semejante tono. Así que cogió las pocas cosas que había traído y se trasladó a la primera fila, al único pupitre libre que quedaba.

-Y ahora, si no hay más interrupciones, seguiré repartiendo el horario –dijo el profesor. Se giró hacia Nazareth, que aún seguía parada en la puerta-. Usted siéntese al lado de Pamela.

-Gracias, profe –respondió la chica (a la que, al parecer, no le afectaba lo más mínimo la voz sepulcral de don Mariano). Éste le dirigió una mirada espantosa cuando oyó lo de «profe», pero se contuvo.

A mí aquello no me hacía ni pizca de gracia, yo quería sentarme con Laura y lo había decidido desde que terminó el curso anterior. No sólo porque era una de mis mejores amigas, sino porque sacaba sobresaliente en Mates y podía ayudarme bastante en el tema, ya que, por cierto, suspendí el examen de recuperación. Me enfadé bastante, hubiera mandado a freír morcillas a don Marianito y a Nazareth (que, a propósito, era la única nueva de la clase). Aunque, así y todo, no estaba ni la mitad de furiosa que Laura, ella odia estar en la primera fila.

-¡Ah, hola! –me saludó Nazareth cuando llegó al pupitre y me reconoció.

-Hola –dije yo vagamente.

Y no volví a hablarle en todo el rato. Ya te dije que no soy de grandes palabras, además esa chica, aunque fuera sin intención, me había fastidiado bastante y no quería que notara mi enfado.

¡Pues bien empezábamos el curso!

Cuando don Mariano acabó de darnos el horario, nos repartió un folio en blanco a cada uno y explicó:

-Escuchen atentamente. En estos folios que acabo de entregarles deben escribir: nombre, apellidos, edad, asignatura favorita, asignatura que menos les gusta y qué profesión quieren tener. Pónganse a la tarea y en cinco minutos lo recojo.

«Pues qué bien» pensé. Empuñé el bolígrafo y escribí rápidamente *Pamela Espada Cohen, 14 años* en lo alto de la hoja. A continuación, sin pensarlo mucho, puse claramente:

Asignatura que menos me gusta: Matemáticas.
Asignatura que más me gusta: Educación Física.
Profesión que quiero tener: Trapecista o bailarina.

«Hala, ya está» pensé. Poco a poco, los demás también fueron acabando y al rato don Mariano los recogió y se los guardó en una carpeta. Después nos dio una breve charla sobre cómo iba a estar organizado el curso y, finalmente, se sentó, apoyó la cabeza en la mano con aspecto cansado y dijo:

-Pueden irse ya. Recuerden que mañana deben traer el material para las clases que les tocan.

En medio del barullo habitual, la clase se vació rápidamente y todos salimos al pasillo, que ya estaba lleno de gente de otros cursos. Laura, Belén y yo nos encontramos con Patri y, juntándonos con otra gente, nos dirigimos a la salida. Yo, entonces, me adelanté un poco y alcancé a Nazareth, que caminaba unos pasos por delante de nosotros. Enfadada o no, tenía que decirle lo que le esperaba, o me remordería la conciencia.

-Oye, Nazareth…

-Hola, Pamela–contestó, sonriendo-. ¿Quieres acompañarme a casa?

-Sí, bueno, digo… -tomé aire-. Quería decirte que ahora nos juntamos algunos amigos en una plazoleta que hay al lado del instituto, la ves enseguida según sales. Y como eres nueva… no sé si me entiendes, me imagino que los compañeros querrán conocerte y hablar contigo. Pero vamos, que si no quieres venir no importa.

Ella, sin cambiar su expresión alegre, me dijo:

-¡Ah, de acuerdo! Muchas gracias por decírmelo, si puedo procuraré pasarme por ahí ahora. Resultará interesante.

-Está bien –respondí sonriendo.

-De todas formas, voy a llamar a mi madre para avisarla, ¿ok? Hasta ahora, Pamela.

-Pam, por favor –corregí. Después de esto, me giré y volví con mis amigos, que inmediatamente adivinaron:

-Has ido a decírselo, ¿verdad?

-Sí.

Voy a contar una cosa para los que quieran reírse de mi insti un rato. Tenemos una costumbre entre los estudiantes que ya ha llegado a convertirse para nosotros en una norma impuesta: someter a los nuevos a una importante conversación (la gran Conversación Inicial, como solemos llamarla) para forjarnos una idea sobre ellos. Éste es uno de los tres importantes factores de la lista de COSAS QUE DECIDEN EL TIPO DE AMIGOS QUE TENDRÁS EN EL INSTITUTO:

1. Primera impresión general (30%).
2. Resultados de la Conversación Inicial al principio de curso (20%).
3. Comportamiento de la persona durante una temporada consecutiva (50%).

A mí me parece una tontería, porque creo que basta y sobra el tercer factor para conocer bien a cada persona, pero la verdad es que tener voz y voto en este asunto no me sirve de nada. La inmensa mayoría de mis compañeros se basan en esta lista imaginaria para decidir si alguien les cae bien o mal (y, sobre todo, si conviene o no juntarse con esa persona). No es nada oficial, por supuesto, pero todos conocen esta lista como la regla de tres (o mejor).

-Pam, cada vez se te da mejor esto –dijo Julio riendo-. ¡Por fin has decidido hablar con los nuevos por propia iniciativa!

-Graciosillo, el chaval –dije sonriendo ampliamente-. ¿Sabes lo que pasa?, conozco un poco a esa chica. Es mi nueva vecina.

-¿En serio? –dijo Belén-. Y, ¿sabes algo de ella?

-Se llama Nazareth Arreaza, es de América Latina y vive en mi rellano con sus padres y su hermano mayor –contesté.

-¡Valiente nombre!-rió Patri.

-Pues para vivir a su lado, podrías haberte informado un poco más –dijo mi amiga Cristina, de 3º C-. Además, no hace falta tener un inmenso coeficiente intelectual para darse cuenta de que es latinoamericana; sólo basta verla.

-¿Qué os ha parecido a vosotros? –preguntó Belén a todo el grupo.

-Es un vejestorio horroroso y tiene un nombre horrible –contestó Arturo, que siempre va a su bola.

-No te enteras de nada, Arturo –dijo Laura-. Patri hablaba de la chica nueva… el nuevo profesor merece una conversación aparte.

-Ah… –dijo Arturo.

-Pues es guapísima –dijo Cristina, con un deje de envidia en la voz.

-Unas piernas preciosas –afirmó inmediatamente Alex (cielos… ¿es que los hombres nunca se fijan en otra cosa?).

-Tiene una melena perfecta –añadió Carla.

-Humm… un poco delgada, pero está bien –dijo David.

-¿Que ella es un poco delgada? ¿Qué estás insinuando? –dijo Carla, mirando indignada a su novio.

-Bueno, ya sabes, no me gustan las chicas que están en los huesos como ALGUNAS —contestó David, mirándola de manera muy insinuante.

-¡Idiota! —dijo Carla, colérica (y no es de extrañar, ya que ella misma es tremendamente delgada, incluso más que yo).

-Y los ojos son preciosos —dijo Julio sin hacer caso a la parejita-. ¿Os habéis fijado? De color verde brillante.

«No has visto tú nada» pensé yo, recordando los ojos azul-verde-gris de Cedric. Al pensar en esto me recorrió un ligero estremecimiento.

Salimos del instituto y llegamos a la plazoleta que había al lado. Nos sentamos en un banco y empezamos a charlar.

-¿Queréis veniros de compras hoy, chicas? —nos preguntó Carla, cuando la conversación de nuestros amigos masculinos empezó a girar en torno al Real Madrid-Barça que habría a la semana siguiente.

-Vale, pero con un reparto justo, ¿eh? —impuso Laura-. Nos llevamos cincuenta euros cada una como mucho, ni un céntimo más.

-No entiendo cómo pretendes que mi madre me dé tanto dinero a mediados de mes —se lamentó Belén.

-Lo siento, yo no puedo ir —dijo Patri de pronto-. Ya he quedado esta tarde... con Fran.

-Conque Fran, ¿eh? —dijo Cristina con una risita-. Ya me están entrando ganas de conocerle, has pasado de tres tardes con nosotras por quedarte con él. Eso tiene que ser grave.

-¿Qué tal van las cosas con él? —preguntó Belén. Patri sonrió.

-Ahí van, con calma —contestó-. ¿Sabes?, es distinto a los demás chicos que conozco; es simpático, atento, tiene detalles... y tenemos muchísimas cosas en común.

-No hace falta que lo jures —dije yo-. Sólo hay fijarse en los dientes.

-¿Qué quieres decir? —preguntó Carla.

-Nada, déjalo —respondí.

-Hablo en serio —continuó Patri-: le gustan los helados de chocolate y el cine de terror igual que a mí, odia los culebrones y estudiar como yo, y a él también le gusta vestirse de negro y salir de noche a pasear por la calle.

-¿Qué clase de pareja sois vosotros? —preguntó Laura, casi asustada-. ¿El Conde Drácula y su Condesa?

-Y, ¿cómo le conociste? —preguntó Carla.

-El viernes pasado no; el anterior –contestó Belén en lugar de Patri-. Fuimos las cuatro a una discoteca para mayores de dieciséis que hay por Vicálvaro.

-¡¿QUÉ?! –gritó Cristina-. ¿Fuisteis a una discoteca de esas y sólo ligó Patri? Uy, uy, uy... tenéis un problema de coqueteo.

-El que bailó conmigo no me gustaba –se justificó Belén-. Era muy mono, sí, pero... no bailaba bien y me aburría.

-¿Y tú, Pam? –me preguntó Carla-. ¿No te comiste una rosca o qué?

Había empezado a ponerme nerviosa desde que Belén se puso a hablar de aquel viernes. Ahora estaba nerviosa y furiosa por el recuerdo. Sabía que no podía pasarme toda la vida sin tocar el tema, pero odiaba hablar de ello porque no había dejado de avergonzarme y asquearme, y aún no se había borrado de mi mente la imagen del chico cuyo nombre no debía volver a cruzar mis labios. Ya había sido bastante duro contárselo a mis tres mejores amigas, pero no podía permitir que se enterase todo el instituto de aquella humillación, no sólo la de haber sufrido un intento de violación, que era lo peor, sino también que me hubiese salvado un tío que en todos los aspectos era inferior a mí (aunque yo a mis amigas no les había contado la intervención de Cedric en la historia). Intentando que no se notase el temblor de mi rabia, contesté:

-No, no conocí a nadie especial. Belén, ¿puedo hablar contigo un segundo?

Mi amiga y yo nos apartamos un poco para que no nos oyeran y ella, antes de decirle yo nada, descubrió enseguida su metedura de pata.

-¡Ay! –dijo, tapándose estúpidamente la boca con ambas manos-. Lo siento muchísimo, Pam, no quería irme de la lengua, te lo prometo. No me di cuenta...

-Ya lo sé, Belén, pero por favor –rogué-, piensa un poco antes de hablar y ten más cuidado. Me gustaría no tener que volver a hablar del tema, ¿vale?

-Sí, sí, no volveré a abrir la boca –aseguró-. Tranquila, seguro que se me ocurre algo para desviar la conversación.

Pero no fue necesaria la intervención de mi amiga para que todos se olvidaran de mí, porque justo en ese momento vimos venir hacia nosotros a la figura alta de Nazareth.

La conVersación inicial y el segundo sms

La chica nos dirigió una sonrisa y se acercó a nosotros con seguridad. Cuando llegó hasta donde estábamos, saludó:

-Buenas, ¿puedo sentarme con vosotros?

-Sí, claro –concedió Arturo, corriéndose un poco en el banco para dejarle sentarse-. ¿Quieres un chicle de menta?

-Muchas gracias, no hace falta –dijo Nazareth al tiempo que se sentaba, sin dejar de sonreír-. Bueno, yo me llamo Nazareth, ¿y vosotros?

-Yo soy Arturo –dijo mi compañero antes de que nadie pudiera abrir la boca-. Ellos son David, Alex y Julio, y ellas son Patri, Belén, Laura, Cristina y Carla… a Pam creo que ya la conoces, ¿no?

-Sí, sí –afirmó la muchacha-, ya nos conocemos.

Silencio de algunos segundos.

-Oye –dijo Julio-, y tú, ¿de dónde eres?

-De Venezuela.

-¿Sí?, pues no tienes nada de acento –comentó Patri.

-Tienes razón, ya prácticamente lo he perdido –dijo Nazareth-. Lo que pasa es que vine a vivir a España hace ya unos siete años, y recién me mudé aquí desde Valladolid.

-Qué guay –comentó Cristina-. Mi madre estuvo en Venezuela el verano pasado.

-¿Ajá?

-Sí, pero dice que no volverá nunca porque de milagro no se murió de calor.

-¡Venga ya! –dijo Julio-. No puede hacer más calor que en Cádiz, Cris.

-Mi madre dice que sí –insistió Cristina-. ¿No es cierto, Nazareth, que en tu país hace mucho calor?

-¡Vaya, qué pesimismo! –dijo nuestra nueva compañera, riendo un poco-. ¿Tu madre sólo se quedó con esa parte del viaje?

Cristina, aunque no lo aparentó, se sorprendió un poco (no me preguntes cómo lo sé si tú también tienes amigas a las que conoces como a la palma de tu mano). Se encogió de hombros.

-No, bueno, es decir… nos contó cosas muy bonitas –respondió-, pero cada historia que nos contaba la interrumpía cada dos por tres con un «lástima que hiciera tanto calor" o "el día habría sido perfecto de haber refrescado un poco» o «ese día preferí quedarme en la casa para no tener que soportar el calor». Nos contó que, a los dos días de estar allí, ya tenía ganas de volver a España.

-Y, ¡lástima! –comentó Nazareth-. Yo me acuerdo que cuando era pequeña y me vine a España, no estaba nada contenta porque hubiera querido quedarme en Venezuela, y encima cuando llegué era invierno y casi me muero de frío por lo mal acostumbrada que estaba. Así que decidí ser optimista y pensar sólo en las ventajas que tenía venirme para aquí, y disfruté mucho más de lo que esperaba. Tienes que… te llamas Cristina, ¿no?

-Sí, sí.

-Bueno, Cristina, tienes que convencer a tu madre para que vuelva a viajar a Venezuela, pero que intente no pensar en el calor; seguro que así se divierte mucho más.

-Hummm… sí –dijo Cristina.

-¡Hey, Nazareth! –dijo Alex-, ¿cuántos años tienes?

-Catorce.

-Entonces no has repetido ningún curso, ¿no?

-No, aunque el año pasado se me vinieron un montón de cosas

encima y estuve a punto de desesperarme y volverme loca porque tenía algunas asignaturas «en el aire» y creí que no iba a pasar de curso –se rió un poco-. Pero al final mi padre me ayudó a estudiar y las aprobé todas.

-¿Es que te gusta estudiar? –cuestionó Carla.

Aquella era una pregunta importante, porque muchas veces algunos habían demostrado, con su respuesta, que entraban directamente en la categoría de *empollones*. Así que estuvimos muy atentos a la respuesta de la chica.

-Qué va –contestó Nazareth, levantado una ceja-, pero no sé, intento hacerlo de una manera fácil que me permita aprenderme lo que necesito en poco tiempo. No soy muy de pasarme toda la tarde hincando los codos, para mí lo mejor es divertirme con mis amigos, ¿no creéis?

-¡Por supuesto! –dijo Laura-. A nosotros nos gusta salir por ahí a pasarlo bien todos los días… al menos si los exámenes lo permiten –todos reímos-. Oye, ¿te gusta salir de compras?

Mi agudísimo olfato me seguía indicando cosas: Laura no tenía pensada aquella pregunta, si había surgido era porque la venezolana le estaba cayendo bien. Y la verdad, a mí me pasaba lo mismo: todo mi enfado absurdo con ella se había esfumado durante el transcurso de la conversación; no recordaba la última vez que me había topado con una persona tan alegre, simpática y llena de vida. En serio, Nazareth estaba resultando ser una persona realmente agradable.

-Desde luego –afirmó la chica-, lo que pasa es que casi nunca tengo dinero para nada. Me gasto la paga semanal en otras cosas… a veces libros, pero sobre todo, sobre todo, *cedés*. Me encanta la música.

-Igual que a mí –dijo Alex-. Yo vivo con la música, siempre llevo el MP3 conmigo vaya a donde vaya, y estoy aprendiendo a tocar la guitarra eléctrica. ¿Tú tocas algún instrumento?

-Pues sí, le doy un poco, poquísimo, a la guitarra… pero lo que de verdad se me da bien es la batería –contestó Nazareth alegremente-. Lo malo es que la uso muy poco, porque mis padres me tienen prohibido tocarla en la casa… por los vecinos, ya sabéis.

-Demasiado –rió Alex-. Pero entonces, ¿qué haces?

-Nada, la tengo en mi cuarto pero sólo la uso cuando me la llevo a la casa de mi tía en el campo –respondió la chica.

-¡Oh... qué pena! –dijo Julio, medio en serio, medio en broma–. Pero chica, dile a tus padres que así se desperdicia el talento artístico. Hay que ensayarlo y trabajarlo diariamente.

Nazareth se rió y contestó:

-Sí, se lo dije y me contestaron: «¡No nos vengas con tonteras y guarda la batería, NOSOTROS TAMBIÉN TRABAJAMOS NUESTRA TRANQUILIDAD FAMILIAR DIARIAMENTE COMO PARA QUE AHORA VENGAS TÚ CON ESE TRASTO Y NOS LA ESTROPEES!»

Hubo una carcajada general.

-Mujer, pero apáñatelas un día que no estén en casa y ponte a tocar, en la música a veces hay que seguir un instinto –dijo Belén–. Total, no tienen por qué enterarse.

-Mi instinto me ha hecho más de una jugarreta cuando me dejo llevar por él, así que procuro no hacerle mucho caso -dijo Nazareth-. Aunque una vez que lo hice... sí, ya me acuerdo: una vez, allá en Valladolid, me fui en la mañana de Navidad con unos amigos de la escuela de música hasta una plaza, cada uno con su instrumento... ¡y dimos un concierto de villancicos sólo para divertirnos y disfrutar con nuestra música! Nosotros sabíamos perfectamente que era una tontería, la gente que pasaba por allí se quedaba a vernos y se reía, pero no nos importaba mucho. Después de todo, creo que una de las más grandes satisfacciones del mundo es hacer reír a otros... aunque uno mismo tenga que hacer el ridículo para lograrlo.

-Hombre... -dijo Carla con una sonrisa medio burlesca, como dividida entre la admiración y la risa- no es por nada, pero de hacer reír a otros a ponerme a tocar la batería en una plaza pública, hay un paso. Yo, desde luego, jamás lo haría.

-Pues eso pensaba yo mientras tocábamos –dijo Nazareth-. Al principio, aunque la idea de eso era divertirnos, me estaba muriendo de la vergüenza cuando notaba que cada vez se acercaba más gente y nos miraba burlonamente. Pero entonces, entre la multitud que acababa de formarse, distinguí a un niño que yo conocía de oídas; tenía siete años, andaba con muletas y parecía estar siempre triste... pero en ese momento nos miraba y se reía, divertido. Por eso, al ver lo que nuestra música estaba logrando, me tranquilicé y me olvidé de que había público. Cuando acabamos, todo el mundo nos aplaudió, y algunos nos pidieron que siguiéramos. Aquello fue la caña... aunque cuando mis padres se enteraron casi les da algo, pero al final lo entendieron y hasta les hizo gracia.

Desde luego, yo jamás lo había visto así. Nunca me atrevería a cantar en medio de una plaza, sabiendo que era una ridiculez, para hacer reír a nadie, eso desde luego... pero las palabras de Nazareth tenían mucho sentido. La anécdota que acababa de contarnos, en cualquier otra ocasión tal vez me hubiera parecido una total estupidez, pero ahora no era así. De pronto pensé que nuestra nueva compañera, además de simpática y extrovertida, era muy valiente.

Durante los quince minutos siguientes, seguimos hablando animadamente de los temas más diversos, hasta que sonó el teléfono móvil de Nazareth y ésta, educadamente, nos pidió disculpas y se apartó un poco para hablar. Nosotros diez aprovechamos ese momento para hablar de ella de una forma discreta.

-¡Pues es majísima! –dijo Laura-. Hey, chicas, la voy a invitar a venirse de compras esta tarde.

-Pues yo la invitaré a mi cumpleaños el sábado que viene -dijo Arturo-. Es la chica más genial que he conocido en mi vida, ¡y sólo hemos hablado veinte minutos!

-Vaya, vaya, Arturo... estás totalmente colado por ella –reí.

-¿Qué? No... no –negó Arturo algo apurado.

-Vamos, reconócelo –dijo Cristina-. ¡Es normal que te guste, tío!

-Bueno, pues no me gusta.

-Sí, sí, te creemos –dijo Julio dándole palmaditas en el hombro-. ¿Por qué te iba a gustar una chica guapa, divertida, abierta, alegre...?

-Bueno, bueno –interrumpió Belén-, a ver si va a resultar que, en vez de gustarle a Arturo, te gusta a ti.

Siempre me he preguntado por qué Belén, siendo amiga de Julio, le lleva la contraria tan a menudo y por qué discuten tanto. La amistad es una cosa bastante rara.

-En fin, a lo que íbamos –dijo Carla-. Entonces, Cristina, ¿quedamos en tu casa a las cinco y cogemos el metro?

-Creí que tú vendrías a mi casa esta tarde –dijo David algo contrariado, acariciándole la mano a Carla. Ella la apartó sin más contemplaciones (seguramente seguiría molesta por el comentario sobre su delgadez) y dijo:

-Pues ahora he decidido que me voy de compras con mis amigas, ¿algún problema?

Justo en ese momento, Nazareth se guardó el móvil y vino hasta nosotros con una sonrisa.

-Bueno, yo por mí me quedaría, pero mi madre quiere que la ayude con la comida, así que tengo que irme. Nos vemos, ¿ok?

-Ok. Oye, Naza… ¿puedo llamarte Naza, no? –preguntó Laura.

-Mujer, eso ni se pregunta –respondió la chica sonriendo-, todos me llaman así, ése es mi nombre de pila.

-Ah, vale. Pues, Naza… nosotras seis vamos a ir de compras esta tarde al Parque Corredor, ¿tú quieres venir?

-Pues… -se lo pensó unos momentos- tengo que preguntarle a mi madre, pero seguramente me deje ir. De todas formas, si quieres… ¿tienes móvil?

-Sí.

-Bueno, me puedes dar tu número y yo te llamo después de comer para confirmarte, ¿vale?

-Vale.

Y así, a lo tonto, a lo tonto, Naza no se fue hasta diez minutos más tarde, porque los demás también quisimos pedirle su número (sobre todo Arturo, que fue el primero en decírselo después de Laura). Finalmente, ella se despidió definitivamente y se alejó a buen paso por la calle hasta que la perdimos de vista en la esquina.

-Entonces a las cinco en mi casa, ¿vale? –dijo Cristina-. Y tú, Pam, acompaña a Naza para que no tenga que venir sola… seguro que Laura no sabrá indicarle bien el camino por teléfono.

-¡JAJAJAJAJAJA! ¡Qué graciosa! ¡Venga, vamos a reírnos todos! –replicó Laura.

Creo que fue justo en ese momento, mientras me estaba riendo, cuando sonó mi móvil. Lo cogí tranquilamente y observé la pantalla: *1 mensaje recibido*. Número… desconocido. Fruncí el ceño, le di a *leer mensajes* y entonces, en la pantalla, volvió a aparecer. Me quedé con un absoluto gesto de incomprensión y sorpresa que debió hacerme parecer bastante tonta, pero realmente me resultaba difícil de entender. El caso es que aquellas tres palabras estaban de nuevo ahí:

Alguien t ama.

08

Cuando las compras no ordenan, desordenan

Yo siempre había querido parecerme a la protagonista de esas películas americanas que tanto me gustan, pero reconozco que, cuando mi padre me dio la noticia de que iba a ir al psicólogo, me lo tomé como un gravísimo insulto.

-Mira, piensa que…

-¡Ya te he dicho que no, no, no y no! –grité, enfurecida-. ¡No voy a ir al psicólogo! *I'm not going to visit the psychologist! Je ne vais pas aller au psychologue!* ¿En qué idioma tengo que decirte que NO QUIERO, NO QUIERO Y NO VOY A IR?!

-Pam, vas a ir al psicólogo y no tengo nada más que decir sobre el asunto.

-Que no.

-Que sí.

-Que no.

-Que sí.

-Que no.

-Que s…

-Papi, ¡¿me ayudas a hacer los deberes de Lengua o tengo que hacerlos yo solo?! –dijo Enrique, exasperado, abriendo la puerta de mi dormitorio (interrumpiendo así la conversación tan productiva que estábamos teniendo).

-Ya voy, hijo, espérame un segundo, ¿sí?

-¡Jolines!, pero ven en tres minutos o me voy a ver *La Guerra de los Clones* –replicó el rezongón de mi hermano, cerrando la puerta de golpe. Volví a encarar a mi padre:

-Yo no necesito ir, papá. Y si en clase se enteran de que voy al psicólogo, se van a burlar de mí y eso me creará otro trauma, ¡Y ENTONCES SÍ QUE NECESITARÉ IR!

-El primer día te llevaré en coche, pero recuerda que a las próximas sesiones irás tú sola, así que procura aprenderte el camino.

-¡¿Me estás escuchando?! ¡No tienes derecho a hacerme esto! Se lo diré a mamá, y a la Euge, y a los abuelos, no puedes obligarme a...

-Bueno, te explico: entras allí y preguntas por la oficina del doctor Díaz. Luego…

-¡¡Pero escúchame de una vez!! No voy a ir y punto en boca.

Y como suele suceder en estos casos, el martes a las cinco y media tenía concertada una cita con el psicólogo. Es curiosa esa costumbre que tienen los padres de conseguir siempre que hagas lo que quieren sin utilizar ningún argumento, si yo fuera budista querría reencarnarme en un padre para ver cómo se siente uno cuando puede someter a toda su familia. Sería realmente interesante.

Cuando mi padre salió del cuarto, cerré la puerta con pestillo y me apoyé en la pared suspirando tristemente. Acto seguido, solté un sollozo y, poco a poco, me dejé caer sentada en el suelo y escondí el rostro entre los brazos. ¿A quién pretendía engañar? Por supuesto que necesitaba un psicólogo, y lo sabía perfectamente. Por mucho apoyo que recibiera de mi familia (incluso incluyendo a Maritere, que ahora no me dirigía la palabra para no tener que insultarme), sólo un profesional podía ayudarme a superar una experiencia tan traumática. Pero… ¡era tan humillante! Sé que hay una gran diferencia entre PSICÓLOGO y PSIQUIATRA, y también sé que yo no estoy loca ni soy una enferma mental. Sin embargo, me parecía tan raro, tan estúpido, tan absurdo para una chica de catorce años, que me parecía imposible que mis compañeros siguieran considerándome normal después de eso. Tal vez mis mejores amigas sí, pero yo no me conformaba con eso. Quería caerle bien a todo el mundo. Quería seguir siendo yo misma, Pamela Espada Cohen, una adolescente simpática y admirada por casi todos en el instituto, una chica que vivía estupendamente y que jamás había sido víctima de un intento de violación. En resumen, todo lo que era antes de aquel viernes repulsivo.

«Se podría decir que tu vida ha dado un giro de 180° desde que pasó aquello con Héctor», dijo una voz en mi interior.

« No conozco a ningún Héctor» respondió otra voz.

«Ahora no intentes hacer como que no pasó nada. Fuiste a una discoteca para mayores de dieciséis años y sólo tienes catorce, aceptaste beber dos copas de bebida alcohólica, cruzaste los límites de hora que tus padres te habían puesto y decidiste que no pasaría nada si aceptabas que un desconocido te acompañase a tu casa. Reconócelo, no puedes echarle a él toda la culpa. Tú tomaste la decisión. Tú pasaste el límite. Tú eres la responsable.»

Me mordí el labio. Yo no sabía hasta ese momento que mi conciencia estaba tan llena de esos sentimientos de culpa. Pensaba que yo sólo era la víctima, la pobre chica de quien un salvaje intentó abusar (o al menos eso pensaría cualquiera). Pero en ese instante me di cuenta de que las cosas no eran así exactamente. Cierto que Héctor era el malo de la película, el que me hizo tanto daño y el que ahora estaba en la cárcel como castigo por sus actos. Pero, ¿y yo? Yo no era la princesita raptada por el caballero negro. Es cierto que no soy una persona adulta, y aún no he alcanzado del todo la madurez... pero ya soy bastante mayor para decidir por mí misma. Aunque por legalidad fuera libre, me di cuenta de que, en mi interior, estaba atrapada en la cárcel infernal de mis remordimientos. Con un suspiro de resignación, cerré los ojos lacrimosos y me dejé degollar por aquellos demonios disfrazados de sentimientos de culpa.

«Tú fuiste la responsable...»

-Damas y caballeros, aquí estamos otra vez con ustedes después de la publicidad. Les informamos que, después de media hora de programa, nuestra concursante de hoy, Cristina Fuentes... ¡AÚN NO SABE QUÉ PANTALONES ELEGIR!

-¡Já! Hoy estás graciosilla, ¿no, Carla? –dijo Cristina, sin apartar la vista de los dos pares de pantalones que llevaba a cuestas por todo el probador mientras intentaba decidirse.

-Cristina, sabes que tiene razón –dijo Belén.

-Oye, guapa, que sepas que las pequeñas decisiones pueden cambiarte la vida –dijo Cristina.

-Pero… ¡¡es que son los dos iguales!! –exclamó Naza sin poder parar de reír (aunque sin mala intención). Naza tenía una risa muy particular y contagiosa.

-No, no lo son –replicó Cristina-. Éstos son azules oscuros; en cambio estos otros, si te fijas muy bien… son negros.

-Pues hija, póntelos para salir de noche y seguro que ambos parecerán negros de todas formas –dije yo.

-¿Eres daltónica, Cristinita de mi corazón? –comentó Laura con tono de guasa-. Ninguno de estos pares de pantalones es de color negro, por muy oscuro que sea. Haznos el grandísimo favor de decidirte ya, que tenemos que salir del probador si queremos que nos dé tiempo a seguir comprando.

Después de un minuto de silencio, Cristina anunció por fin:

-¡ME QUEDO CON LOS DOS!

Tuvimos que contener a Laura, que sintió de repente ganas de darle una paliza y mandar ambos pantalones al diablo.

Después, fuimos a comprarnos camisetas. Yo cogí una verde de manga larga, una rosa de una sola manga y una azul sin mangas (¿no soy increíblemente original?), y casi me peleé con Carla por una blusa violeta rebajada al 50% que era una de las cosas más bonitas que había visto en mi vida (y la única que quedaba en el perchero de la tienda, como suele pasar). Finalmente, Belén nos la quitó con firmeza de las manos y la volvió a dejar en su sitio.

-¿Qué se supone que haces? –pregunté levantando ambas cejas (hacía esto porque no me salía levantar una sola, lo llevaba intentando varios meses pero no lo conseguía).

-P-A-Z –deletreó mi amiga-, paz. No seáis tan tontas como para discutir por un pedazo de tela.

Carla levantó una ceja (porque ella sí que puede hacerlo), seguramente pensando lo mismo que yo: Belén estaba llamando «pedazo de tela» a la prenda de ropa más bonita de la tienda y no parecía darse cuenta de ello. Abrimos la boca para protestar, pero justo en ese momento llegó una chica un poco más pequeña que nosotras y se llevó tranquilamente la blusa.

Casi me pareció que a Carla le entraban ganas de llorar; yo me aguanté porque, a fin de cuentas, *je ne me fâche pas pour un rien,* es decir, yo no me enfado por una tontería.

-Esto es genial, hay rebajas por todas partes –decía Cristina emocionada, admirando un pijama verde pálido que había por allí.

-¿Tú no tienes ya los dos pantalones, un abrigo y una camiseta? ¡Habíamos quedado en que gastaríamos sólo cincuenta euros cada una! –protestó Laura.

-Eh, Naza –dijo Belén-, ¿tú ya sabes qué te vas a llevar?

-Lo estaba mirando…hummm… sí, esto –contestó la chica, mostrándonos un jersey rosa claro, una camiseta azul estampada y una gorra blanca muy bonita-. ¿Qué os parece?

-¡Buena elección, sí señora! –contestó Carla, haciendo un gesto de aprobación.

-¡Chicas, mirad quién está ahí! –dijo Cristina, llamando nuestra atención-. Allí, mirando los abrigos. ¡Es Bárbara!

-¿Bárbara? –pregunté-. ¿La cerebrito de nuestra clase?

-La misma –confirmó nuestra amiga. Era cierto, la chica estaba allí.

Bárbara era una muchacha de mi edad, de estatura mediana y bastante rolliza. Tenía el pelo negro siempre recogido en una trenza larga, los ojos castaños algo ocultos por unas enormes gafas gruesas, dientes de conejo y cuello corto con un poco de papada. Bárbara era uno de esos personajes de cartón que rápidamente se quedaban fuera de los límites de aceptación en cada recoveco del instituto. No sólo por ser bastante fea, sino porque solía vestir faldas largas hasta los tobillos y camisas pasadas de moda, no hablaba absolutamente con nadie del instituto, cuando lo hacía tartamudeaba como una tonta, actuaba como una calculadora viviente… y sólo tenía en su boletín de notas notables y sobresalientes, además de que en los recreos siempre se sentaba sola en unos escalones a repasar sus apuntes en voz un poco alta mientras sorbía ensimismadamente un zumo de piña. Es decir, una empollona en toda regla. A mis amigas y a mí la gente tan lista nos sacaba de quicio.

-¡Ey, Bárbara! –llamó Laura, acercándose un poco, sólo unos pasos. La chica ni se dignó a mirarla, aunque por algunos gestos de su cara se notaba que estaba escuchando-. ¿Qué haces aquí? ¿No tienes que estudiar para el examen de Biología… del año que viene?

Yo me reí de la broma de mi amiga y dije alzando la voz:

-Laura, ¿no ves que está estudiando? Está investigando sobre la consistencia de los átomos que componen ese abrigo y el número de moléculas de carbono que…

-¡D-dejadme en p-paz! –gritó la cerebrito, con su habitual tartamudeo.

-Pero si no están diciendo nada malo, listilla -replicó Cristina, haciéndose la tonta.

Bárbara dejó caer el abrigo en el suelo y salió de la tienda mordiéndose el labio.

-Báh, ni que la hubiéramos insultado –gruñí yo, quitándole importancia al asunto. Las chicas se rieron de la situación y en ese momento vimos que Naza nos observaba con cara de extrañeza.

-¿Quién es esa chica? –preguntó-. Me suena haberla visto.

-Es que va a nuestra clase del instituto -respondió Laura sonriendo-. Es una empollona. ¿Te puedes creer que el curso pasado sacó nueve sobresalientes y un ocho? ¡Tremendo! Sólo sacó un seis en Educación Física.

-Ya –dijo Naza-. ¿Y por eso le habéis dicho esas cosas?

-Hombre, no es por eso –dijo Cristina-. Es que tú no la conoces, pero esa chica es medio tonta, por muy buenas notas que saque. No sabe nada de vida social, nunca habla con nadie, se pasa la vida estudiando… además es feísima y viste fatal, ya la has visto. ¿Os habéis fijado? –entonces nos miró a nosotras-. ¡Llevaba una camisa a cuadros de lo más hortera!

-Y lo que me pude reír cuando hablaba –se burló Belén-. «¡D-dejadme en p-paz…!»

-Ya, bueno –Naza estaba cada vez más seria-. La verdad es que meterse con alguien por eso me parece un poco…

-¡Mujer, si no nos metemos con ella! –dije yo alegremente-. Sólo nos hemos reído un poco, eso no tiene nada de malo.

-Tal vez si fueras tú, o Laura, o Pam, o cualquiera de nosotras, sí tendría importancia, por ejemplo –explicó Carla-. Pero como ella es, ya sabes, del tipo de gente que vive siempre así…

-Ah… conque era eso.

-Claro –dijo Belén-. Bueno, así es como funcionan las cosas, ¿no?

-Ya, claro –replicó Naza, arqueando una ceja sarcásticamente. Metió sus compras en una bolsa y dijo, con menos alegría que hacía un rato:

-Bueno, yo me voy ya. ¿Alguna me acompaña?

09

Velada insólita

-Vamos, Naza –insistí cuando mi nueva amiga y yo caminábamos hacia el edificio donde vivíamos, habiendo dejado ya a las demás chicas en sus casas-. ¿Me vas a contar qué demonios te sucede? No creas que no me doy cuenta de que estás molesta con nosotras, y me gustaría saber por qué.

-¿Tengo que explicarlo, acaso?

-Pues te lo agradecería mucho. No te entiendo.

Cuando llegamos al portal, Naza se detuvo, dejó la bolsa con sus compras en el suelo y me miró fijamente.

-Pam, te diré una cosa –dijo por fin-. Ya sabes que me caéis muy bien todas, creo sinceramente que sois muy simpáticas... pero también he de confesar que tú, por alguna razón, me inspiras más confianza que las demás. Así que, ya que insistes tanto, te voy a explicar lo que me pasa.

No, si ahora encima iba a resultar que yo le inspiro confianza a la gente así porque sí. Date cuenta, hija, pensé, "por alguna razón" quiere decir "porque somos vecinas".

-A ver, cuenta –dije cruzándome de brazos después de poner mis bolsas junto a la suya-. ¿Qué te hemos hecho para que te pongas así?

-Sabes perfectamente que a mí no me habéis hecho nada –explicó pacientemente-. Te voy a hablar claramente: no me ha gustado nada lo que le habéis dicho a esa chica.

-¿A quién? ¿A Bárbara? –pregunté, sorprendidísima-. ¡Pero si no le hemos dicho nada!

-Por favor… sólo os ha faltado decirle todo lo que me contasteis de ella luego –dijo Naza, que parecía en ese momento más preocupada que enfadada-. ¿Te gustaría que se burlaran de ti y luego te insultasen a tus espaldas?

-Pero es que no es lo mismo, porque de mí nadie puede decir nada malo y de ella sí –repliqué yo, estúpidamente-. Y tampoco puedes decir que «fea», «listilla» y «tonta» son exactamente insultos.

-Ah, bueno, si así funciona tu vocabulario… -respondió Naza, meneando la cabeza-. Pero esa tal Bárbara no os había hecho ni dicho nada, y vosotras os comportasteis de una manera muy… estúpida, por así decirlo. Y que te burlaste de ella no lo puedes negar.

-Pero bueno, ¿se puede saber por qué la defiendes tanto, Naza? –pregunté yo, algo impaciente-. No es más que una pava que ha decidido pasar toda su vida metida entre libros de texto, así que es culpa suya. Si no le gusta que nosotras nos burlemos de ella, que se ponga lentillas, deje de estudiar tanto y se vista como Dios manda.

-Vamos, no metas a Dios en esto.

-¿Cómo? Pero, ¿qué tiene que ver eso con…?

-Bueno, bueno, tranquila –dijo la chica sacudiendo su melena oscura mientras esbozaba una sonrisa que me calmó bastante-. ¿Sabes?, deberíamos hablar de esto en otro momento, porque yo ahora tengo bastante prisa. ¿Qué hora es, las nueve? Bueno, tengo que ayudar a mi padre a hacer la cena, así que… nos vemos mañana, ¿ok?

-Está bien, buenas noches –respondí.

-Buenas noches, y recuerda que esta conversación la tenemos pendiente.

Subimos juntas hasta el rellano del 3º, nos despedimos otra vez y luego cada una entró en su casa. Mientras metía las llaves en la cerradura, pensé que Nazareth, aunque sin duda no iba a tener ningún problema para integrarse en el insti, era una chica bastante extraña. Jamás había oído a nadie defender a un marginado, y menos de la forma en que ella lo hizo. Y aquello de «no metas a Dios en esto» me había dejado, definitivamente, a cuadros. ¿Qué expresiones tan raras eran esas?

Cuando entré en el piso, me sorprendí al ver que todas las luces estaban apagadas. Le di al interruptor y miré a mi alrededor. ¿Qué pasaba? ¿Adónde se había ido todo el mundo?

Dejé las bolsas y el abrigo y fui hasta la cocina. Allí, justo como había imaginado, mamá me había dejado un post-it en la nevera que decía claramente:

Tienes pizzas de jamón y de champiñones en la nevera, caliénta-telas para cenar. Por cierto, llámame al móvil en cuanto llegues. Besos: Mamá.

¡Jo!, con el hambre que yo tenía y no estaba ella para prepararme una cena decente. No sé de qué manera tengo que decirle que no me gusta la pizza de champiñones.

Saqué un trozo de pizza de jamón y lo metí en el microondas. Luego cogí el papel y me puse a pensar. ¿Qué hacía primero: la llamaba o empezaba a cenar? Pienso tan despacio cuando tengo hambre que cuando quise darme cuenta ya había terminado de calentarse el objeto de mi apetito. ¡Qué rábanos!, ya la llamaría más tarde, seguro que no quería decirme nada importante.

Con dos trozos de pizza de jamón (la de champiñones ni la to-qué) y una coca-cola, me senté cómodamente en el sofá y me puse a ver una película de Brad Pitt, *Troya,* que echaban esa noche. Aproximadamente quince minutos después, llamaron a la puerta.

«Oh, lástima» pensé, «se acabó mi deliciosa soledad».

Abrí con gesto cansino pensando que sería mi padre o mi hermana, que ya habían vuelto de donde fuera. Pero… en cuanto vi a la persona que estaba en el umbral, no pude hacer menos que cerrar la puerta de un portazo y apoyarme en ella respirando con dificultad y turbación.

«¡Aire! ¡Necesito aire! Me he dormido delante de la tele, o algo así.»

¿Un sueño? ¿Una visión? ¿Un espejismo? Me di la vuelta, froté la lente de la mirilla y pegué las pestañas todo lo que pude. Acto seguido, sin todavía creerlo, me di una bofetada para asegurarme de que estaba despierta.

No. No era nada irreal. ¡Aquel chico, cuya silueta aparecía deformada por la mirilla, no era otro que Cedric!

-¿Pam? —preguntó su voz extrañada y sorprendida al otro lado de la puerta-. ¿Eres… eres tú?

-Esto… yo… ¿quéhacesaquí? —pregunté a lo loco, de la forma más estúpida que ha existido jamás. Aunque él también parecía MUY abrumado.

-Bueno, pues me dijeron mis padres que… pero te prometo que no sabía que era tu casa, y… ah… ¡¿tu madre no te ha dicho nada?!

-¿A mí? ¡No! Bueno, espera…

Llámame al móvil en cuanto llegues. Maldición, maldición y re-contramaldición.

Busqué mi móvil en el bolsillo y marqué el número de mi madre tan rápidamente como era posible, aunque procuré irme a la cocina para no tener que decirle «ciertas cosas» con Cedric escuchando al otro lado de la puerta.

-¿Diga?

-¿Mamá? ¿Dónde rayos estás metida?

-Cariño, lo siento, me han llamado para hablar con un cliente y he tenido que salir enseguida, volveré bastante tarde. Teresa ha salido con Javier, Enrique se ha quedado a dormir con un compañero de clase y papá fue a hablar con los padres de un alumno de la academia, así que…

-¡¡HAY UN CHICO EN LA PUERTA DE CASA Y…!! –interrumpí casi histérica.

-Por todos los santos y vírgenes, Pam, cálmate –dijo mi madre-. Hija, el alumno de papá iba a quedarse solo en su casa mientras sus padres estaban reunidos, así que, para que no se aburriese… les propuse que le mandaran contigo, puesto que también ibas a quedarte sola sin nada que hacer.

-Pero, pero, pero… -no podía creerlo, ¡¿mi padre le daba clases a Cedric?!

-Cariño, vamos, seguro que os lleváis bien. Es un chico más o menos de tu edad, y tu padre asegura que es muy simpático.

«No hace falta que lo jures», pensé irónicamente.

-Tengo que colgar, hija, me reclaman por aquí. Muchos besos, y recuerda darle de cenar a ese joven. *Bye*!

Me había colgado sin más miramientos. Furiosa, empecé a darme cabezazos contra la pared y me detuve sólo cuando oí un segundo timbrazo y recordé que Cedric seguía esperando en el rellano de la escalera.

Traté de calmarme un poco y, con paso inseguro, fui hasta la puerta y abrí. Esta vez no fue tan impresionante, pero aún así estaba muerta de nervios. ¡CEDRIC, EL CHICO MÁS GUAPO Y MÁS SIMPÁ-TICO DEL MUNDO… EN MI CASA! Cómo me hubiera gustado tener una cámara de fotos para inmortalizar aquel momento, o por lo menos un espejo para ver la cara de tonta que seguramente tenía. No puedo creerlo, ¿por qué estas cosas sólo me pasaban con él? Hasta ahora me han gustado muchos chicos y no me ponía tan nerviosa con ninguno.

-Perdona, es que he llamado a mamá para preguntarle sobre esto y...

-Ah, y supongo que siempre que hablas por teléfono gritas así, de manera que te oigan todos los vecinos.

Qué bien me habría venido en ese momento que me tragara la tierra. ¡Había oído todo lo que le había dicho a mi madre!

Pero no parecía molesto en absoluto. Simplemente sonrió con franqueza y dijo:

-¿Quién te crees que soy, la policía? Tranquila, no voy a preguntarte por qué hiciste eso.

-Ah, eso está bien —entonces me puse a pensar que si fuera más tonta pensaría con los pies, directamente. ¿No se me ocurría algo más original que decir?

Le invité a pasar. ¿Qué otra cosa podía hacer para compensar la cantidad de idioteces juntas que acababa de decir?

-Siéntate en el sofá, si quieres... oye, ¿te gusta la pizza de champiñones? ¿Quieres un trozo?

-Eh... sí, muchas gracias —contestó él, rascándose un poco la oreja.

-Bueno, haz el favor de ponerte cómodo, y espera aquí, que vuelvo enseguida. ¿Vale?

Llegué a la cocina y, completamente frenética, me puse a buscar por todas partes el helado de vainilla que mamá había comprado el lunes (¿no pensarías que para una vez que tengo de invitado al chico de mis sueños iba a conformarme con ofrecerle un... miserable pedazo de pizza, verdad?). Por fin, después de varias vueltas, pensé en la posibilidad de que estuviera en el congelador y, ¡efectivamente, ahí estaba! (qué cosas, ¿no?). Calenté la pizza de champiñones el tiempo justo (ni demasiado ni muy poco) y la coloqué en una bandeja junto a la tacita que contenía el helado, con su cucharilla y todo. Luego puse una servilleta, cubiertos... ah, ¿qué burrada estaba haciendo? ¡¿Pizza con cubiertos?! De verdad, lo que no se me ocurra a mí no se le ocurre a nadie.

Después de poner un vaso y una lata de coca-cola, tomé la bandeja en mis manos con sumo cuidado y fui hasta el salón, donde Cedric estaba sentado en el sofá.

-Aquí tienes –dije apresuradamente, dejando la bandeja sobre la mesa que había entre la tele y el sofá-. Bueno, si no te gusta el helado de vainilla tengo otros sabores, si quieres…

-¡No, no! –dijo él, asombrado al ver lo que le había traído (menos mal, porque no era cierto que tuviera más sabores)-. Me gusta el helado de vainilla, pero Pam… no tenías que haberte molestado, en serio.

-Ah… no te preocupes por eso –dije yo con una sonrisa-, no ha sido nada. ¿Te importa que me siente contigo a terminar mi cena?

-Venga ya –dijo Cedric meneando la cabeza como si estuviera a punto de reírse-. ¡Es tu sofá! Soy yo quien debe pedirte permiso para eso.

-Bueno, pero ya te dije en cuanto entraste que te sentaras si querías –dije yo mientras me sentaba a su lado.

Estuvimos un buen rato en silencio viendo la película, que por cierto, había perdido todo su interés ahora que yo sólo miraba a Cedric sin que él se diese cuenta. Sé que exagero porque estaba súper, súper enamorada, pero cada vez me parecía más y más guapo. Sin embargo, al mismo tiempo que emocionada… estaba asustada, porque lo cierto es que con él tengo tan pocas cosas de que hablar que tenía miedo de que, por decir cualquier cosa, empezase a preguntarme sobre lo que pasó la última vez que nos vimos (y eso sí que no podría soportarlo).

-Ese tío está pirado –exclamó de repente.

-¿Quién? –pregunté saliendo de mi ensimismamiento.

-¿Quién va a ser? Ése al que interpreta Orlando Bloom, Paris. Si fuera medianamente inteligente, se cuidaría mucho de desafiar a nadie a una lucha, sabiendo que lleva todas las de perder.

-Ahhh… sí, es bastante palurdo –comenté yo. «Rayos, no me estoy enterando de lo que pasa en la película.»

Ah, ahora lo veía. Aquel chico poco inteligente, siendo un flacucho sin experiencia en la guerra, había decidido combatir a muerte contra un rey al que, por añadidura, acababa de robarle la esposa. Bravo, viva la sensatez clásica de Grecia. Lo más gracioso fue cuando, un rato más tarde, el tipo en cuestión se arrastraba sangriento y lleno de mugre por el suelo, abrazando la pierna de su hermano mayor para no tener que luchar más (y eso delante de todos los griegos y troyanos, incluso de su enamorada). Aunque es cierto que no estaba muy centrada en la película, al llegar a esta escena no pude evitar partirme de risa, incluso olvidando que Cedric estaba allí.

-¡Es increíble! –dijo él, que también se estaba riendo.

-No puedo creer que la historia recuerde como héroe a semejante personaje –añadí yo, atragantándome de risa con la coca-cola-. ¿Seguro que el director no se ha equivocado?

-Eso espero, porque no puedo creerme que esa tal Helena de Troya se haya enamorado de alguien así –dijo Cedric-. Las chicas tenéis unos gustos muy raros.

«Vaya, es gracioso que lo digas precisamente tú», pensé con ironía. Pero a pesar de que su presencia aún me incomodaba, me lo estaba empezando a pasar bien.

Cuando acabó la peli (de la cual deduje que los griegos estaban definitivamente locos), empecé a recoger la mesa y Cedric, aunque insistí en que no hacía falta, se empeñó en ayudarme. No, si cuando yo digo que es un sol… Si estuviéramos casados, la convivencia sería perfecta.

Cuando acabamos, nos sentamos nuevamente en el sofá y empezamos a conversar sobre los temas más diversos de manera que parecíamos amigos de toda la vida. Eran las diez y pico y nuestros padres aún no llegaban. Aunque a mí, personalmente, el tiempo se me estaba pasando terriblemente deprisa.

-¿Te estás aburriendo? –pregunté con cierto apuro.

-No, qué va –respondió sonriendo-, me lo estoy pasando muy bien. No necesitas que te diga que eres muy divertida, ¿no?

-Vaya, gracias…

Entonces, de la manera más inesperada, nos quedamos a oscuras.

-¿Eh? ¿Qué ha pasado? –preguntó la voz de Cedric.

-Se ha ido la luz –respondí-. Voy a mirar los fusibles a ver si lo arreglo.

Dos palabras: ¡ALIVIO ABSOLUTO! Nunca podría ser tan oportuno un corte de luz, porque justo en ese momento me estaba poniendo como un tomate por lo que decía Cedric. Un día de estos, pensé, le enviaré una cesta de regalo a los electricistas.

Cuando me levantaba del sofá para ir junto a la puerta (ya que ahí es donde estaba el cuadro de contadores), me pasó una cosa muy graciosa, una especie de broma que me gastaba la condenada ley de la gravedad (¡maldito Newton!). De repente, por esas cosas de que no veía absolutamente nada, tropecé con la alfombra y me caí de boca contra el suelo y me di tal porrazo en la nariz que ésta me empezó a sangrar. ¡Qué bueno habría sido en ese momento vivir en el espacio exterior!

-¿Qué te ha pasado? –preguntó Cedric de pronto-. ¿Estás bien? «No seas tan tonta como para decírselo», pensé.

-Estoy bien, no me ha pasado nada...

Y como suele pasar, resultó que el corte de luz no era en mi casa, sino en todo el barrio, así que en ese momento volvió sin previo aviso y Cedric me vio tirada en el suelo con la nariz sangrienta. Vergüenza máxima.

-¡Pam! –dijo él, sin ningún tono de burla-. ¿Qué te has hecho, mujer? ¿Te duele?

Me dieron ganas de decirle que me dolía el orgullo, pero me callé y respondí con optimismo:

-¡Nada, no pasa nada! Una hemorragia sin importancia, sólo necesito un trozo de algodón.

Aquel fue uno de los momentos más humillantes de mi edad del pavo, aunque él no se reía ni se burló de mí en ningún instante. Todos los insultos me los hacía yo mentalmente.

Aparte de este incidente, la noche fue una maravilla. Jugamos un buen rato al parchís y al *Monopoly*, luego seguimos charlando como si nos conociéramos de toda la vida sobre los profesores del instituto y las notas que habíamos obtenido el curso anterior, contando chistes, relatando nuestras aventuras del verano... en ningún momento quiso hablar de Héctor. No era exactamente lo que había dibujado en mi mente cuando imaginaba cosas para la primera vez que nos quedáramos juntos, pero ambos nos lo pasamos muy bien, eso sí. Y cada minuto que pasaba, me enamoraba más y más de él. Ya no era sólo un chico guapo, sino también agradable, sincero, ocurrente... no sé, era como mi Príncipe Azul. Si no fuera porque...

-¿Y qué has hecho esta tarde? –me preguntó en un momento dado.

-Nada, salir de compras con mis amigas del insti. ¿Y tú?

-Yo...

Estuvo un momento en silencio y luego respondió decididamente:

-Fui al Parque del Retiro con unos amigos... de mi iglesia.

-Oh...

«No, no, no», pensé agobiada. «Ya se me había olvidado el tema ese.»

¿Por qué yo tenía que ir a enamorarme de un religioso, por qué? O mejor dicho, ¿por qué ÉL tenía que ser religioso? La verdad es que no entendía a las personas que por profesar una aburrida creencia se resignaban a ser unos rechazados en su vida social. ¡No era justo! Lo peor es que, de pronto, sentí una absurda curiosidad y, aunque quería volver a olvidarme del tema, no pude evitar que se me escapasen algunas preguntitas, como la siguiente:

-¿Tus amigos de la iglesia? ¿Y qué haces con ellos?

-Pues... -Cedric parecía bastante incómodo ahora-. Yo qué sé, cualquier cosa, igual que tú con tus amigos... y nos reunimos a menudo para aprender, hablar de lo que nos pasa en casa y en el instituto, de nuestra vida como cristianos... y cosas así.

«Pero qué me estás contando» pensé, disgustada.

-Pero dime, ¿es que hay muchos adolescentes en tu iglesia? –pregunté.

-Somos unos quince que tenemos entre once y veinte años –contestó.

Eso sí que no me lo creía. ¿Personas tan... tan de mi edad yendo a la iglesia? No pude evitarlo ni un segundo más y pregunté:

-¿No os aburrís mazo en eso, Cedric?

-No, qué va. Allí me lo paso genial porque están casi todos mis amigos, y además aprendemos cosas, hablamos a Dios... y eso.

-¿Dios? ¿Quieres decir que tú crees en Dios?

-Sí, por supuesto.

Claro que ya lo suponía, aunque tenía una ligera esperanza de que... pero no, la cosa estaba bastante clara. No quería que se notara mi fastidio, pero creo que no lo pude evitar, porque ahora él me miraba de otra forma.

-¿Pasa algo? –preguntó.

-No, pero... -no pude aguantar más tiempo sin decirle lo que pensaba-. Mira, yo soy atea, y si quieres saber mi sincera opinión, te lo diré: me cuesta creer que un chico tan inteligente como tú crea semejantes chorradas.

Huy, creo que ahí me sobré un poquito. Pero Cedric no parecía muy molesto por mi comentario, sino más bien resignado, como diciendo: «siempre lo mismo».

-Pam, no es ninguna tontería creer en Dios, y ser inteligente no se contradice con eso –me dijo entonces-. Me da igual que muchos penséis eso, yo sé que mi decisión de ser cristiano es la correcta.

¿Cómo podía decir que su decisión era la correcta cuando gracias a esa decisión todos se burlaban de él? ¿Qué vida era esa?

-Y... oye, Cedric —ya que me había lanzado, mejor acabar con mis dudas-. ¿No podrías, al menos, fingir que no eres cristiano para no estar en contra de la gente?

Hasta a mí me sonó estúpido cuando lo pregunté.

-Pero si yo no estoy en contra de la gente —protestó-. No le he hecho nada a nadie salvo ser yo mismo y tener fe en algo. ¿Me puedes explicar qué hay de malo en eso? ¿Por qué tengo que cambiar de personalidad para integrarme?

No supe responderle a eso, y él no esperó a que lo hiciera. Cambiamos de tema y estuvimos hablando de deportes y música un buen rato, hasta que por fin llegó mi padre y Cedric se despidió amistosamente de nosotros.

-Hasta luego, Cedric —dijo mi padre-. Y sigue estudiando.

-Sí, de acuerdo —aceptó él. Luego me miró a mí-. Bueno, Pam, me lo he pasado muy bien. Adiós.

-Lo mismo digo —respondí sonriendo-. Ya nos veremos ma...

Me detuve en ese mismo instante (y muchas veces en un futuro me arrepentí de ello) y le dirigí una mirada bastante significativa. Los hermosos ojos de Cedric se entristecieron un poco y dijo en un susurro, para que mi padre no le oyera:

-No te preocupes, te prometo que no voy a acercarme a ti en el instituto.

Esa noche me fui a la cama algo triste. Un nuevo sentimiento de culpa había nacido en mi corazón y, junto a los demás, me estaba destrozando.

La confesión de maritere y una pelea

Era domingo 9 de octubre, y me hallaba en mi momento aburrido. Mi padre y mi madre discutían en la cocina sobre los gastos del mes, Enrique veía *El Retorno del Jedi* en el salón y yo estaba sentada a su lado con el libro de Música abierto sobre las piernas y la mirada perdida entre las hojas de la maceta que había sobre la televisión, porque ya había perdido las esperanzas de memorizar todo sobre la música renacentista. Me resultaba bastante difícil concentrarme en el examen oral que tenía el lunes, porque no hacía más que pensar que mi vida daba asco: había sufrido un abuso sexual, me habían mandado a un psicólogo de pacotilla (por cierto, no se parece nada a lo que yo había visto en las películas), el chico del que estaba enamorada no me miraba a la cara y, para colmo, mi hermano pequeño no hacía más que martillarme los oídos con comentarios de la película que estaba viendo por millonésima vez.

-¡Mira, Pam, esto es lo mejor! ¡Ahora es cuando Luke le quita la máscara a Darth Vader y se despide de él! ¡No te lo pierdas, que es la mejor parte...!

El timbre salvó a Enrique de que le diera una buena bofetada por pesado. Con un suspiro de alivio puse la película en pausa y le dije que corriese a abrir la puerta a ver si era Han Solo (te prometo que se lo cree). Pero no, no era Harrison Ford, era la descerebrada de Maritere volviendo de su cita mañanera con su novio Javier. Bufé y volví a concentrarme en las hojitas de la maceta.

-¡Eh, Teresa!, te ha llamado tu amiga Lorena para no se qué de quedar esta tarde –gritó mi hermano cogiendo rápidamente el mando del DVD y reproduciendo de nuevo la película.

Unos segundos después caí en la cuenta de que mi hermana no había dicho nada todavía, y eso me extrañó bastante, porque para ella las llamadas telefónicas de sus amigas son sagradas (tengo que reconocer, muy a mi pesar, que en eso me parezco a ella). Alcé un poco el cuello para mirarla y la vi entrar arrastrando los pies en la cocina, sin el menor indicio en el rostro de haber escuchado a Enrique, con un semblante tan serio que me empezó a picar muchísimo la curiosidad. Sin poder contenerme, me levanté y me acerqué cautelosamente a la puerta cerrada para escuchar la conversación entre ella y mis padres. Esto fue lo que escuché:

-Mamá, ¿puedo hablar contigo a solas?

-Teresa, ahora no puede ser, estoy ocupada.

-Pero es que es muy importante, mamá, necesito hablarte urgentemente.

-Y si es tan importante, ¿por qué no me lo puedes decir también a mí? –inquirió la voz de mi padre.

Podría jurar que oí a mi hermana tragar saliva con mucha fuerza, como un pavo. Fruncí el entrecejo, aquello tenía que ser muy grave: era la primera vez que notaba asustada a Maritere.

-Yo… creo que puedo esperar un rato más –se apresuró a decir-. Mamá, cuando estés libre, ¿podrías venir a mi cuarto?

-Bueno, pues ahora tu madre ya está libre y yo también, así que podemos escucharte. Los dos –declaró mi padre con voz autoritaria.

Mi madre no pareció muy contenta con aquella determinación, dado su inmediato comentario:

-¡Maravilloso! Mientras el precio de la fruta no hace más que subir y yo me tiro de los pelos haciendo cálculos para que mi familia tenga algo encima del plato sin que caigamos en números rojos, mi marido se despreocupa de hacer las cuentas.

-Mujer, no te pongas histérica, que tú eres abogada y yo profesor; no puedes quejarte de estar con el agua al cuello.

-Eso, encima defiéndete con el cuento de que por haber estudiado una carrera tenemos el dinero asegurado. ¡Reconoce que en estos tiempos, cualquiera que ponga un chiringuito en la playa gana más! Y claro, como no cuenta el traje elegantísimo que te compraste la segunda semana de septiembre sólo porque «te hacía sentir bien»... Y lo del psicólogo de Pam, los juguetes extra que le compraste a tu hijo para que dejara de dar la tabarra, el dinero que gastaste hace dos semanas en una estantería nueva porque según tú la vieja iba a caerse en cualquier momento... todo eso tampoco cuenta, ¿verdad? ¡Y yo preocupada por la fruta, Dios mío! Pero no, claro, para el señorito es demasiado importante escuchar tonterías de adolescentes.

-¡Ah, no, por ahí no paso! –gritó mi padre-. Estoy harto de ser el carca de la familia y de que todos nuestros hijos te hagan sus confidencias a ti porque me tienen miedo... como si yo no pudiera ser tan confiable y comprensivo como el que más. Además, nuestra Teresa ya no es una adolescente, sino una mujercita de dieciocho años. ¡Y si yo quiero que me cuente sus problemas, me los cuenta, no voy a quedar siempre como un ogro! Ahora, hija, ¿qué es lo que quieres decirnos?

Después de unos segundos de silencio, apenas pude oír la voz de Maritere, que se había apagado hasta el punto de convertirse en una vocecita de grillo insignificante:

-Papá, de verdad que no hace falta. Si no es nada importante.

-Aún así, quiero que me lo cuentes. ¿Y por qué te has puesto tan pálida? Siéntate aquí y desembucha, cariño –insistió mi padre con voz firme.

A esto siguieron unos cuantos minutos de susurros que ya no pude oír por mucha voluntad que puse. Al rato, instantáneamente, se oyó un súbito grito que me hizo saltar del susto:

-¡¿QUÉ ESTÁS QUÉ?!

Escuché el quejido de Enrique diciendo que por culpa de mi padre había perdido la concentración justo en el final de la peli, pero no le presté ni la más mínima atención. Agudicé el oído al máximo, pegué la oreja a la puerta y me concentré todo lo que pude en reconocer los sonidos consonánticos y vocálicos (como me habían enseñado en clase de Francés) que formaban la repetida respuesta de Maritere, ahora ahogada por una especie de sollozo. Y entonces logré entenderlo, vaya que si lo logré, y me quedé tan estupefacta que mi mandíbula se desencajó por completo y abrí unos ojos como platos. La contestación de mi hermana era increíble, pero estaba ahí, la había dicho dos veces y tuvo que repetirla una tercera para que mi madre pudiese asimilar la noticia. Y la palabra no cambió. Era la misma de antes, las mismas diez letras, el mismo significado que encerraban las mismas.

Embarazada.

-Oliver Díaz, levántate y dime todo lo que sepas sobre la ópera —ordenó Gabriela, la profesora de Música.

-Es un teatro totalmente cantado cuya fuente de inspiración es la mitología grecorromana. Consta de dos partes...

Casi no oía el parloteo de mi compañero de clase, tan concentrada como estaba en dibujar rayitas y circulitos sobre mi pupitre para calmar mis nervios. Oliver se lo sabía todo. En cambio a mí, por mucho que intentara recordar lo poco que había memorizado la tarde anterior, no se me iba de la cabeza el rostro pálido de Maritere, a la que no había visto desde que el sábado se encerró en su cuarto tras contarle su secreto a papá y a mamá. La idea de que una persona como mi hermana fuera a tener un hijo me tenía totalmente escandalizada, y ni siquiera era capaz de tener un pensamiento concreto sobre el asunto. Sólo uno.

Yo iba a ser tía.

La tía de una criatura nacida de mi odiada hermana.

¿Quién podía pensar en la música renacentista sabiendo una cosa así?, me pregunto. ¿Cómo iba a recordar lo que había estudiado sobre la ópera sabiendo que dentro de nueve meses tendría un sobrino que sufriría la atroz tortura de tener una madre horrible?

-Muy bien, Oliver, siéntate —la voz de Gabriela me llegó como desde muy lejos-. Pamela Espada, de pie.

Maldije para mis adentros y me levanté muy lentamente, forzando mi cerebro al máximo para expulsar aquellos pensamientos y recoger las ideas sueltas que tenía sobre el tema. Aunque claro, a saber qué me preguntaba.

-Partes vocales de la ópera —dijo.

Después de pensar durante un rato, finalmente respondí:

-No lo sé.

La profesora, sin decir nada, apuntó algo y luego exigió mirándome fijamente:

-Dime cuáles son las voces habituales en la música religiosa del Renacimiento y explícalas.

«Claro, música religiosa, lo que mejor se me da», pensé sarcásticamente. Por suerte de eso sí me acordaba, me había costado muchísimo aprendérmelo.

-Soprano, que es la más aguda; contratenor es la voz grave de mujer, creo... este... tenor es una voz aguda de hombre y bajo es la más grave.

-Más o menos bien. ¿Sabrías explicarme las diferencias entre la música de la Iglesia Católica y la de la Iglesia Protestante?

Buah, no me acordaba de casi nada.

-Bueno... en la de la Iglesia Católica no participan las mujeres y en la Protestante sí –respondí con cierto apuro-. En la Protestante se canta en distintos idiomas y en la Católica es... ¿griego?

-No –corrigió de mala uva Gabriela-. Y aún te falta algo.

Yo respondí con mi silencio.

Me puso un cinco por misericordia, me parece. Al salir de clase, yo estaba bastante quemada. Claro que había sido realmente estúpido por mi parte decir que el idioma de la Iglesia Católica era griego cuando debía haber dicho latín, pero aún así... después de todo, la culpa de aquel suficiente era de mi hermana, o al menos esa era mi opinión. No podía dejar de pensar en ella.

-Pam, a ti te pasa algo –dijo Laura, meneando la cabeza, mientras salíamos al pasillo de camino al patio, ya que nos tocaba recreo-. ¿Los católicos hablando griego? ¿Es que tú no ves la tele o qué?

-Bueno, déjalo ya, ha sido un *lapsus* –dije yo, que no tenía la más mínima intención de contarle lo del embarazo de Maritere. ¡Faltaría más!

En el patio nos encontramos con el resto de la pandilla sentados en unos escalones. Nos sentamos junto a ellos y durante los siguientes quince minutos estuvimos hablando sobre los talleres que se abrirían la próxima semana en el instituto, una noticia que ya días antes había captado la atención de todos los estudiantes del centro. Los talleres los ponía en marcha el Ayuntamiento, y hacía tiempo que habían anunciado aquellas actividades que estaban organizadas para los alumnos de 3° y 4° de Secundaria y 1° de Bachillerato matriculados en colegios o institutos de Vallecas. Parecía bastante interesante.

-No puedo creer que los profesores aún no hayan dicho nada –manifestó Julio-. ¿A qué están esperando?

-Después del recreo tenemos Tutoría –dijo Laura-. A lo mejor entonces el Zombie nos lo dice (como puedes ver, nuestro tutor ya se había ganado su correspondiente mote).

-¿Creéis que habrá alguno de manualidades? –preguntó Arturo, entusiasmado (es todo un manitas, él)-. Carla, tu padre trabaja en el Ayuntamiento, ¿no te ha dicho nada sobre el tema?

-No, pero lo más seguro es que sí lo haya, porque es uno de los más comunes que suelen poner –respondió mi amiga.

-Ojalá pongan algún taller de instrumentos –comentó alegremente Naza (que por cierto, a estas alturas ya había sido bautizada por algunos del insti como «la chica explosiva», por su energía)-. ¿No sería genial?

-Lo sería, sí –coincidió Alex.

-Pam, ¿tú vas a apuntarte a alguno? Sí, ¿verdad? –preguntó Laura.

-No, si no hay alguno de danza o baile –respondí de inmediato.

Laura iba a contestar, pero justo en ese momento vimos que cerca de nosotros había surgido un disturbio. Nos levantamos y corrimos hacia allí, a ver qué pasaba.

Como todos esperábamos, allí se encontraba Roberto Martín, el chico más gamberro del instituto. Él está en cuarto de ESO (aunque debería estar en 2º de Bachillerato, porque repitió dos veces). Es muy alto y tremendamente fuerte, sus nudillos están muy pronunciados y tiene unos brazos musculosos que ha conseguido a base de hacer mucho ejercicio (sé lo que me digo, no en vano es el mejor deportista del instituto y siempre lo eligen para las competiciones con otros centros). A pesar de todo, Roberto es la pesadilla de todos los profesores, porque no suele venir a clase y cuando lo hace siempre monta la gorda. Le encantan las peleas y es muy pero que muy bruto. Se burla de todos los que son más débiles que él, y parece pasárselo genial cuando le echan la bronca a otro. A veces incluso se pega con los chicos de su propia pandilla, pero sus «presas» favoritas, por así decirlo, son los repudiados del insti, los más apartados y los que, desde luego, nunca se defienden. Éstos le tienen mucho más miedo que los profesores, y digo yo que no es para menos; Roberto les persigue, les acosa, les atormenta, les controla como si fuesen algo suyo. De vez en cuando, si alguno de ellos le toca las narices (sin querer), le da una paliza y se queda tan ancho. Pero todo esto no le interesa mucho a un montón de chicas del instituto que beben los vientos por él; pese a todo, nadie niega que él es guapísimo: con ese sedoso cabello castaño oscuro, cuerpo atlético y facciones espléndidas. Sin embargo, hay algo en él que me asusta, en sus labios grandes y siempre llenos de costras que obtiene peleando, y en sus ojos torvos aunque de un precioso color verde, cuyas pupilas brillan con satisfacción cada vez que hace llorar a alguien. Me da miedo, lo reconozco, aunque por supuesto, hasta ahora no tengo ningún motivo fundamentado para ello (él jamás ha pegado a una chica).

En ese momento, Roberto estaba respaldado por sus colegas y rodeado de un montón de gente que, como nosotros, se había acercado allí a ver de qué iba la cosa. Tenía los puños cerrados y miraba fijamente al chaval que tenía delante, un chico de estatura normal (aunque al lado de Roberto parecía mucho más bajo) que parecía estar temblando. Y entonces, cuando logré mirar por encima de las cabezas más altas, le reconocí y sentí un dolor agudo en el lado izquierdo del pecho: era Cedric.

-¡Eh, Santo Padre! –dijo Roberto con su voz profunda-, ¿no me dices nada?

Él no contestó, se le veía realmente asustado. Yo también empecé a sentir miedo. Cedric, que siempre me había parecido un chico musculoso, ahora se veía como un alfeñique comparado con Roberto.

-Oye, contesta de una vez. ¿Fuiste ayer al monasterio ese tuyo?

-Yo no voy a ningún... a ningún... –trató de responder Cedric con una voz casi inaudible.

-¿Ah, no? –Roberto soltó una aterradora carcajada y fingió hacerse el sorprendido-. ¿No nos dijiste que vas para fraile? ¿O era para cura?

-No.

-Tú cállate y deja de contradecirme, fanático idiota. Ya sabemos todos que lo tuyo es eso de la religión, la santidad, bla, bla, bla... ¿Sabes lo que le digo a tu religión? ¡Esto!

Y con todo el descaro del mundo, escupió con fuerza a los pies de Cedric, que apenas tuvo tiempo de apartarse. Todo empezaron a reírse, incluidos mis amigos. Yo, en cambio, estaba realmente angustiada.

-Otra vez el santurrón –comentó Laura por lo bajo-. Últimamente Roberto siempre va a por él, parece que le ha cogido un «cariño» especial.

Yo no dije nada. Sentí unos deseos irreprimibles de gritar.

-¿Y sabes lo que le digo a tu santidad? –dijo el chico, plantándose en dos zancadas delante de su víctima-. ¡Esto!

No me dio tiempo a cerrar los ojos para no ver el enorme y macizo puño de Roberto estamparse duramente contra la mandíbula de Cedric, el cual se llevó la mano a la sangre que le brotaba del labio y tragó saliva con fuerza. Ya nadie se reía. Me di cuenta de que yo misma reprimía mis lágrimas. Tuve ganas de ayudarle, pero no podía hacer eso si quería conservar mi dignidad; además cualquiera detiene a un chico duro cuando está disfrutando de lo que para él es un juego placentero: dar una buena paliza.

-¡Ya, para ya! —rogó Cedric alzando la voz todo lo que pudo (que no era mucho, la verdad).

-Espérate, que todavía tengo que darte un regalo para toda la chusma de tu convento. ¡Toma! —puñetazo hercúleo en el estómago. Cedric se inclinó hacia delante y se tambaleó, pero no llegó a caer. Soltó un resoplido.

-¿Qué? ¿No le rezas a Dios ahora?

No podía aguantar ver aquello, me sentía horriblemente mal. Unas semanas antes, aquel chico, a quien yo consideraba la persona más maravillosa del mundo, estaba en mi casa cenando conmigo, hablando conmigo, riendo conmigo... y ahora un matón le estaba dando una tunda y yo no podía hacer nada (aunque unos días después me cuestioné si realmente no podía o... no quería).

-¡Venga, Santo Padre! —gritó Roberto-. A ver, ¿qué hace tu Cristo, que no baja aquí a ayudarte, eh? ¡Ah, claro! ¡SE ME OLVIDABA QUE NO EXISTE...!

-Eh, ¡para!

La mano de Roberto, que se había alzado de nuevo sobre Cedric, se detuvo. Tomado por sorpresa, se volvió para observar quién se estaba atreviendo a decirle lo que tenía que hacer.

¡Nazareth!

La boca se me quedó abierta, igual que a todos mis amigos y a todos los chicos de alrededor, que ya conocían bastante a nuestra compañera.

Incluso Roberto, que la miraba de una manera extrañísima y muy atroz, preguntó de inmediato, rompiendo el silencio que se había formado entre todos:

-¿Tú eres la venezolana de 3° B, no?

-No soy «la venezolana de 3° B». Tengo nombre. Nazareth Arreaza, mucho gusto.

Por extraño que parezca, esta vez Naza no sonreía. Estaba muy seria y miraba fijamente a los ojos de Roberto.

-Eso no me importa –respondió éste sin dejar de fruncir el ceño-. Repite lo que has dicho.

-He dicho que pares –repitió nuestra amiga, con una voz tan autoritaria que nos asombró a todos-. Déjale en paz.

Yo debía tener una cara espantosamente ridícula, con la mandíbula desencajada y los ojos abiertos como platos. ¿Qué rayos estaba haciendo Naza? ¿Enfrentarse al chico más bruto que conozco... para ayudar a Cedric? ¿A un chico que ella no conocía? ¿A UN... A ALGUIEN COMO ÉL?

-¿Y por qué tengo que hacerlo, bonita? –dijo Roberto, esbozando una sonrisa mordaz-. ¿Por qué tú lo digas, no?

-Mira, no tengo ganas de discutir contigo.

-Pues no te metas donde nadie te ha llamado. Y menos cuando se trata de meterte conmigo. A ver, ¿tú sabes quién soy?

-Pues me parece muy difícil, teniendo en cuenta que todavía no has tenido la amabilidad de presentarte –respondió Naza, sonriendo de nuevo (esta vez irónicamente, claro). Algunos, muy pocos, se rieron por lo bajo.

-Mira, niña, a ti mi nombre no te interesa para nada, ¿vale? –dijo Roberto-. Y mucho cuidadito con reírte de mí.

-¡Está bien! –concedió Naza, que por primera vez desde que la conocía parecía furiosa-. Tienes razón, no me interesa tu nombre y tampoco me interesa quién seas. Y por cierto, no me río de ti. Antes has dicho que me estoy metiendo contigo, pero no te he dicho nada que pueda molestarte, y de hecho eres tú quien me está amenazando, así que... dejémoslo. Lo único que te digo es que no le pegues más a ese chico.

-¿Pero qué te importa a ti lo que le haga al Santo Padre? –dijo Roberto, alzando la voz de una manera que empecé a asustarme en serio-. Mira, ya he oído demasiadas cosas sobre ti, que si muy guapa, que si muy simpática, y un mogollón de rollos parecidos. Y mírate, vas de guay y ni siquiera sabes cuáles son con los que no debes juntarte... como éste. Hala, que los demás te llamen «la chica explosiva» y todas esas chorradas que dicen, pero a mí no me la das. ¡Si sólo eres una novata!

-Yo seré una novata, ¡pero al menos no voy por ahí pegando a los que me caen mal, ni insultando a personas a las que acabo de conocer... ni nada de lo que haces tú! A lo sumo seré una metomentodo, eso sí, pero te diré una cosa: no aguanto a la gente que, sólo porque otros tienen creencias distintas...

-¡Mira, religioso! —se mofó Roberto, volviéndose para mirar a Cedric-, aquí te salió una abogada defensora. O sea, no sabía yo que además de fanático eres un nenaza que necesita que una chica venga a salvarle el...

-¿Insinúas que si yo hubiera sido un chico, otro gallo cantaría? —preguntó Naza, cruzándose de brazos.

-Pues claro.

-¿Y puedo preguntar por qué?

Aquella pregunta sí que le pilló por sorpresa.

Decenas de ojos femeninos se clavaron de forma muy significativa en Roberto. Él podía ser muy fuerte, pero ni en sueños se salvaría del ataque de un montón de chicas adolescentes con la llama del feminismo encendida. Así que, simplemente, se encogió de hombros y no dijo nada. Naza volvió a sonreír, pero, insólitamente, sin ningún asomo de triunfo o ironía. Una sonrisa sincera y humilde.

-Piensa antes de hablar —dijo-. Algún día, podrías necesitar la ayuda de cualquiera de estas chicas.

-Chavala, yo nunca necesito ayuda de nadie —replicó Roberto con soberbia.

-Entonces no sabes cuánto te compadezco.

una conversación interesante

Después de las últimas palabras de Nazareth se formó un unánime silencio durante el cual todos la miramos asombrados. ¿Compasión... por Roberto?

Roberto no necesitaba la compasión de nadie, o al menos esa era la imagen que había cultivado durante aquellos años en el instituto. Para él, la gente que había a su alrededor eran juguetes o meros espectadores de su «osadía». Y todas las personas que le conocían tenían sus opiniones sobre él, y él conocía cada una de ellas. Algunos le admiraban, varias (digo «varias» porque este sector es exclusivamente femenino) le adoraban, otros muchos le odiaban, todos le temían... para Roberto todo esto eran halagos a su fuerza física y carácter recio. Se consideraba un chico duro, de eso no cabía duda, y le gustaba que le vieran así.

Seguramente por eso se puso tan rojo y apretó los puños como si fuera a estallar cuando Naza le soltó aquella frase. No sé si era por furia o por vergüenza. El caso es que, finalmente, le dio un último empujón a Cedric y se largó de allí a trancos, apartando a empellones a todos los que se encontraban en su camino. Un par de minutos después de esto, la multitud que se había aglomerado allí comprendió que no había nada más interesante para ver y se empezó a disipar. Entonces, repentinamente, vi que Naza hacía un gesto de acercarse a Cedric.

-Eh, para —susurró Patri, sujetándola del hombro para detenerla-. ¿Qué piensas que vas a hacer?

La chica la miró con asombro y contestó, algo extrañada:

-Pues voy a ver si está bien, claro.

-¿Qué? No, tía, venga ya —se negó Patri-. ¿Es que te has vuelto loca?

-¿Qué...?

-Patri tiene razón —insistió Belén-. Vámonos de aquí, seguro que no le pasa nada.

-¡Acaba de sacudirlo como si fuera un perro! ¿Cómo no va a pasarle nada? —exclamó Naza, con indignación pero bajando la voz para que Cedric no la oyera.

-No es para tanto. Mira, es mejor no meterse en líos —recomendó Julio-. Es su problema, no el tuyo, y ya has hecho bastante con sacarle de un embrollo como para encima meterte tú en otro.

Naza parecía confusa.

-Es verdad —corroboró Laura, hablando en un tono nada discreto-. Naza, ¿qué te importa a ti? No creo que tenga nada serio. Y de todas formas, es un pavo que no le cae bien a nadie.

Jamás podré olvidar la mirada que nos dirigió entonces nuestra compañera, una mirada cargada de enfado que me dolió más que cualquier cosa que pudo haber dicho. Sin decir nada, se soltó de Patri y caminó hacia Cedric, que en ese momento se sacaba del bolsillo un *kleenex* para limpiarse la sangre de la cara.

-¿Y ahora qué? —bufó Belén-. No sé vosotros, pero yo me largo. A ver si encima nos vamos a meter en marrones por el santurrón de segundo.

-Vámonos todos —dijo Carla, aún asombrada por lo sucedido.

En pocos momentos, mis amigos abandonaron el lugar precipitadamente y se fueron hacia el otro lado del patio. Yo, en cambio, no me moví.

Mis pies estaban como clavados en el suelo, no estoy muy segura de por qué. Algo me retenía allí. Me di cuenta entonces de que no podría irme sin antes observar a Naza y a Cedric y escuchar lo que dijeran. No podía creer que ella se hubiera acercado a él así, sin más, mientras que yo había estado un año entero mordiéndome la lengua para no saludarle por los pasillos. Era inaudito. TENÍA que escucharles. Aproveché entonces que Cedric no me había visto y Nazareth pensaba que me había marchado y me quedé inmóvil, esperando lo que fuera a pasar.

-Hola. ¿Te ha hecho mucho daño? –preguntó Naza, con un tono de preocupación en la voz, cuando llegó hasta donde estaba Cedric. Éste la miró lentamente y con cierta confusión.

-No, no –respondió con voz enronquecida. Antes de que pudiera cerrar la boca, Naza dijo con tranquilidad:

-Te sangra mucho la nariz –sacó un pañuelo de tela de su bolsillo y se lo extendió-. Toma, úsalo para cortar la hemorragia.

-No, que no hace falta –dijo Cedric. Naza sonrió de nuevo e insistió:

-Si no lo haces estarás tragando tu propia sangre durante toda la hora siguiente. Hazme caso, es lo mejor que puedes hacer ahora.

Finalmente, aunque reacio, Cedric aceptó la prenda que mi compañera le ofrecía y se cubrió la nariz. Al cabo de un rato que se me hizo interminable, dijo con una voz ahogada por el pañuelo:

-Gracias.

-De nada.

-No tenías… digo… que no hacía falta que lo hicieras.

-Quería. Y no digas más eso, que en los últimos minutos no he oído más que «no debiste hacer eso, ha sido una estupidez» –replicó Naza, y yo me sentí algo incómoda, pues me di un poco por aludida.

-No, pero que no me parece una estupidez –respondió Cedric-. Es decir… vamos… que has sido muy valiente. Y te doy mil veces gracias, pero es que si esto te causara algún problema…

-No importa. Me gusta ayudar –dijo Naza con su sonrisa de siempre-. ¿Cómo te llamas?

-Cedric –respondió él-. Tú… te llamas Nazareth, ¿verdad?

En ese momento, sonó el timbre.

Cuando entré en el aula, vi que ésta se encontraba hasta arriba de gente (y, por supuesto, no eran todos de mi clase). Me asombré mucho, sobre todo porque enseguida supe el motivo de tanto jaleo y me extrañó. Por todas partes se oía:

-¡Guau, eso ha sido increíble!

-¿Cómo se te ha ocurrido?

-¡Eres una genio, Naza! ¡Una genio!

-¿No te dio miedo, ni siquiera un poco?

-Diantre, Naza, parecías la protagonista de una película de aventuras.

-¡Pero qué manera de hablar, jolines! ¡Menuda perorata!

-Es verdad, ese discurso ha estado bárbaro.

-¡Tres hurras por la chica explosiva!

-¡HIP, HIP, HURRA…!

Me abrí paso como pude entre la marea de gente que había allí, llegando a duras penas a mi pupitre. Allí, Naza sacaba sus libros indiferente a los elogios, incluso me pareció advertir un gesto de aturdimiento en su cara. Me senté en mi sitio, a su lado, y miré a mi alrededor; por supuesto, el único pupitre en el que la gente se apiñaba era el nuestro, cómo no.

-Vale, gracias, pero dejadlo ya, que no he hecho nada –dijo Naza, rechazando las adulaciones mientras su cara iba cambiando de color.

-¿Nada? –se oyeron algunas voces-. ¡Pero si ha sido la caña! Pasarás a la historia como la tía más guay que ha pisado el instituto.

-Eso es, ya era hora de que alguien le plantase cara a ese machista de Roberto.

-Di que sí –aprobó alguien-, que mucha cara bonita pero lo único que sabe hacer es insultar y pegar…

-¡CÁLLENSE TODOS!

Aquella voz era inconfundible, todos miraron hacia la puerta y, efectivamente, Don Mariano estaba allí. Su rostro lucía rojo de furia.

-¡FUERA! ¡FUERA! –gritó-. ¿QUIÉN LES DA PERMISO PARA SALIR DE SUS CLASES Y ENTRAR EN AULAS AJENAS? ¡LARGO DE AQUÍ!

¿No te dije que daba miedo? No hizo falta, naturalmente, que lo repitiera una segunda vez, porque todos corrieron hacia la puerta antes de que el profesor terminara su frase. Cuando sólo quedábamos dentro nosotros, los alumnos de 3ºB, don Mariano cerró la puerta dando un portazo terrible. Juraría que incluso escuché algo romperse.

La cara de Naza, generalmente de color moreno, se había tornado definitivamente roja y caliente a causa de la vergüenza, y no parecía tener ninguna intención de levantar la vista del libro de Lengua que tenía abierto sobre la mesa, a pesar de que éste estaba al revés. Yo me abstuve de comentarle nada al respecto, porque de algún modo sentí que una barrera había surgido entre nosotras dos, aunque no estaba muy segura de por qué. Me obligué a mí misma a retirar los ojos de mi compañera y me dediqué a observar al tutor, que en ese momento parecía más que nunca un zombie dispuesto a devorarnos a todos en cuatro mordiscos. De momento lo único que devoraba era un chicle, subiendo y bajando las mandíbulas de una manera realmente desagradable, como solía hacer cuando se enfurecía. Y en ese momento estaba más que furioso. Se le veía colérico. No dijo nada durante varios minutos, y ninguno de nosotros osó romper aquel temible silencio; nos limitamos a esperar silenciosamente la bronca por el alboroto que habíamos organizado.

-¡Delegado! –gritó de repente.

Oliver Díaz, el delegado de la clase, se levantó como si le hubieran puesto un resorte.

-Venga aquí, a mi escritorio. Tengo algo que debe repartirle a sus compañeros.

Todos nos miramos sorprendidos, porque no esperábamos aquella reacción. ¿Y los gritos? ¿Y la bronca? ¿Y el castigo?

Oliver, tragando saliva, se acercó arrastrando los pies hasta la mesa de don Mariano, recogió los papeles que él le dio y empezó a repartirlos entre todos nosotros. Cuando yo tuve uno en mis manos, comencé a leerlo con avidez y entonces comprendí: era la información sobre los talleres organizados por el Ayuntamiento.

Empecé a mirarlo por encima y, pasando por completo de la parte en la que se informa a los padres sobre la organización y finalidad de las actividades (que era un rollazo y a mí me interesaba más bien poco), leí directamente la lista de talleres que venía al final:

Taller de baile
Taller de música instrumental
Taller de relajación
Taller de escritura
Taller de canto
Taller de pintura
Taller de trabajos artísticos
Taller de cultura
Taller de números y contabilidad

Taller de medio ambiente
Taller de interpretación

«¡Bien!» pensé, «hay uno de baile».

-Estas son unas hojas sobre los talleres organizados por el Ayuntamiento, que tendrán lugar aquí en el instituto, fuera del horario escolar –explicó don Mariano-. Si están interesados en participar en alguno, tienen que ir a Jefatura de Estudios y allí dejar la inscripción, durante el recreo o al final de las clases, ¿entendido?

-Sí –dijimos todos a coro.

-Bueno, entonces eso es todo. Ah, y en cuanto al numerito que acabo de ver –ya decía yo que estaba tardando mucho- por supuesto que se llevan un castigo, quiero que para pasado mañana realicen un trabajo de seis folios sobre... ¡LA DISCIPLINA! –pegó un puñetazo en su mesa y casi nos morimos del susto-. Ahora empiecen a hacerlo o pónganse a estudiar, pero no quiero oír una palabra más durante toda la hora.

Y, naturalmente, su deseo se cumplió. No volvimos a abrir la boca hasta que sonó el timbre y don Mariano salió lentamente del aula al tiempo que empezábamos a sacar los libros de Sociales.

-¡Naza! ¡Naza!

Mi compañera se giró y sonrió al verme corriendo hacia ella por la calle del instituto. Por fin le di alcance y jadeé:

-Oye... te... ¿te puedo acompañar a casa?

-Claro que sí –respondió, extrañada-. ¿Pero no te ibas a quedar un rato con los demás?

-Es que yo... -a ver cómo le decía esto- quería hablar contigo.

Ella no dijo nada en absoluto, sólo me invitó con un gesto a seguirla y siguió caminando. Después de que estuvimos un buen rato andando juntas, conseguí preguntar:

-¿Estás enfadada?

La chica no respondió de inmediato. Su sonrisa se borró un momento y suspiró, poniéndose seria de repente.

-¿Quieres que sea sincera, Pam? –me preguntó después de un incómodo silencio.

Naza era la única que, en toda mi vida, me había hecho esa pregunta. En ese momento me pregunté cuántas veces me habrían hablado hipócritamente y no me había dado ni cuenta.

-Por favor —contesté, sin pensarlo mucho.

-Bueno, pues ahora mismo estoy enfadada contigo y con todos los demás —admitió ella sin mirarme.

Recordé cuando, el mes pasado, le había preguntado a Naza por qué le molestaba nuestra actitud con Bárbara y su respuesta me sorprendió tanto. Esta vez no fue así, porque ahora entendía perfectamente el enojo de mi compañera. De alguna manera, vi mi comportamiento con otros ojos. Tal vez eso fue lo que me llevó, entonces, a admitir mi culpa casi por primera vez en mi vida:

-Te has enfadado porque hablamos de Cedric como si fuera un animal inmundo y no quisimos ayudarle, ¿no es así?

Naza me miró sorprendida y, para mi asombro, sonrió.

-¡Vaya! —exclamó-. Me alegro de, al menos, no tener que explicarte lo que has hecho mal, como la última vez. Por cierto, ¿cómo es que sabes el nombre de Cedric?

-¿A qué viene esa pregunta? —cuestioné, mirándola a los ojos.

-Bueno, creí que para vosotros sólo era «el santurrón».

No dije nada, simplemente me limité a observar las calles que había a nuestro alrededor mientras reflexionaba sobre aquellas palabras. « Santurrón...» para mí eso nunca había significado nada. Cedric era Cedric, un chico guapísimo, simpático, inteligente y agradable que representaba todo un mundo para mí, sobre todo durante las últimas semanas. A él casi todos en el instituto le despreciaban, y sin embargo, yo le veía como una especie de divinidad, o algo así. Y ese día, mientras todos disfrutaban como cretinos viendo la paliza que le daba Roberto, yo sufría horrores al verle tolerar aquel dolor.

¿Pero cómo explicarle a Naza todo eso? No, definitivamente no le contaría mi más guardado secreto a ninguna persona, ni siquiera a alguien que me inspiraba tanta confianza como ella. Así que, en lugar de comentar nada, decidí hacer otra pregunta:

-¿Y tú cómo lo haces?

-¿El qué? —inquirió, extrañada.

-Ser tan natural, que no te importe lo que le gente diga de ti —aclaré-. Si no, ¿por qué le defendiste?

No tuvo que pensarlo ni dos segundos, sino que contestó inmediatamente:

-Tuve tres razones para defenderle, y las dos primeras son que no aguanto ni la violencia ni la exclusión injusta de personas. En cuanto a lo primero que me has preguntado… Pam, no sé, ¿en serio crees que la única ocupación de las personas que te rodean es fijarse en ti?

-Mujer, tanto como eso no… pero no me negarás que así son las cosas en todo el mundo conocido. La gente, antes de juntarse con alguien, se fija bien en esa persona, en su forma de ser, etc. Naza, no me digas que tú serías amiga de alguien que no te conviene.

-Eso depende de por qué no me convenga –respondió ella. Dejó de caminar de pronto y continuó hablando, mirándome fijamente-. No me gustaría tener amigos que quieran cambiar mi vida y mi forma de ser sólo porque la suya es diferente, pero si una persona «no me conviene» sólo porque a los demás no les gusta, eso no me parece justo. Creo que yo debería poder elegir por mí misma con quién puedo trabar una amistad y con quién no, en vez de llegar al instituto y hacerme amiga sólo de aquellos que vosotros, los alumnos antiguos, ya habéis decidido que son «mejores»; eso sería dejar que vosotros escogierais por mí.

Hizo una pausa para tomar aire, volvió a sonreír y siguió hablando:

-¿Sabes?, hace un tiempo me di cuenta de que, además de las personas que aparentan ser geniales (y pueden serlo, de eso no hay duda), hay muchas otras con las que tal vez al principio no había contado. Pero puede que con éstos tenga tantos o más puntos en común, y la amistad que tenga con ellos puede ser, perfectamente, la misma que con los primeros. Y están esperando a que los descubran en medio de esa multitud que vosotros dejáis de lado; incluso me atrevería a decir que tú misma (sé que no te conozco tan bien como Patricia, Laura o Belén, pero estoy casi segura de que tengo razón) te has percatado de eso, aunque nunca te has atrevido a dar ni un paso, ¿verdad?.

Me quedé muda de asombro. Aparte del discurso de Naza, lo que más me había impactado había sido eso último, de hecho empecé a preguntarme si mi compañera leería el pensamiento. Intenté con todas mis fuerzas retener la pregunta que bullía y rebullía en mi cerebro, me dije que tenía que contenerme, que si no lo hacía revelaría el punto débil de mis deseos de caer bien a todos, que no necesitaba una respuesta… pero me di cuenta de que sí la necesitaba, y al final solté casi involuntariamente:

-¿Cómo lo sabes?

Naza no contestó de inmediato, sino que primero sonrió como diciendo «¿así que tengo razón, eh? ». Luego, después de unos segundos, contestó:

-Intuición, supongo. Percibo esas cosas, aunque no te creas que era muy difícil notarlo. ¿Crees que no me di cuenta de que te quedaste mirando cuando fui a ayudar a Cedric con sus heridas? ¿Y acaso piensas que no vi en tus ojos que tenías lágrimas cuando el otro chico, ese tal Roberto, le estaba pegando?

Creo que en ese instante el color de mi cara habría podido competir con el de mi pelo, porque sentí que me estaba poniendo como un tomate maduro. Comencé a desear que la tierra se abriese y me tragase.

¡HUMILLACIÓN TOTAL! ¡Y yo que pensaba que mi forma de disimular era bastante convincente... y Naza se había dado cuenta de todo! Bueno, no necesariamente de todo. No tenía por qué haberse enterado de que Cedric me gustaba, a lo mejor sólo creía que me daba pena.

Naza, al ver que yo no respondía, optó por continuar caminando, y yo hice lo mismo. Seguimos andando durante un largo trecho, y en ese tiempo yo estuve a punto de chocarme contra dos papeleras, tan ensimismada estaba en mis pensamientos. Después de un rato de silencio, mi compañera se quitó de improviso una de las numerosas pulseras que llevaba en el brazo derecho y me la extendió.

-Mírala, por favor –me dijo.

Yo la cogí, asombrada, y la observé detenidamente. Era una esclava de plata (o al menos bañada en ella) que tenía las iniciales de Nazareth (N.A.) grabadas en la parte de atrás, junto con una fecha. Le di la vuelta para ver la parte delantera y leí tres palabras sencillas: SIGO A CRISTO.

Me detuve.

Naza frenó a mi lado.

Miré primero a la pulsera y luego a Naza, después a Naza y otra vez a la pulsera. Finalmente, la miré a ella de nuevo y pregunté con el ceño fruncido:

-¿Sigo... a... Cristo?

Naza asintió y sonrió muy levemente al decir:

-Y con este tercer factor, creo, ya termino de responder a tu pregunta de qué me impulsó a defender a Cedric. Yo también soy cristiana, Pam.

De nuevo se hizo el silencio entre nosotras durante unos segundos. Yo sostenía aún la pulsera en la mano y miraba a Naza, en cuyo rostro asomaba un gesto de preocupación y nerviosismo que, aunque intentaba disimular, se le notaba. Al final me preguntó, como si intentara ser irónica pero sin lograrlo:

-Bueno, ¿qué? ¿Todavía no vas a cruzar la calle para irte? ¿No soy una persona con la que no conviene juntarse?

Entonces le extendí la esclava y sonreí sinceramente al contestar:

-Me voy a quedar contigo, Naza. No digas tonterías.

«Al cuerno con los prejuicios», pensé, y fue como quitarme un gran peso de encima. «Naza es una de las mejores personas que he conocido, y eso es algo demasiado valioso para estropearlo por semejante bobada, como ya hice con Cedric.»

Decidí abstenerme de hacer comentarios, al menos por el momento.

A la tercera va la vencida, y más si hay cuarta

Durante el resto del recorrido, Naza estuvo bastante contenta; sus ojos brillaban y su semblante lucía resplandeciente, y todo su enojo parecía haberse esfumado. La verdad es que le había sentado genial que yo no la dejara plantada, y eso me hizo pensar que a lo mejor estaba acostumbrada a lo contrario. El solo hecho de imaginar que alguien pudiese meterse con alguien tan fuerte como ella me pareció inverosímil.

Cuando por fin llegamos al portal del edificio donde vivíamos, Naza se quedó un segundo pensando y luego me preguntó:

-Oye, ¿quieres venir a comer a mi casa?

Me reí y contesté:

-¡Tu madre te mataría! ¿No crees?

Ella sonrió alegremente, al parecer, divertida por mi comentario.

-Hoy me toca a mí preparar la comida y ya la tengo lista en la nevera desde anoche, así que no se quejará de tener que trabajar más porque traigo una invitada –me respondió.

-En tu casa tenéis las tareas muy repartidas, por lo que parece –comenté algo asombrada. Un día tenía que ayudar a su madre, otro día a su padre, otro día tenía que cocinar ella sola... mi hogar no es tan democrático. Maritere siempre está fuera con su novio, Enrique no puede agarrar un utensilio de limpieza sin imaginar que es una espada láser o una nave espacial, yo sólo hago algo si al menos me pagan tres euros por ello... y mis padres, hartos de tan poca colaboración, se dedican a castigarnos sin cena hasta que por lo menos ordenemos el cuarto (o será que no tienen tiempo ni de hacer la cena y no se les ocurre una excusa mejor).

-Ya es costumbre –dijo Naza-. Y es mejor que se ocupen de la casa cuatro personas que sólo una, ¿no?

-Hummm... puede.

-Bueno, ¿qué me dices? ¿Quieres venir? –repitió-. ¡Venga, aní-mate! También puedes quedarte después un rato y ver una película o hacer algo, si te apetece. Mis padres comerán con nosotras, pero ellos se van inmediatamente después a una reunión, y mi hermano tiene que ir a entrenar, así que...

-Seríamos las reinas de tu casa –bromeé.

-¡Exacto! –corroboró Naza, riendo levemente-. Y luego, si quieres... se me ocurre que incluso podríamos comernos una torta de pan.

-¿Una qué?

-Una torta de pan, es un postre típico de Venezuela. ¿Nunca lo has probado? Entonces mejor aún, te puedo enseñar a prepararla.

El plan sonaba realmente apetecible, y además sentía curiosi-dad por saber algo sobre la vida diaria de Naza que su casa me pudie-ra revelar. Le dije que por mí estaba bien, que subiría a mi piso para preguntarle a mi madre y dejar la mochila, y luego iría al suyo (camino no muy largo, ya que estaba justo enfrente).

-Hasta ahora –me despedí y, de muy buen humor, subí corriendo las escaleras hasta el tercer piso, metí la llave en la cerradura y entré.

-¿Mamá?

-Estoy duchándome, enseguida termino –respondió una voz (la voz de mi madre, obviamente) desde el cuarto de baño-. Te has retra-sado, Pam.

-Me entretuve por el camino —aclaré mientras iba a mi habitación a dejar la mochila-. Oye, mamá, ¿puedo ir a comer a casa de una amiga y quedarme a pasar la tarde?

-¿Ahora? —mi madre pareció sorprendida.

-Sí —contesté, al mismo tiempo que oía el grifo de la ducha cerrarse.

Esperé un par de minutos hasta que ella abrió la puerta y apareció ante mí con un turbante en la cabeza y envuelta en su albornoz azul, un albornoz bastante bonito que yo misma le había regalado por su cuarenta cumpleaños.

Me gusta mi madre cuando sale de la ducha; me gusta cómo huele al champú con esencia de lirios que usa habitualmente, cómo resbalan por su maduro rostro algunas gotitas de agua, cómo se le arrugan las manos… y cómo destacan sus bonitos ojos sobre la piel clara y limpia, unos ojos azules que, desgraciadamente, no se le notan mucho cuando lleva puestas las gafas de cristales gruesos que no se quita casi nunca. Además, como le gusta tanto meterse bajo el chorro de agua templada, cuando sale tiene una expresión alegre que la hace parecer mucho más joven.

-¿Qué amiga es? ¿Laura? —me preguntó.

-No, mamá —la contradije-. Nazareth, la vecina de enfrente. La de la familia venezolana que se mudó aquí el mes pasado, ¿no te acuerdas?

Era una pregunta ridícula. Claro que se acordaba. Mi madre tiene muy buena memoria para todo lo que se relacione con su trabajo y con el barrio, en eso hay que reconocerle que nunca falla.

-Sí, me acuerdo —contestó-. ¿Y desde cuando sois tan amigas, si puedo preguntarlo?

-¿Qué tiene que ver? —fruncí el ceño-. Somos vecinas y vamos a la misma clase, ¿no podemos ser amigas?

-Ay, bueno —replicó mi madre, que me conoce muy bien y ya sabe que esos comentarios sobre mis amistades no me hacen demasiada gracia-. En fin, ve a su casa y quédate el tiempo que quieras, pero te quiero aquí a las ocho.

-A las nueve —regateé.

-Ya está bien, hija. Ocho y cuarto.

-Nanay. Ocho y media mínimo. ¡Mamá, por favor, estaré aquí al lado y seguramente no salgamos de su casa! —tuve que ponerme muy insistente, porque desde que pasó eso-que-tú-sabes mi madre ya no me deja estar fuera hasta muy tarde.

Ella refunfuñó, pero no dijo que no y yo lo tomé como un sí (quien calla, otorga). Así que no discutimos más y, mientras ella se metía en su habitación para vestirse, yo me cambié los zapatos por deportivas en un momento y me dirigí a la puerta para marcharme. Entonces fue cuando sonó mi móvil.

Lo saqué de mi bolsillo con cierta indiferencia, lo miré y pulsé la opción de leer el mensaje que acababa de recibir, pero mi desinterés se esfumó de inmediato al ver que decía, en letras bastante claras, *número desconocido*.

«No puede ser», me dije, atónita. Empecé a respirar más despacio cuando leí el contenido de aquel breve mensaje.

Alguien t ama.

Me quedé totalmente de piedra.

Un mensaje con número oculto, vale. Dos, podía pasar. Tres… ya resultaba demasiado extraño como para seguir ignorándolo hasta que el remitente se cansara de enviarlos, y, desde luego, yo no pensaba hacerlo. La curiosidad me picaba como mil termitas, no entendía nada. ¿Qué rayos significaba todo aquello? No, un momento.

¿Qué rayos significa *alguien te ama*?

«Analicemos la frase», pensé. «TE y AMA son palabras bastante evidentes, a no ser que tengan una representación oculta que yo desconozco. Significa sentir amor por mí» (¿verdad que soy una auténtica Einstein?). Aunque eso ya era bastante raro, lo de ALGUIEN era lo que no me cuadraba. Quien enviaba el mensaje podría haber puesto «Fulano te ama», «Mengano te ama», o «el mundo entero te ama» (me da que me estoy sobreestimando…). *Alguien* podía ser cualquiera, y eso era lo que me confundía; además, aquel me parecía un mensaje ridículo que más bien podían habérselo mandado a una persona que no tuviera a nadie en el mundo y se sintiera sola y malquerida por todos. A mí no me hacía ninguna falta, yo ya sabía que había gente que me quería, ¿no?

-Oye, Pam –la voz preocupada de mi madre me llegó como desde muy lejos-, se me olvidaba preguntarte… ¿no habrás visto a tu hermana, por casualidad?

-Anteayer por última vez –respondí de forma monótona mientras guardaba lentamente el móvil en mi bolsillo.

-¿Y hoy no?

Me di la vuelta y vi la cabeza de mi madre asomándose al pasillo desde su habitación. La miré de manera interrogativa.

-No la he visto desde el sábado, mamá. ¿Por qué?

-No… por nada.

-¿Pasa algo?

Mi madre no contestó a mi pregunta, sino que se mordió el labio inferior nerviosamente, volvió a entrar en su cuarto y no se asomó más. Me encogí de hombros, murmuré un seco «adiós» y salí al rellano, sin poder alejar mis pensamientos de aquel SMS.

«Qué más da, alguien se habrá equivocado de número» me dije a mí misma, para calmar mis nervios, mientras tocaba el timbre de la casa de Naza. Sin embargo, no me sentí satisfecha con esta aclaración tan evasiva que me proporcionaba mi propio cerebro. No me explicaba por qué el expedidor del mensaje, fuera quien fuera, había decidido enviarlo como número oculto. Y además, ¿quién envía un idéntico mensaje tres veces al mismo móvil… por error?

-¡Hola, cuánto tiempo! –bromeó Naza al abrir la puerta y verme-. Entra, vamos. Ten cuidado de no tropezarte con esa caja de ahí… así, bien; lo siento muchísimo por el desorden, pero todavía no hemos terminado de mudarnos.

Mientras hablaba, me condujo por el salón (los pisos de mi edificio no tienen vestíbulo, sino que la puerta principal conduce directamente a la sala) y yo aproveché para fijarme bien en él. Arquitectónicamente hablando era igual que el mío, pero el mobiliario y la decoración, desorden de mudanza aparte, eran completamente disímiles. La pared de enfrente estaba cubierta por una enorme estantería de madera de roble (creo, no soy carpintera) medio llena de libros cuidadosamente colocados por orden de tamaño. Situado de forma perpendicular a dicho mueble, se veía un sofá grande de cuero oscuro, y justo delante del mismo, una sencilla mesa de forma aovada que estaba tapada por un fino mantel azulado. Sobre esta mesa había un jarrón de porcelana lleno de margaritas y un portarretratos con una foto familiar en la que se veía a Nazareth, a sus padres y su hermano, saludando y sonriendo alegremente.

Detrás del sofá, en el tabique de la derecha, había un mueble pequeño sin puertas que contenía varios adornos, tales como estatuillas, velas y cerámica. Por lo demás, las paredes de aquel salón estaban cubiertas de cuadros, leyendas y otros aderezos. Leí algunos de los rótulos y, aunque no soy muy versada en esas cosas, me di cuenta que muchos de ellos eran textos bíblicos (incluso yo podía notar que la frase: «Jehová es mi pastor, nada me faltará» no era precisamente de la *Ilíada* de Homero), cosa que sólo me sorprendió a medias. Pero lo que en realidad me llamó la atención fueron los cuadros, no muy grandes ni extraordinarios, pero preciosos. No eran, como yo esperaba de un hogar religioso, imágenes de cristos y vírgenes. La gran mayoría de ellos eran paisajes de bosques, playas, atardeceres, campos, etc... y había algunos pocos (no tan bonitos como los primeros) que representaban animales.

Entramos en la cocina y vi a Janet, la madre de Naza, sentada en una silla leyendo el periódico *20 minutos*, apoyada en una mesa de cocina de color gris. Al oírnos entrar, levantó la vista y sonrió.

-¡Hola, Pam! –saludó dirigiéndose a mí (y, claro, ¿quién más se llamaba Pam en aquella estancia?)-. Me alegro de verte, ¿cómo estás?

-Bien, gracias –respondí, también sonriendo. Todavía me sigue sorprendiendo que Janet tenga tanto acento venezolano y su hija tan poco, aunque entiendo que Naza sólo estuvo en Venezuela siete años de su vida -. ¿Y usted?

-Muy bien –contestó-, sin imprevistos por ahora. Y por favor, hija, trátame de tú; el *usted* me hace sentir vieja –soltó una risita alegre y se volvió hacia su hija-. ¿Vas a servir ya la comida, Naza?

-Sí.

-Bueno, entonces ve poniendo la mesa mientras yo aviso a papá y a Andrés –se levantó de la silla y recogió el periódico. Luego me miró a mí-. Nazareth ha preparado macarrones con tomate, Pam. ¿Te gustan?

-¡Oh, sí! –asentí, encantada. Pensé que la casualidad es algo maravilloso, Naza había topado precisamente con mi comida favorita.

Insistí en ayudar a poner la mesa, y aunque mi anfitriona me dijo una y otra vez que no hacía falta que me molestase, me salí con la mía al fin. Luego, cuando Naza estaba colocando sobre la mesa una cazuela mediana de la que salía un olorcito delicioso a pasta recién hecha, entraron en la cocina su padre y su hermano, seguidos por Janet (en esta ocasión padre e hijo llevaban hasta la misma ropa, así que parecían casi gemelos). Su padre, Luis Arreaza, me estrechó la mano amablemente y sonrió al saludarme, pero aún conservaba el mismo semblante entristecido que tenía cuando le conocí. En cambio, Andrés fue mucho más efusivo.

-¡Hola! ¿Cómo estás? –preguntó al saludarme.

-Muy bien, gracias –respondí educadamente-. ¿Y tú?

-¡Bien, bien!, aunque un poco agobiado con el trabajo de la mudanza. Me alegro de verte –contestó con entusiasmo (en eso te aseguro que no se parece en nada a su padre). Luego se sentó en la mesa a la izquierda de Naza (yo estaba a su derecha) y le preguntó-: ¿Y esta novedad de los macarrones, hermanita? ¿Ya te has aburrido de hacer arroz a la cubana?

-Sí, he cambiado de compás –contestó Naza en tono burlesco-. Pensaba esperar primero a que tú decidieses a hacer lo mismo y prepararses algo más que huevos rellenos, pero a la vista de que ya me iban a salir canas esperando...

-Eh, eh, que yo no hago sólo huevos rellenos –se defendió Andrés, alzando las manos abiertas-. La semana pasada hice huevos revueltos. Y el otro día, huevos fritos.

-Cuánta variedad –comenté yo casi sin querer, riendo sin poder evitarlo. Hubiera preferido callarme, y de seguro lo habría conseguido de no ser porque me di cuenta de que Andrés hablaba totalmente en broma. Naza rió también y dijo:

-Así es él, constante hasta la muerte.

El aludido sonrió campechanamente y respondió:

-Vale, pero no me negarás que anteayer no hice huevos, sino menestra de verduras. ¿Te acuerdas, verdad?

-Ah, sí... aquella bazofia –contestó Naza, riendo al tiempo que se defendía de la consecuente colleja por parte de su hermano.

-Bueno, bueno, chicos –dijo Luis, sonriendo, cuando ya estábamos todos sentados ante la mesa-. Un poco de seriedad y vamos a dar las gracias -entonces me miró a mí-. Aquí tenemos la costumbre de dar las gracias por los alimentos antes de empezar a comer, ¿sabes?

-Ah, de acuerdo –dije yo manteniendo mi sonrisa, aunque en realidad me sentía un poco incómoda. Me hacía preguntas a mí misma una detrás de otra, sin parar. ¿Cómo sería eso de dar las gracias? ¿Y qué iba a hacer cuando todos estuvieran recitando sus oraciones con los ojos cerrados mientras yo me quedaba ahí con cara de tonta? ¿Los cristianos suelen agradecer los alimentos con un Padrenuestro, un Avemaría o un qué? ¿No me pedirían a mí que rezase por ser la invitada, no?

Esto último era lo que más miedo me daba, pero no sucedió tal cosa. Simplemente, en cuanto Luis le pidió a su esposa que «hiciera los honores», todos inclinaron la cabeza con los ojos cerrados; entonces yo decidí que lo mejor sería imitarles y me quedé con un ojo entreabierto para poder ver lo que hacían. Janet empezó a hablar:

-Padre querido, te damos gracias por este día que nos has regalado y por estos alimentos que nos das hoy; bendícelos, Señor. También te agradecemos por la visita de Pamela, y porque puede estar hoy compartiendo este tiempo con nosotros. En el nombre de Jesucristo… amén.

-Amén –repitieron todos casi al mismo tiempo; entonces empezaron a comer ávidamente y yo, dándome cuenta de que la oración había terminado, me puse a hacer lo mismo. Estaba pensando, y me sentía algo sorprendida.

Había sido bastante más corto de lo que esperaba. Y diferente, en algún sentido. «Desde luego, no es recitar», me dije. «Esta gente de verdad se cree que Dios les está escuchando.»

Aquella fue una de las mejores tardes de mi vida, tal vez exagere un poco, pero me encantó.

Cuando Naza y yo nos quedamos solas en la casa, empezamos a hacer juntas la torta de pan de la que me había hablado; nunca me había imaginado que cocinar pudiera ser tan divertido. Entre muchas risas y bromas, y después de derramar accidentalmente un vaso de leche sobre la encimera y echar a la masa un exceso de azúcar, nos dimos cuenta de que nos faltaba la harina y tuvimos que realizar una búsqueda exhaustiva por toda la despensa… para luego darnos cuenta de que Janet la había dejado justo delante de nuestras narices, encima del aparador. Finalmente, el fruto de nuestros divertidos esfuerzos fue más que satisfactorio: la torta de pan estaba riquísima. Me faltó tiempo para pedirle a Naza que me la apuntara en un papel para así poder hacerla algún día en mi casa y sorprender a mis padres (¡ajá! ¡Y ellos que me creían poco culinaria!).

Después nos sentamos en el sofá del salón y durante un rato le estuve enseñando a Naza, por petición de ella, a arreglarse las uñas; cuando concluimos la tarea, se quedó encantada con el resultado final y me rogó que lo repitiera con la otra mano. Luego nos quedamos viendo videoclips de música en el DVD y más tarde, cuando las agujas del reloj de pared marcaban las cinco y cuarto, fuimos a su habitación.

La habitación de Nazareth, que en mi piso equivalía a la de Enrique, no era muy diferente a la de cualquier chica de catorce años. Allí había una estantería llena de revistas y libros, una cómoda, un escritorio con su correspondiente asiento, un armario empotrado con puerta corrediza y una única cama (pues tenía la suerte de poseer un cuarto para ella sola, no como yo) cuyo edredón era nórdico, de un bonito color azul grisáceo, y encima del colchón había un par de peluches pequeños. La habitación estaba un poco desordenada, o debería decir, BASTANTE desordenada. Sobre la cama había un par de camisetas sin doblar, encima del escritorio se acumulaba una gran cantidad de discos de música, papeles y libros (entre los cuales reconocí algunos del instituto) y en el suelo una alfombra estaba arrugada como una pasa. Observé detenidamente las paredes: estaban llenas de pósteres de grupos musicales famosos, sobre todo se veían muchos de Juanes y de *La Oreja de Van Gogh*. Colgado cerca del armario había un corcho completamente lleno de fotos y papeles de colores, y sobre la parte superior de la cómoda se encontraban una cadena de música y una torre de *cedés*. En una esquina del cuarto había algo más en lo que me fijé al instante: una batería.

Finalmente, también había un taburete de madera junto a la cama de Naza, un taburete sobre el cual no había más que un libro gruesísimo de tapas negras azuladas. Al acercarme un poco, me di cuenta de que era una Biblia.

Y entonces fue cuando me quedé definitivamente a cuadros; porque vi, justo encima de aquel famoso libro, una pequeña octavilla de color verde con un bolígrafo al lado... y en este papel estaba escrito, con letras redondas y agraciadas, el siguiente texto:

Dt. 23:5
Is. 49:15
Ro. 8:39
1 Jn. 4:10 y 19
Conclusión: Alguien te ama. Él te ama.

«¡Es el mensaje que me han enviado al móvil!», pensé enseguida, presa de la estupefacción. Todo el asombro que sentí debió reflejarse en mi cara, porque Naza me miró de repente y me preguntó, frunciendo el ceño:

-¿Pasa algo, Pam?

Yo hice todo lo posible por recuperarme un poco de la sorpresa, pero fue difícil. Aún con los ojos abiertos como platos, me giré hacia mi compañera y pregunté:

-Naza... ¿qué significa esta frase?

¿Alguien te ama?

Eran las cinco y veinte pasadas. Naza y yo estábamos sentadas en el borde de su cama, hablando, mientras yo leía con detenimiento las palabras escritas en el papel verde.

-Y entonces, si son citas bíblicas –cuestioné yo-, ¿qué quieren decir estos números?

-«Dt. 23:5» significa: Deuteronomio, capítulo veintitrés, versículo cinco -me explicó Naza, señalando la frase con su dedo moreno y firme-. Esa es la manera en que se señalan todos los textos de la Biblia.

-Ya –dije yo, agitando ligeramente el papel-. ¿Y por qué lo tienes apuntado? ¿Qué dice en ese verso?

-Puedes verlo tú misma, si quieres –me contestó. Luego, sin darme tiempo a responder, estiró el brazo, cogió el libro que se encontraba en su mesilla y comenzó a pasar las finas páginas rápidamente, hacia adelante y hacia atrás; finalmente se detuvo y me lo pasó, poniendo el dedo en la parte que tenía que leer. Aún algo indecisa, coloqué sobre mis rodillas el pesado libro y leí el texto, escrito en letras bastante pequeñas:

Pero el Señor vuestro Dios no quiso escuchar a Balaam, sino que convirtió su maldición en una bendición para vosotros, porque os ama.

No levanté la vista aún; era la primera vez que leía algo en aquel extraño libro que únicamente había visto en las películas y en algunos telediarios, y sus palabras me parecieron misteriosas y sin mucho sentido. Sin embargo, toda mi atención cayó sobre la última parte del versículo: «porque os ama...».

-Bueno –dije, algo aturdida, mirando de nuevo a Naza-. ¿Qué quiere decir... esto... «Is. 49:15»?

-Es Isaías, capítulo 49, versículo 15 –aclaró ella mientras se acercaba a mí para pasar las páginas de la Biblia hacia delante, hasta que se detuvo en un punto determinado-. Lee ahí.

Obedecí y me fijé de nuevo en las frases que formaban aquel nuevo verso, el cual se encontraba subrayado con un color amarillo fosforescente:

Pero ¿acaso una madre olvida o deja de amar a su propio hijo? Pues aunque ella lo olvide, yo no te olvidaré.

Aquello lo releí dos veces más, deteniéndome a admirar el mensaje que contenía. Retiré la vista y comenté:

-Esto es... muy bonito, Naza.

-¿Tú crees? –preguntó ella, sonriendo.

-Pues sí. Parece poesía.

-Yo también lo pienso, y eso que no se me da muy bien lo de buscar la belleza de las palabras, a no ser que tengan música –rió-. ¿Quieres leer la siguiente?

-Sí –respondí casi sin controlar mi lengua (no era posible evitarlo, mi curiosidad podía más que yo).

-Ésta está un poco más adelante –me dijo mientras pasaba las páginas con rapidez pero delicadeza-. Romanos, capítulo ocho, versículo treinta y nueve; en el Nuevo Testamento. Aquí está.

Nuevamente leí con avidez, pero fijándome bien en cada una de las palabras.

...ni lo alto, ni lo profundo, ni ninguna otra de las cosas creadas por Dios. ¡Nada podrá separarnos del amor que Dios nos ha mostrado en Cristo Jesús, nuestro Señor!

Era un texto con mucha fuerza, de eso no me cabía duda. Causaba realmente la sensación de estar escuchando a algo o alguien muy poderoso.

-Bueno, Pam –me dijo Naza, sonriendo-, creo que el último ya podrás buscarlo tú sola.

-¿Qué? —exclamé inmediatamente, mirándola como si tuviera delante de mí a un elefante volador chiripitifláutico-. ¡Estás de broma, supongo!, yo no puedo hacer esto, no se me dan bien los temas religiosos.

-No seas mariangustias, Pam, que tú exageras mucho —replicó ella-. Claro que puedes hacerlo, cualquiera puede. Mira, en las primeras páginas hay un índice que puede ayudarte a encontrarlo. Una pista: «1 Jn.» significa 1ª de San Juan, para que te sea más fácil. Hala, a buscar.

-Pero... -esta chica está loca, pensé.

-Nada, no hay peros que valgan —me cortó ella, inflexible, esbozando una sonrisa como para darme confianza.

Me encogí de hombros, sin saber muy bien de dónde partir: casi sin darme cuenta, mis manos me llevaron con gesto lento y cansino hasta la primera página, y luego a la segunda; allí estaba el índice del que me había hablado. Miré todos un poco por encima hasta llegar adonde ponía, entre los últimos, 1ª de San Juan, y acto seguido busqué la página cuyo número estaba al lado; tras unos cuantos intentos fallidos, finalmente la encontré y, cuando quise continuar, caí en la cuenta de que no tenía la más remota idea de cómo era el sistema ése de los capítulos y versículos.

«Eres genial, Pam» pensé, ironizando para mí misma. Estuve a punto de preguntarle a Naza, pero sentí que aquello era aflojar demasiado pronto y, como ya dije por alguna parte, no soy una persona que se rinda fácilmente cuando ya ha empezado algo. Si lo hacía mal, pues vale, pero lo haría sola; seguro que podía conseguirlo si me lo proponía. Así que, con los ojos de lupa bien puestos, empecé a fijarme en la página que tenía enfrente y observé que había dos números (un uno y un dos) más grandes, y un montón de numeritos en miniatura repartidos entre todas las frases. Retiré la mirada un momento y me fijé en el papelito verde; aquello debía ser... capítulo cuatro, versículos diez y diecinueve. «Pues ya está», me dije, al caer en la cuenta. «Los números grandes son capítulos y los pequeños versículos, supongo.» Pasé la página y encontré el número cuatro.

-«No sé hacer esto, no sé hacer esto» —dijo la voz sarcástica de Nazareth a mi lado-. ¿Lo ves, ves cómo yo tenía razón?

Vaya, sí que había exagerado; ni que fuese tan chungo buscar un capítulo en un libro. Leí para mí misma los versículos diez y diecinueve:

El amor consiste en esto: no en que nosotros hayamos amado a Dios, sino en que él nos amó a nosotros y envió a su Hijo, para que, en sacrificio, alcanzara el perdón de nuestros pecados.

Y, más abajo:

Nosotros amamos, porque él nos amó primero.

Después de unos segundos, cerré lentamente la Biblia de Naza y suspiré. En cualquier otra ocasión, todos esos pasajes me habrían parecido mero palabrerío de sacerdotes. Pero en aquel momento, habiendo recibido por tercera vez un mensaje de móvil que decía *alguien t ama* y sin saber quién me lo había mandado... me di cuenta de una cosa.

-Todos estos versos —observé, mirando a Naza-, todos dicen algo del amor, ¿no?

-Del amor de Dios —matizó mi compañera-. Por eso es lo que he escrito al final en ese papel: alguien te ama.

-Bueno, ¿y por qué lo has apuntado? —inquirí curiosamente.

-Es un papel un poco viejo. Es que en Valladolid organicé unas clases bíblicas para los niños pequeños de nuestra iglesia, y me pareció que el amor de Dios es una buena manera de comenzar; por eso me puse a buscar algunas partes de la Biblia en las que se diga algo sobre el asunto. De momento sólo he puesto cuatro, pero hay mucho más, por supuesto.

-Naza, entonces —comenté, un poco incómoda por el tema del que estábamos hablando- esa frase, «alguien te ama», ¿quiere decir...?

-Quiere decir que...

Hizo una pausa y continuó:

-Quiere decir que Dios te ama, o al menos a eso se refiere en este contexto —me aclaró, y me observó un poco extrañada-. ¿Por qué me lo preguntas?

Durante varios segundos, no contesté nada. «Pura casualidad», me dije a mí misma. Sin embargo, no me creía en absoluto; aquello empezaba a ser demasiado raro. ¿Y si la persona anónima que me enviaba los mensajes estaba refiriéndose a ese amor cristiano del que me hablaba Naza, ese amor de Dios? Entonces, definitivamente, aquello era un error; se tenía que haber equivocado de número. «Un sms con ese contenido jamás me lo enviarían a mí», pensé. «Todos los que me conocen saben que yo no creo en ningún Dios. »

-Curiosidad, sólo eso —respondí finalmente a la pregunta de Naza.

Ella no parecía tenerlas todas consigo, aunque respetó mi silencio. Yo quería preguntarle muchas cosas, pero algo en mi interior me hizo callar; pensé que, siendo atea, este tema no debería importarme mucho. De hecho, las mil veces que había visto algo sobre ello en la tele, había cambiado de canal con gesto aburrido, sin ninguna gana de escuchar más. Dios, la Biblia, la religión, ¡todo eso jamás me había llamado la atención en absoluto!

Sin embargo...

Me di cuenta de que ahora era distinto, porque ahora aquello estaba mucho más cerca de mí. La religiosidad había cruzado la pantalla de la televisión. Esta vez, el extraño libro de los creyentes, esa Biblia, reposaba sobre mi regazo sin que yo hiciera ningún gesto de quitarlo y volverlo a colocar sobre la mesilla de noche. En medio de aquel torbellino de ideas y pensamientos, recordé las palabras que había leído segundos antes:

«... no en que nosotros hayamos amado a Dios, sino en que él nos amó a nosotros...», una frase que reforzaba muchísimo mi inquietud.

¡Tantas preguntas que iban a quedar sin respuesta por culpa de mi estúpido orgullo!

Finalmente, no pude aguantarme más y dije:

-Naza...

-¿Sí?

-Bueno –la pregunta no me parecía muy adecuada, cuando apenas unas horas atrás había decidido no comentar nada sobre sus creencias-, ¿me prometes que no te vas a enfadar?

-¿Yo? No... no me voy a enfadar por un simple comentario –respondió ella con tono tranquilizador, aunque en realidad no parecía muy segura. Estuve a punto de retirar mi pregunta, pero ya no podía hacer tal cosa. Retroceder sería una cobardía, y yo no estaba dispuesta a ello.

-Tú crees en Dios... -dije, como una afirmación más que como una interrogación.

-Ajá.

-¿Por qué?

No obtuve una contestación inmediata, cosa que, por otra parte, tampoco esperaba. Ante esta pregunta, Naza me miró tranquilamente, con una sonrisa cándida que me dio a entender que no estaba molesta por mi duda (lo cual me calmó bastante). Tardó un poco en contestar, se quedó unos segundos en silencio como si estuviera pensando bien la respuesta.

-¿Es porque tus padres no te han enseñado otra cosa, verdad? —pregunté yo, sin poder evitarlo. Naza me observó con esa típica mirada que significa «de eso nada» y respondió:

-Es mucho más que eso, Pam. Por supuesto que tiene mucho que ver con la educación que mi familia me ha dado, pero de esa misma forma yo podría decir que me gusta la música sólo porque mis padres me han cantado muchas canciones de pequeña, o que sé que existe el aire sólo porque lo dicen los libros de texto. Y no es así; no puedes creer realmente en algo hasta que lo experimentas personalmente.

-Sí, supongo que eso es cierto –admití-. ¿Pero entonces?

-Mira, hay algo... -dijo ella mientras entrelazaba sus manos-, algo que caracteriza especialmente al Dios de los cristianos y lo hace diferente de los otros dioses, los que se adoran en las otras religiones del mundo: Él es un Dios personal. No es un ánima espacial o cósmica que rodea todo el universo y nos envuelve y nos penetra como dicen algunos, qué va... es una persona, alguien íntimo para cada uno de nosotros. ¿Entiendes?

Me encogí de hombros y respondí sinceramente:

-Ni jota.

-Vale –dijo ella, soltando una carcajada-, eso demuestra que yo nunca seré oradora, ¿no? ¡Rayos, se me da muy mal hablar! En fin, a ver si puedo explicarme mejor. A ver, Pam... cuando tú hablas por teléfono con una persona, si no la puedes ver, ¿cómo sabes que te está escuchando?

-Mujer, supongo que habría que darle un mínimo de confianza –respondí yo, encogiéndome de hombros. ¿A santo de qué venía esa pregunta?

-Exacto.

-Y de todas formas –continué-, si la otra persona te responde, es que te ha escuchado.

-Efectivamente –dijo Naza, sonriendo-. ¿Ves?, a eso me refería. Yo no necesito ver a Dios para saber que Él me está escuchando cuando le hablo. En primer lugar, se trata de una cuestión de fe. Y en segundo, se demuestra por las respuestas a las oraciones.

-Pero yo al menos sé que la persona a quien llamo por teléfono está ahí.

-Y Dios también –me dijo Naza sonriendo-. Él está ahí las veinticuatro horas del día, y siempre responde a las oraciones.

Resoplé disimuladamente. «Caramba, sí que son raros los religiosos estos», me dije.

-Tú verás –dije-. A mí eso me sigue pareciendo un comecocos.

-Entonces, ¿por qué me preguntas?

-Y yo que sé, Naza, y yo qué rayos sé –dije, soltando un bufido desdeñoso de pura impaciencia-. Aparte, a mí eso no me importa, ¡lo único que quiero saber es qué significa el sms que he recibido!

¡Hale! Para que os fiéis de mi paciencia.

Naza me miró muy sorprendida, personificando la palabra «desconcierto». Para quienes no lo sepan, el Avanzado Diccionario de Sinónimos y Antónimos de la Lengua Española nos da los siguientes equivalentes de esta palabra: *m. Desarreglo, desorden, desajuste, desorganización, desbarajuste. 2 Destemple, alteración.* Pues eso, así estaba mi amiga. Quien no lo entienda, ajo y agua.

-Eh... ¿y a qué viene eso? –me preguntó.

Eso digo yo, ¿a qué venía eso? Boba de mí. ¡No me puedo quedar callada dos segundos seguidos, no! En ese instante, me sentí la persona más ridícula del planeta. «La has fastidiado, Pam», me dije. «Ahora sólo te quedan dos opciones: o se lo cuentas...»

-Oye, ¿seguro que hablamos del mismo tema? –me preguntó Naza, aturdida.

«... o se lo cuentas.»

-Nada, no me hagas caso –para que veas mi magnífica manera de empezar a referir cosas importantes (si es que eso era realmente importante).

-No, en serio, ¿qué has dicho de un sms?

No. Definitivamente, no sabía cómo explicarlo. Así que me limité a suspirar y a sacar mi móvil del bolsillo. Busqué los mensajes que tenía guardados, seleccioné el último y le di el móvil para que juzgara por sí misma.

-Léelo –le dije-. A ver si tú lo entiendes, porque lo que es yo...

-¿Qué se supone que es esto? –cuestionó mi compañera, cogiendo el aparato y mirando la pantalla fijamente.

-¿Un teléfono móvil?

-Ja, ja –dijo ella, respondiendo a mi ironía. Después, mirando la pantalla del móvil, frunció el ceño y luego abrió unos ojos como platos.

-¿¿Y esto??

-Buena pregunta –contesté yo.

-¿Quién te lo ha enviado?

-¡Otra buena pregunta! –respondí-. No tengo la más remota idea, me los mandan desde número oculto.

-¿*Los*? –me preguntó, bastante extrañada-. ¿Qué quieres decir?

-Bueno… es que en las últimas semanas he recibido, contando ése, tres mensajes iguales. Todos desde número oculto.

-¿Cómo? Pe-pero Pam… -Naza parecía tan aturdida como yo, o incluso más-, esto es muy raro… demasiado raro… es decir…

-Naza, no te esfuerces –dije yo-, es raro y punto, y a mí ya me está empezando a dar miedo, y no lo digo por chulearme, pero yo vivo recibiendo mensajes, me conozco prácticamente todas las publicidades que envían, y ese mensaje no es publicidad, de eso estoy…

-Que te estás poniendo nerviosa no lo niega nadie –dijo Naza, que seguía leyendo el mensaje repetidamente, como si creyese que así iba a averiguar algo. Finalmente, me lo devolvió-. Bueno, Pam, si no te importa, voy a investigar un poco sobre este asunto; estoy que me salgo de curiosidad. No te sulfures, seguro que entre las dos averiguamos algo.

En aquel momento, me sentí algo aliviada al darme cuenta de que ya no estaba sola en aquel asunto. No dudaba que la ayuda de Naza me iba a ser útil, y me sentí muy agradecida por eso. Ya no estaba tan cargada.

Un buen rato después, decidí que sería mejor volver a casa para que mi madre no se preocupase, así que me despedí de Naza. Cuando estaba en la puerta, ella me llamó:

-¡Espera, Pam!

-¿Qué pasa? –cuestioné yo. Naza atravesó el pasillo y llegó hasta mí con su Biblia en las manos. Me la extendió y dijo:

-Toma, llévatela. Te la regalo.

-¿Qué? –pregunté, sorprendida-. No digas chorradas, Naza, es tuya.

-No importa, me gustaría que la tuvieras tú. Creo que te vendrá bien.

-¿A mí? Naza, pero si te aseguro que no la voy a leer; es un tocho de mil y pico páginas, y ya sabes que a mí la religión…

-Deja eso de una vez –dijo Naza, riendo-. Esto no tiene que ver con religión, es algo más personal. ¡No tienes que leerla entera, ni mucho menos!; basta con que la hojees un poco, seguro que te interesará.

Me encogí de hombros y, vacilando, terminé cogiendo aquel libro de tapas negras. Acto seguido, nos despedimos de nuevo y yo entré en mi piso.

Esa noche, cuando iba a acostarme, cogí la Biblia de Naza, llevada por la curiosidad, y la abrí hacia la mitad aproximadamente. Arriba, en la esquina superior, ponía: *Salmos 119-121*; más abajo, donde aparecía el capítulo 120, decía en el primer versículo:

Cuando estoy angustiado, llamo al Señor, y él me responde.

Esbocé una sonrisa sarcástica y guardé la Biblia en el cajón de mi escritorio. Luego apagué la luz, me metí en la cama y empecé mi diaria lucha contra el insomnio.

A través de otra mirada

-Lo siento, Pam, pero he hecho todo lo que he podido –anunció Naza-. Es imposible.

-Ya, me he dado cuenta. Es inútil, no he podido averiguar quién lo envió –respondí, decepcionada.

-Creo que deberías reflexionar sobre lo que significa ese mensaje. Ya que no sabes de quién es, pregúntate qué es.

Yo no contesté nada, sólo solté un suspiro mientras miraba pensativamente el suelo arenoso que se encontraba bajo mis pies.

Era viernes. El día había amanecido bastante más cálido de lo que puede esperarse normalmente a mediados de octubre, y el sol brillaba radiante en un cielo despejado. El patio del instituto estaba lleno de alumnos que caminaban de aquí para allá con una lata de coca-cola que habían comprado en la cafetería, charlando en grupos de dos, tres, cinco, seis o más personas, y cerca de allí, en la pista de fútbol, el equipo de 4º de E.S.O. entrenaba con ahínco para el partido que jugarían en pocas semanas contra el colegio vecino. Nazareth y yo estábamos sentadas en un banco de madera, solas (Patri estaba castigada, Belén y Laura se encontraban en la biblioteca terminando los deberes de Inglés y los demás andaban por ahí a su libre albedrío), y yo sostenía en la mano derecha mi móvil. Tal vez estaba esperando que, de improviso, el desconocido o desconocida que me estaba mandando aquellos extraños sms decidiese llamarme para aclararme de una vez por todas quién era, no lo sé.

-Vamos, Pam —me animó Naza-. Si no sabes de quién se trata, al menos podrías intentar comprender lo que te está diciendo. ¿No te interesa saber qué significa realmente ese mensaje?

-Claro que sí —contesté finalmente, al tiempo que levantaba la vista sin mirarla a ella directamente-, pero no puedo, Naza, no puedo. No me he topado con una frase más enigmática en mi vida. Puede significar cientos, ¡miles de cosas! ¡O puede simplemente no significar nada!

-Vamos, mujer, que sólo son tres palabras.

-Suficientes, son raras y punto. Si al menos supiera a quién se refiere ese «alguien»…

-Seguro que lo averiguamos pronto —me alentó Naza-. Tú no te hagas mala sangre.

-Eso espero, porque este asunto comienza a enervarme y mucho —dije con un suspiro-. Oye, ¿me acompañas al baño antes de subir a clase?

-Sí, claro.

Así que, cuando faltaban aún más de cinco minutos para el final del recreo, nos dirigimos tranquilamente hacia el servicio de alumnas de la primera planta. Mientras nos acercábamos, yo iba diciendo:

-¿No sabes si hay alguna forma de identificar los números ocultos?

-Ni idea, pero puedo intentar…

Pero en cuanto estuvimos dentro del cuarto de baño, Naza se interrumpió inmediatamente, al igual que yo. Ambas nos quedamos paradas en donde estábamos al oír, desde alguna parte, un claro sonido.

Un sollozo.

Nos miramos entre nosotras y, asustadas a la vez que intrigadas, nos atrevimos a dar tres pasos hacia delante. Entonces escuchamos, desde el último retrete de la izquierda, una voz temblorosa que preguntaba:

-¿H-hay a-alg-guien a-a-hí…?

Por alguna razón, nosotras no contestamos enseguida. Pero aunque seguíamos algo confusas, yo creí reconocer, más o menos, aquella voz.

-¿Quién eres? —pregunté.

-¡P-p-por fav-vor… por f-a-avor! –rogó entonces quien fuera-. ¡Hip! Sac-cad… sac-sacadme de aquí… ¡hip!, y… y o-o-os da-daré lo q-que sea. V-voy a p-perder ¡hip!, la c-clase. ¡Q-q-quiero s-a-alir…! ¡Hip!

La persona que hablaba sollozaba tanto que hipaba de puros nervios. «Definitivamente», me dije. «Tiene que ser ella.»

-¿Estos retretes no tienen el cerrojo por dentro? –me preguntó Naza, boquiabierta de asombro.

-Sí, pero se pueden atrancar por fuera -respondí yo, señalando el picaporte del excusado. Naza, entonces, se acercó y quitó la tranca. La puerta se abrió y una chica gordita salió al exterior dando tumbos y cayó de rodillas al baldosado suelo, dejando tras sí un rastro de agua. Efectivamente, mi oído no se había equivocado. Se trataba de Bárbara, la empollona de mi clase.

Pero esta vez, cuando la vi, no me produjo en absoluto ganas de risa (a pesar de que tenía un aspecto que muchos considerarían cómico). Más bien… aquella imagen me horrorizaba.

Bárbara tenía todo el cabello, la cara, las gafas y la parte superior de la camisa totalmente empapados, y sujetaba en la mano izquierda un libro deshojado. Las gafas le caían rotas por un lado de la cara y sus ojos, sus pequeños ojos marrones, expulsaban lágrimas a chorros. Su cara estaba rojiza de tanto llorar, y cada cinco segundos su cuerpo entero se convulsionaba en un fuerte hipo.

-Ostras… -articulé con la boca muy abierta y los ojos más aún.

-¡Pero qué…! –exclamó Naza, alarmada y sorprendida, al tiempo que se ponía en cuclillas para quedar a la altura de Bárbara-. ¿Estás bien?

-¡N-no! –balbució la chica, tapándose el rostro con las manos-. T-t-engo frí-o… est-t-oy mo-mojada…

-¿Qué te ha pasado ? –pregunté yo, mientras me acercaba casi inconscientemente.

-E-e-staba a-hí –contestó la voz ahogada de Bárbara-, ¡hip!, lav-vándo-o-me la c-cara en el lavab-bo, t-t-ranqui… ¡hip!, tranq-qui-lament-t-e. Y d-de p-pronto aparec-c-ieron, ¡hip!, R-r-obert-t-o y Ma-María… me ins-sulta-taron, m-me ,a-a-garraron d-del p-pelo y meti… ¡hip!, met-tieron m-mi cab-b-beza en el-l v-váter, ¡hip! d-durant-te casi un min-n-uto, y cas-s-i me ahooogo…

Nazareth y yo nos miramos horrorizadas al oír aquello.

-Y-y- lueg-go –continuó Bárbara, entre gemidos-, ¡hip!, m-me d-dejaron aq-quí sola, y at-t-oraron la p-puerta d-d-el ret-t-rete p-para q-que no p-pudier-ra s-salir, ¡hip! Y ad-d-emás romp-p-pieron mi lib-bro de Ci-ciencias y me r-robaro-on mi zum-mo d-de pi-iñaaaa…

Fue en ese momento, al escuchar las afligidas palabras de Bárbara, cuando percibí que algo muy extraño afloraba como un río dentro de mí, y empecé a notar que tenía sentimientos que desconocía. Me di cuenta de que aquella chica regordeta, aquella chica con gafas enormes, dientes luengos y faldas largas, aquella de la que tantas veces me había reído y burlado, me inspiraba lástima. Verla ahí, chorreando agua del inodoro, gimoteando en el suelo, hizo encenderse en mi corazón la llama de la piedad, que normalmente sólo sentía hacia mí misma. Entonces, como si se descorriera un velo delante de mis ojos, comprendí que estas personas que tan poco importantes me parecían también tienen lágrimas, y que éstas a menudo se derramaban por culpa de gente que se metía con ellos, gente que les rechazaba, gente como yo.

Apreté los dientes. Por primera vez, sentía asco y vergüenza de mí misma.

-Eso es horrible –dijo Naza, que seguía agachada junto a nuestra abatida compañera. Luego se puso en pie, sonrió y le tendió la mano-. Vamos, Bárbara, levántate.

La muchacha levantó la vista, y debió ser entonces cuando se dio cuenta de quiénes éramos nosotras. Se asustó. Nos miró fijamente, primero a Naza y después a mí, y empezó a temblar ligeramente.

-N-no má-s, p-por f-favo-or –suplicó entre balbuceos.

Me di cuenta de que no confiaba en nosotras porque íbamos a la misma clase que ella, nos conocía y sabía que al menos yo no era precisamente la persona que mejor la había tratado. Seguramente, pensé con cierta angustia, también se acordaba de aquel día en el centro comercial, cuando las chicas y yo nos burlamos de ella. «Pero Naza no se rió. Bárbara no debería tenerle miedo», me dije.

-Tranquila, no te agobies –dijo Naza, aún con la mano extendida-. Venga, ponte de pie.

-No, y-ya he t-tenid-do, ¡hip!, suf-ficiente. N-no te ac-cerques, p-por fav-vor –tartamudeó la chica. Naza la miró con ojos tristes, y entonces yo me di cuenta de que no se trataba de algo que hubiera dicho o hecho; Bárbara le tenía miedo porque estaba en nuestra pandilla, porque se juntaba con «esas chicas que se burlaban de ella». Y es que, en el instituto, los grupos de amigos damos la impresión de formar un todo, una masa homogénea.

Todos la misma persona, todos pensando igual. Y eso no es cierto, ¿o sí?

-¡Si no vamos a hacerte nada! –insistió Nazareth-. Quiero ayudarte.

En ese momento, noté que se despertaba en mi interior aquella parte de mi personalidad que había hecho que me gustara Cedric aunque a nadie más le cayera bien, y que me había impulsado a aceptar la amistad de Naza sin tener en cuenta su religión. Miré a Bárbara, que estaba en el suelo enfrente de mí, y observé sus pequeños ojos, que no eran en realidad marrones, sino de un bonito color pardo oscuro. Y entonces, ese «otro yo» inundó todo mi cuerpo: mis piernas, mis brazos, mis hombros, mi garganta, hasta llegar a mi boca; entonces, con una seguridad en mí misma de la que no me creía capaz, dije:

-Yo también –la miré con una sonrisa tranquilizadora-. Haremos lo que podamos para ayudarte; pero tienes que confiar en nosotras. Sé que te cuesta, pero te pido por favor que lo intentes.

No entendía nada, ¿qué se supone que estaba haciendo? ¿Preocuparme por la empollona de clase… yo? Admito que es algo nada habitual en mí, y creo que de eso ya te has dado cuenta. ¿Desde cuándo me importaba lo que le sucediese a esta gente? ¿Desde cuándo?

Bárbara me miró, sorprendida, a través de sus ojos húmedos. Yo misma me asombré de mis propias palabras. Sin embargo, Naza me dirigió una mirada y una sonrisa alegres que me hicieron entender algo que yo ignoraba: ella sabía, casi desde que me conoció, que algo dentro de mí iba a explotar algún día.

Y así era. Efectivamente, en aquel instante estalló en mi interior una nueva virtud que llevaba varios años dormida: la tolerancia.

Salimos al pasillo justo en el momento que sonaba la sirena del final del recreo. Para que la gente no viera a Bárbara empapada, yo me apresuré a prestarle mi abrigo con capucha, y Naza se puso delante de ella para ocultarla. Nos dirigimos a Jefatura de Estudios, pues Bárbara quería llamar a su madre para que la fuera a recoger enseguida.

Subimos las escaleras y, cuando estábamos recorriendo el pasillo aglomerado de multitud, alguien se tropezó con nosotras y nos empujó accidentalmente. Cuando el individuo en cuestión se giró para pedir disculpas, le reconocí y mi corazón comenzó a latir a un ritmo exageradamente rápido.

-¡Anda, mira quién es! ¡Hola, Cedric! –saludó Naza con su magnífica sonrisa. Él también la reconoció.

-Ah… hola, Nazareth –correspondió, esbozando también una sonrisa tímida-. Perdón, no ha sido aposta.

-No pasa nada, hombre.

En ese instante, Cedric se percató de que yo también estaba allí. Al parecer se quedó bastante aturdido y nervioso, bajó la mirada y se dispuso a seguir caminando. Pero entonces yo, con una voz que no sé de dónde la había sacado, dije también:

-Hola, Cedric.

Él se detuvo, se dio la vuelta y me miró asombrado, con los ojos cargados de confusión. Y no era para menos, ¿qué rayos se supone que hacía saludándole cuando yo misma le había pedido que no se me acercase en el instituto? Como realmente no parecía muy seguro de lo que había oído, yo saqué valor de donde no lo tenía para insistir:

-Esto…¿qué tal?

-Bien –contestó finalmente, de un modo algo atropellado.

-¡Vaya! –intervino Naza, agradablemente sorprendida-. ¿Pero es que vosotros ya os conocéis? Bueno, ya es una presentación que nos ahorramos.

-Yo… -Cedric todavía no acababa de entender lo que estaba pasando, y no se atrevía a revelar que me conocía. Optó por cambiar de tema-. ¿Adónde vais?

-A Jefatura…

En ese mismo momento, cuando los pasillos empezaban a despejarse un poco, aparecieron subiendo la escalera María y su grupo. Me amedrenté y quise meter prisa a Naza para irnos de allí enseguida, pero fue demasiado tarde. Ella nos vio de refilón, luego nos miró detenidamente y, al final, hizo un gesto a sus amigas y todas se acercaron hacia nosotras.

María es una chica de 3°C que no sólo es que sea muy popular, sino que es «lo más de lo más», una diosa del instituto. Es guapísima, alta y de piel clara, con una preciosa cabellera rubia que le llega a la cadera y ojos color gris topacio casi transparentes. Su nariz es recta, sus labios finos y su cuello un poco largo; tiene un pecho esbelto y unas piernas larguísimas. María es una chica muy divertida y sociable, y tiene un montón de amigas y amigos. Se trata de una de esas personas a las que todos admiran porque tiene muy bien afianzado su territorio, porque no se deja pisotear; tiene muy claro lo que quiere y no le importa a quién tenga que llevarse por delante para mantener su integridad. También es algo presumida, y continuamente alardea de ser la novia de Roberto, a quien siempre va pegada como una lapa (cosa que le sirve para ganarse la idolatría de muchas otras chicas que morirían por estar en su lugar). Sin embargo, yo no las tengo todas conmigo; Roberto es un chico demasiado irascible y hostil, y creo que considera a María como una ayudante o una mascota, pero no como su pareja. Desde luego, él nunca ha confirmado semejante cosa (aunque tampoco lo niega), y como se deja perseguir por ella sin oponerse, todo el mundo da por sentado que esa relación es real. Esto le da a María mucha autoridad sobre los demás, pues es casi tan temida como su presunto novio. Siempre que se dispone a discutir con alguien sonríe muy segura de sí misma, con una sonrisa que, tal como yo lo veo, parece decir: «Nadie me gana, porque yo juego a las canicas con el mundo».

Esa era la misma sonrisa que tenía cuando se acercaba a nosotras, y por eso me di cuenta de que estaba a punto de montarse la gorda. Tragué saliva tan fuerte que me pareció que todo el barrio lo habría escuchado, o al menos todos lo que estaban en el pasillo. Rayos, lástima no tener un mando a distancia para detener el tiempo, necesitaba unos minutos más para prepararme. Mis neuronas no tenían planeado eso cuando me levanté por la mañana para ir al insti, tenían que reorganizarse un poco, ¿no?

-Eh, Pam, ¿seguimos o qué? —me preguntó Naza, extrañada. Me dirigió una mirada directa a los ojos que venía diciendo: «¡No es plan de quedarnos aquí quietas mientras Bárbara se muere de frío!». Ah, ojalá sólo fuera eso, pensé.

-¡Oye, tú! —se escuchó de pronto la voz estridente de María, que ahora se encontraba a dos pasos de nosotras, rodeada de sus amigas del alma-. Para un momento, que te voy a decir un par de cositas.

Nazareth la miró sorprendida y preguntó:

-¿Me lo dices a mí?

-Sí, a ti te digo —contestó la chica con una amplia sonrisa de seguridad. Muy nerviosa, empecé a notar que mucha gente se fijaba en la situación y se quedaba mirándonos curiosamente. Cielos, ¿por qué no podían meterse en sus asuntos? ¡El que quisiera circo, que pase por taquilla!

-Me parece que no te conozco —insistió Naza algo confusa.

-Pues no te preocupes, que ahora me vas a conocer —dijo la otra-. Me llamo María, y soy la novia de Roberto.

-Ah… ¿quién es Roberto? —preguntó Naza, alzando las cejas de una manera que significaba que no entendía nada de lo que estaba pasando.

-No te hagas la tonta, sabes perfectamente de quién hablo. Roberto, el chico con el que te peleaste el lunes a la hora del recreo.

Mi compañera se quedó unos segundos en silencio, como intentando hacer memoria. Y entonces cayó en la cuenta.

-Ah… ya.

-Sí, claro —María se dirigió a sus amigas y les dijo sin molestarse en bajar la voz-. Anda la otra, encima se hace la interesante fingiendo que no se acordaba.

-Eso no es verdad —contradijo Naza, molesta-. Lo que pasa es que tu novio no tuvo la gentileza de presentarse, por si eso no te lo han contado. ¿Cómo querías que supiese su nombre?

-¡Le insultaste! —declaró María, ignorando su comentario-. ¿Qué te crees, que puedes ir por la vida molestando a la gente como te venga en gana? ¡Pues mira, no!

-No es cierto, no le insulté —Naza se estaba poniendo muy roja, y vi una vena en su frente que se hinchaba cada vez más a medida que hablaba, cosa que me asustó.

María se volvió de nuevo hacia sus amigas y dijo:

-¡Será hipócrita! Después de ponerse malota, ahora lo niega todo.

-Yo no…

-¡No seas falsa! —continuó María, mirándola otra vez-, porque te metiste en lo que no te importaba y le llamaste matón, cobarde y cerdo machista, y le dijiste que daba pena, y te reíste de él en toda su cara. Pues no, chica, aquí las cosas son con respeto.

-No fue así —exclamó Naza, y el timbre de su voz denotaba su ira. Sin embargo, no era la única; de pronto yo misma empecé a notar que me ardían las orejas de rabia. María se giró de nuevo y le dijo aparte a sus amigas, sin disimular una risita que me pareció de lo más estúpida:

-No os digo yo, es una hipócrita, primero se hace la simpática y…

-¡TÍA, NO SEAS CARGANTE! —terminé explotando yo-. ¡TE ESTAMOS OYENDO TODOS CUCHICHEAR, ASÍ QUE, SI TIENES ALGO MÁS QUE DECIR, DÍSELO A LA CARA Y SIN SECRETITOS, QUE VAMOS CON PRISA!

¿Por qué seguir así?

Me dejé llevar completamente por el enfado y la indignación.

Esto no es bueno, pensé al ver que todos me miraban con un gesto de incredulidad. Reconocí, entre la multitud, los rostros perplejos de Belén y Laura, que me contemplaban como si me vieran por primera vez (empiezo a pensar que me conocen tan poco como yo misma), y sentí un sobresalto al darme cuenta de que, en esas situaciones, yo siempre había estado ahí con ellas limitándome a observar las escenitas que se montaban en los pasillos; esta vez, en cambio, me encontraba en el otro lado de la moneda. Está bien, lo admito, me había pasado un pelín. Casi nada. Solamente me había puesto como un basilisco y le había gritado a una de las chicas más adoradas por todo el instituto. Me asombré muchísimo. Aquella nueva parte de mí que yo antes desconocía era una persona increíble, que se compadecía de los que estaban en el más bajo escalón de la escalera social y se enfrentaba a los que estaban arriba como si tal cosa. Traté de rescatar un poco de mi antigua dignidad para decirme a mí misma «para de una vez», pero ya no fue posible. Estaba muy pero que muy irritada con María, ¿cómo podía defender las patrañas que estaba diciendo y encima ponerse a secretear con sus amiguitas sabiendo que la escuchábamos perfectamente?

La firmeza de María vaciló un poco al oírme, pero no se derrumbó. Me miró directamente con aquella sonrisa de prepotencia (la cual a estas alturas ya me molestaba) que nunca desaparecía de sus labios y permaneció un segundo en silencio. Noté un estremecimiento muy ligero en mi labio inferior, un temblor que delataba mi inseguridad, pero intenté aparentar confianza en mí misma para poder prepararme para lo que se avecinaba.

-¿Y tú, Pam, qué pretendes? —me preguntó-. ¿Alcanzar el nivel de entrometida de la bruja esta? ¡No te metas, que no es asunto tuyo!

-Me meto porque no me da la gana aguantar lo que dices, ¿sabes? —me opuse yo, y entonces escuché a mi alrededor algunos murmullos que me pusieron más nerviosa de lo que ya estaba. ¡Por todos los santos! ¿Es que la gente de un instituto no puede discutir sin que vengan todos a chismear? Tomé aire y continué hablando como pude-. A ver si te das cuenta de que lo que le estás diciendo a Nazareth son paranoias tuyas, seguro que te has inventado la mitad…

María me miró con el ceño fruncido, como si no entendiera mi actitud. La verdad, a estas alturas ya no me entendía ni yo misma, así que eso no podía reprochárselo.

-Cállate, ¿quieres? —replicó, mientras me observaba con los ojos encendidos-. ¡Me estoy dando cuenta de que eres más idiota de lo que creía! ¡No me he inventado nada! Yo no me voy a andar con tonterías ni voy a dejar que esta niñata mocosa venga a tocarme las narices molestando a mi novio, así que…

-¡¡Pero que yo no le he hecho nada a tu novio, a ver!! —exclamó Naza, con un grito que nos dejó a todos estupefactos. Hasta ese momento, nunca habíamos visto a Naza tan furiosa-. ¡Sólo intenté pararle un poco la mano, nada más! ¡Y no insultes a Pam!, todo lo que está diciendo son verdades como una casa, ella no es ninguna idiota.

-Y Naza no es una niñata mocosa en absoluto —añadí yo-, y todo lo que estás diciendo de ella es mentira. A ver si pensamos antes de hablar, que hace falta.

Naza me dirigió una sonrisa agradecida que yo correspondí.

-¡Estúpidas! —gritó María, airada-. De una nueva podía esperarse, Pam, pero de ti… estaba convencida de que tenías algo más de sentido común, pero huy, veo que me equivoqué.

-Pues yo estaba convencida de que para que tanta gente bese el suelo por donde pisas era necesario algo más que ser guapa y andar por ahí buscando pelea con todo el mundo… pero huy, veo que me equivoqué —contesté yo.

-¡AL MENOS NO SOY YO LA QUE LE LAME LOS ZAPATOS A OTROS, COMO TÚ! –gritó María, de una forma tan brusca que me asusté-. ¡ADEMÁS ERES UNA METICHE IMBÉCIL, IDIOTA Y DES-CEREBRADA! ¡ERES...!

-¡Deja de insultarla! –exclamó una voz masculina, algo insegura pero firme. Me di la vuelta, sorprendida. ¡Era Cedric! Caramba, había olvidado por completo que estaba ahí.

María le miró, al tiempo que levantaba las cejas con asombro, y dijo:

-¿Cómo? ¿Así que tú también estás aquí? Y... vaya, hombre –tenemos la peor suerte del mundo; resultó que María, al fijarse en Cedric, reparó también en la presencia de Bárbara, quien temblaba como una hoja detrás de Naza desde hacía rato. La habitual sonrisa dominante de María volvió inmediatamente a sus labios y se ensanchó, aunque el labio inferior le temblaba un poco, delatando su excitación.

Nos miró como si estuviera muy por encima de nosotros, sin dejar de sonreír con gesto superior. Durante los segundos que nos observó fija y silenciosamente, yo no podía evitar arrancarme de los dedos trocitos de piel con las uñas, de una forma casi inconsciente.

-¡Si es la listilla! –soltó María, con un ligero chillido falso-. ¿Qué tal? Mujer, ¿qué haces con el abrigo de Pamela, con el calor que hace?

Por toda respuesta, la chica soltó un gemido.

-¡Hey, venga! –insistió María, riendo-, ¿no tendrás vergüenza de que veamos tu melena grasienta y sucia, verdad? Bueno, hija, ya sabemos que eres un poco asquerosa, pero... a lo mejor te has lavado hoy, porque veo algunos mechones de tu flequillo que están mojados. Vamos, empollona, ¡que se la quite, que se la quite!

-¡¡Que se la quite, que se la quite!! –corroboraron unas ocho o diez voces a coro, siguiéndole el rollo a la chica. Apreté el puño con todas mis fuerzas, mientras sentía que mi cara se ponía muy caliente. María no sólo había medio ahogado a Bárbara en el inodoro, sino que ahora quería hacer pública su villanía sólo para fastidiarnos a nosotras y hacernos quedar peor.

-Ya basta –exigió Nazareth, agarrando a Bárbara del hombro; al parecer, no estaba dispuesta a permitir aquello-. Vámonos de aquí.

Casi involuntariamente, le hice caso y me di la vuelta; no habíamos andado aún un par de pasos, cuando oímos de nuevo la voz burlona de María, que nos gritó de una manera muy mordaz:

-«¡Dime con quién andas y te diré quién eres!» —muchos soltaron una carcajada unánime ante este comentario, y de pronto me sentí algo insegura-. Ahora Pamela y Nazareth se codean con la superdotada antisocial y con el de las Biblias, ¿eh?

Entonces me di cuenta de que, por primera vez desde que tenía uso de razón, mis compañeros se estaban riendo de mí. Poco a poco, mis pasos se entorpecieron y acabé deteniéndome; en aquel momento noté un agudo dolor en el pecho y casi sentí ganas de llorar.

«¿Qué estoy haciendo?», me pregunté. Mi amor propio, lo más importante para mí desde los once o doce años, todo mi mundo en el instituto, mi vida social... todo lo estaba tirando por la borda en cuestión de minutos, y ni siquiera sabía exactamente por qué. Aquella valentía interior que desbordaba en mí apenas unos segundos antes, empezó a esfumarse rápidamente, y con ella mis ánimos. Imposible, no iba a poder. Naza me observó interrogativamente, a lo que yo respondí con una mirada, involuntariamente húmeda, que más o menos quería decir: «Lo siento, Naza, pero necesito alguna buena razón para seguir adelante con esto».

-Eh, venezolana... ¿no será que te gusta el santurrón? ¡Eso es lo que empieza a parecerme! —silbó María.

-¿Os casaréis por la iglesia, no? —intervino su gran amiga Paola (una chica que destaca entre la multitud no precisamente por su belleza, sino más bien por su metro ochenta de estatura)-. Ya me lo estoy imaginando: «Nos hemos reunido hoy ante el Dios Altísimo para unir a esta casta pareja sudamericana en sagrado matrimonio, en la salud y en la enfermedad, hasta que la muerte se los lleve o el pecado infernal les separe del Paraíso bendito... es decir, de Venezuela».

Nuevamente, varios se rieron. No podía aguantarlo. Cerré los ojos con fuerza una y otra vez para contener las lágrimas.

Entonces sucedió. Naza, que había permanecido inmóvil mientras oía aquellas satíricas palabras llenas de veneno, finalmente se dio la vuelta y encaró a María.

-Mira, si tienes algo contra los cristianos... dímelo de una vez, ¿va? —advirtió.

-Que son todos unos locos fanáticos, ¿por? —expuso María sin alterarse-. Qué, ¿ya te sientes identificada con tu noviete, venezolana?

-Gracias por esa alusión a mi querida tierra, pero tengo nombre —replicó Naza-. Y bueno, para que te enteres, yo también soy cristiana evangélica.

Si yo me asombré, María abrió unos ojos como platos al oír eso.

-¡¿QUÉ?! –exclamó, mientras su cuerpo volvía a convulsionarse en una risa-. ¿En serio? –se volvió hacia sus amigas y continuó-. ¡¡Qué fuerte!! ¡La venezolana también es una monja de esas!

-¡Ahora sí que hacen buena pareja! –cantó otra chica.

Entonces, María y su pandilla volvieron a reírse con tono de socarronería, pero después de un instante descubrieron, confundidas, que ahora eran las únicas que lo estaban haciendo. A los demás que estaban allí les había impresionado totalmente la declaración de Naza y, al parecer, ya no lo encontraban tan gracioso.

Y es que ella seguía allí, de pie, impasible a los abucheos burlescos, casi temblando de ira, tan seria que daba miedo. Furiosa pero indiferente, luchadora y a la vez aplacada, como un muro que resiste las olas del mar embravecido. Cuando María dejó de reír y la miró a la cara, me pareció que Naza era mucho más alta, más guapa, más valiente y más fuerte que ella. Inmediatamente, me sentí orgullosa de ser su amiga.

-¿Tienes que decirme alguna cosa más, o se te han terminado por fin los chistes para meterte conmigo? –preguntó.

-Si quieres tomártelo así, supongo que sí –dijo María, sonriendo con superioridad (deberían darle un premio al Mayor Número de Sonrisas Presumidas por Segundo).

-¡Me alegro!, porque tenemos mucha prisa y no tenían nada de gracia –replicó Nazareth. Algunos se rieron-. Bueno, nos vamos antes de que la sesión humorística empiece otra vez y sea demasiado tarde para escapar. Recuerdos a Roberto, ¿eh?

-Mira, monjita, no te chulees…

-¡Lo siento! –contestó Naza al tiempo que, sonriendo, se giraba y seguía caminando por el pasillo sin soltar el brazo de Bárbara-, Nazareth Arreaza se encuentra en estado No Disponible; si deseas decirme algo importante, mándame un e-mail a fanaticaloca@fanatica_loca.com.

Eso sí que dejó a María a cuadros. Algunos de nuestros compañeros comenzaron a reírse y a decir cosas como: «Qué puntazo el de Naza», mientras volvían a desperdigarse por los pasillos (un buen puñado de gente que llegaría tarde a clase, desde luego). Yo miré a Cedric, que, a mi lado, también estaba riéndose de lo lindo, y miré a Naza, que se había adelantado un poco con Bárbara. Y entonces, tras reflexionar sobre lo que había visto, sonreí ampliamente; si ella no había tenido ningún problema para decir delante de casi medio instituto que era evangelista, ni había dudado en hacer lo que su conciencia le dijese... ¡yo tampoco tenía por qué dudar! Y en ese momento, una voz interior me decía que tenía que continuar al lado de Naza y ayudar a Bárbara como antes lo estaba haciendo. Nuevamente, todos mis complejos se esfumaron. Miré a Cedric y sonreí.

-¿Vienes?

-No —contestó-, es que... tengo examen ahora.

-Ah.

-Bueno, hasta luego —me dijo. Acto seguido, se volvió y comenzó a alejarse. Cuando ya estaba a cinco pasos de mí, exclamé:

-¡Cedric!

Él se giró, me miró interrogativamente, y yo terminé:

-¡Muchas gracias!

Y empecé a caminar a zancadas tras mis compañeras de clase para alcanzarlas en su camino a Jefatura de Estudios.

-¡Naza, esperadme!

Perder un amigo

Al salir de clase, Naza y yo nos encontramos de nuevo con Cedric. Aunque me puse nerviosa nada más verle, me sorprendí al notar que ya no me daba miedo estar con él. Los tres nos quedamos charlando animadamente sobre lo sucedido, riéndonos juntos como si nunca nos hubiéramos sentido divididos por nada. Aquello era tan extraño…

-¿Viste la cara que puso cuando tú le dijiste que no insultara a Pam? —exclamaba Naza alegremente.

-Creo que habéis estado geniales —dijo Cedric, sonriendo con timidez (de una forma que casi me derrito, ¡rayos!, por qué tiene que existir el amor).

-Tú también —dije, también sonriendo.

Naza me preguntó si nos íbamos juntas a casa, y yo respondí:

-Lo siento, pero hoy he quedado con la pandilla en un parque que hay aquí cerca y llego tarde, por cierto —me disculpé mirando el reloj-. Ya nos veremos luego, supongo.

-Sí, claro —dijo ella-. Hasta luego.

-Hasta luego, y… -me apabullé un poco, calma, Pam, tranquila-, hasta mañana, Cedric.

-¡Adiós! —dijo él, sonriendo un poco.

Les dejé charlando junto a la puerta del insti y me fui. El parque no estaba muy lejos, pero yo andaba a paso de tortuga. Ahora que estaba sola, necesitaba pensar. ¡No podía creerlo!, había sido alucinante lo que había pasado, el cambio que se había producido en mí inesperadamente. Me sentí contenta, contenta de haber ayudado a Bárbara sin casi proponérmelo, contenta de haberme enfrentado a María y seguir viva, contenta de —suspiro- ver que la barrera entre Cedric y yo se había quebrado un poco…

Unos minutos más tarde, llegué al parque y vi que mis amigos (o una parte de ellos) estaban junto a un banco. Al acercarme un poco, me di cuenta de que estaban discutiendo.

-No se trata de eso, es que se ha pasado tres pueblos —decía la voz de Julio, ciertamente enfadada.

-¡No digas chorradas!, es nuestra amiga y no podéis hacer eso —respondía Laura.

-¡Hola!, ¿qué tal? —saludé al llegar hasta ellos, llena de curiosidad. Allí estaban Patricia, Laura, Belén y Julio, la primera sentada en el banco y los demás de pie. Me miraron con cierto apuro al verme llegar, y yo (que al fin y a al cabo tengo algo parecido a un cerebro) me di cuenta de que algo de lo que estaban hablando se relacionaba conmigo. Me detuve, extrañada, y pregunté:

-¿Pasa algo?

-Nada —dijo Belén, que parecía enfadada-. Que me estaba despidiendo, porque me voy.

-¿Ya? —pregunté yo, frunciendo el ceño-. ¿Para esto quedamos?

-Estamos demasiado cerca del instituto —intervino Julio.

-¿Y? —me encogí de hombros. ¿Adónde querían ir a parar? ¿Qué estaba pasando?

-¡Que si aparecen María, o Roberto, o alguno de su grupo, yo no quiero estar aquí! —respondió Belén-. ¡Y punto!

-Para, para —dije yo, alzando las manos sorprendida-. ¿Qué estás diciendo, Belén?

-No te hagas la tonta —replicó mi amiga-. No sé cómo tienes la cara de venir aquí después del numerito en el pasillo.

En ese momento, me quedé de piedra. ¿Sería posible? Belén estaba enfadada conmigo, eso no era muy habitual, y el numerito en el pasillo, qué me estaba contando, empecé a sacar cuentas en mi cabeza pero aquello no me cuadraba. Julio debió de ver la estupefacción en mi rostro, porque dijo:

-¿Por qué has tenido que pelearte con María? ¡No te das cuenta de que ahora todo ese grupito te va a tener fichada...!

-Pero seréis exagerados...

-¡... y también a nosotros! —exclamó Julio-. ¿Cómo no te das cuenta de que ha sido una completa estupidez...?

-¿Me estás llamando estúpida? –grité, furiosa. ¿Quién se creía Julio que era para decirme eso? Aquello era extraordinario, estábamos discutiendo por... ¿por qué? ¿Por qué me había enfrentado a María? ¡Qué soberanamente absurdo!

-Creía que eras un poco más inteligente –rezongó Belén, con los ojos relampagueantes-, y que nunca te vería yendo de chula por la vida, insultando a la gente así sin más.

-¿Qué? –exclamé, perpleja-. ¡Tú estabas allí! ¡Tú lo viste! Fue María la que empezó todo el lío, yo no podía quedarme callada ante tal injusticia. ¡Ella insultó a Naza antes de que nosotras la viéramos!

-¡Ah, sí! –exclamó Julio-. ¡Otra lista! A Nazareth se le ha subido la tontería a la cabeza, ya ha tenido bronca con Roberto y con María en menos de una semana...

-Porque ellos han querido –se metió Laura, airada-. Sabes que Naza no les insultó en ningún momento.

-Les cabreó igualmente –protestó Julio-. Y además, todo por un par de tontos que se marginan del mundo y que luego pasarán de ella.

-¡Encima eso! ¡Sólo te molestó porque tú y los otros imbéciles veis a María como una diosa! –dijo Laura, y resultaba rarísimo oírla hablar así (bueno, aquel era el día de los fenómenos paranormales, sólo nos faltaba el extraterrestre telepático y telequinésico)-. Tú has insultado a otros tíos más de un millón de veces, ¿y no eres un "chulo"?

-No digas chorradas –dijo Belén. Luego se volvió a mirarme a mí-. El caso es que la has fastidiado pero bien. Yo que tú buscaría a María y haría lo que fuera para intentar recuperar su favor, aunque ya no sé si valdrá la pena.

-¡Recuperar su favor! –exclamé-. ¿Para qué? No me interesa para nada recuperar el favor de esa niñata. Pero nada de nada. Cero. Nulo. Debería ser al revés. ¡La oíste perfectamente, tienes dos oídos que te sirven para algo! ¡Se burló de mí, me llamó de todo menos bonita!

-Bueno, no vas a negar que de verdad lo eres, ¿no?

-¡BELÉN!

Me quedé... totalmente *shockeada* al oír aquello. ¿Una de mis mejores amigas me estaba insultando sin razón? ¿Belén? No podía creerlo.

-Mira, yo lo siento, pero me voy –repitió ella-. Si ves a Nazareth, ya de paso, dile que a nosotros no se nos acerque hasta que... bueno, que no se vuelva a venir con nosotros. Aunque espero que se dé por aludida, ya que es tan lista.

-Bel...

-¡¡No me llames Bel, Pamela!! –gritó-. A mí déjame en paz. Y por cierto, no hace falta que me avises cuando consigas ligar con el santurrón.

-¿CÓMO? –grité.

¡No os exagero al deciros que en ese momento me asusté tanto que empecé a temblar! Toda la sangre que corría por mis venas interrumpió de golpe su recorrido habitual y se me subió como un bombo a la cabeza, haciéndome enrojecer hasta la raíz del cabello. ¡¿Acababa de oír lo que creía?!

-¡No seas tonta! –protesté, histérica-. ¡A mí no me...!

-Te crees que soy ciega, Pam –afirmó interrogativamente Belén-. Ya he notado que estás colada por ese tío desde hace un año, te mueres por él como una colegiala.

-ES una colegiala –agregó Julio, sonriendo estúpidamente.

-¡NO ME GUSTA! –chillé.

-Adiós –dijo sin más Julio-, y él y Belén me apartaron para seguir caminando en dirección a la salida del parque, el uno al lado del otro... y con las manos entrelazadas. ¡¿Entrelazadas?!

-¿Qué demonios...? –pregunté, sofocada, mirando a Laura con los ojos desorbitados. Ella, que tenía todo el enfado dibujado a la perfección en el rostro, no dijo nada, pero Patri habló por primera vez desde que yo había llegado y respondió con tranquilidad:

-Ahora resulta que son novios –chasqueó la lengua como con cierto fastidio-. Novios, ¿te lo puedes creer? Llevan tres semanas saliendo juntos.

-No puede ser cierto –repliqué.

-Los muy cobardes –protestó Laura-. Dijeron que no se atrevían a desvelarlo por si tú te molestabas. Sabes, como Julio es tu ex...

¿Qué si me molestaba? ¿Qué si me molestaba? ¿Es que esos dos eran idotas o qué? Bueno, no podía negar que resultaba extraño y algo inoportuno que una de mis mejores amigas saliera con mi ex-novio, pero... ¡era una memez! ¡Yo no podría sentir celos por Julio!

-Entonces, ¿qué? –exclamé -. ¿Todo el mundo lo sabía menos yo?

-No, Pam –negó Patri, intentando calmarme-. Nosotras nos hemos enterado ahora mismo, te aseguro que no teníamos ni idea de... estoy segura que lo de hoy ha sido una excusa para dejarnos tirados, porque no se atrevían a decirlo hasta que ha pasado lo de María, y piensan que como tú les has metido en un lío (teóricamente), ellos tienen derecho a fastidiarte. Seguro que lo de salir cogidos de la mano lo han hecho adrede para que les vieras.

Yo no sabía por dónde digerir todo aquello, era inverosímil. Una mezcla de tristeza y rabia me consumían, hasta que noté que algo salado y húmedo resbalaba por mis mejillas sonrojadas: eran lágrimas. Estaba llorando. Laura se acercó a mí y me abrazó cariñosamente, al tiempo que decía:

-Tranquila, mi niña, no llores... no vayas a deprimirte por esos dos *tontolavas*, ¿eh?

-¡Pero... –sollocé yo, sin poder parar-, cómo puede hacerme esto Belén! Se suponía que... que éramos amigas, y que no podíamos traicionarnos así, y... -no pude decir más, sólo lloraba.

No sé si sabéis lo que es perder a una amiga, pero para mí fue como si me arrancaran la pierna de cuajo. Belén y yo éramos uña y carne desde quinto de Primaria, y nunca nos habíamos separado hasta entonces. Y lo peor era que yo sabía por qué había destrozado nuestra amistad; no era por Julio, qué va, ella sabía que yo no le diría nada malo por salir con mi ex-novio. Si había renunciado a ser mi amiga, era por el bendito orgullo. Porque temía que la rechazaran si la veían conmigo después de lo que había pasado. ¡Porque tenía miedo!

Laura y yo nos sentamos en el banco junto a Patri, la cual me alcanzó un pañuelito negro con el que me sequé las lágrimas. Aún entre sollozos, pregunté:

-¿Y... y los demás? ¿No me digáis que también se han...?

-Más o menos –admitió Laura-. Fíjate, Carla se ha peleado con David porque él también quiere dejar de andar contigo y con Naza, y Carla le ha llamado imbécil y cobarde unas veinte veces... creo que todavía están peleando por teléfono. Alex también se queda con nosotros y Arturo, por supuesto, se ha puesto inmediatamente de parte de Naza. De Cristina no sabemos nada aún, pero creo que salió del insti bastante confundida.

-¡Soy una estúpida! —gemí, ocultando mi rostro con el pañuelo oscuro de Patri-. Tenía que haberme callado y no haberle dicho nada a María, eso habría sido lo conveniente. Ahora tengo tres amigos menos y a la mitad del instituto en contra, seguro... Belén tiene razón, la he fastidiado.

-¡No digas eso, Pam! —replicó Laura, que también tenía los ojos húmedos-. ¡No es justo que le des la razón a esa... traidora! Hiciste lo que tenías que hacer, no podías dejar que la burra de María os pusiese verdes en tus narices.

-Pero...

-Ni pero ni Perú —dijo mi amiga, con un tono que no admitía discusión-. Además, yo creo que esto te ha sido útil para darte cuenta de quiénes son tus verdaderos amigos. Un amigo nunca te abandona por el qué dirán.

Así es Laura: en medio de su jerga juvenil con locuciones, montones de tacos, laísmos y loísmos, a veces deja caer una frase que te deja sin habla. Me sequé las lágrimas y la miré con agradecimiento.

Entonces Patri, que estaba a mi lado, sacó de su bolsillo un mechero y un paquete pequeño que ponía *Ducados,* cogió un cigarrillo y empezó a encenderlo. La miré estupefacta y pregunté:

-¿Qué haces?

-¿Quieres uno? —me preguntó ella con una sonrisa de las suyas.

-No, no. ¿Tú desde cuándo fumas?

-Desde el domingo pasado —me respondió, quitándole importancia al asunto-. Fran me ofreció. Me dijo que vestida de negro, con gafas de sol y un cigarrillo en la mano le parezco «terriblemente sexy» —mi amiga rió un poco.

-Fran —repetí, con la voz un poco afónica por el llanto, al tiempo que me secaba los ojos con el pañuelo-. ¿Quieres decir que fumas para gustarle más a Fran?

-Sí, y no le sueltes el rollo porque ya lo he hecho yo y pasa de mí —dijo Laura, medio en serio, medio en broma-. Ya se dará cuenta cuando empiece a arrugarse a los veinte y cuando tenga cáncer de pulmón.

-Juas, juas —dijo Patri, echando al aire una bocanada de humo que me terminó de marear por completo. Pero no dije nada; simplemente me encogí de hombros.

-Oye, Pam —dijo Laura con cierto embarazo-, sólo quiero hacerte una pregunta. La última, por favor.

-Qué.

-¿Es verdad que te gusta el santurrón?

Mi cuerpo entero se alteró, y me atraganté con mis propias lágrimas. Entonces, para mi asombro, Patri dijo tranquilamente:

-Cedric Moreno.

-¿Qué? –preguntó Laura, extrañada.

-Que se llama así: Cedric Moreno Torres. Digo, para que no se te olvide que lo de «el santurrón» es un mote.

-Ay, bueno, señorita corregidora –contestó Laura, con tono divertido y algo burlón. Acto seguido, se volvió de nuevo hacia mí-. Pues eso, Pam... ¿es verdad que te gusta ese Cedric?

Obviamente, aquel habría sido un buen momento para desmentirlo todo y empezar a escupir patrañas tales como «no, no me gusta» o «es una tontería, nunca me ha atraído en absoluto» o «de verdad, Laura, que sólo se te ocurren sandeces». Habría sido una buena ocasión, no lo dudo, y probablemente habría sido la mejor opción si de verdad quería conservar mi «buena imagen».

Pero me di cuenta en ese momento de que no iba a poder. Había sido muy fácil en el último año, pero tal como estaban las cosas ahora... Después de todo, Belén se había dado cuenta, y ella me había abandonado, ¿qué sentido tendría ya ocultárselo a Laura y a Patri, quienes me habían demostrado ser verdaderas amigas? Estuve a punto de negarlo, pero el ver que Patri conocía el nombre de Cedric terminó por decidirme. Suspiré y asentí levemente con la cabeza.

Patri soltó una risita y me dio unas palmaditas en la espalda al tiempo que decía:

-Qué calladito te lo tenías, ¿eh, Pam?

-Pues... -sabía que me estaba poniendo roja otra vez, sentía mucho calor en la cara, pero no podía evitarlo. Laura sonrió, divertida, y dijo algo que me asombró:

-Bueno, desde luego sabes elegirlos –rió un poquito. La miré, sorprendida y dije:

-¿Estamos hablando del mismo Cedric?

-Eso digo yo, Laurita –apuntó Patri, dando una calada mientras miraba a Laura, sonriendo con picardía-. ¿Desde cuando los religiosos son guapos para ti?

-Jolines, tía, será todo lo religioso y todo lo fanático que quieras, pero hay que reconocer que está como un tren expreso –dijo Laura-. Y eso ni tú lo puedes negar.

-Bah, es mono —dijo mi amiga con dejadez-, pero tampoco es para tanto.

-Claro —intervine yo-, como tú sólo tienes ojos para Fran...

Cuando dije esto, Patri esbozó una sonrisa ensoñadora y dijo algo así como:

-Mmm...

-Ah, el amor —rió Laura-. ¿Por qué yo no estoy enamorada? ¿Es que todos los chicos guapos están cogidos?

-Bueno, ahí tienes a Alex —comenté, sonriendo.

-¿Alex? —interrogó ella, levantando una ceja (¿será posible que todos sepan hacerlo menos yo?)-. ¡No seas tonta!, Alex no es para nada guapo, aparte sólo saldría conmigo si me disfrazara de guitarra —se resignó.

-No digas eso, tiene su encanto —dijo Patri-. Y tú le gustas mucho.

-¿Pero tú has visto su nariz?

Y así estuvimos, hablando de chicos y de exámenes durante más de media hora. No puede decirse que me recuperé de la ausencia de Belén, pero durante ese rato aprendí a valorar más a mis verdaderas amigas, y a comprender lo importante que era tener confianza con ellas. Nunca me habían abandonado en más de tres años, ¿cómo podía yo haber pensado que iban a hacerlo sólo porque me gustase un chico que ellas no aceptaban? ¡Fue verdaderamente tonto por mi parte!

Después de un buen rato, cuando ya el reloj de mi móvil marcaba las dos y cuarenta y cinco, empecé a notar que tenía hambre. Sabía que mis padres no estaban en casa y no volverían hasta tarde, porque después del trabajo iban a salir a celebrar su decimonoveno aniversario de bodas; Enrique se había ido con su pandilla de amigos *frikis* a ver una película de *Star Wars* al cine. Y Maritere...

En fin, el caso es que me moría de hambre, y seguramente tendría que comer pizza congelada como la vez anterior. Pero bueno, mejor algo que nada.

-Hasta mañana, Pam —dijeron Laura y Patri, que se iban juntas hasta la parada del autobús. Yo me despedí de ellas con una sonrisa y, cinco minutos después de quedarme sola, decidí ponerme en marcha de una vez antes de que la pizza se congelara más de lo que ya estaría. Cogí mi mochila del suelo, me la colgué al hombro y me disponía a empezar la marcha cuando, súbitamente, noté una mano posarse pesadamente sobre mi hombro.

-Mira a quién tenemos aquí... mi aborrecida y miserable *groopie*. ¿Qué tal estás?

Me quedé helada: esa voz... Inmediatamente, sufrí un atropelladísimo ataque de pánico y el terror se apoderó de mí. ¿Qué rayos...? No, ¡mis oídos tenían que equivocarse! Como si me hubieran pinchado, me di la vuelta tan fuerte que casi me torcí la nuca y entonces lo vi y solté un chillido de asombro y miedo.

-¡TÚ! –grité, sobrecogida de la impresión, dividida entre el pavor y la cólera-. ¡¡MALDITO IMBÉCIL DE...!!

Sólo casualidad

Héctor.

Héctor, era Héctor, el mismo chico que yo odiaba con todas mis fuerzas, el mismo que había intentado violarme pocas semanas atrás, el mismo que ya había sido encarcelado... ¡¿QUÉ RAYOS HACÍA ALLÍ?!

Su abominable rostro se torció en una risa burlona e, inmediatamente, su mano izquierda se deslizó por mi hombro hasta sujetarme del brazo, cerrando el puño con tanta fuerza que hubiera jurado sentir sus dedos repugnantes sobre mis huesos.

-¡NO, NO, NO! –chillé yo como si estuviera poseída, retorciéndome y agitándome como una leona furiosa para soltarme; le di patadas, manoteé y me moví como una loca, pero no pude desprenderme-. ¡Suéltame, asqueroso idiota, déjame en paz, SUELTA MI BRAZO!

-¿Para qué, para que te vayas corriendo? No, cariño, tenemos pendiente una cosa tú y yo –dijo él, y en ese momento vi relucir en su mano derecha una pequeña navaja. Aterrorizada, empecé a llorar casi sin darme cuenta, debido al horror y la impotencia que me inundaban en ese instante.

-¡¡Socorro, que alguien me ayude!! –vociferé, con todas las fuerzas de mis pulmones. Pero entonces Héctor me dio una bofetada durísima, haciéndome callar y soltar un gemido de dolor. De repente me puso la navaja contra el cuello y, palideciendo de terror, sólo pude balbucear:

-No, por favor, no me hagas daño, Héctor, ¡te lo suplico, suéltame! –la afilada hoja apretó todavía más contra mi garganta y yo, histérica, no pude sino lanzar un alarido desgarrador que hizo eco entre las copas de los árboles que nos rodeaban. Héctor, furioso, me dio un fuerte puñetazo en la mandíbula con la mano que sostenía la navaja, haciéndome un corte en la mejilla que me hizo soltar un breve aullido.

Sin saber a qué más recurrir, le di un gran mordisco en la mano que me aprisionaba, cerrando los dientes sobre su carne áspera con toda la fuerza que tenía. Héctor soltó un grito ahogado y me soltó inconscientemente, proporcionándome un precioso segundo de libertad para huir. La mochila dificultaba mis movimientos y disminuía mi velocidad, así que la dejé caer y corrí como alma que lleva el diablo, no tenía necesidad de volverme para saber que Héctor me perseguía. Como en una horrible pesadilla, escuchaba su voz cerca de mí, gritándome insultos horrorosamente obscenos y escabrosos que por pudor no voy a nombrar.

Sintiendo las lágrimas del miedo resbalar por mi rostro, recurrí a toda la velocidad que mis piernas me permitían hasta que perdí de vista a mi persecutor. Sofocada de agotamiento y temblando de pánico, me oculté entre unos arbustos espinosos que estaban al lado del camino (arañándome brazos y piernas), y me dejé caer sentada para recuperar el aliento. Unos minutos después, escuché un sonido de zancadas y comprendí que Héctor estaba allí, muy cerca de mi escondite. Le escuché detenerse. Contuve la respiración; no me atrevía a mover siquiera la punta del dedo meñique, tan grande era mi temor a ser descubierta. ¿Por qué estaba Héctor allí? ¡Tenía que estar entre rejas! ¿Se habría escapado? No pude responderme todas estas preguntas, porque lo que sí era obvio es que él estaba buscándome para hacerme mucho daño... tal vez para matarme. El pesado ruido de sus pies al caminar sobre la arena no se alejaba, y eso me paralizó por completo. Cerré los ojos con fuerza, en un inconsciente intento de desaparecer. Y entonces, tal vez por la desesperación y el torbellino en el que fluían mis ideas, vino a mi mente el inesperado recuerdo de esas palabras, aquella noche del lunes...

Cuando estoy angustiado, llamo al Señor, y él me responde...

Y con esto, también recordé lo que había dicho Naza: «Dios está en cualquier parte las veinticuatro horas del día, y siempre responde a las oraciones».

No sabía qué pensar. ¿Era posible que eso se aplicase a mi situación? Ya no me quedaba más opción que darle un voto de confianza a las palabras de Nazareth, intentar hacer lo que decía en ese verso bíblico. Cuando estás en peligro, no cuenta el orgullo.

«¡Por favor, Dios!» pensé, desesperada. «¡Si de verdad existes, si eres real, te suplico que no me dejes así, ayúdame, necesito ayuda! ¡Sálvame, Dios!»

¿Y ahora qué? ¿Qué más se decía en las oraciones? Aquello era realmente estúpido, o al menos eso pensaba yo mientras escuchaba los pasos de Héctor acercarse cada vez más. Pensé en las palabras de Roberto el día de la pelea: *¿A ver, qué hace tu Cristo, que no baja aquí a ayudarte, eh? ¡Ah, claro! ¡SE ME OLVIDABA QUE NO EXISTE...!* «Tenía razón, tenía toda la razón del mundo», pensé para mí misma, al tiempo que me mordía los nudillos de puro nervio. Sin embargo, algo de mí esperaba aún una respuesta.

A través de las enmarañadas ramas del arbusto, pude divisar los pies de Héctor, que caminaban pesadamente alrededor de los otros arbustos que rodeaban el camino. Oí el murmullo del agua en una fuente cerca de mi escondite, y el suave silbido del viento al acariciar los árboles y robarles sus hojas amarillentas. Y entonces, mientras pensaba furiosamente en qué hacer, mi mano tocó casi inconscientemente mi bolsillo, y descubrí algo que me asombró. ¡Era mi móvil!

Yo estaba casi segura de haberlo guardado en mi mochila, pero ahora no tenía tiempo de resolver misterios. ¿Me serviría de algo? Mi primera reacción fue llamar a la policía, pero enseguida supe que no me sería posible hablar sin ser descubierta. Entonces se me ocurrió algo: le mandaría un sms a alguien conocido para que viniese a buscarme, era lo único que podía hacer. Rápidamente encendí el móvil y empecé a escribir *sty n l park y sty uyndo* («estoy en el parque y estoy huyendo», para quienes no entiendan), pero percibí que los pasos de Héctor se acercaban cada vez más a mi escondite. No tenía tiempo ni saldo para escribir un testamento, ni de guasa; así que borré todo y apunté:

park ..._ _ _ ...

Tres puntos y tres rayas eran, si yo no recordaba mal, la llamada de socorro en el código Morse. No entiendo cómo se me ocurrió algo tan complicado y estúpido, pero sólo me quedaba confiar en que el destinatario del mensaje lo entendiera.

Y a todo esto, ¿quién iba a ser el destinatario? A la policía las cosas hay que decírselas claramente, si yo les enviaba ese mensaje no lo iban a tomar en serio. Mis padres jamás llegarían a tiempo para ayudarme. Enseguida pensé en Laura y en Patri, pero ellas estarían ahora en el autobús y tampoco llegarían.

Sólo quedaba Naza, así que no me lo pensé ni un segundo y se lo envié. Inconscientemente pensé: «Por favor, Dios, Dios mío, que no lo tenga apagado...».

En cuanto le di a *enviar* supe que había sido una idiotez. Aunque Naza estuviese leyendo el mensaje ahora mismo, aunque lo entendiese de inmediato, aunque corriese con toda su alma para llegar aquí, aunque supiese perfectamente en qué parte del parque me encontraba yo... no me encontraría antes que Héctor. Los pasos de éste se oían cada vez más cerca de mí. Yo temblaba como una hoja, y tenía la piel de gallina.

¡De repente, vi su rostro junto a mí!

Había apartado una rama del arbusto y me miraba con ojos de serpiente. Yo solté un alarido y salté por acto reflejo, echando a correr como podía en medio de aquella maraña de setos espinosos. Héctor se lanzó a perseguirme apartando las insufribles plantas de su camino, cosa que conseguía mucho mejor que yo, para mi desgracia. Aquella ventaja que tenía fue la que hizo que, en pocos segundos, estuviera a dos palmos de mí, lo cual me aterrorizó. Pero de repente, en uno de sus manotazos, perdió pie o tropezó con alguna cosa y se cayó al suelo. Yo miraba hacia atrás mientras corría, y entonces vi que, cuando él volvía a levantarse, algo le impidió seguir corriendo. Miró hacia abajo y soltó una palabrota mientras trataba de continuar la persecución, sus ojos brillando de ira, pero no se movió del sitio.

Ya no volví a mirar atrás, sino que salí de aquel montón de plantas y continué corriendo por el camino del parque, pese a que las piernas me dolían y mis pulmones reclamaban un descanso para respirar. Los insultos de Héctor me retumbaban en los oídos y, seguramente por el miedo, parecían sonar justo detrás de mi oreja, lo cual me hacía correr más aún. Presa del pánico, no me detuve hasta que me encontré detrás de un enorme árbol ya casi en la salida del parque, donde me paré a tomar aliento y a gemir entre hipidos, mientras un torrente de gruesos lagrimones resbalaba por mi nariz y mis mejillas. Me quedé un rato quieta y sin hacer ruido hasta que, después de cinco minutos, me di cuenta de que había despistado a Héctor.

Entonces me dejé caer sentada en el suelo y me sequé las lágrimas con la manga del abrigo, al tiempo que respiraba intensamente. Mis jadeos se mezclaban con el hipo que me estremecía el cuerpo, y no me sentía con fuerzas para siquiera levantarme. Me quedé así, sentada, con la espalda doblada hacia adelante y la cara apoyada en la mano derecha, durante un rato que no sé precisamente cuánto fue. Pudieron ser dos minutos o treinta; había perdido la noción del tiempo. Pero recuerdo que, en algún momento, oí a alguien gritar mi nombre y me quedé petrificada del susto, pero enseguida distinguí que aquella era una voz femenina que sonaba preocupada.

-¡Pam! ¡Pam! ¿Estás por aquí?

-¡Pam! —intervino una voz de chico.

No respondí enseguida. Me asomé un poco para observar el camino, sin dejarme ver del todo, y respiré totalmente aliviada al reconocer a las dos personas que estaban allí. ¡Naza y Cedric!

Lo más rápido que pude, y con movimientos muy torpes, me incorporé, salí de detrás del árbol hipando y dando tumbos (es decir, con un aspecto lamentable) y traté de caminar hacia ellos. Entonces me vieron, se quedaron boquiabiertos y, de inmediato, Naza soltó un grito y corrió hacia mí seguida de muy cerca por Cedric.

-¡¡Pam!! —exclamó, pálida del susto, al tiempo que me miraba de arriba abajo y me abrazaba-. ¿Q-qué…?

-¿Qué… qué te ha pasado? —preguntó Cedric con ansiedad.

Yo sollocé y, mirándole a él a la cara, solté:

-Héctor.

-¿Quién? —preguntó Naza, apartándose un poco de mí para mirarme interrogativamente. Cedric, en cambio, se puso pálido y frunció los labios en un gesto de perplejidad y disgusto.

-No puede ser —susurró.

-¡Estaba aquí! ¡En el parque! —grité-. Me persiguió. Quería cogerme. Tenía u-una navaja…

-¡Para! —chilló Naza alarmada-. No entiendo un cuerno de lo que decís. ¿Quién es Héctor, Pam?

«No puedo decirlo, no puedo decirlo» pensé. ¿Cómo iba a contarle aquello? Me había prometido a mí misma morderme la lengua en ese asunto, no iba a poder decírselo. Sin embargo, repentinamente sentí unos deseos terribles de desahogarme, y me alteré de los nervios. ¿Qué podía hacer?

-Vámonos de aquí, por favor –moqueé, con miedo de que Héctor llegase por allí de repente-. ¡Por favor!

-Sí, sí, claro –dijeron ellos. Nos fuimos casi corriendo hasta que salimos del parque, mientras yo preguntaba:

-Naza, ¿recibiste mi mensaje?

-Sí.

-¿Lo entendiste?

-Ehh... no, ni jota –reconoció ella-. No fui yo quien interpretó tu sms, Pam.

-¿Quién fue? ¿Tú, Cedric?

Entonces llegamos al final del parque y allí, en la entrada, vi parada a una chica que se tiraba nerviosamente de la larga trenza oscura que coronaba su cabeza. La miré, asombrada.

-¡Bárbara!

-Hola P-Pamela –dijo ella, sonriendo levemente y con alivio-. ¿Est-tás b-bien?

-Bárbara llegó un rato después de que te fueras –explicó Naza-, estaba buscándonos a ti y a mí para decirnos no sé qué... y entonces ya fue cuando mandaste el mensaje, y Cedric y yo no entendíamos lo de los puntos y las rayas porque no se nos ocurrió lo del código Morse –sonrió mirando a Bárbara-, pero ella lo pensó de inmediato. Nos dijo que era una petición de socorro, ¿es eso cierto?

-Muchas gracias, Bárbara –dije, algo incómoda, esquivando la pregunta de Naza. Ni en mis más impensables sueños se me había ocurrido jamás que le diría esa palabra a Bárbara, pero...

-N-nada, nada –se apresuró a decir ella con apuro-. E-esto... m-me alegro-o de que es-stés b-bien... teng-go que i-irme ahora. ¡Adió-ós!

-Bárbara –la llamó Cedric, cuando ésta ya se había dado la vuelta-. ¿Tú... tienes móvil?

-¿Eh? –farfulló la chica, poniéndose roja-. N-no...

-¿Nos das tu número de teléfono de casa, entonces? –pidió Naza con una radiante sonrisa. Mientras, yo me senté en un banco que había cerca de allí y traté de relajarme.

-¿P-para qué? –preguntó Bárbara, extrañada.

-Para llamarte, para quedar algún día... ya sabes –explicó Naza.

Bárbara abrió la boca incrédula e intentó decir algo, pero sus labios sólo pronunciaron un par de sonidos ininteligibles. Después de un rato, finalmente le dictó a Naza las nueve cifras de su número, atropellándose y hablando muy deprisa, pero Naza lo apuntó tranquilamente y luego se despidió amistosamente de la chica, que se fue de nuestro lado rápidamente. Naza y Cedric se sentaron conmigo en el banco.

-Oye, por cierto –dijo Cedric-, tenemos tu mochila. Nos la encontramos tirada en el parque y tiene tu nombre.

-Gracias –suspiré, cogiendo mi mochila de las manos de Cedric.

Después de un silencio, habló Naza.

-¿Quieres contárnoslo? –preguntó de pronto.

-No –negué-. Lo siento, pero yo…

-No importa –dijo Naza-. No voy a intentar sonsacarte nada, tranquila.

Me mordí los labios. «No digas nada», decía una voz en mi interior.

«¿Y por qué no?», respondía otra, mi lado rebelde.

«Estás loca. No puedes ir por ahí contándole a cualquiera lo del intento de violación. Es algo personal.»

«¡Laura, Patri y Belén lo saben! ¡Y toda mi familia! ¡Y Cedric!»

«Ellas son tus mejores amigas. Tu familia tenía que saberlo sí o sí, y Cedric… fue pura casualidad, no debería saberlo.»

«¡Pero él me salvó de Héctor! ¡Y ahora Naza también es mi amiga! ¡Puedo contárselo!»

«No lo hagas. ¡No seas tan estúpida!»

-Entonces eché a correr y a correr durante un buen rato, llegué a un árbol y me quedé allí escondida, justo hasta que llegasteis vosotros. Y… ya está.

Estábamos en el salón de mi casa, sentados los tres en el sofá, cada uno con un refresco en la mano. Yo sorbía nerviosamente una lata que estaba vacía desde hacía un buen rato, mientras Cedric estaba boquiabierto y apenas la había probado un poco, y Naza me miraba estupefacta y sostenía sobre mi mejilla herida el mismo algodón con agua oxigenada que hacía quince minutos.

-No puedo creerlo –dijo Cedric al fin, aturdido-. Sencillamente, no puedo creerlo.

-Créetelo –dije-. Ahí estaba, ahí estaba el muy cobarde; con una navaja, nada menos, el maldito...

-¡Pero vosotros me habéis dicho que le encarcelaron! –exclamó Naza-. ¡Esto no tiene ni pies ni cabeza!

-Se tiene que haber escapado de la cárcel de alguna forma –especuló Cedric-. Y no sé cómo ha hecho para encontrarte, Pam, pero lo que está claro es que ahora tienes un problema, y muy gordo.

-No es por nada, Cedric, pero me parece que tú también –apuntó Naza con preocupación-. Perdonadme por decir las cosas tan claras, pero parece que ese tío quiere vengarse porque acabó encerrado por vuestra culpa, y... -tragó saliva-, por lo que ha contado Pam, estamos hablando de un... ah... intento de asesinato.

Yo no sabía qué decir; la lata de Cedric tembló en su mano y unas gotitas de Fanta cayeron sobre la alfombra. En las películas, una situación así resulta excitante, pero ahora yo estaba muerta de miedo. No es fácil hacerse a la idea de que alguien pretende matarte, te lo aseguro. Para mí era como si me fuese a morir mañana: el pánico me poseía por completo.

-¡Qué habré hecho yo para merecer esto! –me lamenté-. ¿Y qué vamos a hacer ahora?

-Ahora, andaros con muchísimo cuidado –dijo Naza muy seria-. Deberíais contárselo a vuestros padres y...

-Ni hablar –me negué yo con rotundidad-. Mis padres creerán que sufro alucinaciones a causa del trauma y me aumentarán las sesiones con el psíco... -tosí a tiempo para interrumpirme a mí misma-. Bueno, eso. Y aunque me creyesen, después de todo, ¿qué pueden hacer ellos en este caso? Me temo que no mucho, salvo no dejarme poner un pie fuera de este piso.

-¿Y entonces qué vas a decirles para justificar esto? –preguntó Naza mientras me aplicaba suavemente un poco de crema sobre el corte que me había hecho Héctor con su cuchillo.

-Que me tropecé, me di un golpe en la cara y me corté con un cristal que había tirado en el suelo –inventé yo.

-Yo no sé si decírselo a mis padres –murmuró Cedric-. Me da la impresión de que les daría igual.

-No digas chorradas, ¡son tus padres! –replicó Naza, sin mirarle. En ese momento me pegó un esparadrapo en la cara y se apartó un poco-. Bueno, Pam, esto ya está, pero procura no tocártelo demasiado.

Agradece que, por lo menos, lo del puñetazo no te haya dejado ninguna marca importante.

-Sí, digamos que es un alivio –suspiré.

Justo en ese momento, sonó mi móvil informándome de que tenía un mensaje. Lo cogí rápidamente y...

-¡Pero por todos los...! ¿Qué rayos le pasa a este día? –pensé en voz alta-. Primero lo de María, luego lo de Belén, después lo de ese imbécil... y ahora otra vez esto.

Alguien t ama.

-¿Qué pasa, Pam? –interrogó Naza.

No respondí, porque justo entonces ese mensaje me hizo recordar algo importante que no le había contado a Naza y Cedric, algo en lo que no había pensado desde que me escapé de Héctor. Pero qué estupidez, la verdad...

-Vale, humm... creo que tengo que contaros algo –reconocí casi a mi pesar-. Es realmente ridículo, o al menos eso creo, pero ya no sé qué suponer.

-¿Qué? –inquirió Cedric curiosamente.

-En el parque, ¿sabéis?, cuando me escondí entre los arbustos... bueno –me sonrojé-, creo que dije una oración de esas.

-¿Crees? ¿A qué te refieres? –preguntó Cedric, extrañado.

-Pues... no sé –ahora sí que me sentía idiota-, pero dije mentalmente «sálvame, Dios», o algo parecido.

-Y entonces... -se aventuró Naza.

No contesté, ¿tenía que decirle lo que tenía en la cabeza? ¿Tenía que decirle que todos mis pensamientos se confundían al darme cuenta de que fue entonces cuando se me ocurrió lo del móvil? ¿Tenía que decirle que me había parecido muy raro que Héctor se detuviese de forma tan repentina al perseguirme después? ¿Tenía que decirle que me había sentido mucho más tranquila después de hacer aquella oración? ¿Tenía que decirle...?

Como tantas otras veces, pensé simplemente en la palabra «casualidad», pero mi inquietud la expulsó de inmediato porque yo no creía que eso fuera cierto. Ahora, más que nunca, estaba segura de que había algo más.

Poco rato después, Cedric se despidió de nosotras y se fue, y Naza lo hizo quince minutos más tarde. Cuando me estaba diciendo adiós en el umbral de la puerta, dijo:

-Pam... antes, cuando me quedé charlando con Cedric en la puerta del insti, él me invitó a ir a su iglesia el domingo de la semana que viene por la tarde, porque como mis padres están buscando una donde asistir... Bueno, quería preguntarte si te gustaría venir con nosotros.

La miré, muy sorprendida. No. Imposible. ¿Yo en una iglesia? ¡Vamos, por favor, Pam, bájate de las nubes y piensa en la verdadera persona que eres! No le des más vueltas al asunto de lo que sucedió en el parque.

Sólo fue casualidad, entiéndelo.

Casualidad.

El hogar de... ¿Dios?

Yo sólo había ido a una iglesia una vez en mi vida: a los diez años, cuando hice la Primera Comunión. Aquel día llevaba un vaporoso vestido blanco (típico) y un lacito en la cabeza, así que, realmente, no tenía la más remota idea de qué ropa ponerme para esta ocasión. Abrí el armario, saqué todo lo que encontré y empecé a buscar con desesperación (lo cual también era típico) algo que ponerme, pero el caso era... ¿cómo se viste uno para ir a la iglesia?

Tal vez... tal vez fuera algo así como una boda. En ese caso, seguramente me apañaría con el vestido beige, unas medias marrones, los zapatos de charol... vaya.

No pude reprimir una mueca. ¿Aquella gente sería capaz de vestirse así una vez a la semana? Realmente, no sabía nada de nada. Estuve a punto de llamar a Naza para preguntarle. O, quizás sería mejor, llamarla y decirle que prefería no ir.

«De eso nada» pensé. «Decidiste ir, ¿no? Llevas toda la semana pensándolo, ahora no puedes echarte para atrás. »

Yo tenía claro que necesitaba ir, tenía que hacerlo si esperaba aclarar mis dudas. Pero al mismo tiempo me frenaba una especie de temor a lo desconocido, algo así como cuando era pequeña y mi padre insistía en enseñarme a montar en bici. ¿Por qué estaba tan nerviosa? La respuesta era bastante sencilla y clara.

Porque no sabía qué se hacía en una iglesia.

La verdad, el tiempo que había pasado desde que pisé una (con el vestidito y el lazo) era bastante significativo. Digamos, cuatro años no son ninguna tontería. Además, estaba completamente segura de que lo que viví aquella vez no sería lo mismo que lo que estaba a punto de experimentar. Cuando hice la Comunión, iba en busca de regalos y festejos; esta vez, en cambio, iba en busca de respuestas.

Tal vez todo sería más sencillo si no estuviera acostumbrada a obsesionarme con el tema de la ropa. A lo mejor a nadie le importaba que fuese a la iglesia con pijama, bata y cepillo de dientes en la mano, ¿no? Bueno… vale, tampoco era eso. Tenía bastante donde elegir y poco tiempo; ese era el problema. Había quedado con Naza y su familia en el pasillo dentro de quince minutos, y mi único gesto ante la posibilidad de ir con ellos había sido ducharme.

¡Rayos!, basta de tonterías. Elegí, pensándolo lo menos posible, unos pantalones blancos algo ajustados, una camiseta de manga larga color gris azogue, y una chaqueta rosa que me llegaba un poco por debajo de la cintura. Una cosa era no vestirme otra vez el traje de Comunión y otra muy distinta era ponerme la misma ropa que para la discoteca, ¿no?

Entré en el baño, cogí el secador, lo encendí y eché todo mi cabello rojo hacia delante para comenzar el proceso de peinado. Unos minutos después, escuché unos pasos entrar y una voz que reconocí como la de mi padre.

-Pam, ¿sabes si llegarás para cenar? —me preguntó, pero su voz estaba tan distorsionada por el ruido del secador que sólo oí murmullos.

-¡No te oigo! —exclamé.

-¡Que si vas a venir a cenar! —mi padre alzó el tono de voz para hacerse oír por encima de la tecnología moderna-. ¡Voy a hacer filetes de pollo!

-¡¿Qué son cachetes de rollo?!

-¡He dicho filetes de rollo…! Digo, perdón, ¡cachetes de pollo! ¡NO!

Apagué el secador y levanté la cabeza con tanto ímpetu que salpiqué a mi padre. Éste soltó un gruñido y se secó la nariz.

-No sé —respondí sinceramente, mientras cogía un peine y empezaba a desenredarme. Realmente no tenía ni idea de a qué hora terminaba eso, sólo sabía que empezaba a las cinco.

-¿Adónde vas a ir? –preguntó mi padre, receloso.

-No voy a ninguna discoteca ni nada de eso –contesté, algo dolida por su falta de confianza-. Además, ya sabes que voy con los padres de Naza; no me va a pasar nada malo.

-El problema es que yo a esos señores no los conozco, Pam –respondió él fríamente.

-Bueno, pues no es mi culpa que seas aquí el Señor Antisocial que no se molesta en conocer a unos vecinos que viven justo enfrente de nosotros.

-Desde hace como un mes y medio.

-¿Y?, todo el mundo es nuevo alguna vez –repliqué-. Mamá habló con ellos en cuanto llegaron al edificio, ella sabe que son una familia de toda confianza. Además, también irá Cedric.

-¿Cómo? –preguntó mi padre, sorprendido-. ¿Cedric? ¿El chico que va a la academia?

-Sí, ése. Es que va a mi instituto –agregué rápidamente, sintiendo que debía dar alguna explicación de aquello que mi padre llamaría «repentina amistad».

-Ah, vaya –murmuró mi padre-. Bueno, en ese caso… él es un buen chico, supongo que debo quedarme más tranquilo con eso. Y dime, ¿cómo es tu relación con él?

Alarma, alarma, mi padre se estaba imaginando cosas.

-Es majo –dije, como si no me interesara mucho. A pesar de que mi corazón latía como un bombo.

-Me alegro, así podrás quedarte con él más a menudo a partir de ahora. Es posible que tenga algunas charlas más con sus padres. Es un muchacho inteligente, responsable, afectuoso… pero desastroso para las Matemáticas, ¿sabes?

-Ah –dije con ese tonito indiferente que viene significando «¿y a mí qué me importa?». Aunque aquello me decepcionó un poco, porque creía que a Cedric se le daba bien todo y podría ayudarme con las Matemáticas cuando estuviéramos casados. Pero cerré la boca, porque el que yo quisiera casarme con Cedric era un secreto mejor guardado que el número de estrellas del universo y la razón por la que el Pato Donald usara toalla después de ducharse cuando nunca se ponía pantalones. Ah, no, mentira, mis amigas lo sabían, ya no me acordaba.

-Y entonces, ¿adónde vais a ir? –preguntó de nuevo mi padre.

-Vamos a ir a una iglesia –solté finalmente. Lo hice porque estaba segura de que, de esta forma, mi padre se quedaría tranquilo y no me haría más preguntas. Pero no, ni siquiera me creyó (no le culpo). Y no hizo más que darme la tabarra con el tema hasta que, diez minutos más tarde, habló con Janet Arreaza en el pasillo y ésta le confirmó el lugar a donde íbamos. Yo no quise decir nada, pero no pude evitar mirar a mi padre con una cara que venía diciendo: «Ahí tienes, so incrédulo». Él me dirigió una mirada de sorpresa y quizás algo de desconfianza, pero no puso más objeciones y, finalmente, salí de casa.

-¿Cómo va todo? –me preguntó Naza, sonriente.

-Bien –respondí, mientras miraba su vestimenta y sentía un gran alivio. Naza estaba muy guapa, llevaba una blusa blanca y unos vaqueros azules, y recogía su precioso cabello rizado en una elegante cola de caballo. Sus botas, también blancas, no diferían mucho de las mías, al igual que el resto del atuendo, así que me quedé tranquila.

-¡Hola, Pam! –me saludó alegremente su madre-. Me alegro de que vengas con nosotros. Vamos, el coche está aparcado abajo.

-¿Está muy lejos? –pregunté, tratando de ser cortés.

-Me parece que no, sólo tardaremos unos diez o quince minutos –intervino Andrés. Éste llevaba unos vaqueros color verde oscuro y una camiseta negra, y su pelo estaba muy alborotado-. Estaremos allí exactamente a las cinco *o'clock*, las cuatro en Canarias…

-Mentira porque llegamos tarde –interrumpió Naza mientras bajábamos por las escaleras-. A lo mejor, si mamá no hubiera estado media hora delante del espejo…

-… iríamos con más tiempo, menos apurados y con una madre más fea –cortó Andrés.

El trayecto no fue muy largo, y, contrariamente a lo que Naza decía, llegamos a la iglesia a las cinco en punto. Cuando salimos del coche, me quedé mirando a un lado y a otro y pregunté:

-¿Dónde está la iglesia?

-Ahí, según las indicaciones que me dio Cedric –respondió Naza, señalando el edificio que teníamos delante. Extrañada, observé detenidamente aquel lugar, que no era sino la planta baja de un inmueble pintado de blanco, con una doble puerta acristalada y ventanas sin cortinas. Un cartel al lado de la entrada tenía escrito en letras azules: *Iglesia Evangélica Rey de Gloria*.

Ya había mucha gente allí dentro, y estaban riéndose, saludándose, hablando como una pandilla de viejos amigos. Vi gente de toda clase: españoles, latinos, arios, ancianos, adultos, niños… y sí, también adolescentes (así que Cedric no me había mentido). En cuanto observé bien aquella masa heterogénea de gente, supe que no podría sentirme incómoda por mi indumentaria; algunos iban muy bien vestidos, otros con ropa de calle, de trabajo, etc. No sé por qué, en el fondo pensaba que aquello sería algo más formal, pero parecía más bien una familia con muchos miembros.

De pronto, alguien salió a nuestro encuentro: era Cedric. Se nos acercó sonriendo radiantemente y saludó:

-Hola, Naza. Hola Pam.

-¡Hola! –dijo Naza con voz alegre-. ¿Qué tal, Cedric? Mira, te presento a mis padres y a mi hermano.

-Qué pasa, encantado de conocerte –saludó Andrés estrechando efusivamente la mano de Cedric, que sonreía algo cohibido-, a mi hermana se le ha olvidado decirte que me llamo Andrés, pero como no es la primera vez, imagino que para ella será divertido convertir a su hermano en un… sin nombre –agregó, mirando burlonamente a Naza.

-Un despiste lo tiene cualquiera –se limitó a decir ésta.

-¡Claro, por supuesto! –dijo él-. Que te olvides una vez, vale. La segunda vez está bien, también la tercera, la cuarta, la quinta… la millonésima tres milésima centésima vigésimo tercera vez pasa, hermanita, pero la millonésima tres milésima centésima vigésimo cuarta vez tenemos que empezar a tomar algunas medidas. Recuérdame que no me vuelva a dejar «presentar» por ti, ¿ok?

Cedric y yo nos reímos, y Naza sonrió divertida.

-Bueno –continuó Andrés, mirando a Cedric-, que mucho gusto, ¿eh? Y muchas gracias por la invitación.

-Nos vamos sentando, por favor –dijo entonces una voz desconocida. Miré hacia la tarima que estaba en el fondo del local y vi a un hombre alto y sonriente, de unos cuarenta años, ojos color castaño oscuro, cabello rubio ligeramente rojizo, y con una barba de tres días. Llevaba un jersey marrón claro y vaqueros azules.

-Esto… él es Mateo Pérez, nuestro pastor –nos dijo Cedric, señalando al hombre con un movimiento de cabeza mientras buscaba sitios libres entre todas las filas de sillas que estaban frente al estrado-. Si queréis, os lo puedo presentar al final.

Miré al tal Mateo Pérez, admirada. ¿Eso era un pastor?

Mientras me sentaba con Cedric y Naza en unos asientos de la tercera fila, no dejé de observar a aquel hombre, que sonreía llanamente mientras se apoyaba en una especie de atril que estaba delante de él, hojeando las páginas de un libro.

La verdad, era mucho más… normal de lo que yo esperaba. Por así decirlo.

Cuando dijeron que iban a dar paso a la alabanza, mi primera gran impresión fue cuando subieron a la tarima dos mujeres y un chico con micrófonos, un teclado, y una guitarra eléctrica. ¿A qué venía eso? Aunque, después de pensarlo unos segundos, la verdad es que no era tan raro. ¿Qué esperaba, encontrarme músicos con enormes órganos y arpas? No, definitivamente mi asombro era tonto, eso fue lo que pensé mientras me ponía en pie, imitando a todos los presentes. La música empezó a sonar y, en la pared del fondo, apareció una especie de diapositiva con una foto a color en la que podía leerse la letra de la canción que todos comenzaron a cantar:

Me has llamado a conocerte
me has llamado a amarte más, Jesús
me has llamado a obedecerte
y a vivir en santidad, Jesús

No quieres sacrificios
holocaustos nada son, Jesús
lo que quieres es mi vida
y también mi corazón, te lo doy, te lo doy

Hoy mi vida yo te ofrezco como
ofrenda ante tus pies
mi corazón te entrego, tómalo mi Rey
sin excusas ni reservas, todo lo que soy te doy
ven ahora, ven y reina en mi corazón. (3)

A mi lado, Cedric cantaba a voz en grito (cosa que me sorprendió) y Naza entonaba ronca pero alegremente. Mientras todos elevaban su voz al cielo sin cohibirse ni un segundo, yo no abría la boca, porque me daba mucha vergüenza. Pero a medida que se sucedían las letras, las palabras, las frases de la canción, cada vez me sentía menos incómoda y más libre, y finalmente, para mi propia sorpresa, acabé cantando tímidamente junto a los demás.

Me has llamado a conocerte… En ese simple primer verso se encontraba la respuesta al por qué de que alguien pudiera venir a este lugar. Noté, durante toda la alabanza, cómo ellos creían firmemente que su Dios estaba allí, en ese pequeño y humilde templo…

Yo ya no estaba a la defensiva. No estaba cerrada a las ideas cristianas como había estado durante catorce años; por primera vez en mi vida, me estaba abriendo a recibir. Y, desde luego, estaba recibiendo algo, algo especial. No sabía muy bien qué, pero algo grande me llenaba por dentro mientras cantaba la canción.

Sin excusas ni reservas, todo lo que soy te doy.

Durante un par de horas, la reunión transcurrió, y yo me descubrí disfrutando de ello. Todo me parecía bastante extraño y, en algunos aspectos, chocante, pero no fue ni la mitad de aburrido de lo que esperaba. Después de un tiempo de oración (en el que un par de personas pidieron que se orara por su salud y alguien estaba preocupado por un familiar que necesitaba empleo), dieron paso a lo que ellos llamaban «compartir la Palabra». La predicación que razonó el pastor, Mateo Pérez (quién resultó ser un hombre muy abierto y amigable), no me fue nada fácil de comprender, pero esas palabras, de alguna forma, fueron como agua fresca sobre mis agobios de aquellas semanas.

Finalmente, el pastor dijo que tenía algunos anuncios antes de acabar: habló de una actividad de los adolescentes, de un encuentro de líderes de iglesias el martes, y de una comida de mujeres el viernes. Me llamó la atención, aunque no tenía pensado ir a ninguno de estos programas; sin embargo, debo adelantar que las palabras se las lleva el viento.

-Yo sólo te digo esto: un poco extraño, bastante, sí me pareció. Y aún así…

Dejé un momento mis palabras en el aire para dar un mordisco a mi hamburguesa, mientras Naza me miraba con interés y Cedric me escuchaba al tiempo que luchaba con su sobre de ketchup.

-¿Ajá? –interrogó mi amiga, viendo que yo acababa de masticar.

-Me gustó –terminé, sonriendo-. Me gustó bastante.

Estábamos los tres solos en un *Burger King,* cenando un menú *Doble Whoper* cada uno. Los padres de Naza nos habían permitido ir a cenar fuera, e incluso mi padre había accedido a regañadientes, luego de que yo le suplicara por teléfono y le hiciese mil veces la promesa de limpiar mi habitación después de todo.

-Pues me alegro —afirmó Cedric, todavía intentando abrir su sobrecito (pobre, tenía las uñas tan cortas que le resultaba casi imposible, pero insistía en que podía hacerlo él sólo)-. ¿Os gustaría acompañarme también mañana? Hay una quedada con los colegas de la igle.

-Hum... no sé —respondí. Realmente, ahora tenía ganas de ir con ellos a esa reunión, pero aunque no me guste reconocerlo, me devoraba el orgullo; después de todo, no había olvidado que, la vez que Cedric vino a mi casa, fui un poco dura con él cuando supe que había estado en una reunión de jóvenes de su iglesia, y había insistido en que eso debería ser, seguramente, un rollo-. De todas maneras —añadí-, los lunes por la tarde suelo quedar con...

Tragué saliva; había olvidado que Belén ya no me hablaba.

-¿Con...? —preguntó Naza, con la boca llena de patatas fritas.

-Olvidadlo —suspiré, dando un sorbo a mi coca cola-. Naza, ¿tú irás?

De repente, con un sobresalto por nuestra parte, hubo una pequeña explosión y los tres nos encontramos al instante salpicados de ketchup; yo no pude evitar soltar un corto chillido del susto, lo que provocó las miradas y risas de las mesas vecinas. Cedric había forzado demasiado el sobre y éste había acabado reventando, arrojando su contenido a todo su alrededor y, por tanto, a nosotras. Miré a mis amigos, turbada; aquello era un auténtico circo. Cedric tenía un manchurrón en la frente, tocando el flequillo, y otro en el cuello de la camisa. A mí me había dado en la cara y en la mano, cerca de la manga de mi jersey, pero por suerte no me manchó la ropa. En cambio Naza, con ojos como platos, miró fastidiada su blusa blanca, que ofrecía un aspecto ciertamente penoso, con un pringue de tomate a lo largo del pecho.

-Hala, parece que te han dado un tiro —rió Cedric, de una forma un poco picante.

-¡Cobarde!

Naza se lanzó a darle una colleja, yo le arrojé a Cedric una patata frita, él me la devolvió, y así acabamos los tres, riéndonos como *enanos* y lanzándonos las patatas unos a otros. Parecíamos amigos de toda la vida.

Me divertí tanto en ese momento que ya no pensé en nada más, por lo menos hasta que nos despedimos. Después, cuando llegué a casa y me acosté, en mi cabeza daban vueltas un montón de cosas: el instituto, la reunión de jóvenes, Héctor... Pero sobre todo, mi mente estaba marcada por dos cosas: lo bien que me sentía en compañía de

Naza y Cedric, y la sensación inminente de que antes, en la iglesia, había alguien más: podía sentirse en el aire, en la música, en el alma de la gente. ¿Pero quién?

Aquella noche, por primera vez en mi vida... me pregunté si podía ser cierto que existía Dios.

El Don oculto de Bárbara

Octubre se fue muy pronto, o eso pareció, y noviembre trajo consigo unas heladas dolorosamente insoportables. En mi casa, al levantarnos por la mañana, todos íbamos de un lado para otro temblando considerablemente, tapados con mantas hasta la nariz. Enrique nos preguntaba cada tres segundos si ese año iba a nevar, y berreaba tanto cada vez que le decíamos que no teníamos ni idea, que no nos quedaba otra que mentirle y decirle que sí o, en el último y más desesperado de los casos, darle permiso para jugar con la *Play Station* a su adorado juego de… adivinad qué. Cosa que al menos le hace dejar de quejarse.

En clase, una significativa cantidad de personas se negaban en rotundo a quitarse el abrigo durante la lección, lo que ocasionó durante algunas semanas diversas disputas entre profesores y alumnos. El único con el que nadie se atrevía a discutir era don Mariano, que dirigía una mirada de helada irritación a cualquier pobre desgraciado que hiciera el más mínimo gesto de intentar ponerse el abrigo mientras estábamos en clase. Nuestro tutor opinaba que aquello era muy poco elegante y de horrible educación; un día a mediados de la segunda semana de noviembre, en mitad de la clase, gritó y echó del aula a Oliver Díaz por intentar ponerse una bufanda, a pesar de que (como Oliver protestó mientras don Mariano le sacaba de la clase mediante tirones de oreja), «él sólo se había inclinado un poco para ver mejor la pizarra».

-¡Pero qué histérico es este hombre! –se quejó Laura, cuando salíamos de clase para ir al recreo-. Si prefiere vernos morir de frío que nos organice una excursión a Moscú, no te jiba…

Naza y yo empezamos a reírnos. En ese momento, alguien chocó conmigo en medio del pasillo y comprobé, con cierto encogimiento, que se trataba de Belén. Ella me miró, pero no dio muestras de haberme reconocido, sino que pasó de largo sin siquiera pedirme disculpas. Sentí un encogimiento de tristeza y rabia.

-Yo sólo quería hacer las cosas bien –dije, por enésima vez y sin venir a cuento, en mi defensa. Laura abrió la boca, tal vez para decir «sí, Pam, vale, ya lo sabíamos», pero justo entonces Patri salió como una moto de su clase y vino corriendo hacia nosotras.

-¡Laura! ¡Laurita! –chilló-. ¡Tienes que ayudarme!

-¿Eh? –nuestra amiga parecía extrañada, y no era para menos; Patri estaba tan blanca que parecía mentira que hoy no se hubiera pintado, y al mismo tiempo brillaba una alegría traviesa en sus ojos.

-¡Fran! –susurró en voz baja, de modo que sólo la oyéramos nosotras tres-. ¡Me ha mandado un sms y dice que está en la puerta del insti, y que si quiero salir a dar una vuelta con él! Y tú eres la única que me puede ayudar a escaparme, Laura, me dijiste que sabías cómo colarte por la puerta de los vestuarios del gimnasio. Por favor… ¡Creo que ha traído la moto! –añadió excitada.

Miré a Patri con cierta preocupación, preguntándome hasta qué extremo la llevaría esta obsesión por ese Fran, pero no me dio tiempo a decir nada, porque ella agarró a Laura del brazo y se la llevó corriendo a toda prisa por el corredor. Naza y yo nos quedamos paradas en el pasillo, que se iba vaciando, hasta que de pronto oímos una voz agradablemente familiar que nos llamaba:

-¡Hola, chicas!

-Hola Cedric –dijimos ambas al unísono, girándonos para ver a Cedric venir hacia nosotras desde el pasillo de Segundo de ESO.

-¡Son un fiasco! –exclamé yo, poco después, cuando los tres estábamos sentados en el patio hablando-. Os lo digo de verdad, en cuanto pisé la clase el primer día, supe que sería una tomadura de pelo. La profesora está mal de la cabeza, dice que no podemos bailar en perfecta armonía con nuestro cuerpo hasta que encontremos el Yo interior que habita en cada uno de nosotros, o no sé qué chorradas… a ver, que yo sólo quería pasármelo bien bailando, no es tan difícil de entender, ¿o sí?

Los tres estábamos helándonos de frío, pero charlar nos hacía olvidarlo… al menos a ratos.

-¿Y qué pasó en los siguientes días? –me preguntó Cedric, riendo.

-Ni idea –me encogí de hombros-. No he vuelto a pisar ese taller. Ni pienso hacerlo hasta que los del Ayuntamiento no elijan, para hacer el taller de baile, a una persona que no apeste incienso a todo sitio que va…

-En el de instrumentos me pasó algo parecido –comentó Naza-. Fui cinco días seguidos y no tocamos nada que no fuera el bolígrafo para tomar apuntes –bufó-. ¡Menuda basura de taller!

-También yo quise apuntarme al de instrumentos –comentó Cedric, ahora con un tono algo irritado-. Pero mi madre no me dejó.

-¿Tocas algo? –preguntamos las dos, sorprendidas.

-La guitarra eléctrica; me encanta componer canciones, sobre todo *hip hop* –contestó muy ufano, y yo traté como pude de imaginar al tímido Cedric que yo conocía rapeando en una pequeña habitación.

-¡Cómo mola! –exclamó Naza-. Espero que tus padres no te confisquen la guitarra como a mí la batería, ¿no? –preguntó en broma.

Acababa de meter la pata, lo noté en cuanto observé la reacción de Cedric. Ya no nos miraba, y se había puesto rojo. Mientras jugueteaba con una piedrecilla del suelo para no tener que levantar la mirada, respondió:

-Mis padres dicen que la música es una estupidez y que debería dedicarme a mejorar en Matemáticas. Dicen que lo único que hago es meter ruido.

Naza y yo nos miramos sin saber qué decir. La mano de Cedric tembló un poco y pareció que iba a dejar de hablar, pero prosiguió de una manera tan franca que parecía que le habían quitado un tapón. El tono de su voz encerraba, además de tristeza, rencor y rabia.

-Piensan que soy un inútil. No soportan mi música, y además, tampoco mi forma de ser. No quieren aceptar que yo haya escogido ser así…

-Cedric, venga… -intenté calmarlo.

No mucho tiempo antes, aquello me habría parecido ridículo viniendo de la persona que tanto me gustaba, pero… algo durante

las últimas semanas había cambiado, desde el día que Naza, Cedric y yo cenamos juntos después de ir a la iglesia. Yo misma me di cuenta de que ya no me ponía tan nerviosa al hablar con él, y que el hecho de que no le cayera bien a nadie por su religión había pasado a importarme más bien poco. La barrera entre nosotros no es que se hubiera roto, es que se había desintegrado; sin embargo, me sorprendí a mí misma cuando descubrí... que cada vez tenía menos ganas de cruzarla.

¿Sería esto posible?

-Bueno —replicó, alzando la vista y sonriendo como si no hubiera dicho nada-, ¿os conté que ayer tuve una guardia con el Zombie?

Naza, que seguía mirándole con gesto un poco preocupado, rió y preguntó:

-¿Ah, sí? ¿Y qué tal? ¿Hubo supervivientes?

-Loco —se limitó a decir Cedric-. Está loco de remate.

Cuando acabó el recreo y Naza y yo subimos a clase, Laura se reunió con nosotras bastante agitada; según nos contó, había ayudado a Patri a salir del insti con riesgo de su propia vida (sí, bueno, siempre fue muy exagerada).

-El gimnasio estaba cerrado y no pudimos usar la puerta —explicó, bastante enfadada-. En parte reconozco que fue culpa mía, olvidé decirle a Patri que la puerta de los vestuarios sólo la podemos aprovechar si nos mezclamos con otro curso en un cambio de clase y nos colamos en el gimnasio sin que se den cuenta. Hemos tenido que utilizar la puerta principal, y no veáis cómo estaba aquello. Teníamos que burlar al bedel sólo para cruzar el vestíbulo, así que imaginaos para la salida... Patri me suplicó que le entretuviese mientras ella se escabullía hasta la verja, así que tuve que ir hasta la conserjería y decir que era la subdelegada de 3º B, y que necesitaba tizas. El bedel es un tío de lo más idiota, me dio un trozo de tiza y me dijo que me largara, pero Patri aún no había conseguido salir, así que tuve que decir también que había perdido el parte de faltas, y ya se mosqueó bastante. Creo que se dio cuenta de que mentía, me echó la bronca y dijo algo sobre alumnos maleducados que no llegué a oír porque me largué de allí a toda prisa, tras comprobar que Patri ya había conseguido darse el piro de una vez por todas. ¡Es la última vez que le ayudo a hacer pellas, os lo aseguro, y me importa un bledo si es por ese Fran! ¡Por mí, como si viene a buscarla Tom Cruise!

El mal humor le duró a Laura las tres horas restantes, hasta que sonó el timbre de la última clase y salimos todos en tropel a los pasillos. Mi amiga me dijo que tenía que marcharse a casa de Patri a decirle cuatro cosas y, con esto y un adiós, se fue.

-Cada vez tienen más prisa –protesté, cuando Naza y yo íbamos al pasillo de primero y segundo para buscar a Cedric e irnos con él. Desde que Cedric y yo estábamos en peligro por causa de Héctor, Naza no nos dejaba ir solos a ninguna parte-. ¿No crees que Laura le da demasiada importancia al hecho de que Patri tenga novio? Ya es mayorcita, ¿no?

-Si una de mis mejores amigas tuviera un novio que la ha motivado para que fume, yo también me preocuparía –repuso mi amiga, con el ceño fruncido.

De repente, cuando pasábamos al lado de un aula de desdobles, me pareció oír un sonido agudo y suave. Me detuve y paré a Naza con el brazo.

-Shh –la silencié, al verla abrir la boca para preguntar-. ¿No has oído algo?

Ambas nos quedamos unos segundos en silencio: efectivamente, enseguida pudimos notar que yo no me había equivocado. Alguien, una chica sin duda, entonaba con voz clara y melodiosa una nota muy aguda que yo ni en mis más ambiciosos sueños musicales sería capaz de alcanzar sin romperme la garganta. Naza y yo nos acercamos un poco más a la puerta del aula junto a la que estábamos y allí escuchamos, embelesadas, aquella preciosa voz de ángel que cantaba con un evidente sentimiento de tristeza y languidez:

-*...primera vez, que él le pegó, que fue sin querer, y en los hijos que vivieron... prisioneros de su miedo... María no tiene color en la sangreeee. María se apaga y no lo sabe nadieeee. ¡María se fue una mañanaaaaa...!* (4)

-¡Guau! –susurramos Naza y yo al mismo tiempo.

Extasiada, traté de avistar algo por la rendija entreabierta de la puerta, pero no se veía nada que me diera alguna pista. Sin embargo, yo estaba casi segura de que había oído aquel timbre de voz en alguna parte, aunque jamás de aquella manera tan formidable y fantástica. Justo cuando estaba pensando si se notaría mucho que abriese un poco más la puerta, oí, sobresaltada, a alguien que se acercaba a nosotras por el pasillo y nos saludaba.

-¡Hola de nuevo! –exclamó la voz de Cedric, casi a nuestra altura-. ¿Qué hacéis ahí, pegadas a esa puerta?

Naza y yo nos incorporamos alarmadas y le hicimos: «¡Shhhhh!» desesperadamente, pero ya era tarde. Fuese quien fuese, la chica que cantaba en el aula de desdobles se había callado de pronto, obviamente alertada por la voz de Cedric, y no parecía muy dispuesta a continuar. Se oyó ruido como de una silla cayéndose y, justo en ese instante, cuando nosotros quisimos alejarnos rápidamente de allí, la puerta se abrió de golpe y apareció en el umbral el rostro pálido y asustado de Bárbara.

-¿Q-qué hac-céis aquí? –balbuceó.

Yo quise contestar cualquier idiotez (el caso era decir algo), pero no pude mover los labios. Me había quedado boquiabierta mirando a Bárbara. ¿Era posible que aquella milagrosa voz que acabábamos de oír… fuese la suya? ¿La voz de la tartamuda y nerviosa Bárbara? ¡No podía creerlo!

-Ahh… nosotras… te hemos escuchado cantar y… -trató de contestar Naza, que parecía muerta de vergüenza.

-¡¿Me ha-habéis escuchad-do?! –exclamó Bárbara, aterrorizada, poniéndose tan roja como la nariz de un payaso de circo-. No…

-Bárbara, ¡para! ¡Atiéndenos un momento, por favor!

Pero la chica acababa de salir corriendo torpemente por el pasillo, huyendo de cualquier cosa que nosotras quisiéramos decirle. A las pocas milésimas de segundo, había desaparecido por la esquina de los lavabos.

Naza y yo miramos a Cedric con chispas en los ojos.

¿De Verdad existe?

-Voy a salir con Alex –anunció Laura.

Lo dijo así, de sopetón, sin venir a cuento de nada. Eran las cuatro de la tarde y estábamos hablando por teléfono sobre algo tan interesante como era el noviazgo de Patri con ese Fran; sin embargo, de pronto Laura cambió repentinamente de tema y me contó lo de Alex de una forma que no podía ser más evidente que llevaba toda la conversación aguantándose las ganas de decirlo.

-¿Y eso? –pregunté, extrañada y sorprendida.

-Cuando salí del insti ayer, ¿sabes? –relató nerviosamente-, estaba hecha una furia por lo de Patri, supongo que te acuerdas. Bueno, nos encontramos en medio del mogollón de gente, Alex y yo, quiero decir, me saludó y empezamos a hablar un poco de todo… y de repente, sin insinuaciones ni nada, me preguntó: «¿Vas a hacer algo mañana por la tarde?». Y al final, hemos quedado. Quería decírtelo hoy en clase, pero delante de él no me atrevía…

-Vaya, hombre –dije yo, sin poder reprimir una carcajada-. ¿Así que con Alex, no? ¿Pero no eras tú la que decía que nunca saldrías con un chico que tuviera semejante nariz?

-Hombre, vista de perfil acaba teniendo su encanto… -murmuró.

-Eres un caso, Laurita –contesté, con tono un poco burlesco-. Oye, te tengo que dejar; mi madre me está llamando a gritos y debería ir a ver qué quiere.

-Ok.

-¡Suerte esta tarde! –añadí, con picardía.

-Sí… gracias –me respondió con una risita tonta-. ¡Hasta luego, Pam!

-Ciao.

Colgué y salí a toda prisa del salón para dirigirme a la cocina, porque los gritos de mi madre iban a acabar volviéndome sorda. Allí estaban ella, con semblante preocupado, y Enrique.

-Te oigo, te oigo, no hace falta que chilles de esa forma –gruñí.

-Como si no supiera que de otra forma habría que llamarte mil veces para que soltaras el teléfono –bufó mi madre, y Enrique la miró algo enfadado-. Seguramente, pensé, habría tenido que dejar de jugar con sus muñecos de *Star Wars* para acudir a su llamado.

-Bueno, ¿qué querías? –peguntamos los dos al mismo tiempo.

-Vuestro padre acaba de salir –nos explicó muy despacio, con los ojos un poquito entrecerrados- a buscar a Teresa.

-¿Buscarla? –pregunté, sorprendida-. ¿Adónde?

-¡Eso me gustaría saber a mí! –gritó, enfadada-. ¡Sois sus hermanos, y no os habéis preocupado por ella a pesar de que lleva casi un mes sin aparecer por casa! ¡Sobre todo tú, Pamela! ¿Qué diantre os pasa?

-¡Bueno, que ya es mayorcita! –protesté indignada-. Estará enfadada y andará por ahí, en algún lugar no demasiado lejos. La típica escapada de hija que huye de sus padres rabiosos: todo el mundo la conoce.

-Vosotros… ¿no sabéis dónde está? –nos preguntó, en un tono que parecía, además de furioso, suplicante.

-No. A lo mejor está en la Estrella de la Muerte –sugirió alegremente Enrique.

-Cállate –dije yo, bastante borde, antes de dirigirme de nuevo a mi madre-. ¿Y yo qué sé? Estará en casa de alguna amiga, supongo, o de alguien…

-De hecho, papá ha ido a buscarla a casa de Javier –exclamó mi madre, con el labio inferior temblándole de rabia.

-¿De Javier? –pregunté, aturdida y extrañada-. Pero vamos a ver, ya sé que Maritere no tiene muchas luces, pero ¿qué chica en su sano juicio se escaparía a casa de su novio cuando él acaba de dejarla emb...? –mi madre me miró, horrorizada, y yo caí en la cuenta de la metedura de pata que acababa de cometer. ¡Había olvidado que supuestamente yo no debía saber sobre el embarazo de mi hermana, y había estado a punto de soltarlo delante de Enrique! ¿Qué me pasaba en el coco?

-¿Tú...? –mi madre parecía furiosa.

-Luego hablo contigo –respondí, señalando bruscamente con la cabeza a Enrique, que al parecer no se había enterado de lo que yo había estado a punto de decir.

-¿Vais a llamar a la policía para que la encuentre? –preguntó.

-De eso nada –dijo mi madre-. Sería demasiado lío, y estoy segura de que vuestro padre encontrará muy pronto a Teresa.

-Yo que tú le recomendaría que la buscase en casa de Penélope; es su mejor amiga, ¿no? –apunté.

-Enrique, vete a tu habitación –ordenó mi madre, sin hacerme caso. Él no lo dudó un segundo y salió pitando como si le hubieran pinchado con una aguja en el trasero, dejándome a solas con una mujer que empezaba a parecerse a una Gorgona.

-Tú sabes por qué se ha ido tu hermana, ¿verdad? –exclamó, airada.

-Eh... bueno... oí cómo os lo contaba en la cocina el mes pasado... y... -murmuré nerviosa.

Mi madre, presa de la furia y la desesperación, se llevó las manos a la cabeza y acabó soltando una palabrota que jamás habría dicho delante de Enrique. La miré algo asustada.

-Embarazada –murmuró. Luego me miró de nuevo y exclamó-: ¡Embarazada, Pam! ¿Lo entiendes? ¡Sólo tiene dieciocho años y está esperando un niño desde hace... más de un mes!

-Creí que lo único que te preocupaba del tema es que haya huido –dije, algo desconcertada-. ¿Qué vais a hacer cuando aparezca?

-Ya lo decidiremos –contestó, con una voz que me dio miedo-. Tú, simplemente, no digas ni una palabra... ¡¿o ya se lo has contado a alguien?!

-¡No! –repliqué de inmediato. Mi madre suspiró de alivio y dijo:

-Entonces, eso... Vete a... a... lo que estuvieras haciendo. Y... ¿sabes la dirección de Penélope?

-Mamá, vive en el edificio de enfrente –respondí alzando las dos cejas. ¿Cómo podía saber tan poco sobre las amistades de su hija?

-Ah... sí... bueno, vete –me ordenó, con una voz cargada de cansancio.

Decidí no replicar, así que salí de la cocina, fui a mi habitación y me tumbé en mi cama. Miré la de Maritere, que estaba vacía y sólo la ocupaban algunos de sus cojines de forma desordenada; sin saber siquiera por qué lo hacía, me levanté y los coloqué un poco. Para mí aquellas últimas semanas sin Maritere habían sido un alivio... pero en ese instante, de repente, sentí una punzada de angustia y, sorprendiéndome a mí misma, deseé que mi padre la encontrara.

De pronto, sonó el timbre. Yo sabía que mi madre jamás lo hubiese oído en semejante estado de histeria, y desde luego Enrique no abriría mientras hubiese robots con los que jugar. Así que salí de mi cuarto, crucé el salón y abrí la puerta: era Naza. Desde que éramos amigas, las dos solíamos presentarnos de improviso en casa de la otra aunque fuera sólo para charlar.

-Hola –me dijo, sonriente-. ¿Puedo pasar?

-Sí, claro –contesté. Las dos entramos en el salón y nos sentamos en el sofá-. ¿Qué tal, qué te cuentas?

-Bueno –suspiró-, creo que mi madre no terminará de mudarse en su vida. Cada vez que creemos que ya está todo, aparece con una nueva caja llena de cosas y nos desbarata los planes... no sé, pero juraría que en Valladolid no teníamos tantas cosas –frunció el ceño y luego sonrió-. Pero bueno, eso no es lo que venía a decirte. Dime –bajó la voz hasta convertirla en un preocupado susurro-, ¿has vuelto a saber de ese Héctor?

Sin poder evitarlo, me eché a temblar, no sólo por rabia, sino también por miedo.

-No –murmuré-. Ya no salgo de casa más que para ir al insti, ¡no me atrevo ni a asomarme a la ventana!

-Pam, mírame. En serio, no quiero obligarte, pero deberías llamar a la policía.

-Pero yo no quiero...

-¡Por favor, Pam, razona! Esto no es el juego del escondite, estás en grave peligro, y Cedric también lo está. ¿Quieres arriesgarle también a él?

-Claro que no –contesté.

-Entonces deberías recapacitar –hubo una pausa hasta que Naza me comentó, cambiando de tema-. ¿Sabes?, me gustaría insistirte otra vez en lo de...

-Ah, ya —murmuré-. Sí, lo de la reunión de los amigos de Cedric, ¿no?

-Oye, Pam, te prometo que no es nada aburrido —me aseguró-. Tú dijiste que ir a la iglesia te había gustado, ¿no?... bueno, pues esto es como igual pero diferente.

La miré como diciendo: «¿Y eso cómo se come?»

-Quiero decir —se corrigió-, que hacemos otras cosas, vamos. Yo he estado yendo con Cedric desde la primera vez que nos invitó, y me lo he pasado pipa. He conocido a unas cuantas personas estupendas, y he aprendido bastante.

-Ya, bueno... no sé —musité yo-. Es decir, me gustaría, pero como que me da vergüenza.

-¿Vergüenza? ¡Pero si tú eres de lo más sociable! —exclamó ella, sorprendida.

-No es porque haya mucha gente. Es... porque todos sois cristianos, y yo no lo soy —reconocí.

-Ya, pero ¿qué más da? —preguntó Naza-. Cuando en el insti me fui con vuestro grupo, no me importó que ninguno de vosotros fuera cristiano. Eso no tiene nada que ver.

Realmente, no sé por qué me hacía de rogar. Desde el primer momento en que empezó a sugerirme la idea sabía que acabaría aceptando; en algún momento tenía que tragarme mi orgullo, ¿no?

-¿Cuándo es la próxima quedada de esas? —pregunté.

-Normalmente son los lunes por la tarde, pero esta semana van a cambiarla para el sábado porque tenemos que ensayar una canción para la iglesia. ¿Sabes?, mis padres han decidido asentarse ahí; nos han recibido muy bien.

-Está bien... iré —acabé respondiendo-. Bueno, sí, claro que iré... ¿por qué no? Pero tienes que prometerme que estarás conmigo todo el rato.

-¡Genial! —dijo Naza, entusiasmada-. Por supuesto que te lo prometo.

-Entonces, ¿el sábado a las...?

-Sobre las cinco y media vendré a buscarte. Creo que terminaremos hacia las ocho.

-Ok, estupendo —dije-. Bueno, cambiando radicalmente de tema... ¿has sabido algo de Bárbara?

-Ah... no —contestó mi amiga, ahora con el semblante entre preocupado e irritado-. La he llamado un millón de veces a su casa, pero lo coge su madre y siempre me dice que no está. No lo entiendo, Pam: vale que le dé vergüenza hablar con nosotras después de que la descubrimos cantando, pero... ¿faltar a clase por eso?

-Bárbara es diferente. Es demasiado... -me callé. ¿Cómo rayos terminaba esa frase?

-¿Tímida? -apuntó Naza.

-Eso mismo -afirmé. Quedaba mucho menos duro, porque lo que yo había estado a punto de decir era «antisocial»-. Pero tímido es Cedric, Bárbara es... el extremo máximo de la timidez.

-Sí, bueno, Cedric es tímido, pero ya has visto su caso: en cuanto coge confianza, se vuelve loco -Naza soltó una risita medio burlona pero sin mala intención-. Bueno, me voy a casa, Pam. Nos vemos... mañana en clase, ¿ok? Y ya arreglamos lo del sábado.

Naza se levantó del sofá y yo abrí la boca para despedirme, pero sin poder evitarlo... las palabras que salieron de mi boca fueron:

-Naza, ¿Dios existe?

No necesito que me lo digáis: aquello quedó rarísimo. Mi amiga se giró hacia mí y me miró, extrañada.

-¿Cómo dices?

-Que si existe Dios -repetí con voz firme.

-Vaya... -Naza sonrió levemente-. ¿No crees que podrías haberme hecho alguna otra pregunta todavía más existencial?

-Ya, en fin -me encogí de hombros-. Pero tú, ¿qué respondes a esa pregunta?

-Que sí.

No dijo «depende de lo que pienses», ni «yo creo que sí», ni «en mi opinión, sí». No me dio vaguedades, sino una respuesta clara y concisa.

Sí.

-¿Pero dónde está? -insistí. Yo misma me daba cuenta de que cada pregunta mía estaba siendo aún más ridícula e infantil que la anterior, pero Naza no parecía pensar lo mismo. Me miró tranquilamente y se sentó de nuevo a mi lado antes de decirme, tras unos segundos de silencio:

-¿Dónde quieres tú que esté, Pam?

«Respuesta extraña para una pregunta extraña» pensé. Me encogí de hombros, dando a entender mi incomprensión.

-Él está aquí -me contestó Naza-. Está en la calle, en el instituto, en la iglesia, en nuestras casas, en todos los países del mundo. Está siempre, y en todas partes.

-No –repliqué.

-¿No qué? –preguntó ella.

-No, no está en todas partes –repetí, y algo húmedo y ardiente inundó mis pupilas-. Si de verdad existe ese Dios, o Cristo, o lo que sea, Naza, Él no estaba allí la noche que Héctor intentó... intentó... violarme –me sorprendí a mí misma, porque era la primera vez que mencionaba en voz alta lo que había sucedido, pero ya no podía pararme. Algo dentro de mí se había roto-. Dime, ¿cómo podría ser un Dios de amor el que no evita que sucedan estas cosas? ¿Por qué me permitiría conocer a ese... a ese cretino aquella noche?

Naza me miró en silencio mientras yo desahogaba mi frustración delante de ella. Cuando finalmente pude dejar de gritar y me detuve para tragar saliva y tomar aire, esbozó una leve media sonrisa y me dijo:

-Yo no lo sé, Pam. Tal vez no estabas en el lugar correcto.

Levanté la mirada hacia sus ojos verdes y la observé fijamente mientras meditaba el sentido de sus palabras. Y entonces la cruda verdad me golpeó, más absoluta e innegable de lo que había sido hasta ahora, y me di cuenta de que Naza tenía razón. Yo misma me había dado cuenta, semanas atrás, de que gran parte de la culpa había sido mía. ¿Quién había traspasado ilegalmente la línea de edad que marcaba la discoteca? ¿Quién había pasado las horas locas de la noche haciendo cosas que sabía que no debía? ¿Quién (y esto era lo más grave) había aceptado la compañía a solas de un extraño sólo porque era guapo y bailaba bien? Yo. Yo, yo, yo, y mil veces yo.

Me mordí el labio inferior.

-No contestes –interrumpió enseguida Naza-. Sólo piénsalo. Y ahora dime, ¿no llegó acaso Cedric antes de que Héctor pudiera hacerte algún daño grave?

-Sí...

-Piénsalo, Pam –repitió mi amiga, con tono tranquilizante-. Todo eso no fue por casualidad, te lo aseguro. Jesucristo estaba allí esa noche y está aquí ahora mismo con nosotras, pero es decisión tuya creerlo.

Me estrechó la mano como para animarme, se levantó de nuevo y se dirigió hacia la puerta.

-Hasta luego –dije yo.

Naza abrió la puerta, salió y, justo antes de cerrarla, asomó la cabeza dentro del piso y me dijo:

-¡Ciao! Por cierto, cuando tengas un momento libre... si quieres, puedes leer el Salmo 139. En la Biblia que te regalé –dicho esto, me hizo un gesto de despedida sonriendo y la puerta se cerró.

Yo me quedé quieta un momento y luego me levanté, frotándome los ojos. Necesitaba pensar en aquella conversación. De repente, sonó el teléfono y, como estaba al lado del sofá, lo cogí en seguida.

-¿Diga?

-¿Pam? –preguntó una voz al otro lado de la línea-. ¡Soy Cedric!

-Ah... hola Cedric –saludé, sentándome en el brazo del sofá-. ¿Qué pasa?

-Verás, mañana mis padres estarán toda la tarde en una reunión familiar y me dijeron que le preguntara a los tuyos si no les molestaría que me quedase en tu casa otra vez. ¿A ti te parece bien?

-¿Eh? Ah, sí, por supuesto –contesté-. Puedes venir a la hora que quieras, yo se lo comentaré a mi madre o a mi padre. ¿Ok?

-Bien –contestó él alegremente-. ¿A eso de las cuatro y media?

-Genial.

-Muchas gracias, Pam, te debo una... no soporto esas reuniones familiares. ¡Hasta mañana!

-Hasta mañana.

Colgué el auricular y me quedé mirándolo con una leve sonrisa. Con cada llamada de las que Cedric me había hecho últimamente (y habían sido unas cuantas), mi afecto hacia él aumentaba cada vez más. Aunque, es cierto, antes hablar con él me producía euforia y exaltación; en cambio, últimamente lo único que sentía era un profundo cariño.

Fui a mi habitación y me quedé sentada en la cama, pensando en todo lo que había escuchado en ese rato, todo lo que me había explicado Naza, todo lo que había vivido durante aquellos dos meses... Miré hacia el techo y pregunté en un susurro:

-¿De verdad... estás aquí?

Un ejército algo extraño

-No puedo creer que me hayáis convencido —susurré por enésima vez.

Sábado, seis y cinco de la tarde. Estábamos en la calle de la iglesia *Rey de Gloria*: Naza, Cedric y yo. Acabábamos de llegar después de perder un autobús, llegar tarde al segundo, y discutir con el conductor porque se había pasado nuestra parada.

-Pam, ¿quieres dejar de hacer drama? —me dijo Cedric, en el momento que entrábamos por la puerta del local de la iglesia.

-Vale, vale, ya me calmo… ¿pero qué tengo que hacer? —pregunté, nerviosa. Naza suspiró con impaciencia (aunque algo divertida) a mi lado.

-Nada, hija, no tienes que hacer nada… Sólo escucha y, si quieres, charla con los demás. Y, sobre todo, relájate.

-Estoy relajada —repliqué-. Me siento completamente tranquila. Muy calmada, reposada y… jolines, ¿vosotros me presentáis, no?

Naza chasqueó la lengua justo cuando, habiendo entrado en el local, nos encontramos allí con tres personas: dos chicos (uno de ellos era Andrés, el hermano de Naza) y una chica. De repente el muy… (en fin, ponedle imaginación a la palabra que iría en este hueco) de Cedric alzó la mano y exclamó:

-¡Hey, chicos! ¡Quiero presentaros a alguien!

Los tres alzaron la vista, sonrieron y vinieron hacia nosotros. Andrés me aferró la mano, riendo, y me la estrechó con tanto ímpetu que casi me arranca el brazo de golpe, pero no me importó; cada vez que iba a su casa para ver a Naza me saludaba de la misma manera, así que ya me había acostumbrado. El otro chaval, un chico de unos dieciocho años con el pelo rubio y largo recogido en una coleta, se acercó a Cedric y dijo alegremente:

-¡Qué pasa, Ced! Hola de nuevo, Naza –sonrió, y luego se volvió hacia mí-. Y...

-Os presentamos a Pamela, es una amiga del instituto –dijeron Naza y Cedric casi al unísono.

La otra chica, que era de piel oscura, bastante alta y tenía el cabello negro recogido en rastas, se acercó a mí con una sonrisa radiante y me dio dos besos.

-¡Hola, encantada! –saludó abiertamente.

-Hola –sonreí-. ¿Tú te llamas...?

-Uxae –respondió; luego señaló al chico del pelo rubio-. Y este personaje es quien va a llevar el hilo de la reunión, se llama...

-... Eduardo, mucho gusto –terminó el chico, dándome también dos besos.

Después de las presentaciones, los seis nos quedamos un rato charlando sentados en un círculo de sillas mientras Eduardo revisaba unos apuntes que traía y Uxae practicaba ritmos con un pequeño tambor. Me contaron que hacía ya alrededor de un par de años que habían empezado a trabajar como un equipo tras darse cuenta de que, aunque fueran más jóvenes, no dejaban de formar parte de la iglesia *Rey de Gloria*. También dijeron que se alegraban mucho de que yo hubiera venido, ante lo cual sonreí.

-Y estamos organizando algunas cosas para Navidad, como obras de teatro o... -me contaba en ese momento Uxae, pero tuvo que interrumpirse porque en ese momento llegaron otras cinco personas. Todos se saludaron y volvieron a presentarme a los recién llegados: había un chaval de no más de doce años, regordete y con gafas, llamado Esteban Torres; tres chicas de más o menos mi edad que se llamaban Rut, Sol y Noelia, y un chico un poco más mayor que yo, de rasgos orientales, que por su físico y su nombre parecía japonés (se llamaba Shinsaku Matoke).

-Buen intento, aficionada –bromeó el chico llamado Esteban, arrebatándole los tambores a Uxae y comenzando a tocarlo él mismo. Tras unos segundos de risas, comenzaron a sonar los primeros acordes de la guitarra eléctrica de Cedric, y casi enseguida todos comenzaron a dar palmas y a cantar una canción que yo no conocía, lo cual me hizo sentir bastante estúpida. De pronto, el chico japonés, Shinsaku o como se llamase, me llamó la atención y me pasó un cuaderno en el cual estaba apuntada la letra. Sorprendida ante tal gesto de cortesía, susurré «gracias» y luego volví mi mirada hacia la canción que tenía delante:

Porque grande es el Señor y para siempre es su misericordia.
Porque grande es el Señor y para siempre es su misericordia.
El ejército de Dios marchando está,
Contra todo principado y potestad,
El ejército de Dios marchando está. (5)

Mientras cantaban, levanté un poco los ojos y observé a todos los presentes de uno en uno. Cuando cantaban sobre «el ejército de Dios»… ¿se estaban refiriendo a ellos mismos? En toda mi vida, yo jamás había visto un grupo de personas que se pareciera menos a un ejército, y eso que he visto muchas imágenes en la tele sobre la Guerra Civil, las dos Guerras Mundiales, y (desgraciadamente, debería decir) un largo etcétera. La canción acabó, y Eduardo se dirigió a los demás:

-Bien, está muy bien. Pero tenemos que mejorar ese último «está», ¿entendido?, lo hacéis demasiado bajo. Esteban, no te olvides de cambiar el ritmo en la tercera frase. Una vez más, venga.

Todos entonaron de nuevo la canción, e incluso yo también intenté mezclar mi voz con las suyas. Creo que me salió fatal, aunque al acabarla, Cedric me hizo un gesto de aprobación con la mano. Sonreí.

-Guay, esto ya está –dijo Eduardo, dirigiéndose a Uxae-, ¿no?

-Totalmente –sonrió ella.

-Vale, chicos, vamos al grano –dijo Eduardo, cogiendo su cuaderno de apuntes-. Hoy vamos a continuar lo que hablábamos la semana pasada sobre la amistad.

-Guau, bestial –murmuró la chica llamada Sol, con un deje de aburrimiento.

-¿Quiénes se han traído la Biblia?

Se levantaron cuatro brazos en el aire: los de Naza, Noelia, Andrés y Shinsaku.

-Está bien. Noe, búscame 1ª de Samuel, capítulo dieciocho, versículos del uno al cuatro. Vamos a leer una parte de, tal vez, la más conocida historia de amistad de la Biblia.

Se oyó el pasar de páginas hasta que Noelia la encontró por fin y leyó en alta voz, mientras yo seguía la lectura compartiendo la Biblia con Naza:

Después de que David terminó de hablar con Saúl, Jonatán se hizo muy amigo de David, y llegó a quererle como a sí mismo. Saúl, por su parte, le tomó aquel mismo día a su servicio, y no le dejó volver a casa de su padre. Y Jonatán y David se juraron eterna amistad, porque Jonatán quería a David como a sí mismo.

-Como podéis ver con toda claridad –habló Eduardo, cuando Noelia acabó de leer aquel fragmento-, aquí la Biblia nos está dando un claro ejemplo de la verdadera relación que existe entre los buenos amigos. O más bien, entre los auténticos amigos. David y Jonatán no sólo sentían un mutuo afecto, sino que cada uno apreciaba al otro como a sí mismo. Casi todos aquí conocemos el resto de la historia: Jonatán encubrió a David para protegerle de Saúl, le ayudó a escapar después de que se despidieran llorando, y más adelante, Jonatán murió en la batalla. David sufrió muchísimo la pérdida de su amigo, y más tarde, ayudó al hijo de éste, devolviéndole las tierras de Saúl y comiendo con él en la mesa real.

Eduardo hizo una pausa y continuó:

-Ahora, cuando somos adolescentes, notamos que la necesidad de hacer amigos se multiplica; tal vez por eso muchos creen que ésta es la mejor edad –se rió-. Pues sí, resulta genial que las personas necesitemos desesperadamente la compañía y la amistad de otros, sin embargo... llevado a un extremo, esto puede ser peligroso.

-¿Por qué? –preguntó Rut, desconcertada.

-Porque los jóvenes somos muy fáciles de influenciar –contestó él-, y la amistad en la adolescencia, además de un elemento imprescindible para nuestro desarrollo, es el mayor comecocos después de la tele.

Todos se rieron, incluida yo.

-Eso, reíros –dijo Eduardo, con una sonrisa casi irónica-, pero sólo miraos a vosotros mismos y veréis que tengo razón.

-¿A nosotros? ¿Y qué nos pasa? –cuestionó Naza, algo escéptica.

-Muy sencillo, basta con hacer un pequeño experimento –Eduardo se levantó de su silla-. Vamos a ver: Cedric, Andrés, Esteban, Saku, poneos de pie.

Los cuatro chicos obedecieron. Y antes de que el líder dijese cualquier cosa, yo me percaté, fascinada de lo que quería decir.

-Como veis, los cinco llevamos zapatillas deportivas, pantalones vaqueros y cazadora... bueno, exceptuando como siempre a Andrés, que hoy viste ante nosotros una bonita sudadera azul estampada con estrellas naranjas –añadió Eduardo, con tono de quien comenta un desfile de modelos. La carcajada fue general, y ante ella, Andrés hizo una exagerada reverencia imitando la postura de muchos famosos, y lanzando besos al aire.

-Bueno –prosiguió Eduardo, cuando todos dejamos de reír-, por supuesto las chicas no os escapáis; puedo ver que no sólo tenéis todas un pantalón de talle bajo –las seis chicas nos miramos entre nosotras y comprobamos que era cierto-, sino que, además, la mitad lleváis los pendientes esos de aro.

Era cierto, una vez más.

-Jesús tuvo muy buenos amigos cuando vino a la Tierra –continuó el líder de jóvenes-. No sólo sus doce discípulos, sino también otros como Lázaro, María y Marta, de Betania, o algunas personas que también le seguían como Juana, Susana y María Magdalena. Y Él ejerció sobre todos ellos una gran influencia, una gran influencia positiva. Los apóstoles eran amigos entre ellos porque compartían un poderoso lazo: Jesucristo, que viene a ser también el nuestro –sonrió-. Y el mismo ejemplo que Él les dio, ellos lo dieron a todo el pueblo; así pues, también nosotros tenemos que ser una buena influencia para nuestros amigos.

-Pero también dices que evitemos las malas influencias –dijo Uxae, más como una afirmación que como una pregunta.

-Exacto. El problema surge porque no queremos ser diferentes, ya que eso para nuestra sociedad supone ser «tonto» o «raro»; es eso lo que hace que, a veces sin darnos cuenta, recurramos a cosas tales como imitar la forma de vestir de nuestros colegas para acercarnos más a ellos, tal y como acabamos de ver. Siempre habrá algunos, gracias a Dios, a los que no les importe ir a contracorriente de su pandilla, no digo ya en la ropa, que en realidad es una tontería, sino en la forma de actuar. Pero muchas veces, eso los convierte en unos «sin amigos». Y de nosotros, ya sabemos quién ha tenido que pasar por eso.

Todos los demás volvieron la mirada hacia el chico regordete, Esteban, que miró al suelo incómodo.

-Jesús –siguió Eduardo- sabía que los fariseos judíos establecían unas normas sociales muy rígidas sobre con quién había que juntarse y con quién no; algo muy semejante a lo que ocurre ahora. Sin embargo, Él quebró todas las reglas; hizo amistad con gente que nadie consideraba respetable, tocó a leprosos, predicó su mensaje a una samaritana, que en esa época eran los grandes enemigos de su pueblo… hasta tal punto que las autoridades religiosas le llamaron «comilón y bebedor de vino, amigo de publicanos y pecadores», según nos dice San Lucas.

-No han cambiado mucho las cosas –comentó Noelia, sonriendo tristemente.

-Así es; como ya he dicho, esas normas sociales no han cambiado tanto. Y aún así… aquellos amigos de Jesús, a quienes todos consideraban la escoria del mundo, fueron personajes muy importantes en la historia del Salvador. Por ejemplo Mateo, que había sido cobrador de impuestos (y por tanto, a los ojos del pueblo, un ladrón), fue su discípulo y escribió uno de los cuatro evangelios sobre su vida. Y María Magdalena, de la que él sacó siete demonios, estaba entre las pocas personas que le acompañaron durante todo el proceso de crucifixión.

Yo estaba asombrada: aquel tema parecía haber sido hecho especialmente para mí. La misma separación de «tipos de personas». Los «buenos» y los «malos». Los fuertes y los débiles. Pero por lo que estaba oyendo, resulta que aquella situación no sólo tenía más de dos mil años de antigüedad, sino que, además, era una enorme mentira. Una mentira, ¡eso había estado viviendo yo desde cuarto de Primaria!

«Belén sólo rompió su amistad conmigo por miedo a que alguien la criticara», pensé. «Y en cambio, Cedric es uno de los chicos más discriminados del insti, y Naza está enfrentada con María y Roberto… y últimamente paso más tiempo con ellos que con cualquiera de mi pandilla».

-Edu, una pregunta –intervino el chico japonés, Shinsaku Matoke-. Ya que hablamos de amistad, hay un término que nunca consigo saber si es correcto o no: el mejor amigo. Siempre causa discusiones eso de tener un amigo al que se aprecia más que a otros, porque se habla de favoritismos…

Ahora todos miraban expectantes a Eduardo. Éste pensó durante unos momentos, se acomodó en su silla y, finalmente, respondió:

-Buena pregunta, Saku. El tema del mejor amigo siempre causa polémica, pero todos deberíamos saber que no hay ningún tipo de preferencias ni favoritismos en tener, entre todos nuestros amigos, una persona específica a la que recurrir cuando estás muy triste o rebosante de felicidad, y quieres compartir esos momentos con una o dos personas porque es demasiado íntimo para que toda tu pandilla lo sepa. Esto no quiere decir que en un grupo tengan que formarse divisiones de tríos o dúos, porque los secretismos luego son un rollo, sino que cada uno tenga un amigo especial y sea el amigo especial de alguien. Lo cual no tiene por qué ser reversible; perfectamente yo podría ser, por ejemplo, el mejor amigo de Esteban, y no tendría que molestarme que Esteban fuera el mejor amigo de Uxae. Como dice una sabia frase: «Amistad es compartir, no competir».

La mayoría asentimos; aquello era bastante cierto, desde luego.

-Pero lo que tenemos que tener en cuenta a la hora de pensar en el mejor amigo –prosiguió Eduardo- es que, por muy buenos que sean nuestros amigos terrenales, todos los seres humanos tenemos la necesidad espiritual del Amigo que siempre está junto a nosotros en la felicidad y en las lágrimas. Comprende todos nuestros sentimientos y necesidades antes de que los mencionemos, nos escucha sin pedir nada a cambio, siempre nos perdona, llena nuestros vacíos, nos recuerda aun cuando todo el mundo nos ha olvidado, y lo más importante: nos anhela tanto como nosotros le anhelamos y necesitamos a él.

Alcé ambas cejas (sin comentarios…), escéptica. Sabía a quién se estaba refiriendo Eduardo, claro, pero era imposible que alguien, humano o divino, pudiera ser así. Costaba tomarse aquello en serio. Especialmente lo de «siempre nos perdona»; una persona, un amigo real, podía cumplir quizá algunas de las cualidades que Eduardo había nombrado, pero nadie podía perdonar TODAS las faltas que comete alguien, por muy amigo que sea. Por muy… Dios que sea.

-Jesucristo tomó todo nuestro pecado cuando murió en la cruz; digamos que, cada vez que hacemos alguna cosa mala, es como un fardo más que arrojamos sobre sus hombros en la noche de su muerte. Y sin embargo, Él vino a buscarnos uno por uno, a ayudarnos a pesar de que rechazamos su ayuda, a liberarnos de las cadenas con las que un día le atamos a él, a aceptarnos cuando el mundo nos había rechazado…

-¿Por qué haría eso? –murmuré, casi sin darme cuenta. Lo había dicho como para mí misma, pero no pude evitar pronunciar aquellas palabras en voz alta.

-Porque nos ama –contestó Eduardo a mi pregunta-, porque nos creó, porque somos criaturas importantes para él, porque a pesar de no haber hecho nada por nosotros mismos para tener valía alguna, Él nos hizo valiosos ante sus ojos. Simplemente… porque nos ama con un amor que nosotros no podemos entender.

Al oír aquello, me sentí bastante incómoda. Me embargaba por completo la duda de quien no sabe a quién creer, ni qué pensar, ni cómo entender lo que estaba escuchando, ¿cómo decidir si escuchar a Eduardo o a las voces que negaban todo aquello en mi cabeza? Y sin embargo, por encima de todo eso resonaban unas palabras en mis oídos:

«Porque nos ama».

Resultaba bastante absurdo que un hombre supuestamente muerto desde hacía dos mil años estuviera diciéndome que me amaba. Y aun así, aun guiándome por esa lógica… en ese momento, por alguna razón, me pareció ilógico pensar lo contrario.

Fe perdida

Las heladas noches de noviembre traían consigo desvelos y malos sueños para mí, pues ni una de éstas transcurría sin hacerme víctima de horribles pesadillas en las que Héctor corría hacia mí con un arma en la mano, mientras yo no podía moverme y permanecía inmóvil, esperando...

La amenaza constante de Héctor era ya insufrible. Yo no podía seguir soportando aquella situación; no confiaba ni en mi propia sombra. Y no sólo pasaba un miedo horrible, sino que, además, me estaba trayendo problemas con mis amigos.

-Todo lo que intentas es probarte a ti misma, como si quisieras demostrar a alguien que no necesitas ayuda para librarte de un criminal —exclamó Naza una tarde, cuatro días después del sábado que pasamos con los amigos de Cedric, en la que nos encontrábamos en el salón de mi casa discutiendo sobre el tema-. Pero sí la necesitas, Pam, y mucho.

-Vale, pero es lo que yo he decidido hacer, ¡y no es asunto tuyo!

-¡Puede que a mí no me busquen para matarme, pero sois mis mejores amigos y no quiero que os pase nada! —gritó mi amiga, con los ojos húmedos, antes de volverse hacia Cedric-. ¿Y contigo qué pasa, eh? ¡Cualquiera diría que le tienes más miedo a tus padres que a ese Héctor!

-No es cierto –replicó Cedric, que por primera vez desde que lo conocía parecía enfadado-. Pero si mis padres pasan de mí, no pienso ir corriendo a pedirles ayuda como un conejo asustado; hace ya tiempo que desistí de captar su atención, y no lo voy a hacer ahora.

-Peor, entonces. Estás anteponiendo tu orgullo a tu propia seguridad, y a la de una amiga. No creía que fueses ese tipo de persona.

-No, claro, creías que era un tío debilucho y sin dignidad que se deja pisotear por todos, ¿no es así? ¡Y yo no estoy anteponiendo nada!

-Yo nunca he pensado eso, Cedric…

-Pues es lo que me estás dando a entender.

Hubo un silencioso momento de tensión durante varios segundos que finalmente Naza rompió:

-No os dais cuenta. Os creéis que esto es una película de agentes secretos o algo así, pero cuando ese tipo os encuentre y vaya a por vosotros, diréis que lo mejor habría sido hacerme caso desde el principio –dicho esto, Naza trató de disimular un sollozo ahogado y salió de la casa sin despedirse, dejándome aturdida y sin saber qué hacer. Había sido culpa mía; no debía haberle gritado, y tenía que haber escuchado más sus consejos. Naza lo hacía porque Cedric y yo realmente éramos importantes para ella, y nosotros habíamos tenido una muy pobre manera de agradecérselo.

A la mañana siguiente, jueves, vino a buscarme como siempre para acompañarme al instituto, pero no nos hablamos en todo el trayecto; sin embargo, no lo hacíamos por enfado u orgullo, sino más bien por vergüenza. Yo sabía que esa situación no podía prolongarse, después de todo Naza era mi amiga. De hecho, ahora que lo pensaba, se había comportado conmigo como realmente lo haría una GRAN amiga, una amiga muy especial, incluso a veces más de lo que Laura, Belén y Patricia habían hecho.

-Naza… -empecé a decir cuando estábamos ya en la puerta del insti-, oye, lo siento. No quiero que estemos enfadadas por lo de ayer, después de todo tú tenías razón. Sé que me estoy exponiendo demasiado al peligro, pero no puedo llamar a la policía… no ahora, Naza, no aún. Perdóname, ¿vale?

Ella me miró y esbozó una sonrisa taciturna al responder:

-Olvidémoslo, anda. Me porté mal ayer, lo reconozco, no tenía por qué forzarte a llamar a la policía si tú no crees que sea lo correcto.

Es lo que pienso yo, pero claro, no es a mí a quien persiguen y no tengo derecho a obligarte a nada... lo siento.

-Lo que te dije ayer, de que no era asunto tuyo... no era cierto. Te necesito a mi lado en esto –dije de forma insistente-, lo sabes, ¿verdad? No podré cargar con esto sin ayuda, sin tu ayuda. Y Cedric también te necesita.

-¡Yo estoy con vosotros! Te lo prometo, Pam.

Cuando atravesamos el pasillo para llegar a las escaleras, vi algo que fue alucinante, algo que me dolió profundamente. El grupo de María estaba cuchicheando y señalándonos en el pasillo; esto no era importante, y me habría importado un pimiento... de no ser porque, en medio de aquel grupito de chicas tontas, también se encontraba Belén. Le hice un leve gesto de saludo, pero ni siquiera se dignó a mirarme.

-Fingir que no existo ya es malo, pero... ¿tiene que ponerse completamente en mi contra? –me pregunté en voz alta cuando Naza y yo subíamos los escalones-. ¡Por qué tiene que odiarme tanto!

-Ella no te odia –contestó Naza, mirando fijamente el pasillo que dejábamos atrás como si esperase a alguien-, lo que pasa es que tiene un miedo estúpido y se ha dejado llevar por él; tú tenías el mismo y lo has enfrentado. Oye, ¿dónde se ha metido Cedric?

Era cierto, ¿dónde estaba? Hacía rato que había sonado la sirena, y Cedric solía ser puntual; además siempre quedábamos para entrar en el insti juntos.

-Ni idea. ¿Por?

Naza se mordió el labio inferior y dijo:

-Debe de seguir enfadado conmigo por lo de ayer. Vale... lo admito, me pasé de mal genio, pero nunca creí que él fuera tan orgulloso.

No dije nada, pero interiormente a mí también me había sorprendido descubrir que Cedric era así. Otra prueba más de que nadie es perfecto; ni siquiera el chico que me gustaba.

Bueno, en realidad eso último...

Hay que reconocer una cosa, y mejor lo hago ahora para que os deis cuenta de lo que había sucedido con ese presunto enamoramiento: durante estos últimos días, o mejor dicho, durante estas últimas semanas, Cedric había dejado de gustarme... cómo decirlo... «amorosamente». No porque me cayera peor ni nada de eso, sino justamente por lo contrario; ahora que estábamos tan cercanos, tan unidos, lo que sentía anteriormente por él se había tornado en un cálido afecto fraternal. Por eso me había dado cuenta de que antes no estaba enamorada; estaba obsesionada y encaprichada con la imagen de un chico guapo e inalcanzable. ¿Y ahora? Seguía siendo guapo, eso está clarísimo, pero al conocerle mejor y compartir tantas cosas los tres juntos, Cedric se había hecho un hueco en mi corazón más que en mis ojos, y había dejado de ser «el chico que me gusta» para pasar a convertirse en... mi mejor amigo, al igual que Naza. Y sin duda, así era muchísimo mejor.

Bien, el caso es que Cedric no apareció en ningún momento y, cuando Naza y yo entramos en clase, ella estaba de pésimo humor.

-Allá él –dijo, cuando nos sentamos en nuestro pupitre-, yo le pediría perdón, pero si ni siquiera se digna a acercarse...

-Naza, ¡mira! –susurré, dándole un codazo.

-¿Qué? ¿Que mire qué cosa? –preguntó ella, desconcertada. De una forma nada discreta, le señalé uno de los pupitres de la primera fila... donde, para nuestra sorpresa, estaba sentada Bárbara.

-¡Vaya! –exclamó Naza en voz baja, bastante sorprendida-. Por fin ha venido...

Bárbara había estado faltando a clase desde aquel día en que la encontramos cantando en el aula vacía (es decir, más de una semana), hasta el punto que Don Mariano llamó a su casa para saber si estaba enferma o algo así y, al parecer, la madre le dijo que eran asuntos personales. Naza y yo, sin embargo, imaginábamos que Bárbara nos había estado evitando.

-¿Vamos a hablar con ella? –pregunté.

-No la agobiemos. Esperaremos hasta la hora del recreo, ¿vale?

-Ok.

En ese momento, Bárbara giró un poco la cabeza hacia nosotras y nos miró; yo le dediqué una media sonrisa, pero la chica se puso muy roja y nuevamente se volvió hacia su cuaderno. ¿Cómo podía una persona ser así de vergonzosa? Bueno, teniendo en cuenta que yo siempre he tenido mucha facilidad para tratar con la gente, ciertamente era normal que no entendiera algunas cosas tan... elementales como esa.

-Buenos días –resonó la helada voz de Don Mariano al entrar en el aula. Aquellos días en los que teníamos clase con él a primera hora eran una auténtica pesadilla, en serio-. Por favor, abran sus libros de texto por la página treinta y seis: hoy vamos a dirigir nuestra lección hacia el reglamento de los diptongos y los hiatos...

Un tema fascinante, ¿no?

Cuando sonó la campana que anunciaba el comienzo del recreo, todos nos levantamos de golpe, salimos corriendo apiñados como en una estampida y, en el camino, nos llevamos por delante al profesor de Inglés, que se quedó en el suelo refunfuñando y recogiendo algunos papeles que se le habían caído en el atropello.

-*Sorry, teacher* –dije yo, asomándome un segundo a la clase antes de salir otra vez.

-*Ou... forget it* –gruñó él.

Al salir al patio, Naza y yo buscamos con la mirada a Bárbara, preguntándonos por dónde se había ido. La situación empezaba a parecerse a una película de gánsters.

-Es increíble la capacidad de percepción de esta chica –comentó Naza, medio admirada, medio fastidiada-. Se ha dado cuenta de que íbamos hacia ella y enseguida se ha largado.

-Pues esto es bastante ridículo, cualquiera diría que la buscamos para pegarle –refunfuñé yo-. Lo único que queremos es hablar con ella y mírala...

-Voy a ir a buscarla a la biblioteca; tú intenta en los servicios de las chicas. Si alguna de las dos la encuentra... que le dé un toque a la otra. Tienes el móvil, ¿no?

-¿No te digo que esto es ridículo? Parecemos espías del gobierno; si nos oyera hablar así, no me extrañaría que tuviese miedo de nosotras.

-Lo que sea, pero tenemos que hablar con ella, Pam. Y sólo es una impresión, pero creo que ella también lo necesita. ¡Nos vemos! –dicho esto, se fue rápidamente hacia la biblioteca y yo me quedé mirándola con ambas cejas levantadas (venga, insensibles, reíros de mí). Pues nada... a la búsqueda del tesoro nos tocaba jugar; después de todo, y pensándolo bien, Naza podía tener razón. Me di la vuelta y caminé apresuradamente hacia los servicios de las chicas, aunque la verdad es que no creía que Bárbara quisiera volver allí en la hora del recreo después de su mala experiencia. Pero oye, todos los seres humanos necesitamos visitar ese bendito cuarto a menudo: cada día... o cada dos días... o cada tres... o cada cinco los más exagerados (exagerados o, dicho sea paso, enfermos).

Llegué allí y abrí la puerta; había mucha gente dentro, pero no vi a Bárbara. Por el contrario, no vi mucho, la verdad, porque una enorme nube de humo llenaba todo el baño; por si no lo había mencionado, aquí es donde muchas veces se reúnen las chicas del instituto para poder fumar sin que los profesores las descubran. Imaginaos ahora abrir la puerta del servicio y encontraros con una humareda maloliente que se te mete por los agujeros de la nariz y cuando intentas respirar la aspiras también por la boca; realmente asqueroso. Salí de allí inmediatamente como si me hubieran echado de una patada en el trasero.

-Puaj... venga, dadle al cigarrillo, que luego lloraréis –gruñí como para mí misma cuando estuve fuera.

-Pam, ¿te pasa algo? –dijo una voz a mi izquierda. Me giré de inmediato y me froté los ojos, que se me habían quedado algo aturdidos por el humo: era Cedric.

-Hola, Cedric. Pues nada, aquí, disfrutando del aire puro de estos pasillos, ¿no se nota? –dije irónicamente-. ¿Dónde te habías metido?

-Por ahí –dijo, quitándole importancia.

-«Por ahí», ya. Sigues enfadado con Naza, ¿verdad?

-No –me contestó, en un tono que daba a entender todo lo contrario.

-Mejor, porque si después de casi veinte horas sigues enfadado por semejante tontería, eres un poco idiota, y discúlpame que te lo diga así de claro. Ella sólo intenta protegernos, ¿vale?

-No es ella quien puede decirme si tengo que hablar con mis padres o no, Pam –replicó él-. Es mi vida y quiero que la dejéis tranquila.

-Bueno, perdónanos por querer formar parte de esa vida –dije seriamente-. Yo he sacrificado amistades por poder ser amiga tuya, y Naza también, y no parece que lo valores mucho, rechazando su ayuda de esa manera.

Hubo un momento de silencio durante el cual él me miró fijamente. Parecía algo avergonzado.

-Yo nunca he rechazado la ayuda de Naza... ¿cómo podría hacerlo si precisamente por su ayuda la conocí?

-Entonces, ¿por qué no hablas con ella?

-Porque... pues...

En ese momento, sonó mi móvil durante dos segundos y enseguida se detuvo otra vez. Sobresaltada, comprendí: ¡Naza había conseguido encontrar a Bárbara!

-Vámonos, sígueme –le dije a Cedric, y salí corriendo en dirección a la biblioteca. Realmente no sé muy bien por qué estaba tan entusiasmada, pero el recuerdo de aquella canción cantada por Bárbara permanecía tan vívido que costaba olvidarlo. Y más costaba creer que ella se negara a mencionarlo; tal vez Naza estaba en lo cierto al decir que Bárbara necesitaba que hablasen con ella.

-¿Adónde vas? –preguntaba Cedric, extrañadísimo, mientras corría detrás de mí. Finalmente, y tras atravesar todo el patio, llegamos a la puerta de la biblioteca y allí, en el pasillo de la misma, se encontraban de pie Naza y Bárbara, la primera intentando calmar a la segunda, que estaba roja de vergüenza.

-Ah… hola, Cedric –dijo enseguida Naza, confundida y bastante azorada.

-Hola –murmuró nuestro amigo, mirando al suelo-. Eh… buenas, Bárbara.

-Ho-hola –murmuró ella tímidamente.

-¿Podemos hablar contigo un momento? –pidió Naza.

-B-bueno, está b-bien…

Los cuatro salimos del edificio, nos sentamos en unos escalones del patio y yo empecé a hablar:

-Oye, Bárbara, ¿por qué saliste corriendo el otro día? Le hemos contado a Cedric sobre la preciosa voz que tienes y se ha quedado flipado, ¿sabes? De hecho, tiene envidia de nosotras porque te hemos oído –añadí bromeando.

-¡Oye! –replicó él, riendo.

-P-pero es que eso es m-mentira… -contestó Bárbara-. No t-tengo buena v-voz; me da muchís-sima vergüenza-a que me hayyáis escuch-chado.

-¿Qué? ¿Has dicho que no tienes buena voz? –exclamó Naza, perpleja.

-P-pero si canto f-fatal…

-Bárbara, no digas chorradas –dijo Naza con impaciencia-, si yo tuviera ese pedazo de voz que tienes tú, hace tiempo que me habría metido a cantante profesional y habría abandonado este suplicio llamado instituto.

Me reí con aquel comentario; no sólo por el tono con que lo había dicho, sino porque pensar en Bárbara abandonando los estudios era una idea ciertamente inconcebible.

-Bueno… –dijo Cedric-, yo no te he escuchado cantar, Bárbara, pero si Naza y Pam lo dicen, me fío de su oído. Y tú también deberías hacerlo, ¿no crees?

-M-mi tía di-dice que lo ú-único que se me da b-bien es zampar –insistió ella. Aquella afirmación me dejó de piedra.

-¿En serio? Pues perdona por meterme en asuntos familiares, pero tu tía no tiene ni pizca de gusto musical –afirmé. «Y ni pizca de tacto», añadí mentalmente.

-Pam tiene razón –dijo Naza-. Tu tía está muy equivocada, Bárbara, tienes un montón de cualidades. Eres súper inteligente, amable con los demás… y encima cantas como los ángeles.

Hubo un momento de silencio ininterrumpido hasta que, con un tono de voz algo más alto, nuestra compañera dijo, mirando fijamente a un punto indefinido delante de ella en el suelo:

-Mi p-padre tamb-bién me decía e-eso. Que cant-taba co-como los á-ángeles…

-¿De verdad? –pregunté yo.

-Sí… si-siempre me lla-llamaba ángel. S-su ángel de la g-guarda, me de-decía.

Por supuesto, yo no pude dejar de advertir que, al hablar de su padre, Bárbara lo hacía en pasado. No me atrevía a hacerle la pregunta que tanto mis amigos como yo teníamos en boca, pero alguien tenía que hacerlo; de modo que me armé de valor y articulé:

-Bárbara… ¿tu padre murió?

-No –contestó nuestra compañera negando con la cabeza-, p-pero… es una la-larga historia. Vive fu-fuera de Madri-id desde hace… se-seis años.

-¿De verdad? –preguntó Cedric, sorprendido–. ¿Llevas tanto tiempo viviendo sin tu padre?

-Sí, bu-bueno –añadió Bárbara, encogiéndose un poco de hombros-, ya casi… e-estoy acostumbrada.

Sin embargo, cuando dijo esto sus ojos tenían una mirada que expresaba todo lo contrario. ¿Acaso se habrían divorciado sus padres? ¿Su padre habría abandonado a la familia? ¿Estaría fuera por asuntos de trabajo? Era la primera vez que me hacía preguntas sobre la vida de Bárbara… en realidad, era la primera vez que me había planteado que tuviera vida fuera de las cuatro paredes del instituto.

-Tu… tuvo un a-accidente –dijo de pronto Bárbara, como si hubiera leído mis pensamientos. Su voz sonaba dolorida y rencorosa por alguna razón-. Se ca-cayó un… un ve-verano haciendo mo-montañismo… y… se le pa-paralizaron las… las pi-piernas. Desde ento-tonces vive e-en Barcelona con mi a-abuela; es pa… pa-parapléjico. Está tu-tumbado en u-una cama y… y… -al llegar aquí, Bárbara se cubrió el rostro con una mano e inclinó la cabeza, pero no sollozó ni dejó caer una lágrima. Permaneció bastantes segundos así, respirando profundamente, mientras nosotros permanecíamos anonadados y en silencio por la historia que acabábamos de escuchar.

¡Así que se trataba de eso! El padre de Bárbara no se había divorciado ni estaba fuera de casa por negocios: estaba enfermo. ¡Y parapléjico, nada menos! ¡Qué horrible situación! Traté de imaginar cómo sería mi vida si mi padre viviera en el otro extremo del país y sin poder mover las piernas: que no pudiera pasear conmigo, ni abrazarme, ni quitarme de la cara ese mechón de pelo rebelde que siempre queda sin peinar... Borré al instante esa imagen de mi mente, porque no podía soportarlo.

-Jolín, Bárbara... qué mal rollo –dije, con una voz medio ronca. No dije más: todas las frases que pasaban por mi mente morían en mis labios, optando mejor por un silencio que, aunque no consolaba, tampoco empeoraría las cosas. Naza y Cedric parecían tan abrumados como yo, no decían nada. Bárbara se incorporó y tomó aire, algo más tranquila.

-Yo... yo le qui-quiero muchísimo –dijo-. E-es un hombre mu-muy bueno, to-todos lo decí-an... na-nadie se merecía e-eso menos que é-él... nadie...

-¿Él te decía que cantabas bien? –preguntó Naza amablemente.

-Sí, p-pero... luego m-mi madre y yo vi-vinimos a vivir a Ma-Madrid con su her-hermana... y e-ella siempre me... me ha di-dicho q-que canto mal y que s-soy gorda y f-fea. Al f-final se lo t-tengo que agra... agradecer, p-porque todo lo q-que me dijo era v-verdad.

-Bárbara, escúchame un momento, ¿vale? Mírame a los ojos –dijo firmemente Cedric-. Te voy a decir algo: por mucho que te digan que eres fea, o gorda, o que lo haces todo mal, NO HAGAS CASO.

-P-pero si tienen ra-razón... -dijo Bárbara, asombrada.

-Mira –dijo Cedric, armándose de paciencia-, tu padre piensa todo lo contrario, ¿no? Con eso podría bastarte por ahora.

-Mi p-padre estaba equi... equivocado en mu-muchas cosas, y lo si-sigue est-tando –replicó Bárbara-. C-como en una co-cosa en la q-que se p-parece a vo-vosotros dos... su c-confianza en un D-Dios. Es el hombre más ca-católico del m-mundo; siempre e-estuvo t-totalmente entregado a su creenci-cia.

Aquellas palabras altivas, que resultaban tan frías y cargadas de rabia y rencor, me sorprendieron, aunque no tanto como mi propia pregunta.

-¿Por qué piensas que estaba equivocado en eso? —cuestioné, levantando un poco las cejas (sí, las dos).

-¡Su maldita fe le tra-traicionó! —exclamó ella, apretando los puños-. Yo p-pasé horas d-de rodillas suplic-cándole a Dios p-por la curación d-de mi padre, las no-noches en vela llo-llorando y rez-zando por él... y n-no pasó nada. Ni u-una simple resp-puesta. Dios no existe.

No hubo ni una vacilación o balbuceo en aquella última frase. Bárbara se levantó y, sin prisa, sin correr, se alejó de nosotros, que no intentamos detenerla. Los tres nos quedamos varios minutos en silencio, pensando en lo que acabábamos de oír, hasta que sonó la sirena y nos levantamos para ir a clase.

-Siento lo de ayer —dijeron de pronto Naza y Cedric al mismo tiempo. Se miraron sorprendidos; entonces yo no pude evitarlo y me eché a reír.

Empezando a buscar

La conversación con Bárbara me había hecho pensar mucho, y estuve reflexionando sobre ello toda la tarde, mientras comía una bolsa de ganchitos (sí, porque se puede reflexionar perfectamente mientras se llena el estómago, y el que no esté de acuerdo que cierre este libro, ¿ok?) sentada en el sofá frente al televisor apagado. Eran como las cuatro de la tarde, o puede que las cinco, no lo recuerdo muy bien. Pero allí, protegida por la soledad de mi vacía casa, cavilé durante lo que pudieron ser minutos, horas o años enteros.

Lo que nuestra compañera había dicho era bastante cierto: la vida no es justa. Un día estás tan feliz, de excursión con tu familia por la montaña, y al siguiente estás tumbado en la camilla de un hospital sin poder moverte de cadera para abajo. «Y eso sólo es el padre de Bárbara», pensé. Porque ahora que lo pensaba detenidamente, había millones de casos en el mundo de gente que sufre calamidades cuando no se lo merece; por decirlo de alguna manera, le pasan cosas malas a la gente buena. Una verdadera injusticia, desde luego. ¿Pero dónde quedaba Dios, entonces?

«Piénsalo», me decía a mí misma. «Cuando crees en la existencia de un Dios, sobre todo de un Dios de amor como dice la Biblia, también tienes que plantearte por qué permite que pasen cosas así». Era la misma pregunta que me había hecho cuando me cuestioné por qué no había evitado que conociese a Héctor. «Claro que, si lo pienso con detenimiento», mi cabeza daba vueltas y volvía a encontrarse con aquellos «viejos conocidos» pensamientos que me susurraban al oído mi culpa, «ya me di cuenta de que fue cosa mía ir a esa discoteca cuando sabía que no debía hacerlo, y fue así como le conocí, por lo tanto, encontrarme con él fue, a grandes rasgos, decisión mía; si hubiera pensado con la cabeza, habría imaginado que podía haber allí gente como él. Y la violación no fue culpa mía pero... no llegó a suceder. Todo se quedó en un intento rastrero y cobarde del que fui rescatada a tiempo».

Vale, esas eran las situaciones que se habían dado en mi caso. De modo que, si yo creía en la existencia del Dios del que Naza y Cedric me habían hablado, lo más lógico era pensar lo siguiente: conocí a Héctor porque hice algo incorrecto, pero Dios, por medio de otra persona, me había rescatado de las consecuencias de ese error.

-Vaya... muchas gracias –dije en voz alta, casi sin darme cuenta.

Era una reflexión medio complicada, y sin embargo, realmente el asunto era tan sencillo... No pude sino sonreír. Miré al techo, a la lámpara apagada que colgaba de él, y traté de imaginarme que verdaderamente Dios estaba allí, observándome fijamente con unos ojos llenos de amor: a pesar de mis dudas y mi tozudo escepticismo, me gustaba pensar en eso. Cedric me había dicho, en una ocasión, que «si buscas al Señor, lo encuentras». ¿Cómo sería eso? ¿Cómo sería encontrar a un Dios divino, infinitamente poderoso y superior a ti... que a pesar de todo esto te ama? La pregunta que más a menudo me hacía, sin embargo, era esta: ¿estoy buscando yo a Dios?

Pensé en eso durante unos minutos. Una parte de mí siempre insistía en responder que no, que ya estaba bastante ocupada con todo lo de Héctor, Belén, Maritere, Bárbara, y todas mis preocupaciones, como para necesitar creer en ninguna divinidad. Esa era la Pamela prejuiciosa y comodona que todavía se aferraba a mí. Pero por otro lado... las palabras de Eduardo aquella tarde del sábado resonaban día tras día en mi cabeza, y yo no podía evitar pensar que sería muy agradable tener un amigo como Jesús, en el que poder descansar de aquellas cargas que ocupaban todo mi tiempo y mi mente. Yo me decía a mí misma: eso es puro palabrerío, ¿cómo sabes que realmente hallarás esa paz en Jesús?

Cierto, no es muy convincente, cavilé mientras me acomodaba entre los cojines y me metía otro puñado de ganchitos en la boca. Y sin embargo... cuanto más me fijaba en Naza y Cedric, más me daba cuenta de que su estilo de vida era muy diferente al mío. En mis amigos sí había una luz y una paz que yo no tenía; ellos de verdad eran felices a pesar de todos sus problemas, lo cual me llevaba nuevamente (porque sieeeeempre que me pongo a recapacitar sobre este tipo de cosas acabo divagando) a la pregunta de: ¿por qué le pasan cosas malas a la gente buena?

Cuando volviera a ver a Naza y a Cedric tendría que preguntárselo, desde luego...

De pronto, en ese mismo instante, sonó el teléfono. A pesar de que estaba justo a mi lado, por costumbre, me quedé indiferente a los timbrazos, esperando a que Enrique lo cogiera hasta que, de súbito, recordé que estaba sola en casa. Maldición... ¿por qué los hermanos pequeños nunca están cuando los necesitas y cuando no los necesitas siempre están ahí para molestarte?

Empecé a dar vueltas en el sofá buscando una postura que me permitiera coger el teléfono estando cómodamente tumbada (parecía una pantera) hasta que, cuando ya sonaba la quinta señal, descolgué el aparato y contesté:

-Diga.

-Hola, ¿está Pamela?

-Sí, soy yo, ¿quién es?

-¡Hola! No sé si te acordarás de mí... soy Shinsaku, del grupo de jóvenes de *Rey de Gloria*.

-¿Qué? –pregunté, sentándome de golpe en el sofá (para que veáis, después de tanta vuelta, no me sirvió para nada). No podía creer que la persona que se encontraba al otro lado de la línea fuese quien decía ser, ¡debía ser una broma!-. ¿Shinsaku? ¿Para qué me has llamado?

-Pues... te dije que lo haría, ¿recuerdas? –dijo el chico, algo confuso-. El sábado, cuando terminó la reunión y todos te estuvimos pidiendo el número de teléfono y de móvil, te dije: «Bueno, ya te llamaré» y tú dijiste: «Vale, igualmente». ¿No te acuerdas?

¿Qué si no me acordaba? ¡¿Qué si no me...?! ¡POR SUPUESTO QUE ME ACORDABA, NO SOY COMO EL PECECITO AZUL DE «BUSCANDO A NEMO»! Todos me habían dicho que me llamarían. ¡Pero yo daba por sentado que él sería como los seres humanos normales y corrientes, que les das tu número, te dicen que te van a llamar, luego nunca lo hacen, y adiós muy buenas, si te he visto no me acuerdo! ¡¿Qué porras hacía cumpliendo su promesa?! Me daba muchísima vergüenza hablar con la gente de la iglesia, porque estaba segura de que querían hablar conmigo para comerme el coco y darme la tabarra para que siguiera yendo a los cultos. Aunque más adelante me di cuenta de que era una suposición bastante tonta, ya que Naza y Cedric no habían hecho semejante cosa, y por lo tanto no tenía por qué pensar que sus amigos iban a hacerlo.

-Ah, sí... ya recuerdo –respondí con cierto disimulo, volviendo a acomodarme en el sofá-. ¿Y... qué tal estás?

-Ah, muy bien. Por aquí andamos –contestó él-. ¿Y tú?

-Bien, bien. Aburrida, pero nada más.

-¿Has estado hoy con Cedric? ¿Y con Naza?

-Sí, esta mañana en el insti.

-Ah, guay. Yo esta tarde, sobre las siete, he quedado con Andrés, Noe y unos compañeros de clase para jugar al baloncesto. Si os queréis venir...

-Eh... -titubeé-. Se lo diré a ellos si puedo, pero no creo que yo vaya, tengo cosas que hacer.

Eso era más mentira que la charlatanería de los políticos. No tenía ABSOLUTAMENTE NADA que hacer... pero como ya dije, desde que Héctor me perseguía, salir a la calle era pensamiento prohibido.

-Lástima, ¿andas ocupada?

-Bueno, no es nada especial... deberes –respondí, inventándome cualquier cosa para salir del paso.

-Pues... yo tengo que salir ahora con mi padre, me está dando mucho la lata para que cuelgue el teléfono –dijo con algo de fastidio De fondo pude oír la voz de un hombre que lo llamaba-. ¡Ya voy, papá, espera un minuto! En fin, Pamela...

-Pam –corregí.

-Ok, Pam –dijo el chico afablemente-. Siento no poder hablar mucho rato, pero... bueno, nos vemos, ¿vale? ¿Te parece bien si te llamo para quedar algún otro día? Mis amigos y yo solemos salir mucho, y si te parece...

-Eh... sí, está bien –contesté, y añadí-: gracias por llamarme, Shinsaku.

-Saku, por favor, todos me llaman Saku –dijo él-. ¡Papá, estoy hablando! ¡Ahora cuelgo! Bueno, un gusto hablar contigo, Pam. ¡Ah!, intenta decirle lo del baloncesto a Naza y a Cedric, ¿vale?

-Descuida, lo haré.

-Hasta luego.

-Por cierto —añadí rápidamente-, ¿el próximo lunes tenéis la reunión de jóvenes?

-Sí, creo que sí. ¿Vas a ir?

-Tal vez.

-Ah, pues si eso, nos vemos allí. ¡Hasta entonces, Pam!

-Hasta luego, Saku.

Esperé a que colgase él y dejé el auricular en su sitio; entonces eché la cabeza hacia atrás y suspiré. ¡Caramba! Pues sí que era simpático el chaval. Y yo que desconfiaba.

«Tal vez Cedric tenga razón», pensé, retomando el tema que al que llevaba dando vueltas un buen rato. «Tal vez, si buscara a Dios…»

Al encontrarme con este pensamiento en mi cabeza, enseguida me detuve mentalmente. ¿Buscar a Dios? La pregunta era, ¿para qué?

Me levanté del sofá, dejando la bolsa de ganchitos desparramada, y caminé un poco para despejarme. Abrí la puerta corrediza de la terraza y salí afuera, abrigándome el cuerpo con mis propios brazos: hacía un frío que congelaba, y una fuerte ventisca agitaba fuertemente la colada que mi madre había puesto a secar en el tendal. Abajo, las calles estaban repletas de gente, cientos de personas apuradas que corrían de un lado a otro como hormigas; en los grandes edificios del barrio la mayoría de las ventanas estaban cerradas y el viento golpeaba contra los cristales, y en la carretera los coches circulaban monótonamente, yendo y viniendo sin cesar como cada día; era una jornada nublada y gris. Un débil rayo de sol, sin embargo, se escapaba rebelde de entre los grandes nubarrones, arrancándome una sonrisa a los labios. Mientras las fuertes ráfagas de aire me sacudían el cabello rojo y lo hacían revolotear sobre mi cara, alcé los ojos al cielo, temblando un poco por el frío, y suspiré con algo de cansancio al tiempo que todos los pensamientos del mundo recorrían cada rincón de mi atribulada cabecita. Según me contó mi madre, Shakespeare dijo una vez que algunas caídas son el único medio para levantarse a situaciones más felices, y creo que fue entonces, mientras contemplaba parpadeando la bóveda grisácea que se alzaba sobre mí, cuando por fin entendí el significado de aquellas palabras. Tal vez no me iba a hacer falta preguntarle a mis amigos, después de todo, por qué le suceden desgracias a la gente que no tiene la culpa, pues esa pregunta había sido respondida muchísimas veces a lo largo de los siglos y ahora, por fin, la comprendía en la frase de aquel célebre dramaturgo inglés. Para levantarse a situaciones más felices…

«¿Buscar a Dios? ¿Para qué?»

«Porque» me respondí a mí misma, mientras dejaba que el frío recorriese todavía más mis helados miembros, «realmente lo necesito».

Y porque ahora mismo era la única decisión que me ofrecía toda la seguridad del mundo. «Buscadme… y me hallaréis»*.

Entré en mi habitación, me puse un jersey para abrigarme y empecé a buscar por todas partes la Biblia que Naza me había regalado. ¿Dónde la habría metido? La última vez que le eché un vistazo la puse… no… no me acuerdo dónde la puse (ya sé lo que estáis pensando: oh, qué raro en ti, Pam). Abrí varios cajones de la cómoda hasta que al fin, entre mis camisas interiores, mi mano tropezó con aquellas tapas negras y cogí el libro, recordando que lo había metido ahí creyendo que nunca volvería a usarlo. Craso error, Pam.

«Vale, ¿por dónde empiezo?», me pregunté, sentada en mi cama con la Biblia sobre mis rodillas. Era un libro muy gordo y extenso, y tal vez no entendiera nada de lo que iba a leer. ¿Cómo podría comenzar la lectura? ¿Por el principio?

Justo cuando mis dedos recorrían las frágiles páginas hasta el Génesis, recordé las palabras de Naza aquel día que yo le pregunté si de verdad existía Dios.

«Cuando tengas un momento libre… si quieres, puedes leer el Salmo 139.»

Abrí la Biblia por la mitad para orientarme, pero de pronto ¡zas! Resulta que ahí, precisamente, estaba el libro de los Salmos (¡ohhhh!). ¡Qué suerte! Empecé a repasar el número de los capítulos: había muchísimos, era un libro bastante largo. Finalmente, encontré el 139 (que estaba iniciado con la leyenda *Dios lo sabe todo*) y empecé a leer:

Señor, tú me has examinado y me conoces.

---

* *San Mateo, capítulo 7, versículo 7.*

El primer versículo fue suficiente para captar mi atención de entrada. Fruncí el ceño: aquí no presentaba a un Dios ambiguo como una fuerza de energía espiritual, aquel que yo me había acostumbrado a ver. Hablaba de un Dios que me conocía. Los versículos dos, tres y cuatro seguían con el mismo fondo:

Tú conoces todas mis acciones; aun de lejos te das cuenta de lo que pienso. Sabes todas mis andanzas, ¡sabes todo lo que hago! Aún no tengo la palabra en la lengua, y tú, Señor, ya la conoces.

Era... ¡alguien que lo sabía todo de mí! Aquellos versículos hablaban de un Dios que conocía todos los recorridos de mi vida, que sabía todo lo que yo pensaba y era consciente de cada uno de mis pasos. No era lo que esperaba cuando inicié la lectura. Impresionada, seguí transitando las frases con la mirada y con el cerebro; los versículos del siete al doce presentaban a un Dios que, como me había dicho Naza una vez, estaba en todas partes:

¿Adónde podría ir lejos de tu espíritu? ¿Adónde huiría lejos de tu presencia? Si yo subiera a las alturas de los cielos, allí estás tú; y si bajara a las profundidades de la tierra, también estás allí; si levantara el vuelo hacia el oriente, o habitara en los límites del mar occidental, aun allí me alcanzaría tu mano; ¡tu mano derecha no me soltaría! Si pensara esconderme en la oscuridad, o que se convirtiera en noche la luz que me rodea, la oscuridad no me ocultaría de ti, y la noche sería tan brillante como el día. ¡La oscuridad y la luz son lo mismo para ti!

«Personal. Omnipresente.» Esas eran las características de ese Dios de la Biblia que había encontrado hasta el momento. ¿Qué más? Seguí leyendo y me detuve cuando llegué a los versículos diecinueve y veinte:

Oh Dios, quita la vida a los malvados y aleja de mí a los asesinos, a los que hablan mal de ti y se levantan en vano en contra tuya.

Luego llegué a los dos últimos versículos, veintitrés y veinticuatro:

Oh Dios, examíname, reconoce mi corazón; ponme a prueba, reconoce mis pensamientos; mira si voy por el camino del mal, y guíame por el camino eterno.

En estos cuatro versículos, encontraba una importante personalidad más:

Un Dios de absolutos. Un Señor del bien y el mal.

«Los malvados serán castigados... y aquellos que no vayan por el camino del mal serán guiados en el camino eterno.» Medité durante un rato aquello último mientras empezaba a pasar las páginas de la Biblia ansiosamente, sin saber qué estaba buscando, hasta que, después de un rato, topé con un versículo ya en el libro de Romanos (el duodécimo del capítulo cinco) que estaba subrayado:

Así pues, por medio de un solo hombre entró el pecado en el mundo, y con el pecado la muerte, y la muerte pasó a todos porque todos pecaron.

«Y la muerte pasó a todos…» pensé. Estaba muy claro cuál era el castigo por hacer lo malo e incorrecto. Bastante incómoda ahora, me fijé durante un minuto en la última parte del versículo.

Porque todos pecaron…

Mis manos pasaron a la página anterior, donde otro versículo en ese mismo libro (veintitrés, capítulo tercero) empezaba, casualmente, casi de la misma manera.

… pues todos han pecado y están lejos de la presencia salvadora de Dios. Lejos de la «presencia salvadora» de Dios.

Y al leer aquello, recordé poco a poco todas las veces que me había burlado de Bárbara dando por sentado que yo era superior a ella, las ocasiones en las que no defendí a Cedric por cobardía, los insultos y peleas con Maritere, desobedecer tantas veces a mis padres pensando que la rebeldía era algo divertido…

«Ya es tarde para volver atrás» me dije. No quise leer más: cerré despacio la Biblia y la dejé en mi mesilla de noche, y luego me tumbé en la cama mirando al techo. Mi ya comenzada búsqueda de Dios no tenía ningún sentido si creía en lo que decían aquellos versículos. Si bien había sentido emoción al pensar en todo lo que era Él cuando leía el principio del Salmo 139… lo demás me había dejado las cosas claras (o eso creía entonces). Yo había hecho lo incorrecto, y por lo tanto, estaba separada de Dios.

Me pregunté, mientras contemplaba los trocitos de cal que se desgajaban del techo del dormitorio, por qué aquello me entristecía tanto.

Palabras que llegan al alma

La última semana de noviembre transcurrió sin más acontecimientos.

En el instituto la vida seguía su cauce natural; sin embargo, me di cuenta de que casi no le veía el pelo a Patri. Ella nos decía que estaba con Fran, y a Laura aquello empezaba a tocarle las narices. A mí tampoco me hacía mucha gracia, ya que últimamente se saltaba muchísimas clases para irse con él, y cuando llamábamos a su casa por la tarde tampoco estaba nunca. Cuando llegamos a clase el día uno de diciembre, me di cuenta de que Laura no había venido, y enseguida supuse que estaría intentando vigilar a nuestra amiga.

-Estoy preocupada por Patri -reconocí cuando Naza y yo volvimos del recreo y nos estábamos sentando en nuestro pupitre-. Sinceramente, no creo que salir con ese chico le esté haciendo bien, y de verdad me gustaría hablar con ella del asunto… pero es imposible, ya no nos escucha ni atiende nuestras llamadas, sólo tiene ojos y oídos para él —bufé.

-La verdad, ya lo estaba notando desde hace tiempo —me contestó Naza, mientras sacábamos los libros de Física y Química-. No sé, Pam... insiste. Tienes que conseguir que Patri se entere de que quieres hablarle, dale la tabarra, sé la persona más pesada del mundo hasta que te coja el teléfono. A lo mejor, si se da cuenta de lo preocupadas que estáis por ella...

De repente, entró en el aula la profesora de Física y Química (a quien llamábamos *Bruja Piruja*, porque tiene toda la pinta), seguida, para nuestro disgusto, de Don Mariano. ¿Qué hacía aquí? ¿Acaso no le parecían suficientes las horas semanales que nos amargaba con su presencia? Nuestro tutor carraspeó, nos miró con sus fríos ojos grises y dijo, con su acostumbrado tono pomposo:

-Buenos días. He venido a este aula porque ahora, antes de que comience su clase de Física y Química, el director del centro desea que les informe de un evento que, según parece, ustedes conocen bien.

Al oír aquellas palabras, todos comprendimos lo que venía a anunciar (pues en el instituto habíamos estado luchando por ello durante casi tres años) y, embargados por la emoción, escuchamos atentamente las palabras de Don Mariano, que continuó con tono cansino y enfadado:

-Después de muchas polémicas durante, según parece, las últimas añadas, el señor director ha decidido concederles un permiso especial a ustedes para llevar a cabo la fiesta de Navidad, un evento que los estudiantes han pedido a la dirección del centro en diversas ocasiones. La susodicha tendrá lugar el último día de clases antes de las vacaciones, es decir, el día veintidós de diciembre, en el gimnasio del centro. Además de todas las funciones y programas que se están preparando para ese día, les informo de que se les dará a ustedes, los alumnos, la oportunidad de participar en el espectáculo —el profesor hizo un gesto de desagrado, como si no le gustara nada esa palabra-. Dispongan, si así lo quieren, algo que deseen exponer ese día delante de todos sus compañeros, e inscriban esa presentación en jefatura; tienen tiempo hasta el día quince del presente mes, aunque espero sinceramente que no haya nadie tan rematadamente imbécil como para anotarse el último día —su mirada furibunda recorrió toda la clase como diciendo: «si lo hacen...».

-Profesor... -dijo tímidamente Federico Pacheco, un chico de nuestra clase que es tan bajito que cuando pregunta algo nadie se entera nunca de quién está hablando-. Dígame, ¿podemos preparar cualquier cosa para la fiesta?

-Podéis hacer lo que os dé la bendita gana, Pacheco, y ese es un perfecto ejemplo de pregunta estúpida –intervino entonces la Bruja Piruja-. Federico se puso rojo y hundió la mirada en el libro.

-El día veintidós de diciembre, todo el mundo en el gimnasio a las 19.00 –masculló Don Mariano toscamente-. He dicho.

Y se fue del aula dando un portazo (como es su costumbre).

Durante las tres horas restantes de clase, en el instituto sólo se habló de la fiesta de Navidad. Llevábamos tiempo pidiendo esta fiesta porque en el instituto no había ningún evento de interés a lo largo de todo el año, así que, ahora que el director nos había hecho caso, estábamos muy expectantes: cuando sonó la sirena y salimos de clase, en el pasillo escuché a un grupo de chicas comentando qué se iban a poner ese día, y un chavalín de primero aseguraba que le iba a pedir a María que fuera su pareja de baile (ante lo cual tuve que contener una risa sarcástica).

-Estoy segura de que será sensacional –dijo Cedric (que estaba realmente entusiasmado) cuando los tres estuvimos en la calle-. Una fiesta de Navidad sería algo increíble. Dicen que habrá baile, buena música, comida, he oído que incluso están pensando poner un karaoke.

-¿Acaso saldrías a cantar delante de todos? –preguntó Naza, incrédula.

-Por supuesto que no; eso sería un suicidio –respondió, como si fuera algo obvio.

-Bueno, entonces no entiendo por qué te hace tanta ilusión.

-Yo qué sé… será divertido.

En ese preciso momento, mientras nos reíamos, oímos una voz llamándonos y vimos a Bárbara venir corriendo hacia nosotros. Cuando llegó hasta dónde estábamos, tomó aliento y dijo:

-P-Pam, Naza, Ce-Cedric… necesit-to hablar con vo-vosotros, p-por favor. ¿Tenéis u-un min-minuto?

-Aquí no –contesté inmediatamente, observando nerviosa a todos lados y luego dirigiéndole una mirada significativa a mis dos amigos-. Vámonos a mi casa, si eso.

-Ah, v-vale.

Los cuatro nos dirigimos a paso ligero al edificio donde Naza y yo vivimos. Cedric me puso la mano en el hombro adivinando mi nerviosismo, y aquello me tranquilizó un poco.

-Vamos a meternos en mi cuarto, porque mi madre estará poniendo la mesa en el salón y no quiero que me pida ayuda —dije cuando ya estábamos en el rellano, obteniendo una carcajada por parte de los tres. Introduje las llaves en la cerradura y entré al salón donde, efectivamente, mi madre estaba ya colocando el mantel.

-Hola, Pam. ¿Qué tal las clases?

-Bien, bien —respondí-. Oye, mamá, ¿pueden pasar tres amigos a mi habitación? Vamos a hablar sólo un ratito.

-Bueno, pero en veinte minutos comemos, ¿eh? Pasad mientras termino de hacer las lentejas.

-Ok —dije, haciéndole un gesto a mis amigos para que entraran. Después de que mi madre terminara de saludarles a todos, los conduje hasta mi habitación: Cedric y Naza se sentaron en mi cama, y Bárbara y yo lo hicimos en la de Maritere.

-Bueno, cuenta —dijo Cedric, al sentarse-. ¿Qué nos ibas a decir, Bárbara?

Ella nos miró un momento como si dudara y luego dijo, casi cuchicheando:

-Cre-creo que Rob-berto y Ma-María están t-tramando algo co-contra vosotros.

Nuestras reacciones al oír aquello fueron muy diversas, aunque todas significaban lo mismo: Naza abrió la boca hasta que se le cayó el chicle que venía mascando, Cedric miró a Bárbara levantando una ceja y yo me quedé de piedra, con la mirada fija en un punto indefinido del póster de *El Canto del Loco* que tengo colgado en la pared.

-¿Qué? —preguntó Naza, en cuanto recobró la voz-. ¿Pero a esos dos qué les pasa en la cabeza? ¡No les hemos hecho nada!

-Naza, piénsalo por un segundo —dije yo, cuando salí de mi trance-. ¿En serio creías que María nos dejaría irnos de vacaciones de Navidad tan contentas después de todo lo que le dijimos? Incluido Cedric, que nos defendió. Debimos haber imaginado que esto no quedaría así...

-¿Por qué piensas eso, Bárbara? —preguntó Cedric.

-Bu-bueno, les oí ha-hablar en el rec-creo... m-murmuraban so-sobre vosotros y s-se reían, y d-decían cosas así co-como... «esta t-tarde nos re-reunimos y lo hab-blamos»...

-¿En serio? ¿Dijeron nuestros nombres? —cuestionó Naza.

-No... p-pero sí vuestros a-apodos. Ya sab-béis: la ve-venezolana, el santurrón y...

-¿Qué? –salté al instante-. No, alto, eso es imposible, ¡yo nunca he tenido ningún apodo!

-A-ahora sí: t-te llaman «la t-traidora».

Escuchar aquellas palabras no me produjo decepción o tristeza, sino una profunda furia rabiosa que crecía como una llama dentro de mí hasta convertirse en un incendio. ¿Yo? ¡¿La traidora?! ¡PERO QUÉ SE CREÍAN ESOS DOS! En esos momentos lo único que deseaba era darle a María y a Roberto una buena patada en las posaderas, me daba igual lo que tuviera que hacer para conseguirlo. Si todavía había algo en mí que se arrepintiera de todo lo que le había dicho a María aquella vez, ese algo desapareció al momento.

-¡¿TRAIDORA?! –exclamé-. ¡¡JA!! ¡Si eso es ser traidora, a mucha honra lo seré durante toda mi vida! Fíjate tú lo que me importa, resulta que Barbie y Action-Man piensan que soy una traidora. ¿Y traidora a qué, vamos a ver? No se puede ser tan burro, en serio…

-¡¡Es increíble!! –dijo Naza, perpleja y enfadada-. Os lo digo de verdad, Cedric, Bárbara… no entiendo cómo habéis aguantado vivir todo este tiempo controlados por ese par de homo-erectus.

-Bu-bueno, ellos m-me han dicho si-siempre que soy e-empollona y f-fea… -contestó Bárbara, encogiéndose de hombros-, ¿y q-qué iba a ha-hacer? Es to-toda la v-verdad, no i-iba a negarlo…

-Escucha, Bárbara –dijo Naza-, eso de empollona es una estupidez: tú sacas siempre sobresalientes y notables, y Roberto está dos cursos por debajo de lo que debería. Sinceramente, ¿quién debería burlarse de quién? ¡Y tú no eres fea!

-S-sí lo soy, sé p-perfectamente que t-tengo los dientes la-largos y gafas ho-horribles, que no sé ve-vestirme bien, y q-que soy go-gorda. ¡No me mi-mientas!

-Eso son bobadas, Bárbara –dijo Cedric-. Ok, no eres Doña Perfecta ni Miss Universo, pero, ¡a nadie le importa cómo seas por fuera, eso sólo es el envase!

-S-sí que les imp-porta…

-¡PUES A LOS QUE LES IMPORTA SON PERSONAS ESTÚPIDAS Y SUPERFICIALES CON LA CABEZA MÁS HUECA QUE EXISTE! –explotó Naza, asustándonos a todos. Luego se sonrojó y prosiguió, con un tono de voz más suave-. Lo siento, me sulfuré. Pero en serio, Bárbara… no puedes pretender que los demás te acepten si tú no te aceptas a ti misma.

-Eso no t-tiene sentido... n-no puedo p-pensar que no s-soy fea si t-todos piensan lo co-contrario —replicó nuestra compañera, desconcertada.

-No todos piensan lo contrario —dijo Cedric firmemente.

-¿Ah, no? ¿A-acaso alguien p-piensa que s-soy guapa? —preguntó Bárbara, riendo sarcásticamente-. ¿Q-quién, el Esp-píritu Santo? ¡Venga, de-dejaos de inventar!

-Oye, vale que estés enfadada con Dios y con todo el mundo, pero no hace falta que te metas con nosotros —protestó Naza.

-No me m-meto —replicó Bárbara, al parecer algo avergonzada-, es sólo que... b-bueno... me est-táis intentando co-convencer de cosas q-que no son... y v-vale, lo agradezco, pero no ha-hace falta que m-me tengáis lástima so-sólo porque vuestra Biblia lo di-diga.

-¡Que no es eso! —exclamó Cedric-. ¿Pero por qué te empeñas en creer que no nos caes bien!

La chica calló. Aunque sólo fue por una milésima de segundo, pude ver que me miraba de reojo; entonces comprendí aquello de "quien no entiende una mirada, no sabrá entender una larga explicación".

-Sólo te estoy pidiendo que no nos encasilles, porque entonces acabarás creyendo lo mismo que piensan ellos de nosotros, y eso duele —dijo Naza, respirando con fuerza.

-Que yo n-no digo eso... sólo q-que me cho-choca que baséis vu-vuestras respu-puestas en un l-libro que no p-puede decirle nada a n-nadie.

-Pues mira, podemos comprobar eso fácilmente —dijo Naza, sorprendiéndonos-. Pam, ¿tienes aún la Biblia que te regalé?

-¿La Biblia? —pregunté, extrañada-. Sí, pero, ¿para qué la quieres?

-Tú déjamela —insistió mi amiga, de una forma que me vi incapaz de desobedecer. Cogí el susodicho libro de mi mesita de noche y se lo extendí.

Naza lo sostuvo y se dirigió nuevamente a Bárbara:

-Sólo por curiosidad: si yo te asegurase que ahora mismo puedes saber lo que Dios quiere decirte en este preciso momento, ¿qué me dirías?

-P-pues... que no te c-creo ni media pa-palabra —respondió Bárbara intentando mostrar seguridad, aunque no parecía tenerlas todas consigo.

-Entonces trata de comprobarlo por ti misma –dijo Naza, poniéndole la Biblia en las manos-. Cierra los ojos y ábrela al azar por donde tú quieras.

Algo asombrada, Bárbara cerró los ojos fuertemente y obedeció.

-Ahora –continuó Naza-, sin abrir los ojos todavía, pon el dedo en cualquier parte del texto.

Bárbara movió su dedo titubeante por toda la doble página hasta que, finalmente, se detuvo.

-Ya está –dijo Naza-. Ahora léelo y piensa si te dice algo que tenga sentido para ti. Y toma, coge un bolígrafo y márcalo: siempre puede resultarte de ayuda recordar estas cosas.

Nuestra compañera abrió los ojos, parpadeando ligeramente, y bajó la mirada hacia donde reposaba la yema de su dedo índice. Después de unos segundos, pareció quedarse petrificada.

-Bárbara, no hace falta que nos digas lo que pone si no quieres, pero… ¿te dice algo?

-Sup-pongo que sí… -murmuró la chica, con un hilo de voz, sin apartar la mirada de las páginas. Cogió como sin darse cuenta el bolígrafo que le ofrecía Naza y lo pasó lentamente por las líneas, como si estuviera subrayando algo -. Es b-bastante ext-traño…

-Bueno, cuando una persona está abierta a recibir la voz de Dios, la escucha –intervino Cedric cordialmente-. No parece, visto así, que estuvieras tan segura de que no iba a pasar nada.

-Ca-casualidad, sólo e-eso –insistió Bárbara, dejando la Biblia sobre la almohada, aunque sin cerrarla.

-Bárbara -me inmiscuí yo, que estaba bastante desconcertada ante lo que acababa de ver y escuchar-, durante estas últimas semanas he aprendido a no creer mucho en las casualidades, y eso que no soy cristiana. No sé lo que habrás leído ahí, pero me resisto a creer que haya sido pura chiripa.

Hubo un silencio de varios segundos que fue interrumpido por la potente voz de mi madre, que venía de la cocina:

-¡Pam! Comemos en cinco minutos, así que ya sabes…

-Sí, vale –exclamé. Luego bajé el tono de voz para dirigirme a ellos-. Lo siento, pero creo que será mejor que os vayáis ahora…

-Sí, claro –contestó Naza, poniéndose en pie-. Andrés me va a matar, debe de llevar quince minutos esperándome para que le ayude a hacer el pastel de carne -rió y todos hicimos lo mismo. Acompañé a los tres a la puerta del piso.

-Bueno, hasta mañana – dije con una sonrisa.

-Hasta luego a todos –dijo Naza, entrando en su piso. Cuando ya todos se habían marchado y despedido, cerré la puerta. Me di la vuelta, atravesé el salón y casi atropellé a mi madre, que venía justo en ese momento sosteniendo la olla de lentejas y se tambaleó peligrosamente.

-¡Ups! Lo siento...

-¡Pam, haz el favor de tener cuidado! ¿Adónde crees que vas? Nos estamos sentando ya a comer...

-Sólo será un segundo, voy a mirar una cosa –me escabullí rápidamente y fui hasta mi habitación, donde cogí de la cama de Maritere la Biblia que Bárbara había dejado tal cual. No aguantaba la curiosidad, y no me explicaba qué había sorprendido tanto a Bárbara, así que comencé a buscar con la mirada hasta que me topé con el versículo subrayado a boli. Estaba en el libro de Cantares, y era el decimocuarto del capítulo dos. Leí:

Paloma mía, que te escondes en las rocas, en altos y escabrosos escondites, déjame ver tu rostro, déjame escuchar tu voz. ¡Es tan agradable verte! ¡Es tan dulce escucharte!

«¡¿What?!», pensé enseguida, atónita.

-¡PAM! –el grito de mi madre desde el salón me llegó como desde muy lejos-. ¡Se te enfrían las lentejas!

-Les tienes que ir dando forma redondeada hasta que dore de los dos lados, ¿ves? –me dijo Naza, esa tarde en su cocina, mientras moldeaba con una cuchara grande las porciones de la mezcla que habíamos puesto en la sartén-. Cuando estén listas, las sacaremos con cuidado de no quemarnos; y tenemos que servirlas calientes, así que... no esperaremos a nadie y nos las comeremos nosotras solas –sonrió-. Me da igual que ahora, a las seis de la tarde, no peguen ni con cola.

-Gran idea –aprobé, soltando una carcajada-. ¿Cómo dices que se llama esto?

-Cachapas de Jojoto. Te apuntaré ahora mismo la receta en un papel, y mañana se la pasaré también a Cedric.

-¿Qué pasa, acaso Cedric también está recibiendo lecciones de cocina venezolana contigo? –pregunté, divertida, mientras me quitaba el delantal.

-Por supuesto; y va progresando bastante bien, aunque es más torpe que tú. El otro día me llamó al móvil, totalmente histérico, para decirme que se le estaba quemando todo y que la Hallaca no le estaba saliendo como tenía que salir. ¿Qué te parece?

-Hombre, la Hallaca es bastante complicada, ¿no crees? —contesté yo, sin poder evitar reírme al recordar cómo había sufrido yo cuando quise preparar sola aquel plato-. Pero en fin, ¿esto ya está listo?

-Sí —dijo Naza, apartando la sartén del fuego-. En cinco minutos nos las podremos comer; mientras tanto, vamos a limpiar todo esto, ¿ok?

Aquella tarde en casa de Naza fue particularmente divertida, y me ayudó a despejar un poco la mente. En varias ocasiones pensé en decirle a mi amiga lo del versículo de Bárbara, pero prefería pensar en ello sola; así pues, pasamos todo el rato cocinando, hablando del insti, de Patri, de Roberto y María, y viendo una película buenísima: *El Diario de Noa*. Hasta que, cuando sin darnos cuenta nos dieron las diez de la noche, nos despedimos.

Mientras pensaba seriamente cómo decirle a mis padres que no quería cenar (porque entre las Cachapas de Jojoto y todas las chucherías que habíamos comido se me habían quitado por completo las ganas), abrí la puerta con mi llave y entré al salón: para mi sorpresa, estaba totalmente en penumbra, sólo iluminado por una pequeña lámpara de pie. Y de pronto me di cuenta, estupefacta, de que una persona estaba sentada en el sofá, sollozando: se trataba de Maritere.

-¿Qué haces aquí? —pregunté, muy sorprendida.

-Es mi casa también, ¿no? —respondió mi hermana de manera brusca, haciendo vanos esfuerzos para que no me diera cuenta de que estaba llorando-. Papá y mamá han salido, y dicen que si quieres cenar...

-No quiero cenar —interrumpí toscamente-. ¿Dónde te habías metido?

Maritere se sonó la nariz y me miró desafiante, con unos ojos que, a pesar de la poca luz, pude ver que estaban rojos de llanto.

-Pam, ¿puedes dejarme en paz por una vez en tu vida? ¡Quiero estar tranquila, no es mucho pedir! ¡Vete a la habitación!

-¿Te has peleado con ellos por lo del niño? —pregunté súbitamente. Maritere me miró, espantada, y preguntó con un hilo de voz:

-Tú... ¿tú lo... sabes?

-S-sí —respondí, algo turbada. Pensé que reaccionaría de una forma violenta, pero lo único que hizo Maritere fue llorar más fuerte aún. ¿Qué pasaba, por todos los santos?

-Quieren que lo aborte –dijo mi hermana, sin mirarme y sin dejar de llorar-. Quieren... papá y mamá... ellos quieren que aborte a mi hijo... ¡y yo no q-quiero! De verdad quiero tenerlo y... y no lo ent-tienden... –lagrimeó aún más mientras yo la miraba sin poder creer lo que me decía.

-¡¿Abortarlo?!

-Sí... y ahora ya sé que tú te pondrás de su parte y... y que nadie lo comprenderá nunca, ni siq-quiera Javier lo acepta... pero me da igual –dijo Maritere, con voz ahogada pero decidida. Hubo un largo silencio que yo rompí.

-No me voy a poner de... de su parte –respondí asombrándome a mí misma, ya que no recordaba la última vez, si es que había habido alguna, que le di la razón a Maritere. Ella me miró fijamente, pero continué-. Yo... al fin y al cabo es mi sobrino, ¿no? Y no voy a dejar que papá y mamá hagan con él lo que les dé la gana, no les toca a ellos elegir.

-Por una vez piensas como yo –dijo Maritere, sorprendida. Luego volvió a retirar la mirada y a sollozar, hasta que consiguió las palabras para decir-: la verdad es que no-nosotras nos parecemos mucho, Pam... y podríamos habernos comportado como hermanas si hubiéramos querido... pero no lo hicimos, y ya es tarde para volver atrás.

-Sí... ya es tarde –afirmé, con voz dubitativa. Rodeé el sofá lentamente para ir al pasillo y, cuando llegué allí, me detuve durante unos segundos. Finalmente, decidí girarme y preguntar:

-Maritere, ¿ya sabes si será niño o niña?

-No... –contestó mi hermana, mirándome con sus ojos llorosos.

-¿Cómo le llamarás? –pregunté. Después de unos segundos, ella dijo:

-He decidido llamarlo Izan si es chico, y Violeta si es chica.

No pude contener una ancha sonrisa de agradable sorpresa.

-Esos nombres eran nuestros favoritos cuando éramos niñas, ¿no es cierto? Hace ya mucho tiempo, cuando jugábamos juntas.

Maritere se quedó unos segundos en silencio y luego, por primera vez en años, me dirigió una sincera sonrisa.

-Así es –contestó, con un ligero deje de melancolía-. Hace ya mucho tiempo.

Un golpe erróneo

La mañana del día siguiente amaneció tan soleada (cosa nada común en el mes de diciembre) que nada podía prever los acontecimientos que tendrían lugar esa tarde. Viernes dos de diciembre, claro: lo recuerdo tan vívidamente como si fuera ayer. Ese día jamás se borrará de mi memoria.

Cuando me levanté esa mañana, mi cabeza daba vueltas, y no porque estuviera enferma, sino porque eran demasiados pensamientos a la vez: el peligro de Héctor, las desapariciones de Patri, la intención de mis padres de obligar a Maritere a abortar, y (lo que más me consumía el cerebro aunque no entendía bien el por qué) la conversación con Bárbara, Naza y Cedric. Pensé en aquellas cosas durante el desayuno, sin prestar ninguna atención a Enrique, que me contaba no sé qué historia sobre un Emperador y un sable láser que mataba a niños «padawan», y en el camino al insti no abrí la boca, lo cual provocó muchas preguntas por parte de Naza. No pronuncié un sonido durante toda la mañana hasta que sonó el timbre de la segunda hora, momento en el que finalmente saqué las palabras para preguntarle a Naza si me podía prestar un sacapuntas.

-Estás muy rara hoy, Pam –dijo mi amiga, cuando salimos al patio en la hora del recreo, mirándome con el ceño fruncido-. ¿Seguro que no te pasa nada?

-Que no, Naza, déjalo ya; sólo... eh... tengo sueño.

-Si tú lo dices...

Nos encontramos con Cedric y fuimos a sentarnos los tres en los escalones de la cafetería, a la débil sombra de un árbol muerto que había perdido todas sus hojas menos una. La observé mientras se sujetaba rebeldemente a las ramas y pensé que se parecía mucho a mí: aferrándome firmemente a una idea que, después de todo, tendría que soltar... porque no era la verdad. Eso había demostrado mi comportamiento durante los últimos dos meses y medio: una hoja casi desprendida.

-¿Vosotros dos sabíais que la fiesta de Navidad tiene que ser con parejas? –nos preguntó de pronto Naza, bastante indignada.

-Bueno, los delegados lo propusieron porque dijeron que sería más divertido así... -expliqué yo, bajando de mi nube al escuchar aquella pregunta.

-¡¿Qué?! ¡Vaya asco! Ni que esto fuera uno de esos pijos colegios privados de las series americanas...

-Vamos, ¿por qué te molesta tanto? –preguntó Cedric-. ¿Acaso tienes miedo de quedarte sola y no poder asistir? Todos en el instituto te admiran, Naza, seguro que dentro de uno o dos días tendrás a veinte chicos haciendo cola para ser tu pareja –al decir esto, la voz de Cedric tembló un poco, y es ahora cuando me pregunto por qué-. No tienes problemas, como yo...

-¡Hey! –dijo de pronto una voz alegre de chica.

Giré la cabeza hacia el lugar de donde procedía aquella voz familiar y me topé con una grata sorpresa. ¡Caramba! La persona que nos había saludado era Laura, y a su lado venía nada menos que Patricia. Para nuestro total asombro, se sentaron a nuestro lado como si no se hubieran dado cuenta de que Naza y yo estábamos con "el santurrón"; el mismo Cedric era quien parecía más ruborizado y aturdido.

-¡Patri!-exclamé yo, alborozadamente-. ¡Qué raro!, últimamente no te veíamos el pelo por aquí... ¿dónde te has dejado a Fran? –esto último lo pregunté con una risita.

-Lo dejé por pegajoso, Pam –respondió mi amiga esbozando una enorme sonrisa (ya sabéis, de dientes blanquísimos y relucientes) ante mi pregunta-. Al principio pareció que la relación iba a funcionar, ya os dije que tenemos muchas cosas en común... pero luego quería acaparar todo mi tiempo, exigía que lo acompañase a todas partes y que me fuera sólo con él y con sus amigos, no me dejaba espacio ni para respirar...

-Eso es evidente, si te ofreció tabaco –dijo Laura irónicamente, antes de dirigirse a nosotros-. La acompañé a cortar con él y el tío se puso furioso, nos amenazó con pegarnos, y segundos después cambió por completo y empezó a suplicarle a Patri que no lo dejara, que ella era la única luz que iluminaba su existencia, bla, bla, bla... un plasta.

-Oye, no te pases, que cuando yo tengo una relación de dos meses y medio con un chico no es sólo por su cara bonita –replicó Patri, algo indignada, aunque divertida.

Naza soltó una carcajada y dijo:

-Bueno, Patri, ¡creo que has tomado una buena decisión! Ya empezabas a preocuparnos, ¿sabes?

-Me alegra mucho saber que os inquietabais por mí –dijo Patri, sonriendo agradecida y, aunque no quiso demostrarlo, algo emocionada.

¿Pero esta chica qué se pensaba? ¿Cómo demonios íbamos a no inquietarnos por ella? La abracé, riendo, y dije:

-¡Claro que estábamos preocupadas, y espero que no vuelvas a hacernos algo parecido! –en ese momento miré a Cedric, quien sonreía forzado por lo incómoda que era la situación para él, y decidí que había que dejar las cosas claras de una vez por todas-. Ah... os presento a Cedric, aunque ya le conocéis de vista, pero bueno...

-¡Hola! –dijo Laura efusivamente, mirando a Cedric con una sonrisa ancha que me sorprendió un poco-. Soy Laura, y ella es Patricia.

-Sí, un placer –dijo Patri. Y entonces, tal y como había hecho aquella noche en la discoteca para presentarse a Fran y a Juanjo, se acercó a Cedric y le dio dos besos en las mejillas, ante lo cual mi amigo enrojeció con embarazo y por eso se le trabaron las palabras al decir:

-En... cantado.

-Oye, Cedric, te íbamos a decir una cosa, ya que estamos en plan amistoso y tal... -empezó a decir Laura-. ¿Verdad, Patri?

-Sí, exacto. Queremos pedirte disculpas.

Los tres nos quedamos mirando a mis dos amigas como si fueran un par de OVNIS que de repente habían caído a la Tierra. Caramba, cualquiera hubiera dicho que me habían cambiado a mis amigas.

-Sí –continuó Patri, ante la mudez de Cedric-, porque después de lo que ha pasado con Pam, Naza y... ejem... nuestra compañera Belén –hizo una mueca al decir este nombre-, nos hemos dado cuenta de muchas cosas, y una de ellas es que hicimos mal en burlarnos de ti; al fin y al cabo, todos somos seres humanos... estudiantes... adolescentes –soltó una risa-. Bueno, es lo que dijo Naza, y tenía razón. Y yo qué sé, que da igual si somos españoles, extranjeros, macarras, empollones, religiosos o ateos, es estúpido que nos prejuzguemos sólo por ser diferentes. ¿No?

-Muy currado el discurso, Patri –dijo Laura, algo burlona pero bromeando-. Pues eso, lo que ha dicho ella. Y después de todo, como conocemos muy bien a nuestras amigas –me miró, divertida-, nos hemos dado cuenta de que Pam y Naza te aprecian, y... ¡los amigos de nuestros amigos son también nuestros amigos!

Las palabras de Patri y Laura me emocionaron y todo. ¡Se habían dado cuenta, más tarde que yo, pero se habían dado cuenta! Bueno, cavilé, seguramente había influido mucho el que yo les hubiera contado que estaba por Cedric y también por eso querían incluirle entre sus amistades, pero el caso es que iban a dejar de meterse con él. Miré a Cedric, que no decía nada pero sus ojos brillaban dando a entender lo que sentía, y luego a Naza, que parecía más radiante y contenta que nunca.

-Bueno, hombre, qué menos... igual que algunos se van, otros nuevos llegan –bromeó Laura, divertida ante la cara de Cedric.

-¡Espero que eso de que «algunos se van» no lo digas por mí, traicionera! –rió, de pronto, otra voz conocida. Nos dimos la vuelta y nos encontramos con los entrañables rostros de Carla, Alex y Arturo.

-¡Vaya! –dijo Patri, alegremente-. Media pandilla reunida, al fin...

-Sí, al fin –rió Arturo. De pronto, los tres parecieron darse cuenta de la presencia de Cedric, y se detuvieron, como algo desconcertados. Nos miraron interrogativamente hasta que Naza dijo, dándole a éste un golpecito en el hombro:

-Ah, nos hemos hecho amigas de este personaje.

-¿En... serio? –preguntó Alex, algo reacio.

-Sí... -contestó Cedric, como dudando, esbozando una sonrisa retraída. Hubo unos segundos de silencio e indecisión hasta que, finalmente, Carla convirtió su seriedad en una sonrisa y dijo:

-Genial, cuantos más mejor –y dicho esto, se sentó a nuestro lado, seguida poco después por Alex y Arturo. ¡Desde luego, aquel día no ganaba para sorpresas!

-Ojalá estuvieran David y Cristina, eso sería lo perfecto –murmuró Alex, apoyando su espalda en el hombro de Laura-. Pero...

-¿Al final también nos dejaron? –pregunté yo, sin poder ocultar mi decepción y mi tristeza-. ¿Y entonces qué has hecho con David, Carla?

-Pues después de pelearnos muchísimo... he cortado con él, ayer a primera hora –contestó mi compañera, mostrándose orgullosa de sí misma.

-Vaya... no ha sido una buena mañana para los romances en general –comentó Naza con asombro.

Era cierto, pero si bien faltaban personas importantes, nuestra pandilla nunca hasta entonces había estado tan unida... nunca. Algo especial había sucedido ese día.

Como bien había dicho Naza... las barreras estaban rotas. ¡Por fin!

En la mente humana existen descuidos razonables y descuidos estúpidos. Olvidarse el libro de Lengua en la cajonera del pupitre, teniendo un profesor tan histérico como Don Mariano, NO es un descuido razonable, y por lo tanto, aunque me diese rabia reconocerlo, es un descuido estúpido.

¿Cómo había sido tan zopenca? Eso era lo que me preguntaba aquella tarde, dando vueltas, furiosa, por toda mi habitación, y pateando las cosas que estaban por el suelo. Hay veces, lo reconozco, que no me importa mucho dejar los deberes sin hacer, pero cuando se trata de Don Mariano a nadie, y me refiero a NADIE de mi clase, se le pasaría por la cabeza llegar y decirle a nuestro profesor zombie que no había hecho los quince ejercicios que teníamos para esa tarde. Me recorrió un escalofrío de sólo imaginarme en semejante situación: sería como cavar mi propia tumba. Y encima justo ahora, cuando faltaba poco para las vacaciones de Navidad y un mínimo error significaría que en esta evaluación tendría un bonito cero. Adiós a cualquier esperanza de que los Reyes me regalaran una mini-cadena.

Mientras me desgraciaba revolcándome en mi propia miseria, me di cuenta de que necesitaba pedirle a alguno de mis amigos que me prestara el libro. Salí corriendo del piso y llamé varias veces al timbre de la casa de Naza, pero nadie abrió la puerta y me vi obligada a suponer que ella y toda su familia habían salido. ¡Rayos, qué oportunas son algunas personas! Di una patada en el suelo, desesperada, y luego volví a entrar en mi casa para pensar qué hacer.

A ver, tenía que razonar. Evidentemente Cedric quedaba descartado porque estaba en segundo curso, y para ir adonde Laura y Patri tenía que coger el autobús y eso era absurdo, sólo para pedir un libro. Así que me di cuenta de que lo más lógico sería ir a casa de Carla.

Muchas veces me da rabia visitar a Carla porque tiene como mascota a *Goliat,* un perrazo increíblemente enorme, de raza inidentificable y sexo indefinido, que cada vez que cruzo el umbral parece dispuesto a arrojarse sobre mi garganta (no sé si recordarás que tengo fobia a los perros). Por eso estuve varios minutos indecisa, preguntándome si no valdría la pena mejor coger el autobús para ir a casa de Laura, pero finalmente desistí. Después de todo estaba hablando de nada menos que quince ejercicios de Lengua, y ya eran las seis: si no se lo pedía a Carla, que vive cerca de mi calle, no me daría tiempo a acabar. Así que, bastante molesta, cogí mi abrigo y, sin avisar de que salía porque sabía que mi padre jamás me lo permitiría a esas horas, abrí la puerta del piso y me fui.

En la calle ya era de noche casi cerrada, lo cual incluso empeoró mi humor; una vez respirado el aire fresco, me puse en marcha calle arriba. Caminé un poco a trancos, porque tenía bastante prisa, y seguramente fue por eso (y porque estaba despistada pensando en el perro de Carla) que no me di cuenta de la persona que venía hacia mí hasta que nos chocamos.

-¡Oh, lo siento! —exclamé. De pronto reparé en quién era-. ¡Bárbara!

La chica venía con unos libros que casi se le cayeron en el choque, y cuando me reconoció, esbozó una sonrisa sorprendida.

-¡Ho-hola, Pam! —me saludó-. ¿Qué tal?

-Bien, aquí andamos. ¿Adónde vas?

-A mi ca-casa, vengo de la bib-blioteca... ¿y tú?

-Pues... iba a casa de una amiga para que me prestase su libro de Lengua —contesté-. Se me olvidó en clase y no puedo hacer los ejercicios, ¿no es estúpido? —dije, riéndome de mí misma. Aunque aquello no me hacía la menor gracia.

-Oh, ci-cielos —dijo Bárbara, sin dejar de sonreír. La verdad, había un gran cambio en su aspecto cuando sonreía, era como si se le iluminara el rostro y, desde luego, estaba algo más guapa-. Oye, si q-quieres vamos a mi casa y t-te lo de-dejo yo... vivo muy c-cerca, un par de calles m-más abajo, y ya he te-terminado los deb-beres.

-¿Tienes algún animal en casa? –pregunté ansiosamente, siendo consciente de que eso había sonado realmente estúpido (pero nadie dijo que fuera una pregunta muy inteligente). Ella me miró extrañada (lógico) y respondió:

-No...

-¡Entonces me harías un favor enorme, Bárbara! –respondí yo, entusiasmada y agradecida. ¡Qué alivio, ya tenía una salida! Desde luego, antes de ver a *Goliat* prefería mil veces cualquier cosa.

Acompañé a Bárbara hasta el final de mi calle y luego cruzamos la carretera. Por el camino, íbamos hablando.

-¿Qué tal te han salido los últimos exámenes? –pregunté yo, aunque sabía que era una pregunta sin sentido.

-Bien, c-creo que bien –respondió ella-. ¿Y a t-ti?

-Sin comentarios –me reí-. Pero bueno, no lo sabremos seguro hasta dentro de dos semanas.

-C-claro.

Después de eso, siguieron varios minutos de incómodo silencio. Seguimos andando durante un trecho sin decir nada; finalmente yo abrí la boca para comentar algo sobre los deberes de Lengua, pero antes de que las palabras estuviesen en mis labios, la pregunta de Bárbara me asaltó de repente:

-Pam, ¿tú v-vas con Cedric y Na-Naza a su i-iglesia?

Cerré la boca de inmediato, sintiendo que no estaba preparada para aquella pregunta. ¿Cuál sería la respuesta verdadera, sinceramente? Decir que sí, sería como expresar que acudía regularmente a la iglesia y colocarme al nivel de Naza y Cedric, lo cual sería incorrecto, porque yo no era cristiana. Sin embargo... decir que no, no sería del todo cierto, ya que durante las últimas semanas había asistido un par de veces más a las reuniones dominicales. ¿Cuál era, pues, la forma correcta de responder a aquella pregunta?

-Sólo a veces –contesté al final, tratando de sonar indiferente-. Me han invitado en varias ocasiones.

-Ah... b-bueno. ¿Y tú c-cres que...?

-Si te soy sincera –no podía más, necesitaba descargarme-, ya no tengo ni idea de qué creo, Bárbara. Antes el cristianismo me parecía una religión vieja y absurda, que estaba bien para los tontos, pero no para gente como yo. Es decir –me sentí en la obligación de suavizar un poco lo último que había dicho-, eso creía. Pero ahora ya no tengo las ideas claras, a veces creo que Dios no existe y otras veces que sí, y no sé, me siento muy confusa al respecto.

-Ya...

La miré para estudiar su reacción. Aquel «ya» no había sido de escepticismo, de eso estaba segura, sonaba más bien como si yo le estuviera hablando de un tema que ella conocía desde hacía mucho tiempo.

-Si te soy s-sincera —me dijo entonces, en un tono que daba a entender que ella también estaba a punto de desahogarse de algo que la oprimía por dentro-, du-durante estos años, en mu-muchas ocasiones, eché de me-menos lo que so-solía hacer antes de... b-bueno, ya sabes.

-Sí, lo sé —respondí. No quería forzarla a hablar de lo que le había sucedido a su padre, sólo deseaba escuchar lo que ella quería decirme-. Continúa.

-M-me sentía mal. Estaba muy a-angustiada por todo lo q-que había p-pasado, mi madre si-siempre llorando, mi t-tía nunca estaba co-contenta conmigo, mi p-padre enfermo en otra ci-ciudad... y cuando re-rechacé la existencia de D-Dios por fin me se-sentí tot-talmente segura de algo, de-desde entonces cualquier exp-plicación sobra para mí. P-pero... reconozco que mu-muchas veces eché de menos lo q-que hacía de pequeña, cu-cuando mi padre me enseñaba a... b-bueno... te reirás...

-No, no me reiré. Te lo prometo. ¿A qué te enseñaba?

-Pues... A ha-hablar con Dios, a re-rezar... a sentirme amada p-por Él y co-cosas así. Llevo a-años oponiéndome a e-eso, pero du-durante estos días, e-escuchando a Naza y a Ce-Cedric... no sé...

No siguió hablando, y yo no la forcé a que lo hiciera. Seguimos andando, yo con la mirada en el suelo, pensando incansablemente en el mismo tema y tratando de recordar. Aquel versículo, el que Bárbara leyó al azar cuando vino a mi casa... ¿cómo era? *Paloma mía, que te escondes en las rocas, en altos y escabrosos escondites, déjame ver tu rostro, déjame escuchar tu voz. ¡Es tan agradable verte! ¡Es tan dulce escucharte!* ¿Por qué lo recordaba tan bien? Porque sólo me hacía falta pensar en lo que habíamos hablado con Bárbara aquella tarde para que me vinieran a la cabeza esas frases: estaban directamente relacionadas con ella. Me vinieron a la mente las palabras del pastor, Mateo Pérez, el último domingo: «En todo momento escuchad, y si estás abiertos a recibir como lo estuvo el joven Samuel, oiréis la voz de Dios».

Era la voz de Dios. Lo creí. Nunca había dado mucho crédito, en mis catorce años de vida, a las palabras de un predicador, un «catequista», como yo solía decir. Tampoco esperé nunca encontrar algo útil en la Biblia. Pero esta vez todo era distinto: mi propia vida, y la vida de la gente que me rodeaba, ilustraba de un modo aplastante la verdad. Bárbara era una prueba ejemplar de ello.

Nos detuvimos delante de una carretera bastante ancha y nos quedamos esperando a que el semáforo de los peatones se pusiera en verde. La calle parecía vacía a aquellas horas, con nosotras no esperaba nadie y en la acera de enfrente sólo estaban, sentados en una parada de autobús, una señora que parecía gitana con una cesta de verduras y dos chicos poco más mayores que nosotras que charlaban entre sí, riendo. Los coches pasaban rápidamente, no eran muchos. ¡Plim!, el muñequito del semáforo cambió de rojo a verde.

Bárbara y yo empezamos a cruzar, aunque en realidad pudimos haberlo hecho antes porque no parecían venir más coches. Ah, bueno... sí, a lo lejos se veía un vehículo blanco. Venía a toda máquina hacia el paso de cebra, pero nosotras no apresuramos el paso porque, después de todo, el coche tenía que detenerse. Eso pensé mientras lo observaba venir a una velocidad inusitada y, para mi extrañeza, sin aparente intención de parar. «Tiene que detenerse», pensé, ya algo inquieta. Apreté un poco el paso y entonces, para mi súbito terror, lo vi.

El conductor de aquel coche me miraba fijamente, con los ojos entrecerrados y una expresión de ardiente odio en todas sus facciones, estaba ya a tan pocos metros del paso de cebra que casi pude reflejarme en sus pupilas negras como el abenuz. No, no me había equivocado... reconocería en cualquier situación aquella mirada asesina que me perseguía en todos mis sueños desde aquella aciaga noche en la que sufrí, a sus manos, el mayor tormento de mi adolescencia. Y ahora estaba ahí... Héctor estaba realizando una maniobra desesperada por destruirme, en aquella calle casi vacía, sin importarle el precio.

El pánico me invadió por completo y, durante apenas una micra de segundo, todo mi ser quedó paralizado, pero enseguida fui consciente del peligro que corría: el coche venía hacia nosotras sobrepasando cualquier límite de velocidad y sólo pude pensar en una cosa: huir.

-¡BÁRBARA! —fue lo único que pude gritar, cuando el coche ya casi estaba sobre nosotras. Ella apenas pudo volverse hacia mí, yo la agarré del brazo y eché a correr, en menos de un segundo maldije mil veces el gran ancho de la carretera, tropecé por la rapidez de mis propios movimientos y caí al suelo sin apoyar las manos, rodando hacia la acera, no escuchaba los gritos de la gitana y de los dos chicos que habían contemplado la escena: en mis oídos sólo silbaba el sonido del coche detrás de mí, las ruedas girando cada vez más lejos sobre la calzada… hasta que comprendí que lo había esquivado. Temblaba, no sentía mi propio cuerpo. Después de unos breves momentos de miedo incontrolable, sin poder gritar, sin poder moverme, apreté con fuerza el puño y entonces descubrí algo horrible:

Vacío. Mi puño estaba vacío. ¡¡Había soltado a Bárbara sin darme cuenta!!

Me puse en pie de golpe, histérica, y miré a mi alrededor dos veces antes de comprender lo que había pasado. Sentí que se me venía el mundo encima y, sin poder evitarlo, mi garganta se rompió en un grito de desesperación y amargura que brotó de mis labios e hizo eco entre los altos inmuebles de la calle.

-¡¡¡NO!!!

En medio del paso de cebra se encontraban, abiertos y desparramados, un montón de libros con el sello de la biblioteca. Miré a lo lejos y, ante mis ojos aterrados, un coche blanco se salió de la carretera a trompicones y se estrelló contra la fachada de un edificio en medio de una nube de humo y polvo.

26

Sentimientos con Sabor a culpa

Durante los últimos dos meses me había visto envuelta en un par de situaciones en las que pasé más miedo que nunca hasta entonces, y ambas estuvieron relacionadas con Héctor: primero fue el intento de violación y luego la persecución por el parque. Sin embargo, ahora todo era distinto, porque lo que realmente me aterrorizaba ya no era mi atacante, sino la oprimente duda que se había apoderado de todo mi ser. Ya no estaba atemorizada por mí misma, sino por Bárbara, y ya no pude pensar en otra cosa que no fuera si ella estaba bien o no. Por eso, en cuanto me di cuenta de lo que había pasado, corrí con toda mi fuerza, como nunca lo hice en mi vida, casi volé sobre la carretera con la mirada fija en el coche de Héctor. Sólo veía humo, humo negro que reflejaba mi desesperación, oía gritos de la gente que se asomaba a las ventanas a contemplar el desastre, no podía pensar, las ideas volaban por mi mente, todo es culpa mía, debí hacer caso a Naza, Bárbara, por qué ese coche está tan lejos, por qué no avisé a la policía cuando debí hacerlo, Bárbara, por más que corro no llego nunca, la gente chilla, Bárbara…

Casi me estampé contra la parte de atrás del coche estrellado, tal era mi velocidad; tenía flato cuando reduje la marcha, ya junto al coche, y empecé a vadearlo en busca de mi compañera. Tosí, agobiada por el humo, sin darme cuenta de la gente que se reunía alrededor, porque sólo miraba el suelo: la acera, la calzada… buscando sin cesar. Sin embargo, el rostro confundido de Bárbara cuando Héctor la atropelló aparecía ante mis ojos todo el rato, se me nubló la vista y me puse tan histérica que ni siquiera me daba cuenta de las lágrimas que rodaban por mis mejillas ardientes. Antes de comprender por qué lo hacía, estaba a cuatro patas en el suelo, tanteándolo con ambas manos y tratando de avanzar mientras balbuceaba incesantemente el nombre de Bárbara. ¿Podía ella oírme? Ni siquiera yo misma captaba mi propia voz, el bullicio que me rodeaba era demasiado fuerte. Deseé gritar, ordenarles que se largaran y me dejasen buscar a Bárbara, porque de repente ya nada existía en el mundo, y todos los sentimientos de culpabilidad que existen se apretujaron en mi afligido corazón, pero en mi cabeza sólo cabía un pensamiento: si Bárbara había sobrevivido o no…

-Quita, niña —la voz de una mujer me llegó muy lejana, como si me hablase una persona que había existido hacía muchísimas edades, y sentí una mano sobre mi hombro. No, ella no lo comprendía, tenía que salvar a Bárbara… Con suavidad pero firmeza, la mano me puso en pie y me apartó, y yo no pude resistirme porque ya no me quedaban fuerzas. Tenía la impresión de que ni siquiera sabía dónde estaba, y la cabeza me dolía muchísimo.

-¿Estás bien? —me dijo una voz indistinguible, diferente a la anterior. Yo tenía los ojos fijos en el rostro de la persona que me hablaba, pero no la veía, no veía nada, sólo a Bárbara, la confusión en su semblante…

-¿Dónde está Bárbara? —articulé con esfuerzo-. No recibí respuesta, o tal vez no logré oírla, volví a mirar las ruedas del coche, y allí distinguí dos siluetas, una tumbada en el suelo con una extraña postura como si fuera una muñeca rota, y la otra acuclillada a su lado. Cerré los ojos con fuerza para desprenderme de las lágrimas que aún no habían caído, y entonces me di cuenta de lo que estaba viendo: la gitana que había visto en la parada de autobús estaba agachada, presionando delicadamente el cuerpo de Bárbara, que yacía inmóvil junto al coche con toda la cara cubierta de sangre. Se me volvió a nublar la vista, caí de rodillas sobre la calzada mientras alguien seguía sujetando mi brazo y me puse a vomitar de forma incontenible. Empecé a distinguir frases sueltas entre la marea de voces que sonaban a mi alrededor:

-¡Cuidado con esa!

-¡Que se siente en algún sitio!

-Esta niña no para de sangrar, hagan algo.

-Tío, llama a una ambulancia.

-¿Está muerta?

-Tú, saca a la otra de aquí antes de que se desmaye, anda.

-¿Ha mirado dentro del coche?

-Iba borracho perdido, seguro...

Quería pensar, pero no podía enlazar mis ideas: aquel cuerpo sangriento, tirado en la carretera y rodeado de personas asustadas, tenía que ser el mío, no el de Bárbara, y eso era lo que más me horrorizaba. «¡Por favor, Dios mío, que no esté muerta!», pensé, desesperada. Unos brazos me apartaron de la multitud y me sentaron en el borde de la acera; cuando mis ojos se aclararon un poco, los dos rostros borrosos que se movían ante mí tomaron forma, y reconocí a los dos chicos de la parada de autobús.

-¿Estás bien? –dijo uno de ellos, con una voz que reconocí como la misma que me había preguntado antes-. ¿Te duele algo?

-No, no. ¿Cómo está Bárbara? –pregunté, entre sollozos.

-Vamos a llamar a una ambulancia. Quédate aquí, no te muevas –me dijo el otro chico, sacando de su bolsillo un teléfono móvil. ¿Moverme de allí? ¿Cómo hacerlo aunque quisiera, si mis piernas no podían sostenerme? La cabeza me dolía tanto que pensé que se me iba a partir en dos, y el tobillo izquierdo me dolía muchísimo; seguramente me habría hecho un esguince al rodar por la carretera. Dolor. Confusión. Ceguera. Miedo.

Mi pie acababa de pisar algo duro, algo que se rompía. Miré hacia abajo y recogí aquel objeto: eran las enormes gafas de Bárbara, con ambos cristales fragmentados en varios trozos y las patillas colgando. Se me resbalaron de la mano y no intenté sujetarlas, porque ya no servía de nada y lo único que me pedía el cuerpo era llorar. Quería expulsar como fuera aquella horrible idea de mi mente, porque no podía ser posible, Bárbara no podía estar...

Volví a vomitar. La cabeza me dolía demasiado. Me llenó una completa oscuridad y lo último que escuché, antes de perder la consciencia por completo, fue la sirena de una ambulancia que se acercaba a toda prisa. De hecho, cuando desperté, unas personas con uniforme estaban a punto de subirme a esa ambulancia.

Sé que me llevaron al hospital, que me preguntaron mi nombre y mi teléfono, y que me pusieron una venda en el tobillo haciéndome mucho daño, pero de aquello me enteré más por lógica que por otra cosa. Los recuerdos que tengo de aquella tarde son muy confusos, y sólo sé que en algún momento pude reaccionar y darme cuenta de que me encontraba en un lugar de colores blancos y azulados donde había un fuerte olor a medicinas y sábanas limpias. También había unos cuantos cacharros médicos, cuyo uso nunca había llegado a comprender, en varias mesas y estanterías de la habitación. Yo estaba tumbada en una cama, porque una enfermera me había conducido hacia allí.

Intenté levantarme, pero sentí un agudo dolor en el pie izquierdo que me hizo soltar un leve quejido. Miré: el pantalón arremangado me permitió ver que tenía vendado el tobillo, pero ya no me hacía tanto daño. La cabeza, sin embargo, me estuvo dando vueltas durante unos cuantos segundos, aunque ya no la sentía como si me fuera a explotar de un momento a otro, lo cual resultaba un alivio. ¿Por qué porras estaba allí? ¿Qué había pasado?

«El coche» pensé enseguida. Algo horrible me oprimió el pecho al recordar a Héctor, el intento de asesinato… Jolines, pensé, ¿cuánto tiempo habría pasado desde que subí a la ambulancia? ¿Cómo había ido a parar allí?

-¡Pam!

Me giré súbitamente al oír esa voz y, para mi sorpresa, descubrí a un niño moreno, de nariz puntiaguda, que me miraba contento desde dentro de un gran casco estelar con pegatinas de espadas láser. Era Enrique.

-¡Por fin! Oye, ¿cómo es eso de desmayarse? Fabián me dijo una vez que era como un golpe en la cabeza y que luego pierdes la memoria, pero mamá me dijo que él no podía saber nada porque nunca se había desmayado, pero tú sí que te has desmayado, y ahora me han dejado entrar, y…

-Enrique… ¿qué haces aquí? –pregunté, incorporándome en la camilla con cierta dificultad. Entonces lo comprendí-. ¿Has venido con mamá? ¿Y papá? ¿Están aquí?

-Hemos venido todos –contestó mi hermano con entusiasmo-. Yo, papá, mamá, Maritere… y la chica ésa que vive enfrente y que vino un día contigo a casa, que también viniste con un chico que también ha venido aquí con ella, y también vino con vosotros una chica de gafas que la han traído al hospital en una camilla toda llena de sangre, pero ahora no tenía las gafas...

Mi corazón dio un vuelco al escuchar las últimas palabras, y entonces conseguí las fuerzas suficientes para sentarme en la camilla. Traté de concienciarme de que no tenía ningún esguince y podía caminar perfectamente. Tenía que... no sabía lo que tenía que hacer, pero necesitaba hablar con alguien, necesitaba saber qué le había pasado a Bárbara. Me bajé de la camilla y me puse en pie: pese a todo, el tobillo me seguía doliendo. Llevaba los vaqueros y el jersey muy arrugados, y los cordones de las deportivas desatados y sueltos.

-¿Dónde están todos? –pregunté.

-Allí en la sala de espera: ven –me dijo Enrique, y salió del cuarto tan rápido que tardé un poco en reaccionar y darme cuenta de que tenía que seguirlo. Fui tras él, cojeando, y me encontré en unos pasillos llenos de médicos y enfermeros con batas, que iban de aquí para allá con cierta prisa, algunos llevando camillas de un lado para otro, otros revisando informes sin dejar de caminar, y muchos hablando con sus compañeros sin dejar de usar mil tecnicismos que yo no entendía. Me detuve un momento para descansar el tobillo y busqué con la mirada a mi hermano, pero lo había perdido. Ya de los nervios, detuve a una enfermera y le pregunté:

-Oiga, disculpe... ¿ha visto por aquí a un niño con una escafandra espacial?

La mujer me miró desconcertada y alzando una ceja.

-Vale, déjelo –desistí, encogiéndome de hombros. De pronto, oí a mis espaldas la voz de Enrique:

-¡Vamos, Pam, por aquí! ¡Jope, date prisa! –me gritó desde el fondo del corredor, y yo le hice un gesto enfático para indicarle que se callara. Toda aquella situación parecía divertir mucho a mi hermano, lo cual demostraba que no se enteraba bien de lo que sucedía. Continué andando como pude tras él durante un par de recovecos y una escalera... y finalmente me encontré en una sala con un montón de asientos donde, como me había dicho Enrique, vi sentadas a cinco personas que conocía: mis padres, mi hermana y mis dos amigos. Cuando mi madre reparó en mi presencia, saltó de su butaca y se abalanzó sobre mí, arrebatada, para abrazarme de una forma que me alarmó: no recordaba que nunca me hubiese abrazado así. Para mi sorpresa, pude oírla sollozar.

-¡Hija mía… Pamela, mi niña… por qué me das estos disgustos! –balbuceó-. ¡C-creí que… Pam… podía haberte mat-ta-ta…! –las palabras se le trabaron y no pudo seguir.

Mi padre, que se había levantado bruscamente, se acercó y nos abrazó a las dos a la vez, y yo pude sentir que algunas lágrimas caían rodando sobre mi cabello. Normalmente aquellas muestras de afecto me hacían sentir incómoda y ridícula… pero en aquella situación, sabiendo que en ese momento podía haber estado muerta, lo único que necesitaba era amor y cariño. Me di cuenta de que yo misma empezaba a sollozar, apoyada en el pecho de mi padre.

Había demasiadas cosas que en ese instante quería decir y no supe… pero con ese cálido abrazo sentí que sobraban las palabras.

-Pam… -susurró mi padre, entre hipidos-, no nos vuelvas a hacer esto nunca… nunca. Por un momento hemos cr-creído… lo peor…

Aquella tarde no nos movimos del hospital, a pesar de que el médico me dejó marcharme enseguida. Yo no quería irme a ningún lado sin antes saber cómo estaba Bárbara, y mis padres no querían abandonarme de ninguna manera. Cedric y Nazareth no dijeron una sola palabra en todo el rato, pero el mero hecho de que Naza no me soltara la mano, o que Cedric estuviera pendiente de traer un vaso de agua de vez en cuando, o simplemente que estuvieran allí, a mi lado, sin dejarme sola, era más de lo que yo podía pedirles. Y aunque no me atreví a exteriorizarlo, en ese momento les quise más que nunca.

En cuanto a mis hermanos, Enrique se lo estaba pasando pipa correteando por los pasillos y no quería oír nada de marcharnos. Y Maritere, aunque en un primer momento me miró con una media sonrisa llena de alivio, luego se pasó toda la tarde en la cafetería del hospital; yo me di cuenta de que no podía reprochárselo, porque para ella era muy difícil, en ese momento, quedarse en la misma habitación que nuestros padres.

Lo peor era que no sabíamos nada de Bárbara. Varias veces uno de nosotros se acercó a recepción a preguntar, pero el secretario nos dijo que él no sabía nada y que esperásemos un poco. También nos preguntó por los padres de Bárbara, porque nos dijo que había llamado al número que aparecía en su carné de biblioteca y nadie contestaba.

-No sabemos nada –respondió Naza, ansiosamente-. Vive con su madre y con una tía suya, pero no sabemos nada más.

Sentí algo de vergüenza de mí misma al darme cuenta de que, en tres años que habíamos sido compañeras de clase, yo no me había preocupado nunca por saber algo de la vida de Bárbara.

-Está bien, volveré a llamar dentro de un rato –dijo el secretario, con cierto hastío-. Ustedes aguarden un poco y, en cuanto salga la médico, le diré que vaya a informarles.

-Está bien –suspiré, resignada-. Miré mi reloj de pulsera: eran las diez y media de la noche. Naza y yo volvimos a la sala de espera y yo me senté al lado de mi padre, apoyando la cabeza en su hombro con cansancio.

Cuando la madre y la tía de Bárbara llegaron al hospital, y a pesar de que nunca las habíamos visto, no tuvimos ningún problema para reconocerlas. Eran dos mujeres increíblemente nerviosas y trastornadas: una de ellas era baja y rellenita, y la otra alta y estirada, parecía más mayor.

Si alguien me pidiera una definición del miedo, no podría sino tratar de evocar el terror que se veía en aquellas mujeres. Especialmente en la más baja: todas sus facciones reflejaban agitación, dolor y una infinita angustia que se leía en cada arruga de su semblante, en cada sombra de las líneas que dibujaban su rostro, en cada mirada nebulosa que sus ojos describían.

-Oh, no –gemí en voz baja.

Y es que, cuando contemplé a aquella señora, sentí que no tenía ninguna fuerza para ir a hablar con ella sobre Bárbara. No sería capaz siquiera de mencionarlo, no tendría el valor de mirar a aquella mujer a los ojos y tratar de explicarle lo sucedido, que si su hija estaba en semejante situación había sido por mi culpa, nada más que por mi culpa. Yo debería estar en su lugar.

Y sin embargo, ahí estaba. Viva, consciente, llena de dolor, y a punto de enfrentarme a lo que, en ese instante, era mi mayor miedo.

-¿Crees que ellas serán la familia de Bárbara? –me preguntó Naza. Al ver que yo asentía con la cabeza, pareció ponerse nerviosa y me apretó la mano con un poco más de fuerza. Mi padre estaba quedándose dormido, pero mi madre nos escuchó.

-¿Son ellas las familiares de esa chica? –nos susurró-. Naza musitó un leve «sí» y le hizo un gesto a Cedric, que no paraba de dar vueltas por el vestíbulo como león enjaulado, para que se acercase y poder decírselo.

-Entonces iré a hablar con ellas. Quedaos aquí –dijo mi madre, levantándose del asiento-. Yo quería decirle que no, que no tenía que ir ella, que esa era mi responsabilidad, que era yo la que debía enfrentarse a aquella situación… pero estaba demasiado cansada. No tenía ni las fuerzas ni el valor necesarios para replicar, y en ese momento odié como nunca mi cobardía. Sabía que debía tener fuerza de voluntad, debía plantarme y decir: «Señora, su hija ha sido atropellada por un coche y ha sido por mi culpa». Sabía que no debería quedarme simplemente de brazos cruzados sin hacer nada.

Pero eso fue lo que hice. Nada.

Y dejé que el tiempo pasara a lenta velocidad delante de mí. Los segundos eran horas, y los minutos años… y las pesadillas, aquellas que me habían atacado desde la noche del intento de violación, volvieron a mí a pesar de que todavía estaba despierta. Veía a mi madre hablando con aquellas dos mujeres, a la más bajita ocultando el rostro entre los brazos, a la otra gesticulando desesperada… Y lo cierto es que he de admitir que, pese a todo lo que estaba sucediendo, yo permanecía quieta, sin hacer nada, y no podía evitar aburrirme. Los humanos somos así, hasta en las situaciones en las que te dan ganas de suicidarte podrías morir de aburrimiento.

Sentía a Naza cada vez más nerviosa, veía a Cedric aún paseándose y mordiéndose las uñas, oía las respiraciones acompasadas de mi padre… y enlazaba en mi cabeza algunos retazos de lo que había sucedido aquella tarde.

-*Bien, aquí andamos. ¿Adónde vas?*

-*A mi ca-casa, vengo dela bib-blioteca… ¿y tú?*

-*No, no me reiré. Te lo prometo.*

-*Llevo a-años oponiéndome a e-eso, pero du-durante estos días, e-escuchando a Naza y a Ce-Cedric… no sé…*

-*Quita, niña.*

-*¿Estás bien?*

-*¡BÁRBARA!*

Creo que fue en ese instante, mientras salía de mi ensimismamiento, que Cedric me zarandeó con suavidad por un hombro y dijo:

-Ven… quieren decirnos algo.

-¿Qué? –pregunté, incorporándome de golpe. Vi que una chica vestida con bata de médico estaba hablando con las dos mujeres y con mi madre, y ésta nos hacía señas para que nos acercáramos.

Cuando me levanté, con bastante esfuerzo, sentí que mis pies eran puro plomo, y el tobillo me volvió a doler.

-Vamos –dije, y mis amigos y yo (yo cojeando) avanzamos hasta recepción. Allí, la médico me dijo:

-Soy la doctora Robles. Oye, tú estabas con la chica del accidente, ¿verdad? ¿Me puedes explicar lo que pasó?

-No fue un accidente –repliqué, con la voz cargada de rabia. Lo último que quería era hablar del tema, pero no podía permitir semejante injusticia-. No fue un accidente, ¿vale? Ese tío estaba intentado matarnos... digo, ma-matarme.

Cuando dije aquella palabra, todas las miradas se clavaron en mí. Fue algo espantoso: los ojos de mi madre estaban cargados de dolor, los de la señora bajita de perplejidad, los de su compañera flaca de algo que se parecía bastante al enojo, y la médico me observaba sin entender. Únicamente Cedric y Naza evitaban mirarme, y contemplaban fijamente el suelo del hospital.

-Mira, querida, no tienes por qué acusar sin saber, ¿entendido? –dijo la doctora seriamente, de una forma incluso dura-. Aquello fue más de lo que pude aguantar: sin saber cómo ni por qué, dentro de mí estalló una bomba que llevaba meses anunciándome su explosión.

-¡¿Sin saber?! –grité, histérica-. ¡¡¿Acaso usted sabe algo?!! ¡Ese imbécil intentó violarme en septiembre! –al oírme decir esto, la mujer bajita soltó un chillido y mis amigos levantaron unos ojos muy abiertos-. ¡¿Entiende eso?! ¡¡Y un mes después, trató de apuñalarme en un parque vacío!! ¡¡El muy cobarde!! ¡ASÍ QUE NO DIGA QUE ACUSO SIN SABER, PORQUE USTED SÍ QUE NO SABE NADA!

-P-Pam, cálmate... -me rogó Naza con un hilo de voz, tirándome de la manga-. Fue entonces cuando advertí que el rostro de mi madre estaba completamente lívido y blanco como una sábana; en ese instante reparé en que era la primera noticia que ella tenía de que Héctor había intentado matarme en octubre.

-Deja de alzar la voz, ¿quieres? Vas a tener que explicarme lo que ha pasado esta tarde –dijo la doctora, seria pero algo aturdida.

-¡¡Mi hija!! –gritó, desesperada, la señora bajita-. ¡¿Alguien va a explicarme dónde está mi hija Bárbara?!

-Mire, no puede verla ahora...

-¿Cómo está Bárbara? –preguntó Cedric, alterado. La médico tenía un semblante que no resultaba nada tranquilizador.

-Está mal. Muy mal —dijo pausadamente-. Tenemos que operarla y puede ser muy peligroso.

-Pero… vivirá, ¿no es cierto? —pregunté yo, palideciendo. Ella no contestó.

-¡Tiene que decirnos algo! —suplicó Naza, espantada por la noticia. Entonces, de repente, el recepcionista se dirigió a nosotros y preguntó:

-Disculpen, ¿alguno de ustedes es familiar o conocido de Héctor Alonso? Me refiero al chico que conducía el coche.

-Por supuesto que no —dijo mi madre, furiosa y enervada al oír aquel nombre-. ¿Acaso… acaso tengo cara de haber parido a ese imbécil? ¿La tengo? ¿Eh?

-Bueno, oiga, discúlpeme y modere su lenguaje —replicó el recepcionista, de mala uva-. Pero el doctor que lleva el caso de ese chico me ha dicho que él ha mencionado a una tal Pamela.

-Claro. El muy… delira y cree que me ha matado —dije yo chasqueando la lengua, tratando de sonar burlesca pero con un enorme nudo en la garganta.

-No, no delira, ese chico está perfectamente lúcido —intervino entonces la doctora que estaba hablando con nosotros-. De hecho, parece totalmente consciente de que le queda apenas media hora de vida.

El protector caído del cielo

Diez minutos después, yo estaba de nuevo en mi asiento de la sala de espera, a la derecha de mi padre. Enrique se había aburrido de hacer el tonto por el hospital y estaba sentado a su izquierda, leyendo un cómic que se había traído. Maritere, por su parte, seguía en la cafetería: no había salido ni nos había dirigido la palabra en toda la tarde.

Yo tenía, lo recuerdo perfectamente, un pedazo de papel en la mano. Lo había encontrado en mi bolsillo y no recordaba de qué era; tal vez fuese una servilleta, un notita, la chuleta de algún examen, no lo sé, ni siquiera lo estaba mirando, simplemente me concentraba en doblarlo en ocho partes, desdoblarlo paso a paso y luego volver a doblarlo. Doblar, desdoblar, hacer, deshacer, ir, venir. Eso fue lo que estuve haciendo durante aquellos diez minutos.

Diez minutos que parecieron veinte segundos.

Antes de querer darme cuenta, oí la voz de Cedric llamándome. Estaba a menos de treinta centímetros de mí, pero yo casi no le oía porque estaba demasiado ocupada doblando y desdoblando el papelillo. Porque claro, aquella tarea era importante. Sabía que era muy importante, mucho más que cualquier cosa que Cedric quisiera decirme, doblar ese estúpido papel en ocho estúpidas partes era lo más importante del mundo y nadie tenía por qué interrumpirme, ¡maldita sea! Lo único que quería era que nos dejaran en paz a mí y a mi pedazo de papel.

-Pam, escucha -murmuraba mi amigo-. Levanté la vista, cansada, y vi que me miraba fijamente y no paraba de rascarse un grano minúsculo que tenía en un lado de la nariz, y cuando mis ojos se clavaron súbitamente en los suyos, él bajó la vista.

-¿Qué pasa? -pregunté-. ¿Y Naza?

-Hablando con la doctora Robles. Oye... Naza y yo hemos hablado con el médico de Héctor y... está muy mal.

-Ya lo sabía. Es genial. Ojalá se muera pronto -respondí yo llanamente, y volví a centrarme en el papelito-. Antes me salía perfecto, pero ahora una esquinita se me estaba doblando y no conseguía ponerla bien... era un auténtico fastidio.

-Pues -continuó Cedric-, también nos ha dicho que él insiste en hablar contigo.

-Porque se está yendo para el otro lado y no para de desvariar. Que le den un sedante y punto.

Claro que... podría aplastar esa esquinita con la uña y ver si así se quedaba quieta.

-Bueno, dicen que han localizado a una compañera de piso suya y está viniendo para aquí -siguió Cedric.

-Vale -murmuré, con desgana-. Pero nada, que no se quedaba quieto el papelito. ¿Y si lo mojaba con un poco de saliva? Esas cosas suelen funcionar.

-Escucha, ese tío va a morir en más o menos veinte minutos.

-Ajá -contesté. Cuando me chupé la punta del dedo, pude notar que estaba temblando, y la esquinita del papel se me dobló un poco más al intentar aplastarla. El corazón empezó a latirme muy deprisa.

-Naza y yo vamos a ir a verle -concluyó Cedric muy deprisa, como si se estuviera arrancando una tirita de cuajo.

Cuando aquella frase me golpeó, sólo me vino una idea a la mente:

«Pam... eres idiota».

Así pues, rompí aquel papel tal y como lo había estado doblando: en ocho trozos. Y, sin decir nada, me los metí en el bolsillo.

-Escúchame, ¿vale? -me dijo Cedric, sentándose a mi derecha-. Oye, ya sé lo que me vas a decir...

-¿El qué? ¿Que no me entra en la cabeza lo que acabas de decirme? –pregunté yo con un sollozo ahogado. Me tapé la boca con la mano y cerré los ojos, intentando contener las lágrimas.

-Sí, eso –murmuró mi amigo, incómodo-. Mira, Pam... ahora mismo, si pudiera, me intercambiaría contigo para entender cómo te estás sintiendo con todo esto, ¿sabes? Yo estoy hecho polvo y Naza está destrozada, pero eso, desde luego, no se compara con lo tuyo. Eres tú la que ha recibido el golpe más fuerte.

-No, Cedric, ha sido Bárbara –dije yo, tapándome los ojos con la mano para ocultar mis lágrimas-. El muy cretino de Héctor va a morirse, pero ha vivido lo suficiente como para quitarle la vida a una chica que no le había hecho nada.

-¡Pero Bárbara no está muerta! –exclamó Cedric, cogiendo mis manos y apartándomelas de la cara para poder mirarme fijamente a los ojos-. Escucha: no está muerta, y no va a morirse, ¿vale? ¡No va a morirse!

-¿Y cómo lo sabes? –sollocé.

Cedric se quedó unos segundos en silencio, contemplándome con los ojos brillantes, y entonces contestó casi en un susurro, como si hablara para sí mismo:

-Porque entonces no podría volver a cantar.

Al oír aquello, me quedé callada, inmóvil, mientras interiormente asimilaba el significado de aquellas palabras. Y fue sólo en ese momento cuando me di cuenta de que Cedric tenía razón: Bárbara no iba a morir, no podía hacerlo. No iba a morir. No iba a morir.

No sé si por tristeza, o por confusión, o por la alegría de haberme convencido de que Bárbara viviría, o porque no había conseguido doblar aquel papel en ocho partes, o por una mezcla de todo y a la vez de nada... no sé exactamente por qué, pero me eché a llorar. Abracé a Cedric con mucha fuerza y, al hacerlo, noté que le temblaba un poco la barbilla, como si él también estuviera conteniendo el llanto. Me solté y le miré, ya algo más calmada.

-Puedes llorar, si quieres –susurré, tratando de reírme un poco.

-Gracias... pero dejémoslo –respondió él, también riendo y al mismo tiempo secándose los ojos con la mano-. Pam, ahora escucha una cosa... ¿te acuerdas de cuando viniste a *Rey de Gloria* con nosotros? ¿Te acuerdas de lo que dijo Eduardo sobre la amistad?

-Sí... claro que me acuerdo –dije yo, preguntándome adónde quería ir a parar.

-¿Y te acuerdas de aquello de «perdonar siempre»?

-Ni hablar, Cedric, ¡no pienso perdonar a Héctor! —exclamé yo, desesperada, comprendiendo de golpe lo que quería decir-. Ya es bastante difícil hacerlo con una amiga como para hacerlo con un maldito psicópata, ¿vale? Antes pídeme que me abra el cuello con un bisturí y te aseguro que lo haré, pero...

-Eso sería una auténtica estupidez por tu parte —me interrumpió él, acomodándose un poco en su asiento-. Escucha, ninguno de nosotros sabe qué es lo que te quiere decir, pero yo me atrevería a apostar que lo último que pretende es pedirte perdón por lo que hizo. Además sé, y comprendo, que tú no estás en absoluto dispuesta a perdonarlo ahora, ni dentro de quince minutos, y tal vez le guardes rencor durante muchos años después de su muerte... hasta que cicatricen todas las heridas, ¿entiendes? Ahora no lo crees, pero seguramente algún día descubrirás que te habría gustado perdonarlo cuando tuviste ocasión.

-De eso nada —repliqué yo con insistencia.

-Bueno, Pam... pero yo no te estoy diciendo que lo perdones ahora, o al menos no es ése mi punto. Eso es otro tema aparte; lo único que te digo es que una persona va a morir dentro de unos quince minutos y, al parecer, se empeña en hablar contigo antes de hacerlo. Mira, esta vez es él quien está en desventaja, no puede hacer nada para dañarte... y evitando su presencia no vas a lograr nada. Sólo escucha lo que él tiene que decirte; yo estaré contigo, y Naza también.

No supe qué decir... ¿qué se dice ante eso? Me quedé en silencio durante un rato y miré al suelo, mientras sentía que los ojos de mi amigo seguían clavados en mí. Suspiré y dije:

-Eduardo tenía razón aquel día.

-¿En qué? —preguntó Cedric, algo desconcertado.

-En que... -levanté la vista y, por fin, pude casi esbozar una sonrisa de verdad-, en que la amistad es el mayor comecocos después de la tele. Venga, acompáñame —me levanté de mi asiento y mi padre pareció soltar un ronquido algo más fuerte-. Vamos a buscar a Naza y acabar con este asunto de una vez por todas —añadí, mientras cogía las muletas que me habían dado.

-Eres increíble —dijo Cedric al levantarse, al tiempo que aparecía una sonrisa en su rostro enrojecido por las lágrimas no derramadas-. Eso es... cómo decirlo... muy valiente.

-Ya, quién me mandaría a mí ser valiente en un momento así —bufé, resignada, mirando al techo del hospital-. No podía creer lo que estaba a punto de hacer, pero Cedric tenía razón: no podía seguir ignorando a Héctor, tenía que hablar con él por última vez si quería echarlo de mis pesadillas para siempre. Era algo que yo no podía evitar.

La espada, la pared… y, en medio, yo.

¿Alguna vez te has preguntado qué le dirás a la persona que más odias cuando esté en su lecho de muerte? Cuando Naza, Cedric y yo nos acercábamos a la puerta del cuarto donde estaba Héctor (acompañados por el doctor Zapata, el médico que se encargaba de él), yo tenía pensadas un montón de barbaridades para soltar nada más entrar por la puerta. Después de todo, estaba a punto de decirle adiós para siempre a un chico que me había hecho muchísimo daño… era la última oportunidad que tenía para que se llevase mi odio a la tumba. Así pensaba mientras colocaba, lenta y pesadamente, mi mano sobre el picaporte de la puerta.

-¿Entramos… ya? –le pregunté al doctor Zapata. Mis dedos no paraban de temblar, y ni siquiera entendía por qué. ¿Se puede saber a qué tenía miedo? ¡Héctor no podía hacerme nada!

-Adelante –respondió el médico, haciéndome un gesto como invitándome a entrar. Así que… había llegado el momento. «Cálmate un poco», me dije, al tiempo que respiraba pausadamente. Tomé aire, lo solté despacio… y abrí de golpe la puerta de la habitación.

Pero fue en ese preciso instante cuando me di cuenta de que no sería capaz de decirle ninguna de las cosas horribles que había pensado como palabras de despedida, de hecho simplemente me quedé helada, sin poder hablar ni moverme. No sabía cómo reaccionar ante lo que estaba viendo: Héctor yacía tumbado en una cama, lleno de vendas, tubos, aparatos extraños de medicina… un cardiograma a su lado mostraba los movimientos de su corazón, que cada vez eran más pausados. Tenía los ojos abiertos, pero así y todo, parecía estar dormido… al menos hasta que me miró fijamente.

En ese momento quise salir corriendo, y probablemente lo habría hecho si al retroceder un paso no hubiera pisado el pie de Naza. Empezaba a mentalizarme de que Héctor realmente iba a morir, y aunque no sé exactamente qué era lo que sentía, se parecía muy poco a la felicidad que supuestamente debería embargarme.

«Qué hago ahora, maldita sea...»

-¿Eres... tú? –preguntó de repente él, con voz grave y moribunda, girando la cabeza apenas unos centímetros. Mi corazón dio un salto, y tuve que realizar un gran esfuerzo para no apartar la vista... lo cual fue una estupidez... tenía que haberla apartado, de seguro me habría sentido algo más relajada.

-A... já –balbucí-. Casi sin darme cuenta avancé un poco, asegurándome siempre de que los demás estaban detrás de mí. No quería quedarme sola con él.

-¿No te vas a acercar? –preguntó tranquilamente-. Empezaba a sentirme decididamente mal, y me preguntaba una y otra vez por qué narices había tenido que venir a verlo. Las manos me seguían temblando.

-Prefiero quedarme aquí, g-gracias –contesté-, tratando de sonar desafiante pero sin poder evitar que mi voz se embotara. Él me miró con los ojos enrojecidos y soltó una risa torpe.

-Ya... claro –dijo, mientras su voz se volvía cada vez más ruda y agonizante-. Me extraña... eso no fue lo que dijiste aquella noche... en la discoteca.

Empecé a cerrar el puño, y el temblor se acentuó.

-Ah... ¿te acuerdas de la discoteca... Pamela? –me preguntó pausadamente, sin borrar de su rostro aquella sonrisa que tanto me estaba agobiando.

-Me acuerdo –respondí con simpleza.

-Seh... las luces, la juerga... claro... tú estabas en la barra bebiendo una copa de... ah... ¿ginebra?

-Sí –contesté, cerrando el puño con más fuerza.

-Y tenías... tenías... una camiseta rosa y... esa... minifalda negra...

-Sí –repliqué, tratando de fingir que no me importaba-. Sin embargo, los nudillos se me estaban poniendo pálidos de tanto apretar.

-Oh... yo no pretendía romperla... ah... querida Pamela –respondió él, ensanchando su sonrisa-. Si hubieras sido... una buena chica... tu estúpida falda estaría... intacta... y... y no estaríamos en esta situación.

Casi inconscientemente, volví a avanzar. Sentí que me hervía la sangre de ira.

-No sé por qué he venido –murmuré-; ahora sí, mirándole fijamente a los ojos.

-Porque... necesitabas tener la conciencia tranquila –Héctor soltó una risita sin ningún tipo de felicidad ni humor-. Vaya listilla...

-Yo tengo la conciencia totalmente tranquila –contesté-. En todo caso serás tú, pedazo de imbécil, quien tiene remordimientos.

Naza me puso la mano en un hombro como indicándome que me calmara un poco. Pero yo no podía evitar la cólera.

-A mí... los remordimientos esos... ya no me sirven para nada –murmuró él-. No tienes razones para estar tan... tranquila... tú me mandaste al trullo... y ahora me has mandado aquí –me miró y pude ver que sus ojos estaban rojos y llenos de lágrimas-. Esto es culpa tuya...

-Esto te lo has hecho tú solo –repliqué, ya bastante cerca de su cama. Héctor no apartó su mirada de mí, sino que sonrió fríamente y dijo:

-Ya da igual. Todo esto... no es nada... me importa tres cuernos tu conciencia... yo estaré muerto en poco tiempo, y tú... tú seguirás aquí, haciendo tu vida de niña pija...

Hizo una pausa y me contempló en largo silencio durante unos segundos, hasta que dijo en voz algo más baja:

-Pero siempre me tendrás en tu cabeza, y lo sabes. Siempre.

-¡Basta, Héctor! –exclamó, indignado, el doctor Zapata.

Detrás de mí escuché que Naza daba un paso hacia delante, pero Cedric le susurró que se quedara quieta. Yo me había quedado paralizada; bajé la vista, cerré los ojos con fuerza para impedir la huida de las lágrimas, y volví a mirar a Héctor.

-Eres un imbécil bastardo –repliqué, con un nudo en la garganta.

-Si no te hubieras resistido aquella noche, tendrías una opinión muy distinta de mí -dijo él, con una risa algo histérica-. ¡Si te hubieras callado la boca, yo no estaría muriéndome y tú encima te habrías quedado a gusto!

-¡Que te calles! –grité, colérica, aguantándome las ganas de darle una bofetada-. ¡Que te calles, te digo! ¿Sabes qué? Vine aquí sólo porque tú querías verme, y ahora no entiendo cómo he sido tan estúpida... lo único que querías era asegurarte de hacerme más daño antes de largarte, ¡¿verdad?!

-Pues... básicamente.

Apreté los dientes y sentí que me temblaba de rabia el labio inferior, pero no supe qué más decir. De cualquier forma, se había acabado, yo no tenía más palabras que cruzar con aquella basura. Me giré hacia mis amigos y dije:

-Vámonos de aquí, vámonos, tenemos que preguntar por Bárbara...

-¡TÚ! –gritó Héctor a mis espaldas, ante lo cual yo me giré, desesperada, para mirarlo. Estaba más blanco que hacía unos segundos, y su rostro estaba lívido de furia y terror.

-¡ERES TÚ! ¡EL CHICO DEL SOLDADO! –gritaba, haciendo esfuerzos sobrehumanos para levantar el brazo y señalar a Cedric. Éste, que se había quedado tieso del susto, no dijo nada.

-¿De qué... de qué rayos está hablando? –preguntó Naza, alarmada y perpleja. Yo, por mi parte, retrocedí un paso, nuevamente con ganas de salir corriendo.

-¡AQUELLA NOCHE! ¡EN EL... CALLEJÓN! ¡ESE CHICO ESTABA ALLÍ... Y HABÍA UN SOLDADO VESTIDO DE BLANCO... CON UNA ESPADA ENORME...!

-Maldición... se le ha acelerado mucho el ritmo cardíaco... -decía el doctor Zapata asustado, acercándose a la cama de Héctor para observar el cardiógrafo.

-¡ES CIERTO! ¡ERA UN GUERRERO MUY ALTO QUE... IBA A ATACARME! ¡ELLOS DOS ESTABAN ALLÍ, LO VIERON!

-Yo no vi nada... -gemí, temblando de miedo. Cedric estaba más pálido que una sábana y miraba fijamente a Héctor con los ojos muy abiertos.

-¡FUE ESA NOCHE! ¡EL SOLDADO... LA LUZ... LA ESPADA!

-Está loco, se ha vuelto loco –balbucí yo. Entonces Cedric salió del shock y replicó, con un hilo de voz apenas audible.

-No... no lo está. Esa noche Héctor vio a un... -tomó aire despacio- un... ángel.

-¡¿QUÉ?! –exclamamos Naza y yo al mismo tiempo.

De repente, algo empezó a pitar y miramos el cardiograma, que estaba, poco a poco, poniéndose recto. Héctor me miró lleno de ira y trató de gritar, aunque su voz sonó ronca y grave:

-¡Púdrete en el infierno, Pamela! ¡Te odio, maldita bruja, te odio!

Yo lo miré sin saber qué decir, como si un viento me hubiera robado las palabras. Y unos minutos después, en el rostro de Héctor desapareció todo rastro de vida.

La puerta de la habitación se abrió y entró una chica corriendo. Estaba demacrada y pálida, y sudaba mucho.

-¿Héctor? –exclamó-. ¡¡Héctor!!

Pero todos sabíamos que él ya no podía oírla, porque se había ido.

La llamada

Aquella noche no pude irme a casa, y no porque tuviera la obligación de quedarme en el hospital, sino porque no me sentía con fuerzas para abandonarlo. Cuando se lo expliqué a mis padres creí que insistirían en llevarme a casa a dormir, pero no dijeron ni una palabra. Minutos después, mi padre llamó a la academia para decir que no podía ir al día siguiente, y mi madre llamó a su jefe para pedirle que alguien se encargara temporalmente del caso que estaba llevando. Sin embargo, Maritere se fue y se llevó a Enrique, que empezaba a quedarse frito, pero antes de marcharse me llamó y me dijo en un susurro, para que papá y mamá no la oyesen:

-Algún día las dos recordaremos todo esto y nos reiremos. Eso espero.

Yo sonreí.

Otra de las cosas a las que tuve que enfrentarme aquella noche fue a la compañera de piso de Héctor, una veinteañera de piel muy blanca y cabello corto y cobrizo, que también era su novia desde hacía tres años. Si mis padres no hubieran estado allí, estoy segura de que me habría matado: estaba roja de furia, le caían enormes lágrimas por las mejillas y gritaba como una posesa. Sus ojos, de color azul cielo, reflejaban un completo abismo de desesperación cuando me miraba.

-¡¿Qué demonios le hiciste a Héctor?! —gritó, cogiéndome de los hombros y zarandeándome-. Inmediatamente, mi madre la obligó a soltarme y la apartó casi de un empujón, y yo caminé un poco hacia atrás queriendo que la tierra me tragase.

-Mi hija no le ha hecho nada a su novio —dijo enseguida mi padre, que estaba increíblemente irritado-. Él tuvo toda la culpa, ¿acaso no se ha preguntado por qué lo llevaron a la cárcel hace dos meses?

-¡Los maderos la tenían tomada con él! —exclamó la chica, entre sollozos-. Siempre buscaban una excusa para llevárselo... a mi niño, que sólo quería mantenernos, no tenían ningún derecho a...

-Señorita, su novio fue llevado a juicio por intento de violación —dijo mi madre, muy seria-. De hecho... fue acusado de intentar abusar sexualmente de la chica que está delante de usted.

La novia de Héctor se apartó las manos del rostro y se dirigió a mis padres, histérica:

-¡¡Eso es mentira!! ¡¡Todos sois unos embusteros... habéis matado a Héctor porque os ha dado la gana, lo sé!! ¡Él nunca habría hecho algo así! ¡ÉL ME QUERÍA!

-Señorita... -dijo mi padre, al tiempo que le ponía una mano en el hombro, tratando de calmarla.

-¡No me toques! —chilló la chica, apartándose bruscamente-. ¡¡Te odio!! ¡¡Y odio a tu hija!! ¡OS ODIO A TODOS, IMBÉCILES! —gritó al hospital entero. Y después ocultó el rostro entre las manos y salió corriendo del hospital, llorando como una loca...

Ignorando las recomendaciones del médico de no forzar demasiado el pie, yo me pasé casi tres horas colgada de las muletas, caminando de un lado a otro en la sala de espera del hospital. La gente se me quedaba mirando como si estuviera mareándoles, pero yo no les presté atención; de hecho, casi ni me enteré de que estaba dando tantas vueltas hasta que Cedric, que se estaba adormeciendo en uno de los tantos asientos de la sala, me dijo:

-Pam... cálmate un poco. Todo va a salir bien.

-Eso no lo sabes -dije yo, deseando poder soltar las muletas para morderme las uñas (y eso que es una cosa que odio hacer)-. ¡Llevan muchísimo rato operando y no nos dicen nada!

-Es la tardanza normal en una operación —dijo Naza, que aunque intentaba aparentar serenidad no paraba de frotarse las manos-. Vamos... Bárbara no es tan vulnerable como parece. Saldrá adelante.

-Eso díselo a ella —suspiré yo, señalando con un movimiento de cabeza a la madre de Bárbara; ésta, que se encontraba unos cuantos asientos más lejos de nosotros, sollozaba incansable en el hombro de su hermana. Entre eso y la tensión de la operación de Bárbara, yo tenía el optimismo por los suelos pero había algo más. Una duda me oprimía desde hacía rato, aunque más bien eran cien dudas que se fusionaban en una sola, o una sola que se fragmentaba en cien. Pero no sabía cómo expresarlo, así que no dije nada en ese momento; los tres estábamos ya bastante angustiados.

Naza, que estaba despeinada y con unas ojeras muy marcadas, miró el reloj y suspiró.

-Tenemos que tener ánimos. Y orar —dijo, con firmeza. Yo no me volví-. Venga, Pam, trata de tener más esperanza. Después de todo, piensa que esto es como esas películas antiguas que siempre terminan bien.

-Como «La Cenicienta» —murmuró Cedric, con melancolía.

-Cierto —aprobó Naza.

-Y como «Bambi».

-Claro.

-Y como «Titanic».

-Exac... no. Esa no termina bien.

-¿Cómo que no? ¿No era lo que todos queríamos, que Leonardo DiCaprio muriese por ser un rubiales cretino que, además de robarle la novia a Billy Zane, abandonó en el barco a sus mejores amigos de toda la vida para irse con una mujer? ¿Ehhhh? —exclamó Cedric, claramente extrañado.

Naza le miró levantando una ceja.

-Es una manera distinta de ver las cosas, pero puede aceptarse —dijo irónicamente-. Va, ¿quieres orar tú?

-Vale.

Cedric cerró los ojos e inclinó la cabeza, y posteriormente nosotras dos hicimos lo mismo. Yo apoyé la frente en mi mano y noté que temblaba.

-Señor Jesús —dijo la voz de Cedric-, queremos pedirte por Bárbara. Señor, sabemos que si tú quieres que salga de ésta, no habrá nada que pueda impedirlo; por eso te rogamos que pongas tu mano sobre ella, que guíes y ayudes a los médicos en la operación... y también que le muestres a Bárbara cuánto la amas. Y Cristo, te damos gracias por Pam, gracias por haberla salvado de este atentado contra ella. Te pedimos, Señor, que nos ayudes a tener fe ahora, cuando más difícil nos resulta... porque gracias a Ti hoy sabemos que tus ángeles nos guardan. En el nombre de Jesús... amén.

-Amén –dijo Naza, y yo murmuré otro «amén» más débil, con una voz que en ese momento flaqueaba tanto como mi fe.

-Oye, Naza... -dije entonces, deteniéndome por primera vez en mucho rato-, explícame una cosa. ¿De qué nos va a servir que oremos?

Mis dos amigos se miraron sorprendidos, pese a lo cual yo continué:

-La verdad, no lo entiendo. No lo entiendo. Tanto Dios de amor y tanta historia para que luego... ¿qué? Para que luego paguen justos por pecadores. Como siempre.

-Pam, mira... -empezó a decir Cedric, pero yo le interrumpí:

-No, espera, déjame acabar. ¿Por qué Dios no me castigó a mí? ¿Por qué a Bárbara? ¡Ella no había hecho nada malo! ¡Era a mí a quien perseguía Héctor! ¿Sabéis qué? –insistí, dejándome caer sentada en un asiento y soltando las muletas-. Después de todo lo que ha pasado estas últimas semanas, he llegado a una conclusión: Dios existe, lo admito, pero nos ha abandonado –resoplé.

-Pero Pam, la cosa no es así –me contestó Naza rotundamente, acercándose un poco a donde yo estaba-. ¿No te das cuenta? Dios no nos ha abandonado nunca, a pesar de que nosotros sí lo hemos hecho.

-¡No es cierto! ¡Yo estaba dispuesta a creer! –exclamé, con la voz ahogada de dolor. Me sentía tan mal que ni siquiera entendía de dónde sacaba las fuerzas para decir nada, pero esta vez no era por Bárbara o por Héctor, sino por algo mucho más profundo y difícil-. Vosotros no lo comprendéis... yo había empezado a buscarle.

Naza dirigió una mirada a Cedric y luego se volvió hacia mí para estrecharme fraternalmente la mano, como animándome a continuar.

-Pensé que teníais razón y que lo necesitaba –murmuré yo, exteriorizando por primera vez lo que me había estado atormentando toda la noche-, y cuando por primera vez en catorce años pongo los ojos en Él... ¿qué hace? ¡Me contesta así, golpeándome con esta horrible situación! ¿Qué queréis que piense, entonces?

-Oye —dijo Cedric, poniéndose serio-, espera un segundo. ¿Estás diciendo que… que crees que era Dios quien guiaba ese coche? ¿Crees que él quería hacerte daño?

-¿La frase «*Dios, quita la vida a los malvados*» no te dice nada, Cedric? —repliqué, secándome los ojos con la manga. Naza me miró con la boca abierta y dijo:

-No… no, Pam, no es así… Lo has entendido todo al revés.

-Lo de hoy no ha sido un castigo. Tienes que entender eso. Tú no te merecías nada de lo que Héctor te ha hecho —acentuó Cedric firmemente-. Esto tenía que pasar, precisamente, para que tú estuvieras haciéndote estas preguntas.

-Ah, ¿Bárbara tenía que morir para que yo me pusiera histérica haciéndome preguntas? Muy lógico —repliqué yo, que ya no entendía nada. ¿Por qué tenía que ser todo tan complicado, por qué?

-¿Pero por qué te empeñas en decir que Bárbara está muerta? —preguntó Naza, aparentemente perpleja ante mi obstinada actitud-. ¡Está viva! Y no tiene por qué morir… Tú sabes eso.

No contesté, en parte porque ella tenía razón. En el fondo, muy en el fondo, yo tenía una chispa de esperanza que se empeñaba en decirme que todo saldría bien y que Bárbara iba a salir de ésta… pero sabía que aunque eso pasara, aunque ella se recuperase, yo iba a salir del hospital totalmente vacía. Aliviada, sí, pero no completamente feliz. Y lo peor era que sabía por qué.

-Escuchad… -murmuré, mientras mis amigos me miraban atentamente-. Decidme, ¿hasta cuándo voy a tener que soportar esto? ¿Por qué Dios no me mata directamente?

-P-pero… ¿de qué estás hablando? —preguntó, desconcertado, Cedric, que ya no parecía nada somnoliento.

-¡Es que yo no… no voy a poder vivir siempre sabiendo que he hecho cosas malas y que voy a ser continuamente castigada por ello! —me desahogué-. Si lo que Dios quería con esto no era hacerme morir, ¿qué pretende? Hacerme sufrir y sentirme culpable hasta que me muera de vieja, ¿verdad? ¡Es eso!

-No, Pam, escucha… -se empeñó Naza, que tenía los ojos muy abiertos como si acabara de comprender algo-. Hay cosas que no has entendido, y es necesario que lo sepas.

-Yo ya no entiendo nada —murmuré-. Yo creía que esto era mucho más sencillo.

-Y es sencillo –afirmó Cedric-. Lo único que tienes que hacer es plantearte esta pregunta, sólo esta simple pregunta: ¿qué es lo que buscas de Dios?

Me encogí de hombros, aunque en mi interior sabía cuál era la respuesta. Sabía, y lo había entendido aquel día en que Eduardo nos habló sobre la amistad, que lo que Naza y Cedric tenían en sus vidas era algo más que una creencia o una religión: era un Amigo, una relación, una persona. Y eso era lo que yo quería: conocer a Dios. Realmente deseaba conocerle, porque sabía que lo necesitaba.

¿Pero cómo explicarlo?

-Y yo qué sé –murmuré, con cansancio y desasosiego-. Sólo quiero… tranquilidad… alivio…

-¡Oh, vamos, Pam, haz memoria! –exclamó Naza, algo impaciente-. ¿Es que no te acuerdas de la primera vez que viniste a mi casa? ¿De los versículos?

-Eran unos cuantos, no me los sé de memoria –respondí yo, levantando las cejas. Mi amiga chasqueó la lengua y recitó:

-«*El amor consiste en esto: no en que…*» –Naza se detuvo un momento tratando de hacer memoria y titubeó un poco- … *en que… ah, sí: «no en que nosotros hayamos amado a Dios, sino en que él nos amó a nosotros, y…*» eh… ah, «*y envió a su Hijo, para que, en sacrificio, alcanzara el perdón de nuestros pecados*». Vamos, ¿no lo recuerdas?

-Ah… sí…

-¡Pues eso es muy importante! ¡No puedes pasarlo por alto! –exclamó Cedric, acercándose un poco más a nosotras-. Ahí está la prueba que descarta lo que estás diciendo ahora, y es el mensaje más importante de la Biblia.

-Ah, eso del sacrificio de Jesucristo –murmuré, como para mí misma-. Era cierto que había olvidado esa parte, pero aún así…

-Exacto –dijo Naza-. Dios no está enfadado contigo, y tampoco quiere castigarte. Sabes por qué, ¿verdad? ¿Sabes por qué Jesús murió en la cruz por todos los errores que nosotros cometimos? ¿Sabes por qué hizo eso por ti?

-Porque… porque me ama –respondí yo, recordando inmediatamente los mensajes que había estado recibiendo en el móvil. De repente tenían todo el sentido del mundo, y yo no entendía cómo había tardado tanto en comprenderlo. *Alguien t ama…*

Dios te ama.

-Sí —contestó Cedric-. Tu vida, Pam, vale toda la sangre, las lágrimas y el dolor de Jesús, y ese precio ya fue pagado.

-Pero entonces... a ver... decidme algo -dije yo, consciente de lo simplista e infantil que iba a sonar mi pregunta-. Jesús...

-¿Sí?

-¿Jesús... murió... por mí?

-Por ti, Pam. Y por todos los seres humanos del mundo —dijo Cedric-. Naza, yo, nadie se salva. No hay ni uno bueno en la Tierra, todos hacemos cosas malas aunque a veces no queramos admitirlo. ¿Sabes lo que es el pecado?

-Sí, las cosas malas que hacemos, ¿no?

-Dios odia el pecado porque éste ensucia, destruye y mata... por eso Satanás, su enemigo, nos engaña para que lo elijamos y luego se encarga de hundirnos y matarnos.

-Es cierto —intervino Naza-. Él nos odia porque somos la mejor creación de Dios, así que quiso separarnos de Él. Y lo consiguió. Dios es santo, es decir, perfecto, por lo tanto no puede acercarse a nosotros cuando estamos llenos de algo tan horrible como el pecado... porque el precio del pecado es la muerte.

-Ya... -dije yo, empezando a comprender. Aquello era lo que yo había leído en la Biblia: «Así pues, por medio de un solo hombre entró el pecado en el mundo, y con el pecado la muerte, y la muerte pasó a todos porque todos pecaron».

-Pero eso no es todo —puntualizó Cedric-. Dios no quería condenarnos, quería recuperarnos... pero para ello se necesitaba un hombre perfecto y justo. Jamás ha existido ningún ser humano así, por eso Dios elaboró un completo plan para salvarnos, que es lo que cuenta la Biblia desde el principio hasta el final.

-Así que envió a Jesús a venir a la Tierra —siguió Naza-. Él vivió entre nosotros y sufrió las mismas cosas que nosotros, por eso nos sabe comprender perfectamente; después de un tiempo le llegó la hora de pagar por lo que nosotros hicimos. Pasó mucho miedo y humillaciones, y además estuvo el dolor físico: le dieron latigazos hasta abrirle la carne, le obligaron a subir al monte cargando su propia cruz, le clavaron clavos de diez centímetros en las muñecas y en los pies...

-¡Vale, basta! —exclamé yo, tapándome los oídos, totalmente aterrada-. ¡Eso es espantoso!

-Eso parece, pero en realidad es lo más hermoso que sucedió en la Historia —replicó Naza-. Porque sabes que la cosa no acaba ahí: tres días después, Jesús volvió a la vida y luego ascendió a los cielos.

-Y ahora mismo, está preparando hogares allí para todos los que acepten que él fue nuestro único Salvador –añadió Cedric-. Para todos los que hayan comprendido que su sacrificio fue el regalo más valioso que podremos recibir nunca.

-¿Y eso cómo se sabe? –pregunté yo, mordiéndome los dedos de ansiedad.

-Porque Él nos llama- dijo Cedric llanamente-. Jesucristo nos llama a seguirle y nosotros simplemente tenemos que elegir si escuchar o no esa llamada; un día llamó a Naza, otro día me llamó a mí...

-Y ahora te está llamando a ti, Pam –concluyó mi amiga, con una sonrisa en el rostro-. *Alguien t ama... ¿lo recuerdas?*

Por supuesto que lo recordaba. Y ya no podía dejar de pensar en ello, ni tampoco quería; en ese momento creí sin reservas todas las palabras de mis amigos. No importaba quién me estuviera enviando aquellos sms, porque de algún modo, realmente eran la forma indirecta que Jesús estaba usando para decirme que me amaba. Y a mí... me había costado tanto aceptarlo...

Pero la pregunta era, ¿qué iba a hacer ahora? Una parte de mí, la que se había ido alimentando cada vez más durante los últimos meses, me hacía sentir que quería recibir esa declaración de amor, tomar en ese momento la decisión de atender la llamada. Pero otra parte de mí seguía empeñada en continuar como hasta ahora. Seguir a Cristo supondría un cambio muy brusco en mi vida... y yo no me sentía preparada para ello.

Entonces, mientras meditaba sobre aquellas palabras, apareció en la sala la doctora Robles. Como si nos hubieran pinchado con una aguja, los tres nos pusimos en pie y fuimos rápidamente hacia ella, aunque llegaron antes la madre y la tía de Bárbara, que estaban en un completo estado de agitación y nervios.

-¿Qué ha pasado? ¿Qué tal ha ido? –preguntó la madre de Bárbara antes de que ninguno pudiera hablar.

La doctora Robles esbozó una sincera sonrisa y nos dijo:

-La operación ha sido un éxito. Ahora está dormida, pero pueden pasar a verla cuando lo deseen.

La elección más importante

Cuando entramos en la habitación donde estaba Bárbara, me embargó un fuerte olor a medicamentos al cual no me había acostumbrado pese a que llevaba unas ocho o nueve horas metida en el hospital. Sin embargo, eso no podría de ningún modo disminuir el alivio que me inundó cuando vi a Bárbara (por primera vez sin gafas y sin trenza) durmiendo plácidamente en una cama y respirando con normalidad. Fue un alivio tan grande que, de no haberme contenido, habría soltado una carcajada.

-Virgen santísima, Pili, míramela ahí cómo me la tienen rodeada de artefactos –gimió la madre de Bárbara, que inmediatamente fue a coger una silla para sentarse a un lado de la cama, justo junto a la cabecera. Su hermana, quien superada la crisis de nervios parecía haber adoptado una expresión de digna seriedad, se acercó a ella y se sentó a su lado. Nosotros tres nos sentíamos un poco fuera de lugar, y dudábamos (por las miradas que nos dirigíamos) si quedarnos en la habitación o salir de ella. Finalmente, Cedric le dio un codazo nervioso a Naza y ésta, tras dirigirle una mirada furiosa, murmuró:

-Eh... disculpen... am... ¿po-podríamos quedarnos aquí con ustedes?

Las dos señoras nos miraron: la tía de Bárbara torció el gesto, pero la madre sonrió y dijo afablemente:

-Oh... pues sí, claro que sí, queridos –mientras decía esto, acariciaba con dulzura los despeinados cabellos de Bárbara. En tanto que cogíamos unas sillas para ponerlas junto a la cama, comentó con amabilidad:

-Bueno, sois los amigos de mi niña, ¿no? –nosotros asentimos con la cabeza-. Me llamo María Asunción, y mi hermana –señaló a la otra mujer-, se llama María Pilar. ¿Y vosotros?

-Yo... yo soy Nazareth –contestó Naza, que ya parecía algo más animada a hablar-, y ellos son Cedric y Pamela. Vamos juntos al instituto.

-Lo sé. Ella nos ha hablado mucho de todos vosotros –dijo ella dulcemente, sin dejar de acariciar el flequillo de Bárbara-. De pronto me sobresalté al notar que ésta parecía haber parpadeado, pero fue un movimiento tan leve que supuse que habían sido imaginaciones mías. Me di cuenta de que me había quedado ausente, porque oí como desde fuera la voz de Asunción diciendo:

-... nos contó, sí, nos contó que había una chica nueva en clase que la había ayudado en un gran problema con no sé qué otra compañera. Ya me contarás de qué se trataba –rió-, porque nos aseguró que le salvaste la vida. También nos dijo que conoce a un chico de segundo que se porta genial con ella y que la comprende porque tiene los mismos problemas; no entendí muy bien a qué se refería con eso. Y me dijo que había otra chica que conoce desde hace mucho tiempo pero que la había juzgado mal o algo parecido, y que se había equivocado con ella porque en realidad es una excelente persona...

No estaba escuchando, porque entonces no hubo ninguna duda: Bárbara abrió los ojos. Cansada, lentamente, pero los abrió.

A mí el corazón me golpeó el pecho con violencia, pero intenté serenarme y esbocé una enorme sonrisa de desahogo: por primera vez en toda la noche me tranquilicé un poquito. Miré a mis amigos y vi que habían reaccionado más o menos como yo, pero la que más me sorprendió fue su madre: yo pensaba que se pondría loca de alegría, pero se limitó a ensanchar su cariñosa sonrisa y seguir peinando a Bárbara con los dedos. Por su parte, Pilar parecía estar realizando un enorme esfuerzo para conservar la gravedad en su rostro.

-¿Dó... dónde estoy? –preguntó Bárbara con voz débil, mirando a su alrededor con cansancio y sin dejar de parpadear-. A-ayyy... ¡mi ca-cabeza...! No veo n-nada...

-Es que no tienes las gafas, cariño –explicó Asunción suavemente-. Estamos en el hospital: tuviste un accidente y hubo que operarte, pero ya pasó todo.

A mí me dieron ganas de matizar que «no había sido un accidente», pero me callé porque no era el momento para simples detalles. Además, estaba tan contenta que ya no me importaba el cómo ni el por qué, sino el mero hecho de que Bárbara estaba bien y todo se había quedado en un susto.

«Sí, bueno, un susto» susurró aquella vocecita rebelde de mi cabeza. «No te lo crees ni tú: sabes que todavía hay algo importante que tienes que hacer.»

«Déjate de pensar chorradas» replicó mi otra voz interior, y yo preferí obedecer a ésta última por el momento.

Pero sólo eso fue lo que duró mi indecisión: un momento. Porque en ese instante, Bárbara giró con lentitud la cabeza hacia su madre y dijo con aquel tono suave y ronco:

-Ma-mamá, lo he o-oído. He oído a m-mi Señor.

Entonces pasaron algunas cosas. Primero pasó que Pilar giró el cuello bruscamente y gruñó, en tono alarmado y despectivo «déjate de tonterías, niña», ante lo cual Naza reaccionó fulminándola con la mirada de una manera tan fugaz que pareció un acto reflejo, y Cedric volvió a darle un codazo, esta vez para que se calmase. Luego sucedió que Asunción se quedó con una cara un poco extraña, una mezcla de sorpresa, confusión y ansiedad, como si estuviera a punto de suceder algo que ella deseaba muchísimo.

Y también pasó que yo, al oír esas palabras, de inmediato sentí algo enorme derrumbándose dentro de mí. Yo entera me estaba derrumbando.

-¿Qué...? –empezó a preguntar Asunción, pero Bárbara la interrumpió diciendo, con una sonrisa en el rostro y los ojos brillantes por las lágrimas:

-M-me ha vuelto a su-surrar esas palab-bras al oído. Cedric y Na-Nazareth tenían razón, m-mamá, era Él, Jesús... era Él ese d-día y to-todo este tie-empo. ¡Me ha p-pedido que vu-vuelva, mamá! ¡Q-quiere que le dé la ma-mano otra v-vez! –entonces Bárbara soltó una breve risita de felicidad que se mezclaba con su llanto y dijo-: ne-necesito una B-Biblia...

-¡Bah, no digas bobadas! ¡Habrás soñado con bocadillos como siempre! —exclamó su tía, con un gesto de dejadez y mal humor. Naza se puso en pie y por un momento llegué a pensar que iba a saltar sobre ella y darle un buen guantazo (porque era lo que estaba deseando yo en ese momento), pero lo que hizo mi amiga fue salir de la habitación. Cedric y yo fuimos inmediatamente tras ella.

-Eh, ¿qué haces? —preguntó Cedric, sorprendido.

-Buscar a la doctora Robles o a cualquiera que trabaje aquí —contestó Naza, que por alguna razón brillaba de alegría-. ¿No os dais cuenta? ¡Estamos en uno de esos sitios donde puedes encontrar una Biblia de esas que dejan los Gedeones!

Al rato volvimos allí con (efectivamente) una Biblia que no había sido nada difícil obtener. Pilar torció el gesto al vernos llegar con ella, pero Bárbara y su madre nos expresaron su felicidad y su agradecimiento.

-Muchas g-gracias, chicos —dijo Bárbara cuando Naza le extendió la Biblia, tan majestuosamente como si de una poderosa espada se tratase-. Por esto y p-por todo.

-*Don't mention it* —respondió Cedric, guiñándole un ojo. Bárbara intentó coger el libro, pero tenía las manos vendadas y demasiado débiles, por lo cual se le caía.

-Va-vaya, hombre…

-Yo te lo leeré —me ofrecí enseguida-. ¿Qué parte quieres escuchar? —pregunté, mientras me sentaba en mi silla junto a la cabecera de la cama y tomaba la Biblia entre mis manos.

-Ca-Cantares… dos, o-once y siguientes. Por fa-favor, una vez más.

Yo busqué el versículo con serenidad, aunque estaba tan emocionada que no sabía explicar ni yo misma aquella ansiedad que me embargaba. ¿Qué me estaba sucediendo? Había algo que sí sabía y que tenía muy claro: nosotros seis no éramos los únicos que estábamos en la habitación en ese instante, y ya no me cabía duda de ello. Por eso. Por eso. Por eso estaba TAN nerviosa.

Lo encontré pronto. Empecé a leer…

-«¡Mira! El invierno ha pasado y con él se han ido las lluvias. Ya han brotado flores en el campo, ya ha llegado el tiempo de cantar, ya se escucha en nuestra tierra el arrullo de las tórtolas. Ya tiene higos la higuera, y los viñedos esparcen su aroma. Levántate, amor mío; anda, cariño, vamos.»

Antes de leer el siguiente versículo me detuve, algo apabullada, y tragué saliva, porque la verdad es que... lo conocía.

-«Pa... paloma mía, que te escondes en las rocas, en altos y escabrosos escondites, déjame ver tu rostro, déjame escuchar tu voz. ¡Es tan agradable verte! ¡Es tan dulce escucharte!».

-Eso... e-eso fue lo que m-me dijo... -suspiró Bárbara-. Quiero decirle q-que lo he escu-cuchado, igual que cuando e-era pequeña... quiero v-volver junto a Él –miró a Naza y a Cedric, que parecían embelesados-. ¡A-ayudadme, por favor! –exclamó, sin dejar de sonreír.

-Oremos –articuló Cedric, más conmovido de lo que yo nunca la había visto desde que lo conocía-. Entonces Naza tomó firme pero delicadamente la mano vendada de Bárbara e inclinó la cabeza.

En ese momento ya no pude más. Unos años más tarde sentí que hubiera preferido no perderme lo que estaba siendo el momento más trascendental en la existencia de una amiga, pero cuando salí de aquella habitación, corriendo y con un río de lágrimas rodando sin cesar por mis mejillas, supe que estaba haciendo lo correcto... porque tenía una cita.

La elección más importante de mi vida también esperaba por mí.

Sin dejar de correr, crucé todo el hospital, pasé junto a la sala de espera, llegué a la puerta principal... y salí al exterior; era noche cerrada y hacía frío, pero no me detuve hasta estar en la calle. Al llegar allí, sintiendo una brisa helada en mis empapadas mejillas, apoyé la espalda en la pared con un ligero temblor y me dejé resbalar hasta quedar sentada en el suelo, al tiempo que escuchaba el ruido de los coches por la carretera y los bocinazos que se daban los conductores entre sí. No me importaba.

«Vamos, tonta, sólo va a ser una conversación...» pensé, mirando el cielo cubierto de nubes grisáceas. «Sólo... di lo que tengas que decirle. Sabes que Él te está escuchando.»

-Ho... hola –susurré torpemente. ¿Y cómo debería ser, si no? Me sentía tan... inferior, tan tímida, tan inepta... Me pregunté por qué lo estaba haciendo tan complicado cuando realmente era de lo más sencillo, sólo tenía que hablar. Hasta la palabra más balbuciente sería correcta si de verdad la tenía en el corazón. Simplemente tenía que darle voz a mis sentimientos, así como la última vez, aquella tarde escondida entre los arbustos de un parque, muerta de miedo.

Pero ahora no había miedo: había paz.

-Hola... Dios, supongo, o Jesús, o Se-Señor –murmuré, con una voz tan suave y enroquecida que ni yo misma podía oírme. ¿Podría oírme Él?

-Ah... me llamo Pamela Espada C-Cohen, aunque imagino que ya lo sabes –continué, cada vez más fortalecida-. Claro que sí, es sólo que... nunca he hecho esto de verdad. Bueno, vale, sí que lo he hecho. Es decir... en fin... aquel día en el parque te pedí ayuda, ¿no? Y sé que fue gracias a Ti que me salvé, así que... hum... muchas gracias. Tal vez no lo merezco, pero aun así me salvaste... y ahora me estás dedicando tu tiempo y me estás e-escuchando. ¿Verdad? Sí, lo estás haciendo. Lo sé, y también te agradezco eso, porque... bueno, es de mi vida de lo que quiero hablarte.

El viento silbó en mis oídos y yo incliné la cabeza con un estremecimiento. No podía detenerme, tenía que seguir hablando.

-Durante catorce años he vivido sabiendo quién eres. Ya sabes, por todas las historias que... y oye, supongo que ya lo sabes, pero eres increíblemente popular aquí, tu nombre se oye por todos lados. No siempre del modo correcto, claro... bueno, creo que lo que necesitas no es que nosotros conozcamos tu nombre, sino que no te demos la espalda c-como yo hice. Siempre estuve muy alejada de Ti, porque... para ser sincera nunca me importaste demasiado. Lo siento. Ahora me doy cuenta de que cometí un error al... al ignorarte.

Ya sabía con quién estaba hablando, pero pese a ello, cada palabra que decía me daba una nueva sensación. No sé explicarlo. Era extraño y fascinante a la vez.

-Creo que... bueno, siendo una niña no me interesaba mucho el tema. Mis padres sólo me llevaron a la iglesia el día que fui a hacer la Primera Comunión, y ni siquiera recuerdo qué estaba celebrando ese día. A Ti, desde luego, no te vi... ni te oí... ni te sentí como realmente lo estoy haciendo ahora –a partir de ese momento hablé como si me hubieran quitado un tapón-. Bueno, luego empezó la pubertad, Belén, Laura y yo llegamos al instituto, conocimos a Patri... Vaya, reconozco que ha pasado mucho tiempo desde entonces. Y sé que te he ofendido: hice cosas de las cuales ahora no me enorgullezco, pero en ese entonces yo no pensé que estuvieran mal... sin embargo, era consciente de que tampoco estaban bien. Aunque hasta hace poco nunca pensé que yo fuera mala, sino una chica normal y corriente, lo que hice nunca fue del todo correcto: me burlaba de la gente, desobedecía a los profesores y a mis padres... y lo admito, besé a otro chico mientras estaba saliendo con Julio hace unos años y luego le eché a él la culpa de nuestra ruptura. Además, me metía con mi hermano Enrique por sus juegos y desde siempre he vivido en guerra declarada con mi hermana Maritere, y sé que ella pelea tanto como yo, pero somos hermanas después de todo. Y... me he dado cuenta de que no la odio tanto.

Ir al grano: ambos estábamos esperando que yo fuera al grano. Incliné todavía más la cabeza y solté un leve sollozo antes de seguir susurrando:

-De c-cualquier forma... ah... estos últimos meses he vivido muchas cosas que han llegado a... a mostrarme que tú existes de verdad y que me amas. He ido a la iglesia, he hablado con Nazareth y con Cedric... y he leído la Biblia. Y he recibido unas señales muy cu-curiosas que, aunque sigo sin saber quién es el intermediario, eso ya no importa: sé que esas palabras me las envías Tú. Me... me has mostrado un amor que yo nunca creí que pudiera conocer, pero esta noche me has dado la prueba definitiva al salvarme otra vez, tanto física como espiritualmente. He entendido lo mucho que me amas y... bueno...yo querría...

Retener las emociones era algo que ya no podía hacer: me temblaban las manos, me ardían los ojos por las lágrimas y se me quebraba la voz. No me importaba que alguien me viera así, pero sentí cierto miedo de continuar.

-Yo... querría agradecerte lo que hiciste por mí en esa cruz y pedirte que... que m-me aceptes tal y como soy, Señor –balbucí, con la voz entrecortada-. Que me perdones, q-quites lo malo que hay dentro de mí... y que vengas a mi vida p-para siempre. Creo en Ti y quiero recibirte. Por favor, Jesús, ven a mi corazón...

Y en ese momento comprendí muchas cosas sobre las que antes no había querido reflexionar, y el muro de piedra que actuaba en mí como una armadura fue derrumbado. Lo que sentí entonces no puedo expresarlo con palabras reales, pero en algún momento pude darme cuenta de que Dios me estaba hablando dulcemente en un rincón del alma, diciéndome una vez más que Él no me condenaba, sino que en ese momento me perdonaba de toda culpa y me convertía en su Hija. Y comprendí que mis pecados habían desaparecido.

Como si una brisa cálida me inundara, envolviéndome de recuerdos del ayer y olvidando todo lo malo que había hecho anteriormente, aquel momento trajo a mi memoria las palabras de una canción que había escuchado un día en la habitación de Naza:

Perdido entre las sombras, sin un rumbo que tomar,
la respuesta yo creí tener, tenía tanto que aprender.
Como un niño me alejé de ti, dominado por mi yo;
como un padre me abrazaste, me llevaste hacia tu amor. (6)

«Así que» pensé, «esto es lo que llaman Salvación».

Entonces miré al cielo con los ojos llenos de lágrimas y ya no me pareció que estuviera cubierto de nubes oscuras, porque sabía que más allá brillaban las resplandecientes estrellas. Supe que el pasado y el futuro habían perdido su importancia por el momento, porque esa noche me había convertido en una nueva persona y había nacido otra vez. Supe que ya no me importarían tanto las críticas de los demás, porque Dios sabía quién era yo y aun así me había aceptado completamente. Y durante un largo rato, al menos hasta que decidí entrar de nuevo en el hospital para buscar a mis amigos y darles aquella maravillosa noticia, el Señor y yo hablamos de muchas cosas mientras los minutos transcurrían perdiéndose en el tiempo.

Un desafío involuntario

-… y entonces, ¿adivinas qué? Luke se dio la vuelta, miró todo serio al Emperador… y así se lo dijo: «No puedo matar a mi padre». Increíble, no me digas. Al final el Emperador acaba muerto, sí, pero Anakin alias Darth Vader… bueno, corrió la misma suerte. Aunque eso sí, le dio tiempo a pedirle perdón a Luke y a quitarse la máscara, ya sabes…

-Vuelve a la parte interesante, Enrique –dije yo, sonriendo con picardía mientras daba un trago a mi *cola cao*. Era un helado jueves de diciembre, y había pasado una semana desde el día del atropello; esa mañana, Enrique y yo desayunábamos tostadas en la cocina mientras charlábamos, aunque cueste creerlo, de Star Wars. Realmente, ¿quién podría predecir que algún día me encontraría manteniendo esta conversación?

Mi hermano, que tenía una mancha de mermelada justo en la punta de la nariz, me miró indignado y protestó:

-¡Qué pesada eres con lo de Han y Leia! ¡Lo que te estoy contando yo es la parte interesante!

-¿Bromeas? –exclamé yo, alargando un brazo para limpiarle la mermelada-. ¿Más que la única historia de amor de los tres últimos episodios? Hombre, no te niego que la de Anakin y Padme era más bonita, pero la de Han y Leia está bastante bien.

-Mujeres —resopló Enrique, como haciéndose el entendido-. Sois todas unas cursis, veis una súper guay película de ciencia-ficción y os fijáis en las tonterías amorosas, que sólo están ahí para hacer hueco.

-Oh, pero esos huecos son lo más importante, Kike Skywalker —repliqué yo, dándole el último mordisco a mi tostada-. Bueno, me tengo que ir a hacer la mochila; avísame cuando llegue Naza.

-A sus órdenes, «Pam Amidala» —respondió Enrique, poniéndose una mano en la frente. Me levanté de la mesa, le revolví el pelo cariñosamente y me dirigí a mi cuarto.

Allí estaba Maritere, profundamente dormida en su cama: a pesar de que llevaba en casa todo este tiempo, yo nunca la veía salir de nuestra habitación, y desde luego no la había visto cruzar una palabra con nuestros padres. Todavía no, al menos. Crucé el cuarto procurando no despertarla, cogí mi mochila y metí todos los libros que necesitaba.

-Han llamado al timbre —me comunicó Enrique cuando salí de nuevo.

-¿Y se puede saber por qué no has abierto? —pregunté yo. Sin esperar ninguna respuesta, me puse el abrigo y los guantes y fui a abrir.

-Hola —saludó Naza, que iba tan abrigada que ya era una exageración (llevaba gorro, guantes, bufanda, un abrigo largo y unas botas que yo hubiera jurado que eran de montaña).

-Hola, Reina de las Nieves —bromeé yo. Me giré y exclamé-: ¡Enrique! ¡Me voy ya! ¡Recuerda que tienes que irte al cole a las nueve menos cuarto!

-¡Vale, ya lo sé, pesada! —me llegó la voz en grito de mi hermano-. Sonreí y salí al rellano, cerrando la puerta.

-Canijos —le dije a Naza, con el mismo tono que había usado antes Enrique para pronunciar la palabra «mujeres»-. No creo que entiendas lo que significa tener uno en casa.

-Pam, Andrés es mi hermano: claro que entiendo lo que significa —rió mi amiga mientras bajábamos las escaleras.

En la calle hacía un frío espantoso, incluso llegué a pensar que tal vez la indumentaria de Naza no era tan exagerada después de todo. Cuando llegamos al instituto, tenía la nariz como un cubito de hielo.

-Mañana mismo me compro una bufanda de un metro de ancho y me envuelvo la cabeza para salir a la calle —murmuré, con los dientes castañeando de frío-. ¡Hola, chicos!

Cedric, Alex y Arturo estaban sentados en unos escalones en la puerta del insti, y al oír mi saludo agitaron las manos enguantadas y se acercaron a nosotras.

-Buenos días desde Alaska —bromeó Alex-. ¿Qué tal? Le estábamos preguntando a Cedric que… -bajó la voz hasta casi convertirla en un susurro- … que cómo sigue Bárbara.

-¿Por qué bajas la voz? —pregunté, frunciendo el ceño.

-No… por nada —replicó Alex, algo avergonzado-. Entonces… ¿cómo sigue Bárbara? —repitió con voz bastante más fuerte. Sonreí.

-Fuimos a verla ayer por la tarde con Patri y con Laura y parece que está mucho mejor —respondió Naza, retorciéndose las manos de frío-. Pero todavía tiene que quedarse en el hospital unos días.

-Vamos a entrar, que me estoy congelando —rogó Arturo-. ¿Dónde están éstas?

-Patri se va a saltar la primera hora —respondí yo, poniendo los ojos en blanco-, y Laura y Carla sólo me comentaron que antes de venir iban a sacar a… eh… a *Goliat* a dar un garbeo por ahí.

-Oh, y tú no fuiste con ellas porque… -dijo Cedric con malicia. Refunfuñé y pensé que nunca volvería a contarle mis miedos a mis amigos del alma por mucho que los quisiera hasta el infinito.

Las tres primeras horas de clase transcurrieron sin nada digno de mencionar, salvo por el desastre del examen de Matemáticas que tuvimos a tercera hora. Esta vez había intentado ponerme las pilas y había estado estudiando tres horas seguidas el día anterior, pero al enfrentarme a la realidad se me quedó la mente en blanco y los números empezaron a darme vueltas a la cabeza. Me ataqué tanto de los nervios que, cuando sonó el timbre y la profesora anunció que el examen había acabado, comprobé, horrorizada, que sólo había resuelto tres problemas de diez; empecé a escribir cualquier cosa a una velocidad tan desenfrenada que, cuando la profe me retiró de golpe la hoja, me quedé escribiendo sobre el pupitre.

-Bueno, a mí tampoco me ha ido bien —trató de consolarme Naza cuando salimos del aula y nos dirigíamos al recreo por el pasillo-. Vamos, Pam, no hay que hacer un drama por un suspenso en Mates…

-¿Drama? —exclamé-. Yo no estoy dramática, estoy histérica perdida. He hecho un examen patético, Naza, y para colmo tiene un enorme rayajo por culpa de la profe. Esta vez mi padre me mata, fijo.

-Bueno, ya sabes —me animó Naza, palmeándome el hombro-. A orar, ¿eh? Cedric y yo también oraremos por ti.

Justo en ese momento, cuando pasábamos junto al lavabo de las chicas, sentí que alguien me agarraba el brazo y me daba un tirón tan bestial que creí que me lo quería arrancar. Antes de poder darme cuenta, alguien nos había arrastrado a Naza y a mí hasta el baño.

-¡Ay! ¿Se puede saber qué hacéis, pedazo de brutos? —pregunté, perpleja, al ver que nuestros «secuestradores» eran nada más y nada menos que Roberto y María. Me froté el brazo para calmarme un poco el dolor.

-¡Tú no puedes estar aquí! ¡Es el baño de las chicas! —le gritó Naza a Roberto, indignada-. Éste torció sus magullados labios en un gesto que parecía querer ser una sonrisa burlona y se encogió de hombros.

-Me chupa un pie, guapa. ¿Por qué no se lo dices también a tu colega? —preguntó, señalando con la cabeza a alguien que estaba detrás de nosotras. Las dos nos dimos la vuelta y vimos a un chico asustado y confuso que se frotaba con la mano un ojo ennegrecido.

-¡Cedric! —exclamó Naza, desconcertada al ver allí a nuestro amigo-. ¿Qué te ha pasado en el ojo? ¿Qué haces aquí?

-Lo mismo que vosotras… -balbuceó él, con una mezcla de miedo, rabia y dolor pintados en el rostro-. Entonces me imaginé (y el pensamiento me irritó bastante) lo fácil que debía de haber sido para aquel par de abusones llevarle allí… porque Cedric no es débil en absoluto, pero a Roberto le tiene pánico. Y no me extraña, la verdad.

—Dejadlo ya, que no os hemos pedido que vengáis para mimarlo -dijo María, con un tono que se me antojó muy autoritario y mandón, aunque esta vez no parecía tan segura de sí misma-. Yo me enfurecí tanto que me dieron ganas de arrancarle su dorada cabellera.

-¿Pedir? ¿Has dicho pedir? ¿A quién le habéis pedido nada? —exclamé, y miré a Roberto-. ¡Le has pegado! ¿Pero tú quién te crees que eres?

-Se resistió a venir —dijo Roberto simplemente-. Pero tranquila, fiera, que ese será el último puñetazo. Porque el santurrón ya sabe que la próxima vez que le digamos algo tiene que callarse la boquita y obedecer, ¿verdad, santito?

-Sí, sí… -murmuró Cedric en un ronco susurro.

-Esto es absurdo, me voy a dirección —exclamó Naza, enfurecida.

-Tú no vas a ninguna parte —replicó María, poniéndose delante de la puerta para impedirle el paso-. Os hemos traído aquí para… hum… deciros una cosa.

Naza abrió la boca para protestar, pero después de unos segundos decidió cerrarla y retrocedió unos pasos, temblando de ira. Nuevamente, como la última vez, pude ver en su frente aquella vena que se hinchaba por momentos.

-Bueno, simplemente queríamos felicitaros —dijo María, con una de sus sonrisas de superioridad que en esta ocasión, sin embargo, parecía algo forzada-. Iremos a veros el día de la fiesta de Navidad, estoy segura de que lo haréis muy pero que muy bien. Yo, desde luego, no voy a perderme semejante espectáculo.

-Bueno, basta, a mí no me vengas con acertijos —me negué yo, tratando de fingir, sin mucho éxito, que sus palabras no me habían alarmado-. Si ese es el plan, ya puedes apartarte de ahí antes de que…

-¿Antes de qué? —preguntó Roberto, con voz ronca, mientras hacía crujir sus nudillos, y yo me callé, acobardada. La verdad es que tenía razón, ¿antes de qué?

-Bueno, no nos andaremos con rodeos porque tampoco nos apetece perder el recreo por vuestra culpa —murmuró Roberto, tosiendo un poco-. Venga, María, dilo de una vez.

-Sí… eso… en fin, deberíais saber que es posible que «accidentalmente» hayamos ido a jefatura y «accidentalmente» os hayamos inscrito en la lista de funciones para la fiesta del día veintidós… -silbó María irónicamente-. Es evidente que a ella las ironías se le dan fatal, pero sus palabras causaron el efecto que ellos deseaban: los tres nos quedamos petrificados. Fue Cedric el primero que habló, con una voz totalmente insegura:

-Iremos… iremos allí y nos desapuntaremos…

-Eso es totalmente imposible porque las listas acaban de retirarse y no las pondrán de nuevo hasta diciembre del año que viene —se apresuró a replicar María (y cuanto más hablaba ella, más se hinchaba la vena en la frente de Naza)-. Además, ya os habrán dicho que una vez apuntados la actuación es obligatoria, ¿no?

-¡Nos lo han dicho! —exclamé yo, que ya no sabía si gritaba por ira o por alarma-. Naza no decía nada, pero evidentemente cada segundo callada hacía que se encendiera más.

-Pues ya veis, os va a tocar —se burló María, con una sonrisa que, esta vez sí, me pareció de lo más falsa, porque su tono no sonaba tan sarcástico como indudablemente intentaba. Roberto seguía la conversación sin decir nada, como si de mutuo acuerdo ella lo explicara todo-. Estáis apuntados los tres para una actuación conjunta y... ah... en fin, os dejamos... tendréis que ensayar el numerito, supongo —agregó, soltando una risita bastante forzada, y se dio la vuelta para salir del baño-. Venga, cariño, vámonos.

Roberto, que había estado sonriendo maliciosamente todo el rato, frunció el ceño al oír aquello último, pero no dijo nada. Los dos abrieron la puerta del baño y salieron al pasillo, él aún mascullando insultos que procuraba que nosotros oyéramos. Justo en ese momento, la vena de Naza reventó (en el sentido figurado, no seáis tan repugnantes) y empezó a caminar hacia ellos a zancadas.

-¡Quieta! —exclamó Cedric, alarmado, apresurándose a sujetarla de los hombros. Ella forcejeaba y trataba de quitárselo de encima, pero él tenía mucha más fuerza-. ¡Naza, basta ya!

-¡¿Los has oído?! ¡¡Yo los mato!! ¡Suéltame! —se rebeló ella, pero no conseguía desprenderse, y Roberto y María se perdieron entre la barahúnda de estudiantes que había por el pasillo.

-Vamos, mujer, contrólate un poco...

-¡QUÉ CONTROL NI QUÉ OCHO CUARTOS! ¡VOY A COMER RATAS A LA PARRILLA!

-¡Pam! —gritó mi padre, entrando en mi cuarto de golpe-. No sé qué es lo que te ha hecho tan desgraciada, pero estoy seguro de que no han sido los muebles de la habitación, por lo tanto no merecen tantas patadas. No quiero oír un golpe más, ¿vale?

-Lo siento, papá —murmuré sin ganas, sentándome en mi cama mientras trataba de tranquilizarme-. Mi hermana, que estaba tumbada frente a mí en su cama, se puso a mirar algún punto de la puerta del armario.

-En fin, dentro de un rato comemos —murmuró mi padre, mirando de reojo a Maritere y visiblemente incómodo-. Ya... ya sabes, Pam, nada de golpes.

Y salió de la habitación dando un PORTAZO. No, no un portazo: un PORTAZO.

-Bueno, escucha –dije yo, mirando a Maritere (la cual seguía con los ojos fijos en el armario)-, si no hablas con ellos, mi menda se encargará de obligarles a hablar contigo. No podéis estar así siempre, ¿vale?

-Ah, sí, oblígales –replicó mi hermana, apartando por fin la vista del armario y dirigiéndola a mí-. Oblígales y seguro que te harán caso, ellos tienen tantas ganas de hablar conmigo como yo…

-Pues no os quedará más remedio, porque me niego a que estas Navidades papá y mamá estén furiosos y tú estés deprimida –respondí, tumbándome en la cama boca arriba para contemplar el techo como si fuera algo realmente interesante, para colmo, como si no lo hubiera visto millones de veces.

-Tú déjalo y no seas metiche –contestó mi hermana.

-Oye, ¿siempre tienes esa mala leche?

-Sólo contigo –dijo ella, y cuando la miré me tiró un cojín a la cabeza-. Y, como era de esperarse, se produjo una guerra de almohadas la cual (por primera vez en años) no terminó con insultos, sino con carcajadas estruendosas. De verdad, no entiendo los venazos que nos dan a veces…

Un rato después, ya calmada mi rabia del instituto, fui al salón y llamé por teléfono. No tardaron mucho en descolgar:

-¿Diga?

-¿Cedric? Soy Pam.

-¡Ah, hola!

-Oye, ¿estás mejor?

-Bueno, me he puesto un hielo y al menos el dolor se me va pasando.

-Genial… oye, ¿te puedes pasar por aquí a eso de las cinco?

-Bueno, pero ¿para qué?

-Es obvio, hombre. Tenemos que hablar de esto enseguida. ¡Hasta luego!

Colgué el aparato sin darle tiempo a replicar, porque si empezábamos a discutir seguro que al final no vendría. Cedric siempre dice que prefiere usar la táctica de «no pensar en los problemas», pero evidentemente ahora nos enfrentábamos a algo que necesitaba terapia de grupo intensiva. Me levanté del sofá, salí al rellano y llamé al timbre de la casa de Naza para anunciarle que esa tarde, en mi casa, habría reunión pre-tormenta.

-Bueno, no hay duda de que tenemos un problema muy gordo —dijo con irritación Naza. Eran las cinco y cuarto y los tres estábamos en el salón de mi casa, comiéndonos una bolsa de gusanitos cada uno-. Nos la han jugado pero bien, y encima no hay nada que podamos hacer para remediarlo.

-Pues yo me niego a hacerlo —dijo Cedric, que se metía los gusanitos en la boca a una velocidad desenfrenada y juraría que estaba temblando.

-¿Hacer qué? —pregunté.

-¡Actuar, o lo que sea! —exclamó él, devorando las últimas miguitas de su bolsa-. ¿Te quedan más?

-No…

-¿Y café? ¿Tienes café?

-Vale, creo que alguien necesita tranquilizarse —dijo Naza, rascándose la oreja como si estuviera discurriendo algo-. Puf… pues no sé…

-Lo peor es que tienen razón —resoplé, decaída-. Fui a preguntarle a don Mariano si podíamos no intervenir en la fiesta aunque estuviéramos apuntados y me miró de una forma que sospecho que pretendía desintegrarme con los ojos. Me dijo que eso sería «indisciplina», «horrible educación», «no tomarse los eventos con seriedad»… y creo que mencionó también «suicidio académico».

-O sea que… estamos fregados —bufó Naza, mientras Cedric rebuscaba inútilmente en el fondo de su bolsa de plástico-. Pero hombre, cálmate…

-Necesitó café —repitió él, cada vez más nervioso.

-Sí, eso es justo lo que te hace falta —dije yo.

-Bueno, mirémoslo por el lado positivo —aventuró Naza, encogiéndose de hombros sin mucha seguridad-. Me han dicho que las personas que actúan no tienen por qué ir con pareja.

-Eso ya da igual —murmuró Cedric-. Preferiría perderme esa fiesta que aparecer en esa horrible tarima dentro de ese gigantesco gimnasio…

-Pero si es enano, Cedric —dije yo, intentando en vano consolarle.

-Sí, bueno, espera a estar allí y verás que no parece tan pequeño visto desde la tarima y con toda esa gente mirando —replicó él, y empezó a temblar de nuevo-. En serio, necesito café…

Hubo un silencio durante el cual sólo se oyó la voz de mi padre en la ducha, cantando a grito pelado «*libreee, como el ave que escapó de su prisión, y puede al fin volaaar...*» (7). Yo pensaba y pensaba hasta que me salía humo por las orejas, pero las ideas que me venían a la mente eran tan ridículamente absurdas que yo también empecé a necesitar con urgencia un café. Es decir, ¿qué rayos íbamos a hacer ahora? ¿Ahora que estábamos en un callejón sin salida? Como diría mi primo Telémaco, «¿Qué va a pasar ahora, por la corbata del Oso Yogui?».

Y en ese momento, Naza dijo lo que deberíamos haber recordado hacía horas.

-Bueno –murmuró, mirándonos al tiempo que intentaba sonreír-, ya sabemos lo que hay que hacer ¿no? Sólo hay una persona ahora mismo a quien podamos pedir ayuda.

Y eso fue lo que hicimos: cerramos los ojos y oramos por turno, yo en último lugar, y a medida que escuchaba las oraciones de Naza y Cedric me fue abandonando un poco el desánimo.

-Señor Jesús –oré-, queremos pedirte ayuda. Tenemos un problema bastante gordo y no sabemos seguir adelante... Por favor, Señor, dinos qué tenemos que hacer. Amén.

-Amén –repitieron mis amigos al unísono.

Nos quedamos unos segundos así, con los ojos cerrados y en silencio, y cuando los abrimos y nos miramos entre nosotros, fue más que evidente que los tres habíamos comprendido lo mismo. No sólo por las miradas de desconcierto que nos dirigimos, sino porque Naza dio voz al pensamiento que residía en nuestras tres cabezas con cierta desazón:

-Chicos... creo que nos va a tocar subirnos a ese escenario.

Y Cedric dijo:

-Necesito un café.

31

Otra vida nueva

Bienvenida a la familia,
la familia del Señor.
Aquí todos sus Hijos somos hermanos,
¡hermanos en Él!
Y si algún día te sientes sola,
no tienes fuerzas, pierdes el rumbo,
estamos aquí para ti.
Queremos compartirte amistad,
nuestra amistad,
porque eres nuestra hermana,
hermana de fe y lealtad.
Bienvenida a la familia...
la familia de Jehová.

-¡Y... se acabó! —exclamó Eduardo, al tiempo que salía el último acorde de la guitarra de Cedric y Esteban daba el último golpe a su tambor. Todos rompieron en aplausos-. Buen trabajo, colegas... ¿te gusta la canción dedicada, Pam?

-Es una pasada —respondí yo, con toda la sinceridad del mundo-. Madre mía, chicos, me he emocionado y todo...

-Eso parece, se te han iluminado los ojos —observó Uxae, sonriendo-. Decidí dedicarme a cantar el día que descubrí que la música puede hacer que los ojos de la gente brillen.

No me habría sorprendido en ese instante, al reflejarme en un espejo, ver mis ojos llenos de esa luz de la que hablaba Uxae, esa luz que siempre colorea la ilusión. La verdad es que la canción que acababan de cantarme los chicos de Rey de Gloria me había emocionado un montón, para qué negarlo: nunca en mi vida me han compuesto una canción. Es decir, al menos hasta entonces, porque un tiempo después... pero esa es otra historia a la cual no quiero adelantarme, porque qué tontería ponerme a contar sucesos posteriores a lo que estoy hablando, ¿no? En fin, sigamos con el presente.

-Esteban es el compositor —dijo Noe-. Claro que, si no llego a decírtelo yo, no dice nada y conserva como siempre su modesto anonimato —soltó una risa y Esteban, que en ese instante estaba guardando su instrumento, se puso rojo como un tomate y se encogió (él, que ya de por sí es bastante menudo).

-Pues en serio, Esteban, me ha encantado —le aseguré, realmente admirada-. Él me dirigió una breve mirada y sonrió un poco, pero no dijo nada más que un escueto «gracias». Mientras tanto, todos recogían sus cosas y se despedían entre ellos.

-¡Naza, a ver si te acuerdas de traerte la batería la semana que viene! ¡Recordadlo todos, el domingo es la reunión especial de Navidad! —exclamaba Eduardo-. Oye, Pam, ¿podemos hablar un minuto?

-Claro —contesté yo, acercándome a él-. ¿Qué pasa?

-Bueno —comenzó él, gesticulando muchísimo, como siempre-, para empezar quería decirte que me alegro un montón de que hayas aceptado a Jesús... ha sido la mejor decisión que has tomado y que tomarás nunca.

-Lo sé —respondí sinceramente, esbozando una sonrisa.

-Pero, ¿sabes?, a veces la gente cristiana se pierde —continuó Eduardo-. Y sólo quería aconsejarte que, para seguir manteniéndote en el camino, deberías pasar un rato a solas con Dios cada día... ya sabes, leyendo la Biblia y orando un poco. Y pasarte de vez en cuando por la iglesia tampoco está de más —sonrió.

-Vale, pero... -había algo en las palabras de Eduardo que no me acababa de encajar-. ¿Has dicho... camino?

-Sí —afirmó él-, el paso que acabas de dar es el más importante, pero la vida no acaba ahí. Después de su conversión, todo cristiano debe seguir adelante con su propia historia, con el rumbo que ha estado trazando... pero ahora, siguiendo a Cristo. Ahora, Pam, tienes que recorrer lo que a mí me gusta llamar «ruta de la fe».

-¿Ruta de la fe? —pregunté, levantando una ceja. Un momento... ¡¡¡lo conseguí!!! ¡Ahhh! ¡¡Rápido, que venga la prensa con una o dos cámaras, no creo que vuelva a conseguirlo!!

-Ajá, sí, sé que le he inventado un nombre algo rarito, pero el caso es que no es nada del otro mundo... simplemente es esto: la vida. Y una vida cristiana es como un viaje... a veces cuesta seguir, pero siempre vale la pena, ¿entiendes? —me palmeó el hombro, sonriendo, y yo también sonreí, agradecida, pensando en lo que acababa de escuchar.

Lo cierto es que las palabras de Eduardo me habían picado la curiosidad. No me había parado a pensar si sería muy diferente lo que iba a hacer a partir de entonces, pero aquello tenía sentido: ahora no podía quedarme quieta, esperando a morir y a ascender a los cielos. No, hombre, qué chorrada, ninguna persona puede vivir estáticamente. Pues sí que tenía razón Eduardo, lo que tenía que hacer (elemental, mi querido Watson) era ponerme en marcha.

Claro... mi decisión no era un final: era un nuevo comienzo.

-Pam, ¿nos vamos? —me llamó la atención Naza, sacándome de mi ensimismamiento con un tono casi suplicante-. Tengo que subir a mi hermano al autobús antes de que decida rayarse con esa cancioncita para las próximas veinticuatro horas, por favor.

En la puerta de la iglesia oí a Andrés canturreando algo así como «las libélulas son bellaaaaaaaas», y comprendí que alguien había tomado coca-cola con cafeína en la merienda.

-Bueno, hasta la semana que viene, y gracias —me despedí de Eduardo, y él me correspondió agitando la mano con otra sonrisa.

Cuando Cedric, Naza, Andrés y yo estábamos en la calle, caminando hacia la parada de autobús, me vino algo a la cabeza y se me ocurrió comentarlo:

-Y a todo esto, nunca supe quién me enviaba los mensajes al móvil.

-Ya. Es una pena —admitió Cedric, que iba cargando con su guitarra eléctrica a la espalda.

-¿Mensajes de móvil? ¿Qué mensajes de móvil? ¿Pasa algo con los mensajes de móvil? ¿Qué es lo que sucede con los mensajes de móvil? ¿Me estoy rayando con los mensajes de móvil? —inquirió (como ya habréis adivinado) Andrés. Yo, como hago siempre cada vez que él dice algo, solté una risotada.

-Ay... nada, que alguien me mandaba unos sms como número desconocido y al final no sé quién era —respondí, todavía entre risas.

-Sí, y mira que si se quitase la mascarita de anonimato, podrías llamarle —dijo Naza-. Después de todo, tanto mensajito de «alguien t ama» ha sido una gran ayuda para ti, ¿no? Me pregunto si es alguien que conoces.

-Vale, y, ¿qué pone en esos mensajes? —me preguntó Andrés, con curiosidad.

-«Alguien t ama» —respondí.

-Ah, entonces supongo que te los envié yo.

Hubo un par de segundos en los que nadie replicó nada. Admito que a veces Andrés hace bromas raras que a la primera no entiendo, con lo cual imaginé que ésta era una de ellas. Pero tras darle muchas vueltas sin pillarle la gracia, me giré hacia él con desconcierto.

-¿Qué dices? —pregunté, levantando una ceja (qué emoción... lo siento, pero voy a estar dando la lata con esto todo el rato... no te fastidia... para una vez que lo consigo... me estoy rayando con los puntos suspensivos... pero qué más da... sé levantar una sola ceja).

-Ah, no sé —dijo él-. Me imagino que te los envié yo, porque llevo desde que nos mudamos aquí enviando ese mismo mensaje a un número que no tengo ni idea de quién es, y ahora tú dices que alguien que tampoco tienes ni idea de quién es te estaba enviando el mismo mensaje que yo estuve enviando, así que estas supuestas coincidencias de la vida son una maravilla, y las libélulas son bellas... y ya está.

Entonces Naza, Cedric y yo nos detuvimos al mismo tiempo, y en consecuencia Andrés también se detuvo, y para colmo se nos quedó mirando confundido, como si no entendiera por qué los tres teníamos la boca tan abierta que el labio inferior casi nos llegaba a la punta de las zapatillas, y él que tenía dos o tres años más que nosotros y pensando en sus cosas, y nosotros flipando en colores, y mientras yo, YO, intentando relacionar los misteriosos mensajes que había estado recibiendo durante tres meses con aquel tío majareta que estaba plantado frente a mí hablando de la belleza de las libélulas.

¡¿QUÉ LE PASA AL UNIVERSO?!

-¡¿Tú?! —pregunté, llena de estupor-. ¿Pero qué narices...?

-¡Venga ya! —exclamó Naza-. ¿Y de dónde sacaste ese número?

-¿Y por qué? —interrogó Cedric.

Andrés abrió los ojos como si lo único raro de la situación fueran nuestras preguntas y contestó:

-Ese número lo saqué de una tarjetita que me encontré tirada en el suelo del portal la semana que nos mudamos

-¿Cómo? —pregunté, aturdida-. Sí, hombre, ¿y qué iba a hacer una tarjeta con mi número… en… el… por…? —fui callándome poco a poco y de pronto lo comprendí:

¡¡Mi tarjeta personal!! ¡La que se me había perdido aquella noche de la discoteca! ¡Así que Andrés la había encontrado… y se la había quedado! Normal, si ya me decía mi madre que cuando me hacía una tarjeta personal tenía que incluir mi nombre, apellidos y dirección, no sólo mi número. ¿Cuándo aprenderé a hacerle caso?

Aquello era una locura. No podía creerlo… no podía creerlo y, sin embargo, tenía sentido y todo.

-¡Encontraste mi tarjeta de contacto! —exclamé, todavía patidifusa. Y, no me digas, ¿cómo estarías tú en una situación así?

-¿Tienes una tarjeta de contacto sin nombre ni dirección? —preguntó Cedric, alzando una ceja (¡¡jajajaja, yo también sé…! Vale, me callo).

-Cedric, deja las críticas para otro momento —repliqué.

-¿Y se puede saber por qué, brother mío de mi alma, te dio por enviar mensajes misteriosos a un número que no sabías de quién era? —preguntó Naza, un pelín excitada y frenética.

-Naza, cálmate, mujer… Piensa en las libélulas.

-Libélulas te voy a dar yo a ti…

-Hombre, no hay que darle tantas vueltas a la cosa, hijos, es de lo más simple… me guardé ese papel en el bolsillo y poco rato después, cuando fui a tu habitación a cogerte prestado un disco, me encontré encima de tu Biblia un papelito con eso escrito, y yo qué sé… simplemente se me ocurrió que podía relacionar esa frase y ese número de alguna forma, así que me dejé llevar por el instinto y… lo hice. A veces hago cosas que ni yo entiendo, pero bueno, supongo que Dios sí.

Ninguno de nosotros dijo nada, parecía que algo nos había robado la voz de golpe. Entonces Andrés continuó con lo que estaba diciendo:

-Así que lo hice, pero lo hice desde número desconocido para no meterme en movidas, mentira, lo hice para darle más emoción a la cosa, y luego hubo varias veces que pensé que podía volver a enviarlo, y lo hice, y yo no me imaginaba que se lo estaba enviando a la vecina de enfrente.

-¿Y por qué no estás sorprendido, entonces? —inquirió Cedric, visiblemente extrañado-. Andrés se encogió de hombros y respondió, con una sonrisa divertida:

-¿Por qué iba a estarlo? Estas cosas pasan, ¿no? Dios nos ha dado vida en un mundo que está lleno de sorpresas. Vamos a perder el autobús si no seguimos andando, así que venga, chavales. *¡Las libélulas son bellaaaaaaaaas...!* —y así, canturreando, se puso de nuevo a caminar con las manos en los bolsillos. Nosotros tres aún nos quedamos parados unos segundos, mientras yo me preguntaba en mi cabeza qué clase de subespecie humana era aquel chico que nunca sabías si era un loco que a veces se volvía cuerdo, o un filósofo que la mayor parte de su vida se volvía loco.

Cuando llegué a mi casa pretendía tumbarme en el sofá a meditar sobre la canción de bienvenida, el consejo de Eduardo y la sorpresa que me había dado Andrés... pero nada, en cuanto abrí la puerta supe que no iba a ser posible. Indudablemente, allí había movida familiar de grado nueve, incluso de grado diez.

Se oían voces en la cocina, bueno, más bien gritos. Distinguí la voz de mi padre, de mi madre, de Maritere... y otra también familiar. ¡Caramba! ¿Sería posible que Javier, el novio de mi hermana, estuviese allí? Me acerqué sigilosamente a la ruidosa cocina y, como la última vez me había funcionado, volví a utilizar la técnica de escuchar junto a la puerta en plan agente secreto. Poco a poco, comencé a captar retazos de la conversación.

-Claro, te crees que puedes mangonear la situación como te dé la gana sólo porque tú eres el culpable de todo, ¿no? —decía la voz de mi padre, sonando bastante indignada-. ¡Pues te has equivocado de persona, chaval!

-¡Papá, él no es el culpable de todo, y deja de chillar como un poseso! —exclamó Maritere (mira quién habla).

-Pues dile a tu novio que se tranquilice, Teresa –intervino mi madre-. ¡Tú no tienes derecho a decidirlo, Javier, es del futuro de NUESTRA hija de lo que estamos hablando!

-¡Es de la vida de MI hijo de lo que estamos hablando! –replicó entonces la voz (notablemente cabreada) de Javier, el novio de Maritere-. Vale, antes yo tampoco quería saber nada del asunto, ya lo sé... pero el bebé es de los dos, y soy su padre, y también quiero que lo tengamos. Y además esta decisión le pertenece a Teresa, no a vosotros ni a mí.

-¿Pero el dinero de la clínica quién se lo paga, chico? –gritó mi padre-. ¿Tú o yo?

-¿Qué clínica ni que...? ¡PAPÁ, NO VOY A ABORTAR!

«Vamos, Pam, usa el coco», pensé furiosamente. Y comprendí que tenía que hacer acto de presencia: estar así, escuchando a escondidas, no ayudaba en nada a Maritere ni tampoco a mi futuro sobrino. O sobrina.

-Señor... ayúdame, te lo ruego –oré en un susurro, cerrando los ojos con fuerza y depositando toda mi fe (que, a decir verdad, en ese instante no era mucha) en aquella frase. Sólo sería capaz de hacer aquello si sabía que Él estaba conmigo, así que, con el miedo metido en el cuerpo, murmuré un leve «amén» y abrí la puerta.

-Hola... -saludé, cuando las cuatro cabezas se volvieron bruscamente hacia mí-. ¿Puedo hablar con vosotros?

-Pamela, estamos hablando de algo importante, así que cállate y sal de aquí enseguida –replicó mi madre, cuyo rostro tenía un ligero color violáceo.

-Eh... pues lamento decir que sólo lo he preguntado por cortesía, porque pienso hablar de todas maneras –repliqué yo, entrando en la cocina y sintiendo que me temblaban un poco las manos a causa de los nervios. «Sí, claro, hablar, ¿hablar de qué? » pensaba-. Os he oído.

-¡Qué gran novedad! –exclamó mi padre-. Escuchando detrás de la puerta, ¿verdad?

-Papá, cállate –murmuró Maritere entre dientes.

-Vale –reconocí-, mentiría si dijera que no pretendía escuchar, pero también mentiría si dijera que no os habría escuchado de todas formas. Esto parece la casa de los gritos...

-¡Vete de una vez, Pam, no es asunto tuyo! –gritó mi padre, enervado. Lo cual demuestra lo enfadado que estaba, porque desde el día del hospital, mis padres no habían querido echarme la bronca.

-Yo creo que puede serlo.

-Pues te equivocas.

-No. Porque después de todo, estáis hablando de mi sobrino —contesté una vez más, orando por dentro con tanto fervor que podría haberse roto el techo de la cocina de tantas oraciones que estaban subiendo directamente de mi corazón al cielo.

Mi padre, en lugar de seguir gritando, se dejó caer sentado en una silla con el rostro oculto entre las manos, y mi madre se agarró al respaldo de la silla, tragando saliva ligeramente. Parecían tan cansados de discutir que en ese momento mi cabeza (y también toda la lógica común humana) me dijeron que tenía que cerrar la boca y dejarles hablar a ellos, pero mi corazón se negaba a callar antes de haber soltado todo lo que tenía que decir. La verdad es que ya llevaba bastante tiempo sin entenderme con la lógica común humana.

-Papá, mamá, yo no soy muy experta en estos temas —comencé a explicar pausadamente-, pero creo que no estáis siendo justos. Mamá, por favor, que tú también has estado embarazada...

-Nunca a los dieciocho años —interrumpió mi madre entre dientes, pero sin dejar de mirar las baldosas de la cocina.

-Vale, ya lo sé, pero el caso es que sabes lo que se siente y podrías haber sido un poquito más comprensiva —continué-. No creo que ella estuviera orgullosa cuando se enteró de la noticia, ¿no? —pregunté, girándome de súbito hacia mi hermana. Maritere, que parecía perpleja por mi intervención, asintió con la cabeza lentamente.

-Estuve llorando toda la noche —confesó, y antes de que inclinara la cabeza para ocultarlo, pude ver que sus ojos se humedecían-. Me turbé un poco y me costó seguir hablando.

-Ajá. Bueno, no hay duda de que a todos vosotros hay que trataros como a niños pequeños, de verdad, sois peores que las quintillizas de la Euge. Digámoslo así: mal por Maritere y por Javi por quedarse embarazados —miré a mi «cuñado»-, lo siento por meterte, tío, pero es que es verdad —volví a dirigirme a mis padres-. Y mal por vosotros, que lo estáis empeorando todavía más. Cuando teníais que ayudar, sólo habéis agobiado.

-Pam —me cortó otra vez mi madre, alzando una mano como para decirme que parase. Tenía un tono de voz bastante más suavizado, incluso parecía esforzarse por mostrar algo de amabilidad-, mira, todo eso está muy bien, pero no hace falta ponerse en plan *hippie* para solucionar esto. Eres muy joven aún y tienes la cabeza llena de locas ideas adolescentes, pero no sabes nada de la vida. Vuestro padre y yo... no lo entendéis... siempre hemos querido vuestra felicidad, que tuvierais un futuro, y ni siquiera nos quisimos inmiscuir en ello. No nos entrometimos cuando Teresa quiso dejar sus estudios para ponerse a trabajar, aunque no nos pareciera bien, porque era una elección suya. No queremos influir en las decisiones de nuestros hijos, porque no queremos estropear su felicidad.

-Y por eso no podemos permitir que hagas esto, Teresa –susurró de repente mi padre, volviendo a levantar la mirada y mostrando cómo una lágrima fina resbalaba por su mejilla izquierda. Se apresuró a limpiarla-. Casi no acabamos de comprender la idea de que ya no volverás a ser la niña que yo sentaba en mis rodillas cuando tenía dos años, y definitivamente no podemos aceptar que ahora, con sólo dieciocho años, quieras irte a vivir con tu novio y encima con un hijo. No serás feliz así, no puedes ser feliz si tienes un bebé cuando apenas acabas de salir de la adolescencia. No nos pidas que te dejemos hacer esto... porque es sí que no.

La sinceridad con que hablaban mis padres era tal que ya ni siquiera sabía cómo responder, pero pedí interiormente otra palabrita de auxilio y saqué las palabras para decir:

-Si vosotros siempre pensáis en mi felicidad, en la de Enrique, y en la de Maritere... ¿por qué no podéis entender que ella piense en la felicidad de su hijo?

Mi padre se pasó una mano por el canoso cabello con aspecto cansado y masculló:

-Pam, todavía no ha nacido...

-Pero está ahí –repliqué-. Es una persona que ya existe y que a lo mejor ya está oyendo cómo hablamos de su futuro, del futuro de Izan o Violeta –pude ver a Maritere sonreír entre las lágrimas, y continué-. Vosotros nos habéis demostrado que nos queréis, así que podríais mostrarle a Maritere el mismo cariño que me mostrasteis a mí la semana pasada en el hospital, porque eso fue lo que me hizo sentirme mejor cuando no podía estar más deprimida. Y os aseguro que querréis también al bebé, después de todo es vuestro primer nieto... -sonreí-. Maritere ya lo quiere, Javi lo quiere, y por eso lo defienden tanto, no por llevaros la contraria, me imagino. Y, bueno... yo también le tengo cariño –sonreí.

Mi padre me miró fijamente. Parecía algo confuso y extrañado ante mi actitud, pero entonces esbozó un gesto que podía interpretarse como un intento de sonrisa y dijo:

-No sé si te lo han dicho, pero parece que brillas de forma especial últimamente, Pam. Como cuando eras pequeña -entonces se levantó de la silla y, para nuestro asombro, nos cogió a Maritere y a mí y nos abrazó con fuerza-. Os quiero, niñas...

-Yo también te quiero –dije cariñosamente, y le di un beso en la mejilla sin afeitar. Me desprendí suavemente y abracé también a mi madre-. Y a ti, mamá.

Mi madre me estrechó con fuerza y, cuando me separó de sí, tenía una sonrisa que alumbraba todo su rostro ensombrecido. No dijo nada, nunca ha sido una mujer de muchas palabras, pero fue suficiente.

Javier, que miraba la escena, parecía algo incómodo, pero aliviado. Al dirigirme a la puerta y cruzarme con él, sonreí y le deslicé disimuladamente:

-Javi, no la fastidies, ¿eh?

-Ya verás la sorpresa que le tengo reservada a tu hermana, cuñadita –me respondió él con un susurro incluso más bajo que el mío, que hasta me costó escucharlo. En ese momento sentía felicidad y cansancio al mismo tiempo, así que la curiosidad no me cabía.

-A ver... vamos a tratar el tema como adultos –masculló mi padre, sentándose de nuevo con un aspecto mucho más tranquilo, lo cual me aseguró que la conversación iba a tomar otro rumbo a partir de ahora. Con que dejasen a un lado los gritos y los insultos me bastaría por el momento, tampoco puedes pretender cambiar a la gente en un minuto.

«¡Guau! ¡Gracias, Señor!» pensé, agradecida, cuando ya estaba en el umbral de la puerta. «Bien, no puedo quedarme, así que los dejo en tus manos a partir de ahora.»

-Me voy –anuncié-. Volveré antes de la cena, he quedado con Naza y con Cedric para... ensayar –la última palabra la dije casi con un silbido, porque todavía me costaba creer que mis amigos y yo estuviéramos preparándonos para la Fiesta de Navidad.

Los cuatro me despidieron con una sonrisa y yo, bastante animada, cogí mi abrigo y mis guantes, dispuesta a salir a reunirme con Naza y Cedric. Me sentía tan bien que ni siquiera la perspectiva de tener que actuar en el instituto dentro de menos de una semana conseguía desalentarme ni una pizca, y ni por un momento me imaginé que, cuando regresase a casa unas horas más tarde, me encontraría con la noticia de que Maritere se iba a casar.

El milagro de última hora

Hay una cosa que no he dicho, y es que, mientras mis amigos y yo ensayábamos, nos dimos cuenta de que ninguno de los tres cantaba especialmente bien. Lo cual resultaba un gran problema, porque la única cosa que se nos daba bien a los tres, cada cual en su ámbito, era la música… ¿pero qué clase de actuación musical íbamos a hacer si no sabíamos cantar? Más de una vez lo intentamos, pero no podíamos engañarnos a nosotros mismos al comprobar que yo desafinaba como una guitarra rota, que Naza tenía una entonación demasiado dura y ronca para su edad, y que Cedric estaba en plena edad de cambiar la voz e incluso sin cantar le salían a veces unos gallos impresionantes. Madre mía, dábamos pena.

-Instrumentos y danza, punto final, y me da igual si hacemos el ridículo –exclamó Cedric un día que parecía tener ganas de estampar la guitarra contra el suelo-. Pero no pienso seguir haciendo como que sé cantar.

Yo estaba igual de histérica con el tema de las voces, así que no supe contradecirle. Naza siempre intentaba alentarnos, pero esa tarde ya estaba casi al borde de las lágrimas de tantos esfuerzos en vano, por lo cual asintió levemente con la cabeza y los tres supimos (porque al ver sus caras no dudé que estaban pensando lo mismo que yo) que íbamos a necesitar un milagro para que aquel desastre saliera bien.

Así que nos pasamos toda esa semana pidiendo un milagro.

En uno de aquellos días, creo que fue el lunes diecinueve, yo quedé con Laura y con Patri en el parque de detrás del insti para contarles que me había convertido y que ahora era cristiana. La verdad, fue mucho más sencillo de lo que esperaba.

-Bueno, tú dices que se trata de probar cosas, ¿no? —pregunté sonriendo, respecto a otra cosa que había dicho Patri antes-. Pues yo hace un tiempo decidí probar lo de creer en Dios, y la semana pasada me di cuenta de que la vida funciona mucho mejor así. ¿Sabéis?, he decidido cambiar, y creo que sólo Dios me puede ayudar en esto.

Mis amigas me miraron, asombradas, y Laura exclamó:

-¡La reflauta! O sea, Pam, que... ¿tú ahora eres evangelista?

-Sí...

-¿En serio? —inquirió Patri, con la boca abierta-. ¿Como Naza y como el sant... como Cedric?

-*Yes*...

-Vaya... -murmuró Patri, bastante sorprendida-. ¡Qué cosa más rara, tía! Bueno, tan raro tampoco, pero...

-No te pega mucho —dijo Laura, y sonrió divertida-. Pero oye, estamos a punto de acabar el año. Supongo que la Pamela Espada Cohen del año 2006 será algo distinta, ¿no?

-Oh, desde luego —contesté yo, riendo-. He cambiado, pero para bien. Creo que esto me ha hecho madurar, y voy a dejar atrás este año con una sonrisa... ¡aunque siga siendo la misma loca de siempre! —reí.

-Ha sido un año agotador, sí, sobre todo estos últimos meses —suspiró Laura, apoyando la espalda en el respaldo del banco de madera-. Me alegro de que se acabe.

-Y no se puede negar que tu cambio ha sido mucho mejor que el de Belén, Pam —comentó Patri, y entonces sacó un paquete de tabaco del bolsillo de su abrigo y empezó a encender un cigarro-. ¿Queréis?

-¿Qué haces, mujer? Esperaba que hubieras dejado esa porquería después de cortar con Fran —suspiré, resignada-. Supongo que no se puede tener todo en la vida.

-Cuando sus pulmones se conviertan en un par de boñigas de vaca, ya recordará nuestros consejos –masculló Laurita-. Otra que tal baila... ¡parece que soy la única que no sufre un enorme cambio navideño al acabar el 2005!

-Eso no es verdad, porque tú empezaste solterona y ahora tienes un tío que besa el suelo por donde pisas –dijo Patri riendo, y Laura se sonrojó un montón-. ¿Vas a ir con Alex a la Fiesta de Navidad?

-Ah, no creo que me lo pida –suspiró-. Es un tímido encantador... o un cobarde de porquería, no sé.

-Pídeselo tú, tía, no seas tonta –replicó Patri, dando una calada a su cigarro.

-Eh... hablando de la Fiesta de Navidad, hay algo que no os he contado aún –comenté, algo nerviosa-. Entonces empecé a relatarles lo que había pasado con Roberto y María, la manera en que Cedric, Naza y yo habíamos decidido actuar en la fiesta, toda la movida, y me desanimé un poco al ver cómo Laura se llevaba la mano a la boca y soltaba un chillido y a Patri le colgaba el cigarrillo del labio inferior a medida que yo hablaba.

A veces, en momentos como por ejemplo éste, me apetece ponerme a contar algunas cosas que no tienen nada que ver con esta parte de mi adolescencia. Contar, por ejemplo, que aunque la música celta y el hip-hop sean estilos totalmente distintos, a mí me gustan ambos y ninguno me anima más que otro a danzar hasta marearme, como a mí me gusta. Lo cual, según dicen, es bastante extraño, si bien a mí me parece aún más extraño eso de aferrarse a un único estilo y no probar nada más, hombre, con lo bonita que es la variedad en este mundo de la música. Aquí es donde me doy cuenta de que me estoy yendo por las ramas sin que esto venga a cuento de nada, sólo porque me apetecía contarlo, aunque de hecho cosas así me venían a la cabeza la noche del jueves de esa semana, mientras ensayaba danzas en mi habitación hasta que me daban las doce de la noche y Maritere murmuraba como en sueños que «me mataría cariñosamente si no apagaba la luz de una (censurado) vez», entonces se me ocurría reflexionar sobre lo extraño de la música cristiana, una música que se puede bailar y cantar pero hay que sentirla dentro de uno mismo. Y antes de acostarme oraba, oraba para pedir ayuda pero también para calmar mis nervios, y me daba por imaginarme lo que iba a decir la gente del instituto cuando nosotros tres saliéramos a actuar, nosotros que nos habíamos ganado el desprecio de algunos, la admiración de otros y la ignorancia de muchos, nosotros que teníamos música cristiana pero no letra porque no sabemos cantar...

«Ah», pensé, mientras contemplaba a la araña que como siempre se paseaba por el techo de mi cuarto «pero también somos nosotros probablemente los únicos que contamos con la ayuda de alguien más fuerte». Eso era lo único, durante aquella semana fatídica, que me animaba.

Al menos hasta este momento, en que me pregunto cómo es posible que unas cuantas líneas atrás fuera lunes por la tarde y estuviera hablando con Patri y Laura y ahora de repente sea jueves por la noche y yo esté cavilando sobre todas estas cosas, y me respondo a mí misma que yo, Pamela Espada Cohen, no sé hablar sobre mi vida sin enrollarme como una persiana con cosas que son del viento.

Si algo me hacía ilusión del día veintidós de diciembre, eso sólo era: sacar un sobresaliente en Educación Física, un suficiente en Mates y la vana ilusión de que nevara. Cosas que, desde luego, no sucedieron. En Educación Física saqué un ocho con siete y la profesora lo dejó en un ocho, vete tú a saber por qué; en Mates saqué un tres con cuatro que la profesora dejó en un cuatro, también vete tú a saber por qué... y nunca, o eso he experimentado yo durante mi niñez, nieva en la ciudad de Madrid, sólo en las cumbres de la Sierra (elemental, mi querido Watson). Y de todas maneras, aquel día había tanta agitación que ni la nieve se hubiera notado entre tanto barullo.

Jamás había visto el instituto tan lleno de gente, probablemente porque los que hacen pellas todos los días habían decidido escoger la Fiesta de Navidad como único día que harían acto de presencia en todo el curso. El ambiente estaba cargado de excitación durante la mañana cuando fuimos a recoger las notas, y los profesores andaban de un lado para otro cargando cajas llenas de espumillón y cosas así. No voy a negarlo, la cosa prometía. Y de no ser por el papel que me tocaba cumplir en aquel evento, habría disfrutado como una enana viendo los preparativos.

-¿Por qué no nos relajamos? Todavía puede que haya un fallo técnico y tengan que suspender todas las actuaciones –sugirió Naza esa tarde, mientras Maritere nos hacía una sesión de peluquería femenina gratis en nuestra habitación. Por esos días estaba de muy buen humor con todo ese asunto de la boda, así que no puso demasiadas pegas cuando le pedí que nos peinara.

-Sí, y puede caer una bomba sobre el gimnasio justo antes de que entremos nosotros, sería estupendo —suspiré yo irónicamente, meneando la cabeza de un lado para otro.

-¿Quieres estarte quieta de una vez? No hay quien te desenrede el pelo de esta forma -protestó mi hermana-. Cosa más tonta de niña...

-Gracias por el cumplido —dije yo-. Naza, ¿qué te vas a poner?

Naza estaba un poco ensimismada, y tardó unos segundos en responder.

-Hum... -dubitó-, no sé. ¿Qué te parece la camiseta morada con los pantalones blancos? O... ¿el jersey azul marino con la falda roja? O a lo mejor... bah, qué bobada, voy a estar todo el rato sentada detrás de la batería. Puedo ir en pijama si quiero —dijo finalmente, y con un suspiro se tumbó en mi cama, mirando la cal que se desprendía del techo.

-Dichosa tú, entonces —comenté chasqueando la lengua, también pensando en la ropa que había en mi armario-. ¿Qué me pondría yo esa tarde? Obviamente no me iba a acicalar mucho, porque tenía que... hum... bailar... delante de todos... probablemente haciendo el ridículo más grande de mi vida... y... eh...

Mallas, definitivamente mallas.

Bien, las cosas como son: en cuanto estuvimos allí a las siete en punto de la tarde, fue evidente que el director no se había roto mucho la cabeza con la fiestecita.

¡Qué cosa más cutre, por favor!

Es cierto que habían apartado todos los aparatos de Educación Física, y también es verdad que había espumillón por todas partes, y tampoco puedo negar que habían dispuesto una larga mesa en un extremo del salón que estaba llena de bebidas, polvorones, mantecados y turrón. Vale, eso sí. Pero... ¡nada más! Ni luces, ni adornos, ni un mísero árbol de Navidad, incluso habían ignorado nuestra sugerencia de que todos los profesores se disfrazasen de Reyes Magos (bueno, ok, eso es comprensible).

El gimnasio de nuestro instituto tiene un espacio bastante limitado, por eso habían decidido que no podrían ir los de Bachillerato («este año no, chicos, ya veremos el próximo») y tampoco los de Primero («no, chavales, esa fiesta es sólo para alumnos veteranos»). Y aun así, aquello estaba abarrotado de gente, incluso el grupo de profesores parecía una multitud exagerada, y me pregunté si podría llegar a la mesa y coger un polvorón antes de que arrasaran con todo.

-¡Pam! —gritaron unas voces femeninas. Miré por encima de todas las cabezas y distinguí la melena rubia de Laura y el cabello negro y lacio de Patri, que se abrían paso hacia mí a empujones. Cuando nos encontramos, Laura, que llevaba el mismo vestido negro que había estrenado hacía más de tres meses en la discoteca, me miró de arriba abajo y murmuró:

-Gabardina... ¿gabardina? —me miró fijamente-. ¿Estás de broma?

-Chicas, no quiero que le gente me vea con mallas y camiseta de tirantes antes de salir al escenario —repliqué, sintiendo muchísimo calor en la cara a causa de la vergüenza-. Tanta inseguridad no es propia de mí, pero es que yo jamás había bailado en público en mi vida, salvo el día de mi graduación de preescolar hacía más de nueve inviernos (y nadie se ríe de una niña de cinco años por muy mal que lo haga).

-Entonces de verdad vas a hacerlo... -dijo Patri, preocupada-. ¿Estás muy nerviosa?

-No, sólo me tiemblan las manos y me siento como si estuviera cayendo en un agujero negro sin fondo —murmuré, aferrando las solapas de mi gabardina simplemente por apretar algo.

-Vamos, Pam, estaremos aquí —trató de animarme Laura-. Vimos vuestro ensayo, ¿recuerdas?, y lo hacéis realmente bien.

-P-pero si ni siquiera podemos interpretar la letra... —dije débilmente, sintiendo que el cielo iba a caerse sobre mi cabeza.

-¡Mujer, los instrumentos y tu baile transmiten bastante de todas formas! —aseguró mi amiga-. Y tranquilízate, nadie tiene por qué reírse, no es como si fueras a desfilar desnuda por el escenario...

-Oye, pues eso tendría éxito —apuntó Patri.

-¡Qué tonterías dices! —repliqué yo, aunque me tranquilizó un poco que mis amigas le quitaran hierro al asunto-. Muchas gracias chicas, de verdad. Os veo después, ¿vale?

-¡Estaremos aplaudiendo en primera fila! —aseguró Patri, antes de que la masa de gente nos separase y nos llevase a cada cual por un lado. Me alejé como pude entre todos, pisando sin querer algún que otro zapato, y busqué la puerta del supuesto sitio donde supuestamente teníamos que prepararnos los supuestos artistas.

«Espero que haya un espejo» pensé, y justo entonces vi la única puerta que parecía haber allí aparte de la entrada principal. Me acerqué, golpeé un par de veces y entré a lo que parecía un armario de limpieza bastante grande, todo hay que decirlo: mis dos amigos estaban ya allí, y también un grupo bastante numeroso de gente, no pensé que la idea de actuar en público pudiese atraer a tantos. Miré a Naza y observé que estaba preciosa, vistiendo su camiseta verde con destellos, sus vaqueros negros y sus botas blancas; el peinado que Maritere le había hecho esa tarde, un recogido muy bonito con un par de rizos sueltos delante de la cara, no se le había desarmado ni un poco. Cedric, que llevaba una camiseta azul oscura con la cual no le había visto en mi vida y unos desgastados vaqueros grises, tampoco se veía nada mal (vale, hace un par de meses me habría caído de espaldas nada más verlo así).

-Hola —saludé yo, algo agitada por el estrés y por el calor que de repente hacía allí dentro. ¿Esa gente no ahorraba en calefacción o qué? Me quité la gabardina y la dejé en una silla junto a la puerta.

-¡Hola! —respondió Naza, sonriendo como si intentara calmarse a sí misma-. Estás guapísima, Pam.

-¿Tú crees? —pregunté yo con cierta preocupación-. ¿No tenéis un espejo o algo, por aquí? —Cedric me extendió con la mano sudorosa un pequeño espejito, y yo lo sostuve delante de mí para ver mi reflejo. Tenía ante mí a una chica con la melena roja alzada en una cola de caballo, la cara salpicada de purpurina plateada y los finos labios ligeramente pintados de granate, y unos grandes ojos color café con leche brillaban asustados.

Sí, estaba tremendamente asustada, no puedo negarlo.

-El púrpura te queda genial —comentó Naza, mirando detenidamente mi camiseta de tirantes y mis mallas-. Bueno, chicos, animaos... si fracasamos totalmente, no será por feos —rió.

-Cof, subnormales, cof —murmuraron un par de voces burlonas de un grupo de chavales que pasaron al lado nuestro entre risotadas. Los tres nos quedamos un poco aturdidos.

-Yo no estoy tan seguro de eso —murmuró Cedric, desanimado, ocultando el rostro entre las manos y luego manoseándose los claros cabellos-. Naza se puso seria de repente y dijo:

-Mira, Cedric: llevas todo este tiempo, desde que nos enteramos de que tendríamos que participar aquí, con una actitud muy negativa, ¿no crees? ¡Vamos, hombre! ¿Qué es lo peor que te podría pasar, si sólo es un día de tu vida?

-No sois vosotras las que tenéis un ojo morado —replicó él-. Voy a hacer el idiota ahí parado sin saber ni dónde meterme, me voy a morir cuando toda la gente me esté mirando... ¡Bah! Soy un cobarde.

-No lo eres Cedric —refuté, mientras me quitaba los pendientes para estar más cómoda.

-Pero te estás creyendo que tienes que cargar con esto tú solo, y parece que se te ha olvidado a quién hemos estado orando desde hace una semana y media —dijo Naza-. ¿Te acuerdas de lo que hablamos el sábado por la tarde? Si hacemos esto no es por nosotros: las notas y lo que piensen los demás es lo que menos cuenta. Hacemos esto porque tenemos que brillar para el Señor y para toda esa gente de ahí fuera. ¿No te parece a ti, Pam?

-Creo que sí —afirmé, y entonces recordé cómo la noche que conocí a Jesús me sentía totalmente segura y sabía que ya nada ni nadie me podría avergonzar de lo que era, ni siquiera yo misma. Entonces, ¿por qué estaba asustada? Debía recordar en todo momento que, si Él me había aceptado, no había ninguna razón para que me importase la aceptación de los demás, y es cierto que me resultaba difícil porque llevaba años pensando exactamente lo contrario y teniendo siempre miedo al rechazo... pero las cosas iban a cambiar, ¿no?

-Si ya lo sé, Naza, ya lo sé... pero es que... me cuesta... -suspiró Cedric, retorciéndose compulsivamente las manos.

-Simplemente sal ahí y confía, ¿vale? ¡Sólo confía y toca esa guitarra! No vas a estar solo, ya lo sabes.

De repente, una preciosa voz alta y clara como un manantial sonó en mis oídos, cantando una canción que venía totalmente acorde a lo que Naza estaba diciendo:

-Jehová es mi pastor, y nada me faltará.
Aunque ande en sombra de muerte,
siempre Él conmigo está.

Jehová es mi fortaleza, mi refugio
y quien me da libertad.
Y aunque todo el mundo me deje,
con todo Jehová me recogerá. (8)

El corazón me dio un vuelco al escuchar aquella voz que tan bien conocía, y aunque no me habría sorprendido más si el techo se hubiera caído sobre nosotros, en ese preciso instante me vino a la cabeza la idea de que el milagro por el que habíamos orado durante toda aquella semana se había materializado de la manera más inesperada posible. Todavía sin atreverme a creerlo, me giré sobresaltada y la persona que se encontraba frente a mí sonrió y dijo:

-¡Hola! E-entonces... ¿soy apta p-para entrar en vuest-tro magnífico gru-grupo?

Por muy esperado que te haya parecido, para nosotros tres la llegada de Bárbara SÍ fue una sorpresa. No esperábamos en absoluto que le dieran el alta tan pronto, y realmente estábamos segurísimos de que no vendría a la fiesta ni por asomo, de hecho ni siquiera creímos que viniera aunque estuviera bien. Y la segunda sorpresa después de su presencia, fue su aspecto.

-¡¿Bárbara?! —exclamó Cedric, perplejo-. Naza parpadeaba como si no creyera lo que sus ojos veían, y yo... ni siquiera quiero imaginar la cara de idiota que debía tener por el asombro.

¡El cambio era impresionante! Su oscuro cabello, siempre recogido en una trenza, ahora caía como una catarata sobre sus hombros y estaba cortado a capas, tenía unas gafas nuevas mucho más agraciadas que las anteriores y que le daban un aspecto muy intelectual, se había dado un ligero toque de maquillaje y llevaba un vestido azul claro muy bonito. Y aunque estaba sentada en una silla de ruedas y tenía un brazo en cabestrillo, nunca la había visto tan contenta.

-Hola —saludó otra vez, sonrojándose un poco.

-¡Bárbara! ¡¡Has vuelto!! ¿Estás bien? ¿Ya te han dado de alta? —empecé a preguntar, casi sin enterarme de lo que yo misma estaba diciendo-. Era algo rarísimo, jamás creí, al menos durante la época en la que pensaba que lo más importante del mundo era hacer amistades que me beneficiasen, que algún día me alegraría tanto de ver a Bárbara. ¡Pero bueno, nadie dijo que la vida era predecible! Los cuatro empezamos a charlar, entusiasmados, y los demás «artistas» que daban vueltas dentro del cuarto nos miraban de vez en cuando y algunos señalaban entre murmullos bastante audibles a «esa chica rara de la silla de ruedas que se parece mucho a la empollona de 3º B». Me daban ganas de reírme.

Ante el futuro... La Victoria está en Jesús

-B-bueno –dijo Bárbara, con su habitual tartamudeo, una vez que nos hubimos puesto al corriente de las últimas novedades (ella nos contó que se iría a pasar las vacaciones con su padre, lo cual parecía tenerla de un humor óptimo)-, ¿me dejáis a-actuar con vosotros?

-Pero… ¿en serio quieres hacerlo? –pregunté, estupefacta-. ¿No estás… hum… asustada? Porque nosotros sí.

-Eh… s-sí, un poco –respondió ella, mordisqueándose una uña nerviosamente-. Pero… no t-tengo nada que p-perder, ¿sabéis? Ya estoy demasiado fu-fuera de lu-lugar aquí como p-para que me importe lo que digan.

Eso es ser optimista, ¿no creéis?

-Pero e-en serio, quiero hacer algo –continuó, al parecer un poco más confiada-, a-algo que valga más que unos cuanto so-sobresalientes, no sé, que me guste de v-verdad. Algo valiente por primera vez en mi vida, ¿sa-sabéis lo que digo? Algo que pueda c-contarle a mi padre cuando vaya a verle… y algo por vosotros en a-agradecimiento por lo que habéis hecho por mí. Y me han di-dicho que no tenéis cantante y… pues… me gustaría cantar con vosot-tros –terminó, tímidamente.

-¡Eso sería fantástico! –exclamó Cedric, con los ojos muy abiertos-. Pero… ¿no te daba vergüenza que te oyeran cantar? ¿De verdad te atreves a cantar en público?

-Cedric, calla y no lo estropees. Bastante tenemos con nosotros tres –repliqué yo, temiendo que si hurgábamos mucho en la herida Bárbara desistiera de ayudarnos (recordemos que se aterrorizó sólo porque Naza y yo la oímos accidentalmente cantar)-. Pero no fue necesaria mi intervención, porque ella, en vez de desanimarse siquiera un poquito, contestó con voz más firme e incluso menos balbuciente:

-Dios me dio mi v-voz y quiere escu-cucharla… lo peor que pu-puedo hacer es avergonzarme de e-ella y esconderla. No quiero engañarme m-más a mí misma… supongo que en realidad n-no canto tan ma-mal. Y cuando canto nunca ta-tara-tartamudeo.

-Bárbara, ¿estás de broma? –dijo Naza; su rostro denotaba que no cabía en sí de alivio y felicidad ante aquella maravillosa sorpresa-. ¿Que no cantas tan mal? ¡Tienes una voz que podría perfectamente romper los cristales de este gimnasio!

-Si los tuviera –añadió Cedric, riendo.

-¡Da lo mismo, no me cortes la inspiración! –replicó Naza, cuyos ojos verdes destellaban de excitación y alegría-. Ay, que me emociono… es que es increíble que nos caigas del cielo en el último minuto, Bárbara, es maravilloso.

-Y como es el ú-último minuto, tenemos que ponernos a ensay-yar enseguida –dijo Bárbara, y movió su silla de ruedas para situarse mejor-. Bueno, ¿q-qué canción tenéis?

Yo sonreí y, mientras Cedric le enseñaba las partituras de las canciones que habíamos escogido y Naza tarareaba alegremente mientras daba vueltas casi saltando por el cuartucho, revoleando las baquetas en el aire ante las miradas burlonas y desconcertadas de los demás, bajé un poco la mirada y murmuré, en un susurro:

-Gracias, gracias, gracias y mil gracias, Señor.

Después del pomposo discurso navideño de Su Ilustre Majestad (el señor dire, que a pesar de no ir vestido de Rey Mago siempre sería la máxima autoridad del instituto), se nos obligó a todos, tanto a los que se encontraban ante el escenario como a los que estábamos tras el telón, a dar un bien merecido aplauso a los profesores que llevaban tres meses levantándose temprano para venir a soportarnos cada día, y mientras aplaudía pensé que nosotros también madrugábamos cada mañana para soportar a los profes y que no hacía falta que el director los pintara como mártires... pero así de injusta es la vida.

Después, poniendo a prueba nuestra serenidad, empezaron a desfilar las actuaciones por la tarima; a nosotros nos tocaba en penúltimo lugar, por lo que pudimos observar desde el rincón del escenario las siete intervenciones que había antes que la nuestra.

En primer lugar pasó un chico de 2° C, bajito y con el pelo rizado, que con un piano interpretó a la perfección la banda sonora de la película *Carros de Fuego*, y admito que fue sencillamente increíble, el chaval tenía un talento nato. Tras la ola de aplausos y aullidos que le siguió, fue el turno de dos chicas, también de segundo, que parecían todavía más asustadas que ninguno de nosotros; tal vez por eso no hicieron del todo bien su recital de poesía, entre otras cosas porque una de ellas tuvo una crisis nerviosa a mitad del poema y salió corriendo del gimnasio, dejando a su pobre compañera sola, pálida como un vampiro y temblando ante un público que, poco a poco, empezó a aplaudir, bastante desconcertado. La chica hizo una torpe reverencia y salió del escenario tropezándose.

Pero eso fue digno de un Goya si lo comparamos con lo que le siguió después: dos tíos de tercero, de la clase de Patri, que hicieron un número «humorístico» tan, pero TAN horriblemente malo que sentí deseos de quedarme sorda para no seguir escuchando aquellas estupideces (podéis imaginaros los chistes en plan machito ibérico que contaban, se reían ellos solos). Cuando terminaron, no oí ni un solo aplauso, y sentí tanta vergüenza ajena que escondí el rostro entre las manos.

-¡Arghhhhh! –susurré con cierto alivio al comprobar que aquel numerito había terminado.

-Si llega a durar un minuto más, me suicido –murmuró Cedric por lo bajini.

Mientras tanto, los cuartos participantes salieron «a escena»: eran dos chicas y tres chicos que tocaban música jazz de un modo bastante admirable, sobre todo para tratarse de niños de segundo; tuvieron casi tanto éxito como el chaval del piano. De hecho, debo decir que dejaron un poco mal a la chica de 4° B que actuó después de ellos, la cual hizo un número de ilusionismo que podría haber estado bastante mejor si se lo hubiera currado más (hasta yo podía darme cuenta de que aquello lo debía haber ensayado unos quince minutos, no más tiempo).

-Dentro de dos turnos nos toca —murmuró Naza, mientras la maga salía del escenario entre aplausos del público-. Mi amiga parecía algo nerviosa, pero ya no tanto como antes de la llegada de Bárbara (al menos había dejado de toquetearse el peinado continuamente)-. ¿Estáis listos?

-Sí —contestó Bárbara en un susurro.

-Pero deberíamos orar ahora, antes de tener que salir —indicó Cedric, y las tres estuvimos de acuerdo con la sugerencia-. Mientras el siguiente artista salía al escenario, nos fuimos a un rincón y nos cogimos los cuatro de las manos.

-Señor —dijo Cedric, cerrando los ojos con fuerza-, sé que estos días me he mostrado incrédulo y quiero pedirte perdón por mi falta de fe… y por haber afectado con ello a mis amigas… gracias por ser paciente y por habernos ayudado tanto con los ensayos. Y gracias por haber salvado a Bárbara y por haberla traído aquí en esta tarde para que… actúe con nosotros… te pido que nos des fuerza y confianza para hacer esto… Amén.

-Amén —susurramos todas al unísono, y luego oramos nosotras también por turnos, terminando por Bárbara (su oración fue algo más lenta por su continuo tartamudeo, pero tan llena de sinceridad y emoción que casi no nos enteramos de las interrupciones).

-… que nuestro canto, nu-nuestra música, nuestros mo-movimientos de alabanza… sean p-para Ti un olor agradable. Am-mén.

Pero antes de que nosotros pudiéramos corroborar su «amén», de repente se oyó un griterío y enseguida nos incorporamos para ver qué pasaba. ¡Ah, estas fiestas nunca acaban bien, qué cuerno! Empujé la silla de Bárbara y los cuatro nos acercamos al rincón desde el cual habíamos estado observando el espectáculo, pero había ya más de cinco personas y era imposible ver nada.

-¡Qué porrazo! —silbó uno, agitando la mano. Yo estiré el cuello para ver algo y de repente vino el director, algo agitado.

-Bueno —declaró con su habitual voz chillona-, como veis, Luis Bautista no va a poder participar.

-¿Pero qué ha pasado? —exclamó Naza, que fruncía el ceño como si le molestara no enterarse de lo que sucedía.

-Pues lo que habéis visto, que Bautista ha tenido un accidente mientras iba cargando el proyector que iba a usar para hacer su presentación sobre las drogas. Se ha caído, se ha dado un golpe y se le ha destrozado totalmente el aparato.

-¿Luis Bautista no es ése de 3º A que se le dan muy bien los ordenadores? –pregunté, alzando ambas cejas (pero porque YO quería levantarlas, no porque no me saliera levantar una sola, ¡já!).

-¡Qué accidente ni qué niño muerto si está clarísimo que le han puesto la zancadilla! –gritó, indignada, Ángela, la ilusionista de 4º B que había actuado antes. Luis Bautista es un chico al que suelen llamar «el friki de los ordenatas», y no es muy apreciado que digamos entre los chavales de su curso, así que me creí bastante aquella versión de la zancadilla.

-Total, que les toca ya a los siguientes –dijo Su Majestad, el señor dire-. ¿Dónde están?

-¿Nosotros? –balbuceó Naza, con los ojos muy abiertos-. P-pero si queríamos hacer un último ensayo...

-Pues no hay tiempo, pringaos –se mofó uno de los chavales que se había metido antes con nosotros, que por cierto, también era uno de los dos que habían hecho aquella horrible actuación de chistes.

-Qué gracioso. Me muero de la risa. Eres tan divertido aquí como en el escenario, con eso te lo digo todo –murmuró por lo bajo Cedric, aunque lo suficientemente alto como para que el chico le oyera. Éste se volvió hacia él y pareció ir a decirle algo, pero Naza tiró del brazo de Cedric y lo llevó fuera del cuartucho/armario de limpieza antes de que el otro pudiera empezar a abrir la boca. Cogí la silla de Bárbara para ir tras ellos y vi que las manos volvían a temblarme y que mis nudillos estaban un poco pálidos.

¡En menuda nos habíamos metido!

Cedric tenía razón: desde la tarima, el gimnasio parecía muchísimo más grande. Y mientras Naza y Cedric se colocaban con sus instrumentos y Bárbara acercaba lentamente su silla de ruedas al micrófono (hubo un murmullo de sorpresa cuando entramos, ya que, efectivamente, medio insti se había enterado de que ella estaba en el hospital), yo no sabía qué hacer, y sólo me concentré en la luz que me encandilaba desde arriba. Pues no, mis pequeños saltamontes, no soy muy optimista que digamos, y lo lamento mucho.

Naza dejó instalada su batería y se acercó pesadamente adonde estaba Bárbara. Antes habíamos acordado que dijera un par de cosas de introducción, como habían hecho todos, y casi nos arrancó la cabeza por obligarla a hablar en público, pero no pudo negarse porque todos sabemos que a ella se le da mucho mejor hablar que a nosotros.

-Bueno… –Naza cogió el micrófono con las manos temblándole de nervios- hola, hola… ¿se oye bien?

Por los altavoces se oyó un pitido continuo, y en el fondo del salón se oyeron algunas risas. Yo apenas sentía el sudor que me recorría la cara, y sin darme cuenta volví a pensar que todo iba a ser un desastre. Ya estábamos empezando con mal pie.

-Vale, esto ya está –la voz de Naza resonó en todo el auditorio-. Hola a todos y… eh… lo primero, felices fiestas –sonrió-. Bueno, simplemente comentar que nosotros cuatro no somos, ni mucho menos, de los mejores artistas que han pisado el escenario esta tarde: lo cierto es que sólo somos cuatro personas que queremos compartir música cristiana con todos vosotros. No sabemos cómo lo acogeréis, pero sí tenemos la seguridad de que hoy seremos las únicas personas que tocaremos música de este tipo.

«Señor, te lo ruego, ayúdame» oré en silencio. Se me acababa de ocurrir algo, una locura, una estupidez, sabía que no estaba la cosa como para improvisaciones, pero…

-Hemos reflexionado que, en el tiempo y la sociedad en que vivimos, se nos ha olvidado el verdadero sentido de la Navidad. Hoy, nosotros simplemente queremos recordarlo con nuestra mejor amiga común: la música –continuó Naza. Miré a Cedric, que sostenía la guitarra eléctrica con los ojos fijos en el suelo y movía levemente los labios sin articular ningún sonido, y cerré los ojos con fuerza para dejar de pensar en todos los ojos críticos que me contemplaban. Luego miré a Bárbara y vi que estaba muy pero que muy pálida, y el labio inferior le palpitaba bastante mientras su mirada se perdía entre las cabezas del público. Miré al mismo público. Y, finalmente, me miré a mí misma, a mi interior.

Apreté los dientes con decisión. Sí, era una locura, pero estaba decidido. Lo haría en cuanto acabásemos la actuación.

-En fin, aquí estamos, y lo que traemos hoy es para vosotros –fue concluyendo Naza-. Es sólo una canción, y sabemos que obviamente no es lo que estáis acostumbrados a escuchar, pero es necesario que todos recordemos que la Navidad es la fiesta del nacimiento de Jesucristo, a pesar de las creencias que tenga cada uno. Y, por cierto, no es un villancico. Bueno... ahí vamos, y gracias por vuestra atención.

Hizo un leve saludo inclinando un poco la cabeza y volvió a sentarse apresuradamente detrás de su batería. Yo apreté los puños, no por enfado, sino para dar énfasis a mi seguridad (tampoco tenía mucha, pero al menos podía intentar creer que la tenía, que la vida todavía no nos ha prohibido soñar) y caminé, arrastrando los pies, hasta el centro del escenario, quedando así mis amigos a mi espalda y el público frente a mí, y ahí mi seguridad se chafó un poco. Traté de encontrar entre el público a Laura y a Patri, pero no lo conseguía porque había demasiada gente. Sí... DEMASIADA GENTE. Mientras apretaba todavía más fuerte los puños hasta hacerme daño con las uñas en las palmas de las manos y notaba cómo una gota de sudor me resbalaba por la sien, intenté por cualquier medio no pensar en las seiscientas cincuenta y cinco personas que tenían sus ojos clavados en mí (esa es la cifra «exacta» de personas que había, porque yo lo digo y punto). No tenía que pensar en ellos. Tenía que pensar en el baile.

-L-la canción se llama: «Medley de Re-recuerdos» –dijo la voz de Bárbara, y la oí pasar las hojas donde tenía escrita la letra que íbamos a interpretar.

-Un... dos... tres -contó Cedric, y el primer acorde de su guitarra rasgó el silencio del gimnasio al tiempo que Naza empezaba a golpear, despacio, con sus baquetas. Y cuando Bárbara empezó a cantar, fui alzando los brazos sobre mi cabeza poco a poco, al ritmo de la música.

-Yo creo en un Dios omnipotente
que todo lo que veo lo hizo Él
y no hay nada en el mundo que se mueva
sin su autoridad y su poder.

¡Vaya!

Sonaba bastante bien, mejor de lo que habíamos pensado en el último ensayo; la voz de soprano de Bárbara parecía más bonita que nunca. Creímos que sería imposible que funcionase bien faltándonos un bajo y unos teclados, pero no estaba tan mal como esperábamos en un primer momento. Mientras tanto, Cedric y Naza fueron aumentando el sonido de los instrumentos de una forma que, mientras seguía moviéndome, me hizo empezar a olvidarme de los pasos que tenía preparados y a imaginar otros nuevos. Con voces suaves, como coro, los tres nos unimos a Bárbara en el estribillo:

> *-Y no me importa que lo niegue este mundo*
> *y que el ateo ignore a mi Señor;*
> *yo lo siento en mi vida cada día,*
> *creo en Él, creo en Él, yo creo en Dios.*

«Y no me importa que lo niegue este mundo…» Cerré los ojos y di una vuelta sobre mis pies para luego volverme al público con los ojos abiertos, contemplando todo pero sin prestar atención. ¡Menuda sensación! Al estar allí, el cuerpo se me iba solo; no podía evitarlo, y ni siquiera lo intenté, porque me gusta cuando me pasa eso. Olvidarme de dónde estaba era precisamente lo que necesitaba para disfrutar del baile, y ahora era eso lo que estaba haciendo. Mientras, la canción continuó, y cuanto más se sucedían las frases una tras otra, más dejé de pensar en el público y dejé que mi cuerpo hiciese lo que le viniese en gana.

> *-Como las flores tienen su tiempo,*
> *que ahora salen y mañana ya no están,*
> *así es el hombre en esta vida,*
> *porque sus días contados van.*
> *Pero el que tiene su vida en Cristo,*
> *su vida nunca deja de ser,*
> *porque aunque muerta esté su carne,*
> *su vida siempre vivirá en él.*

Un paso, otro, un giro más, media vuelta, saltos, palmas…

> *-La vida es una flor cultivada por Dios, muy delicada,*
> *y el hombre al cual la dio, la debe cuidar con precaución,*
> *porque si se le marchita, nunca revive.*
> *No quiere flores muertas en su jardín mi Dios.*
> *Porque si se le marchita, nunca revive.*
> *No quiere flores muertas en su jardín mi Dios.*

«Un, dos, tres; un, dos tres; un, dos, tres…» Hubo una pausa en la letra, y entonces la batería y la guitarra se oyeron todavía más.

-Merecedor de alabanza aquel que vino a salvarme.
Merecedor de alabanza, que siendo yo un pecador,
no escatimó su linaje para morir en la cruz.
Merecedor de alabanza por los siglos mi Jesús.

Extendí de golpe los brazos, miré al techo y, nuevamente, los retiré con lentitud mientras Bárbara empezaba la siguiente estrofa.

-El día en que no le alabo, el alma se me entristece,
pues donde no hay alabanzas, Él no puede estar presente.
Un sacrificio tan grande no puede pasar por alto;
tres veces le digo Santo aunque crean que estoy loca.
El día en que no le alabo, el alma se me entristece,
pues donde no hay alabanzas, Él no puede estar presente.
Un sacrificio tan grande no puede pasar por alto;
tres veces le digo Santo aunque crean que estoy loca. (9)

La última frase la cantamos los tres a la vez, cosa que no teníamos ensayada pero que (no cabía duda) todos sentíamos en nuestro interior. Con una voz cada vez más fuerte, Bárbara cantó las últimas palabras mientras yo fui dando los pasos finales a mi danza.

-Santo... Santo... ¡Santo!

Última nota, último acorde de guitarra, último golpe al platillo de la batería, último movimiento, el cual remarqué con todo el énfasis que fui capaz...

Creo que ni siquiera me percaté del silencio de unos segundos que se había adueñado del gimnasio, y sólo desperté de mi evasión cuando una ola de fuertes aplausos comenzó a sonar. Nunca olvidaré aquella ovación que casi duró veinte segundos: oí mezcladas las voces de Laura, Patri, Alex, Carla, Arturo (más fuerte la de éste último) que gritaban y silbaban desde la primera fila de sillas, y cuando me fijé un poco más en el resto del público, distinguí a María y a Roberto unas filas más atrás, la primera con una sonrisa un poco extraña, diferente a las que nos había mostrado durante aquellos días, y el segundo mirándonos fijamente con su grueso entrecejo más fruncido que nunca. Me encogí de hombros y sonreí, y luego me giré hacia mis amigos y miré a Naza, que sostenía las baquetas en el aire con la mirada fija en

Las libélulas son Bellas

ningún sitio y una expresión de sorpresa pintada en el rostro; a Cedric, que por el contrario, miraba de un lado a otro del público con sus ojos verde-azul-gris llenos de aturdimiento y esbozando una media sonrisa algo torpe; y a Bárbara, que una vez terminada su actuación parecía más *shockeada* que ninguno de nosotros, y aferraba tan fuertemente el micrófono que sus nudillos estaban blancos.

Era ahora o nunca. Les hice un gesto con la mano para que esperasen, me acerqué a Bárbara y murmuré en un susurro:

-Déjamelo.

Los tres me miraron con esa típica cara que significa «¿se puede saber qué pretendes?», pero no dijeron nada. Cuando sostuve el micro, me puse frente al público con las rodillas temblando (ajá, ahora que había acabado el baile ya volvían los nervios, así de especial soy yo) y murmuré un leve «hola» para comprobar si se oía bien. Nunca volveré a hacerlo: al ver lo alta que se oía mi voz en medio gimnasio, estuve a punto de caerme de la impresión. ¡Madre mía, jolín con el aparatejo! Bueno, en fin. Carraspeé un par de veces y empecé a hablar:

-Bien… espero que os haya gustado nuestro pequeño aporte a esta fiesta, y… antes de marcharnos y dejar parte a los últimos artistas, quería comentar algo.

Se oían bastantes murmullos, pero no se puede pedir silencio total a la gente de mi insti, así que me conformé con su atención y seguí hablando, todavía algo impresionada por la amplificación de mi voz (por si a alguien le interesa: NO, en mi vida había cogido un micrófono hasta ese momento).

-Sólo quiero decir, e intentaré ser breve –continué-, que este trimestre ha sido para mí, hasta ahora, el más importante de mi vida. Y ya no quiero decir a nivel académico, sino respecto a todo lo que ha pasado con mi vida en estos últimos tres meses… mucho de lo cual tiene que ver con este instituto, y creo oportuno decirlo para que nos concienciemos de que la vida en estos pasillos no es lo que debería ser –los murmullos fueron apagándose, y ahora hasta los profes me miraban con interés-. Todos nosotros lo sabemos, sabemos que hemos creado unas barreras y nos hemos separado los unos de los otros desde siempre… aunque probablemente ya no nos damos cuenta. Yo necesité muchos golpes para despertar, y es que estos meses fueron muy duros para mí… entre otras cosas, perdí el respeto de mucha gente, lo cual solía importarme más que nada en el mundo, y también algo mucho más doloroso: perdí a una de mis mejores amigas –tragué saliva e intenté no pensar dónde estaría Belén en ese momento-. Todo eso nace de la intolerancia, y es que en este lugar, donde tan bien aprendemos Lengua y Matemáticas, aún no nos han enseñado a ser tolerantes con los demás. Yo no lo pude aprender fácilmente, pero poco a poco descubrí que a veces somos injustos y no nos damos cuenta... y yo sólo abrí los ojos gracias a mis amigos –señalé sonriendo a Naza, Cedric y Bárbara-. A mis nuevos amigos, que me enseñaron a ser comprensiva y a respetar a cada cual por QUIÉN es y no por CÓMO es. Sólo porque rompí las barreras que antes me separaban de ellos, hoy conozco al que es el más importante de mi vida, y gracias a Él hoy he podido salir aquí a actuar. Sí, así es como yo misma hace poco decidí ser cristiana...

-¡Basura religiosa! –exclamó una voz masculina de fondo a la que siguieron unas risas, y preferí no especular mucho quién era.

-Soy cristiana, pero sigo teniendo la misma mala leche de siempre –repliqué acercándome más el micrófono, y las risas se extinguieron-. Gracias. Bueno, lo que quiero decir es que los jóvenes estamos creciendo en una sociedad en la que, por las mentiras de las religiones, casi hemos optado totalmente por apartar a Dios de nuestras vidas, y lo sé porque yo misma he pensado así... pero pensad esto: cuando Jesús vino a la Tierra en un día como hoy, la noche de la primera Navidad, ¿era un niño o era una religión? Si comprendemos que es lo primero... entonces entenderemos que Él es una persona, y que cuando llegó aquí fue el primero que nos enseñó sobre la tolerancia hacia los demás a lo largo de toda su vida. Una tolerancia que llegó hasta hoy y que consiste en pequeños detalles, como por ejemplo, no guillotinarme cuando termine de hablar por lo que he dicho –muchos rieron y, con una pequeña sonrisa, terminé-. Que Dios os bendiga a todos y... ¡Feliz Navidad y Próspero 2006!

Un aplauso corroboró mis últimas palabras, y aunque entre ellos se oían algunos abucheos también, no me importó: valió la pena al menos para ver cómo Laura y Patri saltaban y empezaban a gritar frenéticas, como si estuvieran en un concierto de El Canto del Loco, y a aplaudir hasta que casi vislumbré cómo sus manos se ponían rojas. Y para oír, mientras bajábamos del escenario, algunas voces del público que gritaban cosas como «¡Cedric Moreno, el tío más bueno!» (Cedric se puso tan rojo como un pimiento colorado, y Naza pareció fruncir un poco los labios), o «¡Qué grandes somos, tenemos a la cantante más genial del país!», o «¡Quien quiera ver arte, que busque entre las chicas de Venezuela!», o también «¡Olé esa bailarina, cómo se mueve por el escenario!». Eran muestras de aprecio, de reconocimiento, que cubrían los insultos que también nos llegaban desde algún lado pero que nos rebotaban.

Mientras bajaba por las escaleras de la tarima y mis amigos y yo nos dirigíamos al cuarto de limpieza para dejar las cosas y luego salir a reunirnos con los demás, sentí tanto gozo, alegría y alabanza dentro de mí que me hubiera gustado tirarme al suelo para gritar o cantar todo mi agradecimiento ante el Señor en ese mismo instante, pero me conformé con alzar los ojos al cielo aunque me encandilara la luz del techo… y susurrar mil veces, y en cada idioma que conocía, la palabra «gracias» (ya sabes: thank you, merci, graché, danke, arigato… etc.).

En ese momento recordé lo que había dicho Eduardo sobre la vida del cristiano después de su inicio; y comprendí que ésta estaría llena de pruebas como la que nosotros acabábamos de pasar, y que lo iba a pasar mal a veces. Pero al contemplar ese futuro no me desanimé, porque estaba contentísima y porque ahora sabía que, pasara lo que pasara, hubiese los problemas que hubiese… la victoria siempre estaría en aquel nuevo amigo que me había salvado la vida.

¡Gracias!

Gracias a mi madre en primer lugar, por ser la persona que más me dio la lata durante casi un año y medio, contestó a mis dudas sobre temas que aparecen en este libro, me preguntó casi a diario si me quedaba mucho para terminarlo, si los personajes, efectivamente, se me rebelaban... ¡gracias, mamá!

Gracias a escritores como son Frank Peretti, Mirtha F. Scardi, Jordi Sierra i Fabra, J.K. Rowling, Enrique Páez, Martín Casariego Córdoba, Josh McDowell y otros... porque sin vuestras obras, esta novela nunca habría sido lo que es.

Gracias a mi iglesia, Comunidad Cristiana Betania, por ser fuente de inspiración para muchos fragmentos de este libro.

Gracias a todos los músicos cristianos, porque no podría haber escrito este libro si no escuchara vuestras canciones casi todos los días.

Gracias a mi habitación, que fue refugio para todas mis luchas, treguas, descansos y diversiones a medida que escribía esta novela durante casi un año y medio.

Y finalmente, en el lugar más importante, gracias a mi Señor. Por haberme dado hasta el último aliento para seguir adelante y no rendirme con esta historia, por ser el verdadero protagonista de estas páginas, por haber respondido a todas mis oraciones cuando me quedaba sin inspiración... por ser la estrella que guía mis pasos y el aura que sostiene mi vuelo. Gracias por todo, mi Cristo... mi Rey.

Índice de canciones